거울
나라

거울 나라

鏡の国

오카자키 다쿠마 장편소설―구수영 옮김

등장인물

무로미 교코 베스트셀러 추리소설 작가. 본명은 고가 교코

데시가와라 아쓰시 무로미 교코의 담당 편집자

사쿠라바 레이 무로미 교코의 조카딸

사쿠라바 다이시 사쿠라바 레이의 아들

《거울 나라》 원고 속 등장인물

가스미 히비키 웹 미디어 '아더 사이드'의 편집자

구가하라 다쿠미 가스미 히비키의 입사 1년 선배

신카이 사토네 실시간 방송 앱 '아이푸쉬'에서 '사토네루'라는

　　　　　　　　이름으로 활동하는 스트리머

기치세 이오리 이탈리안 레스토랑 '벤티 콰트로'의 셰프

엔도 세이이치 '아더 사이드' 후쿠오카 오피스의 오피스장

구마가이 '벤티 콰트로'의 점장

구가하라 유키히데 구가하라 다쿠미의 형

고지마 요시노 기치세 이오리의 외할머니

차례

2063년 8월
가나가와 현 가마쿠라 시

나는 이모가 싫어졌다. 결국 어머니가 옳았다.

"……무로미 교코 선생님의 유작 《거울 나라》 원고 감사합니다. 회사에서도 원고에 대한 호평이 많아 초판 발행 부수도 크게 늘릴 수 있을 것 같습니다."

좌식 테이블을 사이에 두고 마주 앉은 마쓰시타 출판사의 편집자 데시가와라 아쓰시는 넓은 이마에서 쉴 새 없이 흘러내리는 땀을 닦았다.

일기예보가 연일 이상기후를 예보하는 8월 초순의 무더위 속에서 옷깃이 달린 셔츠와 슬랙스를 입고—그것도 몸의 열을 흡수하는 냉감 소재도 아닌 데다 휴대용 선풍기도 들지 않은 채로—인근 역에서 언덕 위에 있는 이 저택까지 걸어왔다고 하니 무리도 아니다. 더군다나 그는 불혹을 지나 온몸에 통통하게 군살이 붙어 있다. 뭐, 체형 같은 것은 약으로 얼마든지 조절할 수 있는 시대에 굳이 있는 그대로를 받아들이고, 그러면서도 운동을 위해 걷기를 택하는 모습에서 같은 레이와(일본의 연호. 2019년 5월 1일부터 사용—옮긴이) 출신인 나는 친밀감을 느끼기도 하지만.

다만 그가 길게 이어지는 언덕길을 오르며 이런 불편한 위치에 집을 세운 소설가의 유별난 성격을 저주했더라도 내가 미안함을 느낄 필요는 없을 것이다. 오늘 이곳에서 만나자고 한 것은 내가 아니라 데시가와라이기 때문이다.

"얘, 다이시, 가만히 좀 있으렴."

나는 다다미가 깔린 방 안을 힘차게 뛰어다니던 아들을 억지로 무릎 위에 앉혔다. 두 돌이 지나 에너지가 넘쳐나는 이 작은 맹수를 상대하는 동안 나는 흰머리가 꽤 늘었다. 다다미방을 보는 일이 흔치 않기 때문일까. 이 집에 도착한 뒤 거의 두 시간 동안 맹수는 쉬지 않고 날뛰는 중이다.

"여기, 3교 교정지와 표지 시안입니다."

데시가와라가 좌식 테이블 위에 대봉투 두 개를 올려놓았다.

음반이나 만화에 이어 소설 대부분도 전자책으로 나오게 된 결과, 종이책은 수집가용 아이템이 된 지 오래다. 젊은 소설가 중에는 언젠가 종이책을 내는 것을 목표로 삼은 사람도 많다고 한다. 그럼에도 무로미 교코는 오래된 작가이기에 종이책 수요도 어느 정도 있고, 교정지—교정 내용 등을 보기 위해 인쇄한 원고—도 이렇게 종이로 주고받았다.

먼저 표지 시안에 손을 뻗었다.

단행본 표지 오른쪽에 타원형의 클래식한 거울이 그려져 있고, 그 안에 한 여성의 얼굴이 크게 비쳤다. 《거울 나라》라는 타이틀과 저자명이 거울 왼쪽에 위풍당당하게 적혀 있다.

특징적인 것은 그 거울이 X자를 그리듯 네 조각으로 갈라져 있다는 점이다. 이것은 저자인 무로미 교코가 직접 지시한 것이다. 디자인에 관한 메모가 원고에 기재되어 있었다. 4분할이라는 숫자까지 분명히 쓰여 있어 소설에 등장하는 네 명의 주요 인물을 상징하는 것처럼 여겨졌다.

데시가와라의 말에 따르면 무로미 교코는 표지 디자인에 크게 관여하는 유형의 소설가는 아니었다고 한다. 자신은 소설의 프로일 뿐, 책을 만드는 프로는 아니기 때문이라는 이유였다. 그런 저자가 소중한 유작에 덧붙인 요구를 존중해 디자인은 무로미 교코의 지시를 충실히 재현했다.

내가 그 완성도에 감탄하는데 데시가와라가 말했다.

"사쿠라바 씨께는 지금까지 아낌없는 도움을 받았습니다. 뭐라 감사의 말씀을 드려야 할지."

"아니요. 전 딱히 한 것도 없는데요……."

"일본의 애거서 크리스티라는 이름을 남긴 희대의 미스터리 작가 무로미 교코. 그 유작이자 젊은 시절 실제 경험을 바탕으로 집필한 소설이니 분명 화제가 될 거예요. 그런 귀중한 원고를 저희 출판사에 맡겨주셔서 정말로 감사드립니다."

데시가와라는 내가 건넨 차가운 루이보스티가 담긴 잔을 옆으로 치우고 깊게 고개를 숙였다. 반년 정도 전부터 수없이 반복된 이 대화에 나는 슬슬 질려 있었다.

"누군가를 칭찬하는 법이 없는 저희 이모가 생전에 몇 번이고 이야기한 분이 데시가와라 씨였으니까요. 장래가 촉망되는 편집자라고 하셨죠."

"과분한 말씀입니다."

"저는 좀 불쾌했지만요. 이미 베테랑의 영역에 들어선 편집자를 보고 장래가 촉망된다니. 이모도 참, 소설가라면서 이상한 표현을 쓴다 싶었지요."

"젊은 시절부터 담당을 맡았으니까요. 스무 살도 넘게 차이 나는 선생님이 볼 때 저는 언제까지고 풋내기로 보였겠죠."

데시가와라가 이모의 담당이 된 것은 20년쯤 전이라고 들었다. 그에게 부서 이동 명령이 내려졌을 때 이모는 담당이 바뀌면 더는 마쓰시타 출판사에서 책을 내지 않겠다고 선언했고, 그 덕에 데시가와라는 소설 편집 일을 계속할 수 있었다고 했다.

하지만 나를 대하는 데시가와라의 태도가 20년 전의 청년 그대로인 것 같아서 절로 미소가 나왔다.

"데시가와라 씨를 무척이나 마음에 들어하셨으니까요. 그러니 마쓰시타 출판사에 원고를 넘기는 것에 망설임은 없었습니다."

"송구스럽네요. 선생님은⋯⋯."

뭔가 북받치는지 데시가와라는 말을 잇지 못했다. 장지문 바깥에서는 유지매미가 시끄럽게 울어댔다. 그러고 보니 정원수 가지치기 업체를 부르는 것을 잊고 있었다.

무로미 교코는 나의 이모다.

20대 후반에 유명한 미스터리 신인상을 수상하며 소설가로 데뷔했고, 내가 말을 트기 시작했을 무렵에는 베스트셀러 작가로 이름을 떨치고 있었다. 치밀한 구성. 군더더기 없이 읽기 쉬운 문체. 페미니즘이나 루키즘, 정신의학 등 시대를 반영한 다양한 주제들. 그리고 진정한 의미를 깨달은 순간 머릿속이 번쩍이는 감각을 맛볼 수 있는 정교한 제목. 무로미 교코의 작품이 갖춘 이 같은 특징은 문단에서도 높은 평가를 받았다. 하지만 이모가 단순히 잘 팔리는 작가를 넘어서 시대를 대표하는 인물로 추앙받게 된 것은 단지 필력 때문만은 아닌 듯하다.

고향 마을을 흐르는 무로미 강에서 따온 성씨에, 본명인 고가 교코의 이름을 가져다가 붙였을 뿐인 단순한 필명과는 달리, 무로미 교코는 공식적으로는 생년월일 이외의 프로필을 완전히 숨기고 얼굴 사진도 일절 공개하지 않는 이른바

'복면 작가'로 살았다. 작품만큼이나 수수께끼투성이인 정체에 대해 소문이 소문을 불렀고, 한 매체에서 이모의 얼굴 사진을 한 장 게재했다. 이모는 격분해 그 매체와 절연하기까지 했다. 사진 속 이모가 매우 아름다웠기에 지금 시대에는 상상하기 어렵지만 '미모의 작가'로 극찬하던 사람들도 있었다고 한다.

이모는 조카인 내가 봐도 아름다운 사람이었다. 그리고 그 아름다움은 봄의 따사로움도 여름의 뜨거운 햇살도 아닌 겨울의 혹독한 추위를 연상케 했다. 날렵하고 뾰족한 턱선, 오십이 넘어서도 주름 하나 없던 뺨, 사냥감을 노리는 짐승처럼 날카로운 눈매, 오뚝 선 콧날. 지적이고 강단지며 한 치도 망설이지 않는 성격이 얼굴에서 그대로 전해졌다. 사실 그녀의 업무 태도는 가혹했고, 정신적 스트레스를 이유로 담당을 그만둔 편집자도 있다고 했다.

그런 이모와 연년생인 어머니는 사이가 좋지 않았다. 제사 등으로 얼굴을 마주할 때마다 서로를 비꼬는 말들이 오갔고, 그런 날 밤에는 어김없이 어머니가 불평을 터뜨리고는 했다. 여섯 살 때, 어머니가 선물 받은 리카짱 인형의 머리카락을 이모가 제멋대로 잘라버린 이후, 한 번도 화해하지 못했다고 어머니는 말했다.

친딸로서 어머니가 훌륭한 인격자였다고는 생각하기 어렵다. 기분이 나쁠 때마다 내게 엉뚱한 화풀이를 하기도 했고, 직장 동료의 뒷말을 떠들어대던 모습도 기억한다.

하지만 그럼에도 어머니는 어디에든 있는 '선량한' 사람이었다. 일반적인 상식을 가졌고, 가끔 하는 당일치기 등산이 무엇보다 큰 즐거움이었으며, 매일같이 불만은 품었지만 가정을 소중히 여기면서 하루하루를 살았다. 이모처럼 특별한 재능이나 풍족한 재산은 없었지만, 어머니 같은 인생을 보낸다면 그것만으로 감지덕지라고 생각한다.

하지만 그런 어머니에게는 자신과 정반대 인생을 고른 것처럼 보이는 이모가 눈엣가시였던 모양이다. 노력과 재능으로 자기의 길을 개척하고 평생 독신으로 살아온 이모의 인생을, 그럴 리 없음이 분명하지만 어머니는 자신에 대한 조롱이라고 믿었던 것 같다. 이모 또한 생각한 것을 입에 담지 않고는 견디지 못하는 성격이었기에 얌전히 자족하며 살아가는 어머니를 자주 놀리곤 했다. 앞으로는 여성의 시대다, 언니 같은 사람이 가정에서의 성 역할을 고정화시킨다 등등, 그럴싸한 논리를 내세워서 말이다.

우리 가족은 어머니의 마음을 잘 알았기에 집에서는 이모에 관한 화제가 금기시되었다. 이모가 쓴 소설을 읽는 것은 물론이고, 소설을 원작으로 삼아 만든 영화나 드라마를 보는 것도 금지되었다. 지금은 돌아가신 아버지도, 책과는 담을 쌓고 사는 남동생도, 내가 아는 한 어머니의 말을 규율처럼 지켰다.

하지만 어머니는 적어도 내 교육에 관해서는 실패했다.

어린아이란 금지하면 할수록 하고 싶어지는 생물이다.

지루했는지 다이시가 몸을 비비 꼬았다. 책상다리를 한 내 허벅지에 기저귀의 푹신한 감촉이 전해졌다.

"사쿠라바 씨는 무로미 선생님의 작품을 즐겨 읽으셨죠?"

확인차 묻는 데시가와라에게 고개를 끄덕였다.

"어렸을 때부터 책 읽는 걸 좋아했어요. 어머니는 읽지 말라고 하셨지만, 학교 도서실 등에서 읽었죠."

"조카인 동시에 팬이기도 하셨군요."

팬. 나는 그 단어를 음미하면서 답했다.

"재밌었어요. 뛰어난 소설가였다고 생각해요."

무로미 교코의 작품을 읽을 때마다, 장편소설 마지막에 반드시 적혀 있는 〈끝〉이라는 글자를 눈에 담을 때마다 나는 잔잔한 감동에 휩싸였다. 미스터리를 통해 사람의 마음을 뒤흔드는 기술과 묘사력, 그리고 타협이라곤 느껴지지 않는 높은 프로 의식까지…… 어떤 작품이건 살아 있는 인간이 이런 것을 썼다는 사실에 경외감이 느껴질 정도의 완성도를 자랑했다.

"그래서 선생님의 저작권은 전부 사쿠라바 씨가 상속하게 되셨군요."

4년 전에 어머니가 심장병으로 갑작스레 세상을 떠나고,

그 2년 후에 이모가 병환으로 쓰러졌을 때, 우리 남매 외에 친척이 없는 그녀를 돌보는 것은 나의 몫이 되었다. 결혼해 도쿄의 오타 구에 살던 나와는 달리 남동생은 고향인 히로시마—어머니가 아니라 아버지가 태어나서 자란 도시—에 살았기에 다른 선택지는 없었다.

그렇다고는 해도 이모는 방문 간호 등의 준비를 스스로 빠르게 마치고, 과거의 유물이 된 이 일본식 건축물에서 생애를 마칠 태세를 갖추고 있었기에 나는 옷이나 간식 같은 자질구레한 선물을 들고 한 달에 몇 번씩 얼굴을 보이는 것이 다였다. 그럼에도 약 2년간, 이 저택 앞 언덕을 차로 몇 번을 올랐는지 헤아릴 수 없다.

그동안 소원했던 이모는 나이를 먹고 더욱더 편협해져 있었다. 하지만 인생의 마지막을 앞둔 사람에게 모범적인 태도를 보이기를 기대할 만큼 니의 도량이 좁지는 않다. 게다가 이모가 쓴 소설을 읽으며 자란 내게는 존경심이 있었다. 그렇기에 잔소리를 해도, 낡은 가치관을 강요당해도 그냥 넘겼다. 듣고 넘길 수 있다고 믿었다.

하지만 이모의 취향이 아닌 옷이나 과자를 사왔을 때, 혹은 마흔 직전의 초산을 계기로 퇴직하여 현재는 무직—그렇기에 평일에도 이모를 찾아뵐 수 있었다—이라고 말했을 때 이모가 "역시, 그 엄마에 그 딸이네" 하고 중얼거리는 소리를 들을 때마다 내 안에 남아 있던 애정은 점점 사그라들었다. 사람은 누군가에 대한 호불호를 선을 긋듯 여기까지는 좋고 여기부터는 싫다는 식으로 기계적으로 판단할 수 없다. 하지만 그 호의의 경계선 같은 것이 있다면, 이모와 만나는 횟수가 늘어날수록 내 마음은 그 경계선에 가까워졌고, 그야 말로 싫어하는 쪽으로 넘어가려는 지경에 이르러 있었다.

작년 말, 65세 생일을 맞이하자마자 이모가 세상을 떴고, 상속 이야기가 나왔을 때 남동생은 단호히 말했다.

"누나가 다 받는 게 맞아."

이모는 적지 않은 유산 외에 사후에도 수익을 낼 수 있는 저작재산권을 남겼고, 나는 그 전부를 상속했다. 유작 원고의 존재가 판명된 이후, 그 처리가 내 몫이 된 것도 그래서였다.

따라서 데시가와라의 앞선 발언은 옳다고도 그르다고도 단언하기 어렵다. 다만 내게는 어느 쪽이든 상관없기에 딱히 부정은 하지 않았다.

"이해심이 있는 분이 승계해 저희로서도 다행입니다. 인기 있는 작가의 경우 사후에 곤란한 일이 벌어지는 일도 드물지 않거든요."

상속 분쟁이 벌어진 탓에 책으로 출간되지 못한 사례나, 상속인이 아마추어임에도 내용에 간섭했던 사례 등 데시가와라는 몇 가지 에피소드를 청산유수처럼 늘어놓았다. 흥미롭기는 했지만 이런 잡담을 하러 그가 만나자고 요청한 것은 아닐 것이다. 이야기가 어느 정도 마무리된 참에 내가 물었다.

"그래서 오늘은 무슨 용건이신가요?"

그는 내가 오타 구에 산다는 것도, 아침부터 밤까지 어린 아들을 돌보는 것도 알고 있다. 내게 하는 연락은 기본적으로 온라인으로, 그것도 밤에는 자제하는 등의 세심한 배려도 아끼지 않는 사람이었다.

그런 그가 이모의 저택으로 나를 부른 것이다. 명목은 교정지나 표지 시안에 대한 건이지만, 그것만으로는 끝나지 않는 중요한 이야기가 있다는 사실을 어쩐지 알 수 있었다. 그런데도 좀처럼 본론으로 들어가지 않는 이유는 뭘까.

데시가와라는 몇 초간 침묵했다. 이쪽을 향한 눈초리는 무심코 움찔할 정도로 날카로웠고, 나는 '아, 이것이 편집자라는 생물인가'라고 묘하게도 납득했다.

"지금까지 《거울 나라》의 원고를 몇 번이고 읽어주셔서 감사드립니다."

"아니요. 육아하는 틈틈이 작업할 수 있었고, 출간하면 수익으로 연결되니 오히려 제가 감사하죠. 출간에 이르기까지의 과정이 참 쉽지 않구나, 하고 뼈저리게 느꼈어요."

"평소라면 3교는 수정 사항이 제대로 반영됐는지를 확인하는 정도이고, 저자에게는 공유하지 않는 경우가 많습니다. 그걸 오늘 여기에 가지고 온 건 사쿠라바 씨에게 드릴 말씀이 있어서인데요."

"드릴 말씀요?"

데시가와라는 그 말에는 답하지 않고 다른 질문을 던졌다.

"예전에 이 작품에 대한 감상을 여쭌 적이 있었죠. 그 답은 지금도 달라지지 않으셨습니까?"

원고를 다 읽은 데시가와라가 "꼭 저희 쪽에서 출판하고 싶습니다"라고 말했을 때, 나는 다음과 같은 감상을 그에게 전한 적이 있다.

"이 작품을 읽고 저는 이모를 싫어하게 됐습니다."

'좋다'와 '싫다'의 경계선에서 이모는 아슬아슬하게 '좋다' 쪽에 머문 채 세상을 떴다. 하지만《거울 나라》라는 작품은 그런, 죽어서 더는 아무 말도 할 수 없게 된 이모를 경계선 너머로 밀어내고 말았다. 나는 생각했다. 역시 어머니는 옳았다. 나는 이 사람을 더 빨리 싫어해야만 했다.

"몇 번을 읽어도 같습니다."

나는 확실히 답했다.

"작품으로서는 잘 만들어졌어요. 하지만 마지막의 마지막에 이모라는 사람의 추한 모습이 만면에 드러난 것처럼 느껴졌어요. 그런 식의 독후감은 친척이 아니면 용서받지 못할 일이겠죠. 하지만 저는 어떻게 해도 거기에서 벗어날 수가 없네요."

이모의 단 한 명의 조카딸로서. 그녀의 만년을 가까이에서 바라본 사람으로서.

데시가와라는 살짝 움츠러든 채로 혼잣말처럼 말하기 시작했다.

"……저는 무로미 선생님을 경외했습니다. 소설가로서의 능력은 말할 것도 없고, 사람으로서도 위연한 여성이었습니다."

위연하다. 말을 다루는 직업을 가진 사람다운 단어 선택이다.

"물론 저는 선생님과는 어디까지나 업무적인 관계였습니다. 작가와 담당 편집자의 관계는 어디까지가 일이고 어디까지가 사생활인지 명확하게 구분할 수 없지만, 제아무리 대화를 나누고 취재를 함께하고 긴 시간을 함께 보냈다고 해도 제가 선생님의 사적인 영역에 들어갔다고 느낀 순간은 손꼽을 정도로 적습니다. 사쿠바라 씨와는 달리 선생님이 친척이나 친구에게 보이던 얼굴을 저는 거의 알지 못합니다."

나 역시 이모를 그리 깊이 알지는 못한다. 어머니가 이모를 멀리했기에, 아니, 어머니가 이모를 싫어한다는 사실을 나를 포함한 가족 모두가 받아들이고 있었기에.

데시가와라의 관자놀이에 한 줄기 땀이 흘렀다.

"하지만, 그럼에도 저는 생각합니다. 정말로 선생님이 사쿠라바 씨가 생각하는 그런 사람이었을까? 하고요."

"무슨 말씀이시죠?"

"사쿠라바 씨의 감상은 오해에 바탕한 것일지도 모릅니다."

데시가와라는 3교가 들어 있는 봉투를 내 쪽으로 밀었다.

"솔직히 말씀드리겠습니다. 2교까지의 편집 작업 중, 저는 몇몇 지점에서 위화감을 느꼈습니다. 작디작은, 하지만 편집자로서 간과할 수는 없는, 하물며 선생님이 깨닫지 못할 리 없는 위화감을요."

"위화감이라고요? 지금까지는 그런 말씀 없으셨잖아요."

"그랬죠. 왜냐하면 그 위화감은《거울 나라》를 한 편의 독립된 소설로 읽는 경우에는 딱히 문제가 되지 않는 것이기 때문입니다. 바꿔 말하면,《거울 나라》가 픽션이라면 스토리 자체에는 아무 지장을 주지 않는 위화감이었습니다."

나는 교정지를 봉투에서 꺼내서 '일러두기'가 적힌 페이지를 펼쳤다.

"하지만《거울 나라》는 픽션이 아니잖아요. 이모는 이걸 '거의 논픽션'이라고 표현했으니까요."

"네. 그렇게 되면 모순이 생깁니다.《거울 나라》와 현실 사이에요."

위화감. 모순. 내게는 보이지 않던 것들이다.

"《거울 나라》는 작품으로서는 완성돼 있습니다. 그렇기에 지금까지 담당 편집자로서 책임을 다했다고 생각했습니다.

하지만 작업이 3교까지 진행돼 수정할 수 있는 마지막 기회를 맞이한 순간, 저는 그런 위화감을 마치 집 안에 들어 온 개미를 눌러 죽이고 없었던 일처럼 외면한 것에 대해 정말로 이대로 괜찮은 것일까 하는 맹렬한 불안감을 품게 됐습니다. 그것은 마치 천국에 계신 선생님께서 '담당 실격'이라는 낙인을 찍는 것처럼 느껴졌습니다. 그것도 마지막 작품에서 말이죠."

"흐음."

"저는 이 단계에서 대대적인 수정을 해서 출판사나 디자인 사무실에 미움을 받을 걸 각오하고 다시 한번 3교를 읽었습니다. 위화감을 나열한 후 그 이유를 파악하고자 필사적으로 고민했습니다. 그리고 확신에 가까운 하나의 추론을 얻기에 이르렀습니다."

"추론이라 하심은?"

장지문이 흔들릴 정도로 낮은 목소리로 데시가와라는 선언했다.

"《거울 나라》에는 삭제된 에피소드가 있는 것 같습니다."

그가 열에 들뜬 표정을 짓는 것이 나로서는 이해되지 않았다.

"그게 특별한 일인가요? 아무것도 모르는 아마추어의 생각이긴 하지만, 작품을 쓰다 보면 일단 쓴 에피소드를 삭제하는 것쯤 자주 있는 일 아닌가요?"

"말씀하신 대로입니다. 하지만 저자가 그런 뉘앙스를 남겨 두었다면 이야기는 달라집니다."

"이모가 작품 속에 삭제된 에피소드가 존재한다는 사실을 암시해두었다고요?"

"네. 맞습니다. 물론 선생님이 삭제하는 편이 좋다고 결론을 내렸다면 저는 그걸 지지합니다. 하지만 선생님은 프로 작가로서 의심할 여지 없는 일류였고, 작품에 불필요한 뉘앙스를 남기는 걸 허용할 분이 아니셨죠. 따라서 전 이게 선생님이 독자를 향해 남긴 '마지막 수수께끼'가 아닐까 합니다."

"마지막 수수께끼……."

"가령 제 추론이 맞다고 가정하면, 삭제된 에피소드는 무엇일까. 그건 이 세상에 남아 있는가. 만약 남아 있다면 그 에피소드를 보지 않고 《거울 나라》를 출간한다는 건 오랜 세월 선생님과 함께해온 담당 편집자의 직무 유기가 아닐까. 저는 그렇게 생각합니다."

"정리하자면, 현재의 《거울 나라》에는 어떤 에피소드가 빠져 있고, 제 이모에 대한 인식에도 오해를 불러일으킬 우려가 있다. 그러니까 그 삭제된 에피소드 원고가 남아 있다면 저도 그것을 읽어봤으면 한다. 그런 말씀이신가요?"

"네, 맞습니다."

점점 그의 생각을 알 것 같았다.

"그래서 저를 이 집으로 부르신 건가요? 이 집에 삭제된 에피소드 원고가 남아 있을지 모르니까?"

"도와주실 수 있으신가요?"

"하지만 유품 정리는 이미 끝났어요. 데이터도 접근 가능한 건 전부 조사했고요. 여기서 뭐가 더 나올 거라고는 생각되지 않아요."

데시가와라는 실망하지 않고 말했다.

"선생님은 결코 입수 불가능한 것에 관해 뉘앙스를 남길 만한 불공평한 분은 아닙니다."

그것은 그저 맹신일 뿐이다, 라고 말하려다 참았다. 적어도 작가로서의 무로미 교코는 나보다 데시가와라 쪽이 훨씬 더 잘 안다.

"설명해주시겠어요? 데시가와라 씨가 왜 그런 추론에 이르렀는지."

"물론입니다. 그러려면 다시 한번《거울 나라》를 읽어주실 필요가 있습니다."

나는 그의 재촉에 따라《거울 나라》3교 교정지를 넘기기 시작했다. 이상할 정도로 조용하다 싶더니, 다이시는 내 무릎 위에서 잠들어 있었다.

거울 나라

무로미 교코

일러두기

∞∞∞∞∞∞∞∞∞

이 작품은 나 무로미 교코가 소설가가 되기 전에 습작으로 쓴 작품이다. 나 자신의 실제 경험을 바탕으로 하며, 내용은 거의 논픽션임을 밝힌다(다만, 독자의 몰입을 방해하는 요인이 되지 않도록 이름 등 나를 지칭하는 고유명사는 바꾸어 썼다).

이 작품을 읽은 분 중 많은 수는 내 특이한 과거에 분명 놀라리라. 동시에 내가 오랜 작가 생활 동안 일관되게 얼굴을 드러내지 않고 경력을 숨겨온 이유에 대해서도 어느 정도 이해해주리라 믿는다. 신념에 따라 나는 그간의 작품에서 종종 루키즘이나 여성 차별을 규탄해왔지만, 나 자신이 한때 외모나 여성성을 이용해 입에 풀칠하던 시기가 있었고, 그것이 작품을 읽는 데 방해가 되는 것이 싫었다.

현재 나는 불치병을 앓고 있으며, 신작을 쓸 기력과 체력, 그리고 시간적 여유를 잃어가는 중이다. 그럼에도 마지막으로 뭔가 남기고 싶다는 마음이 있었는데, 어떤 계기로 오랫동안 잠자고 있던 이 원고의 존재를 떠올렸다. 아마추어 시절에 쓴 탓에 모든 것이 미숙했기에 아무리 그래도 전혀 손을 대지 않을 수는 없었지만, 당시의 젊음과 열정을 존중하여 가능한 한 사소한 수정에 그치기로 했다.

2062년 9월
무로미 교코

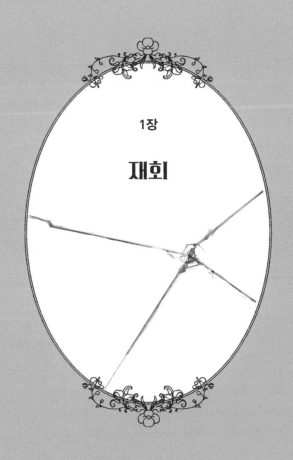

1장

재회

1

고쿠타이 도로를 다이묘 방면으로 향해 달리다 보니 갑자기 비가 내리기 시작했다.

이 앞머리 때문이야. 가스미 히비키는 생각했다. 어깨 아래까지 뻗은 검은 머리의 컬은 어떻게든 제대로 다듬었으니 앞머리만 얼굴 왼쪽으로 자연스럽게 흘러내렸으면 취재에 늦지도, 비를 맞을 일도 없었을 텐데. 하지만 몇 번을 스타일링해도 바짝 말라버린 문어발처럼 기분 나쁜 앞머리 탓에 거울 앞을 떠날 수가 없었다.

그런 이유로 지각하는 것은 사회인으로서 실격이라는 사실은 남이 말하지 않아도 안다. 그때마다 반성했고, 조금 더 일찍 준비하고자 노력해왔다.

하지만…… 앞머리가.

어쩔 수 없을 정도로 기분 나쁜 이 앞머리가.

항상 히비키를 거울에서 떨어지지 못하게 한다.

준비 시간을 길게 잡아도 거울 앞에 서는 시간만 늘어날 뿐이었다. 이런 꼴사나운 앞머리를 남에게 보이느니 차라리 죽는 편이 낫다. 결코 과장이 아닌 그런 마음을 억지로 누르고, 그야말로 앞머리를 쥐어뜯으며 거울에서 몸을 떼어낼 즈음이면 언제나 약속 시간에 늦어버린 후였다.

마스크 속에서 숨쉬기가 괴롭다. 스쳐 지나가는 사람들의 시선이 피부뿐 아니라 마음에도 꽂힌다. 앞을 걷던 정장 차림의 남성이 갑자기 멈춰선 탓에 그의 어깨에 가방을 부딪힌 히비키가 "죄송합니다"라고 사과하며 달려 나갔다. 남자가 혀를 차는 소리가 귓전에서 몇 번이고 맴돌았다.

……도대체 나는 언제부터 이렇게 되어버린 것일까.

소녀 시절의 약속이 지금도 히비키를 옭아맨다.

테크노 팝에 맞춰 기계처럼 춤을 추는 3인조 여성 유닛을 친구가 알려준 것이 계기였다. 재미있는 동작에 푹 빠져 둘이서 열심히 춤을 따라 했다. 히비키는 아이돌이 되는 것이 꿈이라고 말하는 친구에게 자기도 아이돌이 되겠다고 말을 맞췄다. 사실은 하이틴 로맨스 소설을 좋아해서 소설가가 되고 싶었음에도 말이다.

중학생이 되자 아키하바라를 거점으로 활동하는 여성 아이돌 그룹이 크게 히트한 것을 계기로 일본 전역에 아이돌 그룹이 우후죽순처럼 생겨나기 시작했다. 히비키에게 아이돌이란 어차피 될 수 없는 것에서 어쩌면 될 수도 있는 것으로 바뀌었다.

히비키가 고향인 후쿠오카에서 결성된 지역 아이돌 그룹 오디션에 합격한 것은 8년 전, 고등학교 2학년 때다.

졸업 후의 진로를 고민하던 시기였다. 그룹은 반년 전에 활동을 시작했고 라디오나 이벤트에 종종 출연했기에 히비키도 그 이름을 알고 있었다. 2기 멤버를 모집한다는 광고를 인터넷에서 발견했을 때, 히비키는 반쯤 의무감에 떠밀려 오디션을 보겠다고 부모와 담판을 지었다. 아버지는 반대했지만, 어머니는 딸이 예쁘다고 생각하는 것을 숨기지 않는 사람이었기에 결국 허락을 얻어냈다.

오디션을 보기만 하면, 가령 아이돌이 되지 못하더라도 할 말이 생긴다. 그런 생각까지 했지만, 히비키는 오디션에 진지하게 임했고 결국 합격했다.

좋은 의미에서든 나쁜 의미에서든 지역색이 강한 그룹이었다. 멤버들은 다들 열심이었지만 상업적 성공을 위해 노력하는 사람은 적었고, 후쿠오카 지역 특유의 성향도 있어서 어딘가 평온한 분위기가 감돌았다. 애초에 지역 아이돌에서 전국구 아이돌로 성장한 사례가 많지 않은 시기였고, 동영상 미디어나 웹 스트리밍 등 개인이 사용할 수 있는 도구는 아직 태동기에 가까웠기에 멤버들은 연습이나 주어진 일을 하는 것 외에 무엇을 하면 좋을지 알지 못해 크고 작은 혼란을 겪었다.

그럼에도 히비키는 아이돌 활동이 즐거웠다. 친구와 이야기하던 아이돌이 된다는 꿈을 스스로 실현한 것이다. 지금 생각하면 그 고양감이 작디작은 급여나 부당한 일도 견뎌낼 수 있는 원동력이 되었다. 연습실까지 매번 차로 데려다주던 어머니의 응원과 기뻐하는 팬의 얼굴도 그녀를 지탱했다.

때로는 멤버들 사이에서 작은 다툼이 벌어질 때도 있었지만, 히비키가 그 당사자가 되는 일은 드물었다. 그녀의 성격에 더해, 노골적으로 인기의 우열이 매겨지는 숙명을 지닌 아이돌 그룹에서 그녀의 인기가 딱히 좋지도 나쁘지도 않았던 점도 영향을 끼쳤으리라. 질투의 대상이 되는 일도, 반대로 업신여겨지는 일도 적었고, 나이가 많은 1기 멤버에게도 귀여움을 받았으며 동기들 사이에서도 상담을 받거나 푸념을 들어주는 일이 더 많았다.

그렇기에 그런 그녀를 괴롭힌 것은 그룹 내부에서 발생한 문제가 아니라 바깥에서 벌어진 일이었다.

히비키가 합류한 후, 지역 은행과 제휴하거나 지상파 방송 프로그램에 고정 출연을 하는 등 그룹이 후쿠오카 내에서 알려지자 점차 인터넷에 입에 담기 힘든 말이 올라오기 시작했다.

은행 광고로 알게 됐는데 못생긴 애들뿐이라 확 깨네.
노래도 춤도 엉망이지 않아? 딱 그냥 아마추어.

어라, 후쿠오카는 미인이 많은 지역 아니었냐?

나카스에서 물장사하는 언니들 쪽이 백 배는 낫겠다.

사무소의 높은 사람이 "악플이 달리는 건 유명해졌다는 증거야. 당당히 가슴을 펴고 다녀"라고 격려해줬다. 어머니는 불쌍한 것을 보는 표정으로 세상에는 뭔가를 깔보지 않고는 자존심을 유지하지 못하는 사람이 있다고 말했다. 지금 떠올리면 어른들의 의견이 옳았다고 솔직하게 생각한다.

하지만 당시 히비키는 아직 10대였다. 별다른 관심도 없는 사람들의, 그렇기에 더더욱 진심도 섞여 있을 것이 분명한 말들을 그저 소음으로 치부하고 앞으로 나아가기에는 너무 어려웠다. 정론이 반드시 사람을 살리지는 못한다. 무감각해지는 것이 정의도 아니다. 악의를 그대로 넘기지 못하는 연약함과 순진함은 젊음의 매력이나 활력과 상통하는 것이었다.

히비키는 자신이나 다른 멤버들의 얼굴이—자신이 보기에는 그렇게 보이지 않지만—정말로 예쁘지 않은 것이 욕을 먹는 원인인 것은 아닐까 생각하게 되었다. 작은 눈송이가 쌓여 눈사태가 되듯이 비방과 중상은 그녀의 마음을 확실히 좀먹었다.

그 일은 히비키가 합류한 후 1년이 지난 어느 날의 라이브 전, 대기실에 있을 때 벌어졌다.

무대 의상으로 갈아입고 거울로 온몸을 확인하던 히비키
는 막 세팅한 앞머리가 조금 흐트러진 것을 깨달았다. 손끝
으로 가다듬다가 문득 동영상 사이트에 올라온 그룹 라이브
영상에 달린 댓글이 떠올랐다.

　뒤쪽에서 춤추는 여자 앞머리 봤냐. 으으 기분 나빠.

　애초에 춤을 추다 보면 땀을 흘려 머리카락이 이상해지기
도 한다. 더군다나 노래하는 도중에도 서는 위치는 계속 바
뀌기에 '뒤쪽'만으로는 특정할 수 없다. 당시 히비키도 '나를
말한 건가' 하고 생각하긴 했지만 크게 신경 쓰지 않았다.

　하지만 지금, 눈앞의 거울에는 이상한 앞머리를 한 자신이
비치고 있다. 히비키 안에 확신이 생겨났다.

　'그 댓글은 나를 가리킨 말이었구나.'

　갑자기 주저앉아 울기 시작한 히비키 곁으로 멤버들과 매
니저가 모여들었다. 히비키는 자신도 이유를 알지 못한 채
생각한 것을 그대로 내뱉었다.

　"앞머리가…… 앞머리가 이상해."

　사이가 좋은 멤버가 어깨를 감싸 안고 "이상하지 않아"라
고 다독여줬다. 하지만 그 자리에 있는 다른 사람들에게서
느껴진 것은 마치 이물질을 보는 듯한 당혹감이었다.

　히비키는 라이브 방송이 시작될 때까지 평정심을 되찾지
못했고, 컨디션 난조를 이유로 그날의 출연을 취소했다. 하
지만 그 후에도 공연 직전이 되면 발작처럼 머리 스타일이

이상해 보이는 공포에 사로잡혔다. 억지로 무대에 선 날도 있지만, 곡을 따라가기에도 벅찼고 몸 상태가 정상이었을 때의 퍼포먼스와는 거리가 멀었다.

그런 상태가 3개월 정도 지속되자 히비키는 소속사와 상의해 고등학교를 졸업하는 시점에 활동을 잠시 중단하기로 정했다. 조금 쉬면 괜찮아지리라는 것이 소속사와 히비키 자신의 희망적인 관측이었다. 하지만 결국 1년이 지나도 회복될 기미는 보이지 않았고, 히비키는 자신의 의지로 그룹을 탈퇴했다. 그녀의 아이돌 인생은 사실상 1년여 만에 끝을 맞았다.

연예계 활동을 그만두자 히비키의 정신은 점점 안정을 되찾았다. 여전히 앞머리는 기분 나쁘게 느껴졌지만, 그렇다고 해서 인터넷에 악플이 달릴 걱정은 없었다. 그 점이 히비키에게 가장 큰 위안이었다.

아이돌을 그만둔 이듬해, 히비키는 집에서 가까운 역 근처 카페에서 아르바이트를 시작했다. 점원은 머리에 반다나를 둘러야 하고, 앞머리를 드러내지 않아도 된다는 점이 그녀에게 일할 용기를 줬다. 2년간의 아르바이트 생활은 히비키에게 중요한 사회 복귀의 기회가 되었다.

하지만. 2020년, 신종 코로나바이러스가 확산되기 시작하자 상황은 크게 달라졌다.

음식점은 줄줄이 휴업에 내몰렸고, 문을 닫는 가게도 적지 않았다. 히비키가 근무하던 카페는 정부가 지급하는 보조금을 경비에 충당하며 어떻게든 운영을 계속했지만, 인건비까지 감당하기 어려웠기에 아르바이트생을 전원 해고할 수밖에 없었다. 힘든 시기에 신세를 진 카페였기에 히비키는 슬프지만 받아들였다.

집 밖으로 나가는 것조차 꺼려지던 긴급사태 속에서 앞으로의 인생에 대해 차분히 생각할 시간을 얻었다. 그리고 자신이 아이돌로서 활동하는 것이 아니라, 현대사회에서 열심히 살아가는 아이돌을 비롯한 여성들을 응원하고 싶다고 생각하게 되었다. 원래 소설가를 지망하기도 했기에 언론이나 웹 미디어에 큰 관심을 두었고, 학력도 경험도 없지만 그런 업계에서 일할 수 있으면 좋겠다는 마음을 가지게 되었다.

블로그에 글을 쓰기 시작한 것은 취업 활동에 뭔가 보탬이 되지는 않을까 하는 기대에서였다. 반향이 있다면 지망하는 회사에 어필할 수 있고, 없더라도 글쓰기 연습에 도움이 된다. 그렇게 쓴 글 중 하나가 한때 SNS에서 큰 화제를 모았다. 그 글에 흥미를 느끼고 연락해온 웹 미디어가 히비키의 현재 직장이다.

'아더 사이드'는 오리지널 기사를 웹으로 유통하는 1차 미디어다.

대형 출판사가 발행하는 가십 잡지에서 파생된 웹진으로 시작해 이후 독립 미디어가 되었다. 연예계 가십에서 각종

엔터테인먼트, 맛집 정보까지······ 다루는 범위가 넓으며, 현재 월간 약 8천만 PV를 자랑한다.

그 밖에도 여러 미디어가 블로그에 관심을 보인 가운데, 최종적으로 히비키가 아더 사이드 편집부에 취업하기로 한 가장 큰 이유는 고향인 후쿠오카에서 일할 수 있다는 말을 들었기 때문이다.

아더 사이드는 모기업인 대형 출판사의 네트워크를 살려 몇몇 지방 도시에 사무소를 두고 있었다. 맛집이나 이벤트 등 지역색이 뚜렷한 기사를 게재하는 일도 많기 때문이다. 각 지역 사무소는 네다섯 명으로 구성된 소규모였지만, 인근 현을 포함한 지역을 커버하기에는 충분한 인원이라 할 수 있다.

아더 사이드의 후쿠오카 오피스에 들어오지 않겠냐는 말을 들었을 때, 히비키는 망설였다. 도쿄에 기반을 둔, 그녀의 목표에 더 공감해줄 것 같은 미디어에 취직하는 선택지도 있었다.

하지만 꽤 안정되었다고는 해도 히비키의 몸과 마음은 아직 완벽함과는 거리가 멀었다. 역시 앞머리가 신경 쓰여서 약속 시간에 늦거나 숨쉬기가 괴로워지는 일도 드물지 않았다. 그럴 때 고향에 있으면 가족이나 친구에게 의지할 수 있지만, 도쿄에서는 그럴 수 없다. 갑자기 낯선 도시에 가서 일하자니 영 불안했다.

그렇게 히비키는 경력직 채용이라는 형태로 아더 사이드에 입사해 올봄에 2년 차를 맞이했다. 고향을 떠나지는 않았지만, 취직과 동시에 자취를 시작했다. 가끔 원하는 기사를 쓸 기회를 얻기도 했지만, 대개는 다른 기자가 쓴 기사를 편집하거나 위에서 시키는 취재나 영업을 하는 등 이름만 편집자이지 잡다한 일을 맡았다.

오늘은 후쿠오카 시 최고의 번화가인 덴진 지구에서 걸어서 약 10분 거리인 다이묘에 있는 이탈리안 레스토랑을 취재하기로 되어 있었다. 대형 상업시설 등 높은 빌딩이 즐비한 덴진과는 다르게 다이묘는 음식점이나 옷가게가 줄지어 있는 복잡한 지역으로, 예부터 젊은이들이 모이는 거리로 알려져 있다.

찾아갈 가게 위치는 이미 확인해둔 상태였다. 길이 복잡하고 보행자도 많기에 택시보다는 걸어서 가는 편이 빠르다고 생각했지만, 날씨까지는 예상하지 못했다. 5월 초, 가게 영업에 지장이 없는 오후 3시. 땀과 비로 젖은 자신을 인식하자, 다시 앞머리가 신경 쓰이기 시작했다. 잡념을 떨치듯 걸음을 옮겼다.

히비키는 약속한 시각보다 10분 늦게 목적지에 도착했다.

이탈리안 레스토랑 '벤티 쿼트로'. 아직 신종 코로나바이러스의 그림자도 보이지 않던 7년 전에 문을 연 곳으로, 점주의 빼어난 요리 솜씨와 세련되었지만 부담스럽지 않은 분위기가 호평받아 꾸준히 인기를 얻었다. 손님은 20대에서 50대까지 폭넓게 분포되어 있고, 주로 데이트나 여성들의 모임에 이용된다. 아더 사이드에서 다루는 것은 이번이 처음이었다.

히비키는 상가건물 외부에 설치된 계단 앞에 서서 입고 있는 남색 정장 옷매무새를 확인했다. 거울은…… 보지 않았다. 어차피 또 앞머리가 신경 쓰일 것이 뻔하기 때문이었다. 늦어진다는 양해의 전화는 이미 해둔 상태였다.

펌프스 힐이 벽돌 계단을 밟는 딱딱한 소리가 났다. 2층에 올라 나무 문을 열고 근처 테이블 좌석에 앉아 있는 점주의 모습을 확인한 히비키는 힘차게 고개를 숙였다.

"늦어서 죄송합니다! 연락드린 아더 사이드의 편집자 가스미라고 합니다."

대답이 돌아오기까지의 몇 초가 터무니없을 정도로 길게 느껴졌다.

"……아무튼 빨리 시작해주면 좋겠군요. 5시 반부터는 손님이 들어오니까."

고개를 들었다. 점주인 구마가이가 자기 앞의 자리를 턱짓으로 가리켰다.

괜찮다는 말은 한마디도 없었다. 그래도 취재를 받아주는 것만으로 다행이라고 생각했다. 과거에는 히비키의 지각 탓에 상대가 격노해 돌이킬 수 없는 지경에 이른 적도 있었다.

당시 히비키는 죽고 싶을 만큼 침울해졌지만, 그럼에도 지각 버릇은 고쳐지지 않았다.

구마가이는 기분이 나쁜 듯 두툼한 팔을 꼬고 있었다. 낮게 울리는 목소리나 마스크 너머로도 알 수 있는 수염으로 뒤덮인 턱 등 온몸에서 위압감이 풍겼다. 마흔 살이라고 들었는데, 몰랐다면 더 나이가 많은 듯 보였으리라. 히비키는 뱀 앞에 선 개구리가 된 것처럼 바짝 주눅든 채 건너편 의자에 앉았다.

안쪽 주방에 있던 젊은 남자 셰프가 히비키 앞에 물이 든 유리컵을 내왔다. 히비키는 감사 인사를 하며 남자 쪽을 바라봤다.

피부가 하얗고 마스크에 가려진 뺨이 꽤 넓은 데다가 검은 머리를 제대로 가린 셰프 모자 아래로 엿보이는 이마가 훤칠했다. 하지만 무엇보다 신경이 쓰이는 부분은 그의 눈이었다.

'이 눈은 나를 보고 있지 않아.'

어째선지 그렇게 느껴졌다. 작고 귀여운 두 눈은 분명 이쪽을 향하고 있지만, 마치 아무것도 보지 않는 것처럼 그냥 두 개의 검은 구멍이 있는 것만 같았다.

주방으로 돌아가는 그의 뒷모습이 보이지 않을 때까지 히비키는 눈으로 좇았다. 사실은 물을 마시고 싶었지만 유리컵에 손을 대지 못했고, 젖은 머리나 어깨를 손수건으로 닦지도 않았다.

"그럼 잘 부탁드리겠습니다. 우선 이 가게를 열게 되신 과정부터……."

음식점 취재는 익숙했고 질문은 대체로 패턴화되어 있다. 때로는 생각지도 못한 방향으로 이야기가 흘러가기도 하지만, 기본적으로는 정보의 정확성을 염두에 두면 된다. 히비키는 한 시간 만에 순조롭게 취재를 마칠 수 있었다.

디너 타임 개점이 가까워졌기에 곧장 자리를 뜨기로 했다. 가게 입구에서 뒤를 돌아보며 재차 고개를 숙였다.

"오늘 늦어서 정말 죄송했습니다."

"뭐 그건 이제 됐어요. 다음부터는 조심하세요."

정중한 인터뷰가 효과를 발휘했는지 구마가이의 태도가 조금 부드러워졌다. 안심이 되긴 했지만 겉으로 티를 내지는 않았다.

주방에서 방금 전 셰프가 나와서 구마가이와 함께 배웅해 줬다. 입구의 문이 닫히기 직전, 히비키는 그를 훔쳐봤다.

역시 그 눈은 히비키를 보는 듯 보고 있지 않았다.

2

"그래서? 오늘은 왜 늦었어?"

칙칙한 색의 벽으로 둘러싸인 아더 사이드 후쿠오카 오피스에서 엔도 세이이치 오피스장의 목소리가 울려 퍼졌다.

"저기, 몸이 안 좋아서……."

히비키가 어깨를 움츠리자 엔도는 회전의자의 등받이에 기댄 채 고개를 빙글빙글 돌렸다.

"이걸로 몇 번째지, 가스미? 정말로 반성하는 거 맞아?"

한심해서 눈물이 나올 지경이었다. 히비키는 고개를 숙인 채 입술을 깨물었다.

아더 사이드의 후쿠오카 오피스는 후쿠오카 지하철 나카스카와바타 역에서 도보 5분, 하카타의 풍경을 상징하는 나카 강과 그 지류인 하카타 강을 끼고 있는 상업빌딩 12층에 있다.

벤티 콰트로의 취재를 마친 히비키는 곧장 사무소로 돌아왔다. 그리고 이날 출근해 있던 엔도를 발견하고는 마지못해 레스토랑 취재에 지각했다는 사실을 보고했다.

2020년에 시작된 신종 코로나바이러스의 확산, 이른바 코로나 사태 이후, 회사원들의 근무 스타일은 코페르니쿠스적 전환이라고 해도 좋을 만큼 대격변을 맞이했다. 이전까지는 만원 전철을 타고 출퇴근하는 것이 당연했지만, 지금은 많은 기업에서 자택이나 공유 오피스 등을 거점으로 한 원격 근무 중심의 노동으로 전환했다. 그로부터 3년이 지난 이번 달 8일, 드디어 신종 코로나바이러스의 감염병법상 분류가 2급에서 인플루엔자 등과 같은 5급으로 변경되면서 거리에는 마스크를 쓰지 않은 사람이 부쩍 눈에 띄었다. 하지만 아더 사이드처럼 계속해서 원격 근무를 허용하는 기업도 드물지 않다.

엔도는 엄한 상사지만, 불합리한 일에 화를 내는 법은 없다. 의기소침해진 히비키를 보자 걱정이 되는 듯한 말투로 바뀌었다.

"정말로 몸이 안 좋으면 병원에 가봐야지. 다녀왔어? 병원."

"아니요……. 아직요."

갈 수 있을 리가 없다. 몸이 좋지 않다는 것은 거짓말이고, 그저 앞머리가 신경 쓰였을 뿐이니까.

"취재 전에 긴장해서 몸 상태가 나빠진다니, 혹시 마음의 병 아니야? 코로나가 아니니까 참는다고 좋아지지는 않을 거야."

"그렇겠죠……."

"가스미 개인이 아니라 편집부 전체의 신용이 걸린 문제니까. 알았으면 이만 가봐."

겨우 풀려난 히비키는 자신의 책상으로 돌아왔다. 옆자리에 앉은 구가하라 다쿠미의 시선이 느껴져서 히비키는 앞머리를 만지며 말했다.

"저기, 저, 어디 이상한가요?"

"응? 아니. 가스미 씨, 괜찮은가 해서. 부장님의 설교가 길었으니."

"죄송해요. 괜히 저 때문에 분위기가 이상해졌네요."

구가하라는 마스크 위의 눈을 움직여 엔도 쪽을 힐끔 보며 그가 듣고 있지 않다는 사실을 확인한 후, 히비키에게 얼굴을 가까이 대고 속삭였다.

"아무래도 사모님이랑 사이가 좋지 않은가 봐."

"부장님요?"

히비키는 되물었다. 엔도의 정식 직함은 오피스장이지만, 호칭으로 쓰기에는 어색해서 부하들은 다들 그를 부장님이라고 부른다.

"코로나 때문에 집에 있는 시간이 길어지면서 사모님이 짜증을 내기 시작했는데, 최근 몇 년간은 마음 편히 쉴 곳이 없다나 봐. 단골 바에 가서는 취해서 자주 불평을 터뜨린다고 하더라."

"역시 구가하라 씨. 정보통이시네요."

이 선배 직원은 히비키보다 한 해 빨리 입사했을 뿐이지만, 이미 사무소에서는 냄새를 잘 맡기로 소문이 자자했다.

"지각은 반성해야겠지만, 설교는 부장님의 분풀이이기도 해. 뭐, 너무 심각하게 받아들이지 마."

"신경 써주셔서 감사해요."

히비키가 말하자, 구가하라는 시원한 얼굴로 컴퓨터 쪽으로 고개를 돌렸다.

4년제 대학을 나와 신입사원으로 아더 사이드에 입사했

으니, 스물세 살에 입사한 히비키와 같은 나이다. 조각 같은 얼굴과 젤로 깔끔하게 가르마를 탄 짧은 머리, 점잖은 몸짓에 낮게 깔리는 목소리. 어른스럽고 어딘가 신비로운 인상을 받는다.

사실 히비키가 아더 사이드에서 일하게 된 계기를 만든 것도 이 구가하라였다.

블로그 글이 화제가 되어 마음이 들뜬 하루하루를 보내던 무렵의 일이다. 글에 링크를 올린 SNS를 경유해 히비키에게 한 통의 메시지가 도착했다.

가스미 히비키 님

안녕하세요. 갑자기 연락드려서 죄송합니다. 저는 웹 미디어 '아더 사이드' 편집부의 구가하라 다쿠미라고 합니다.

가스미 씨가 쓰신 글을 읽고, 내용은 물론 문장과 구성력이 돋보인다고 느꼈습니다. 다른 글을 보니 가스미 씨는 현재 휴직 중이고, 언론이나 미디어 업계에서 일하기를 희망하신다고요. 그래서 혹시 괜찮으시면 저희 편집부에 견학 삼아 한번 오지 않겠습니까? 마침 가스미 씨가 사는 후쿠오카에 있는 사무소에 결원이 생겨서 즉시 일할 수 있는 인재를 찾고 있습니다.

관심이 있으시면 연락해주시기 바랍니다. 잘 부탁드립니다.

구가하라 다쿠미 드림

나중에 알게 된 것이지만, 당시 신입사원이던 구가하라에게 채용 권한은 없었고, 독단으로 연락을 취했다고 한다. 그 이유를 물은 히비키에게 구가하라는 주눅도 들지 않고 답했다.

"결원이 생긴 탓에 업무량이 늘어나서 힘들었던 건 사실이니까. 그래서 무작정 연락을 돌리다 보면 누군가는 채용되지 않을까 하고 생각했어."

담대한 사람이다.

이유야 어쨌든 히비키는 구가하라의 주선으로 엔도와 면담하게 되었고 결국 채용되기에 이르렀다. 그런 사연이 있기 때문인지 구가하라는 언제나 히비키를 눈여겨본다. 아니, 더 솔직하게 말하면 그 이상의 강한 마음을 느낄 때도 있다.

만약 남자다운 구가하라가 자신에게 호감을 품고 있다면, 히비키는 그것이 그리 싫지만은 않았다. 다만 후쿠오카 오피스는 다섯 명의 소수정예로, 내부에서 연애 사건이 발생하면 업무에 지장이 생기리라는 점은 상상하기 어렵지 않다. 일한 지 1년 정도밖에 되지 않는 히비키로서는 불편해질 수 있는 상황은 피하고 싶었다.

그렇기에 히비키는 구가하라의 세련된 친절에 마음이 움직여도 그저 사교적인 말로 대응할 수밖에 없었다.

3

다음으로 주어진 일은 라이브 스트리밍 앱의 취재였다.

"앱 운영사 측에서 곧 열릴 랭킹 배틀을 대대적으로 다뤄 달라며 스폰서 제의를 했어. 기사 전체는 본사에서 정리하지만, 라이브 스트리밍에는 지역 격차가 없다는 매력도 어필하고 싶은지 각 지역에서 인기 스트리머를 다루기로 했지. 그래서 말인데, 이번 규슈 지역의 인기 스트리머 선정과 취재는 가스미에게 맡길게. 괜찮지?"

사무소에서 들은 엔도의 지시에 히비키는 고개를 끄덕였다.

라이브 스트리밍 업계는 최근 더없는 호황을 누리고 있다. 스마트폰의 성능 향상 덕에 누구든 쉽게 방송을 할 수 있게 된 데다 앱 자체의 기술력도 높아져서 다양한 영상을 실시간으로 고품질로 보정할 수 있게 된 점, 나아가 코로나 사태 이후 사람들이 집에서 보내는 시간이 늘어난 점 등이 요인으로 꼽힌다.

취재 지시를 받았을 때 히비키는 아이돌 시절 라이브 스트리밍이 지금만큼 인기였다면 어땠을까 하고 생각해봤다. 소속사가 있었기에 제멋대로 스트리밍 방송을 할 수는 없었을 테고, 수입도 대부분 소속사에서 가져갔을 것이다. 하지만 아이돌 활동만으로는 도저히 먹고살 수 없는 박봉이었기에 생활에 보탬이 되었을지도 모른다.

하지만 돈을 위해서 그 일을 하지는 않았을 것 같다. 히비키는 아이돌 시절, 다행히 부모님과 함께 살았기에 금전적으로 큰 어려움은 없었다. 게다가 당시에도 라이브 스트리밍 서비스는 존재했다. 절실한 이유가 있었다면 못 할 것도 없었다는 말이다. 결국 아이돌로서의 인기에 직결될 만큼 시청자가 많지 않다는 것이 소속사, 그리고 히비키 자신의 판단이었다.

지금은…… 상상만으로도 소름이 돋는다. 스트리머는 방송 중에 거의 항상 화면에 비치는 자신의 얼굴을 바라봐야 한다. 다시 말해 앞머리를 시청자에게 드러낼 뿐만 아니라 자신에게도 들이대면서 방송해야 한다는 말이다. 죽어도 못 한다고는 할 수 없지만, 참을 수 있을 것 같지도 않다.

지금은 유료, 무료를 불문하고 라이브 방송으로 팬을 늘리는 아이돌이나 여배우가 드물지 않다. 나아가 라이브 방송만으로 큰돈을 벌고 유명 아이돌 못지않은 인기를 누리는 스트리머도 있다. 라이벌은 얼마든지 있다는 말이다. 히비키는 아이돌 업계에서 서둘러 빠져나오길 잘했다고 다시금 실감했다.

아더 사이드에서 다루기로 한 것은 '아이푸쉬'라는 라이브 스트리밍 앱이었다.

'당신이 좋아하는 스트리머(아이돌)를 응원(푸쉬)하자!'라는 캐치프레이즈를 내세운 앱이다. 2년쯤 전에 국내 기업이 서

비스를 개시했고, 착실히 사용자 수를 늘리고는 있지만 몇몇 대기업에 비하면 아직 크게 못 미치는 상황이다.

그래서 이번에 아이푸쉬 공식 주최로 4개월에 걸친 랭킹 배틀을 개최하게 되었다. 참가를 위해서는 별도의 참가 신청이 필요하며, 자격은 여성일 것. 물론 남성 스트리머의 랭킹 배틀 또한 따로 예정되어 있다.

참가자는 방송 중에 획득한, 즉 시청자들이 선물한 포인트에 따라 순위가 매겨진다. 첫 2개월은 참가자 전원이 경쟁하는 예선 기간이며, 그중 상위 30명이 다음 2개월간 열리는 결선에 참가할 수 있다.

참가 신청은 이미 끝났고, 예선이 시작되는 6월 1일까지는 한 달도 채 남지 않았다. 그사이에 아더 사이드에 소개 기사를 올림으로써 시청자를 늘리고 싶다는 속셈이었다.

그날 밤, 히비키는 방 침대에 누워 스마트폰에 아이푸쉬 앱을 설치했다.

생방송 기능을 겸비한 SNS나 동영상 앱을 통한 라이브 방송은 본 적이 있지만, 라이브 방송 전용 앱을 써보는 것은 처음이었다. 계정 작성 폼이 떠서 일단 이름인 '히비키'로 등록했다. 신규 등록자에게 지급되는 무료 포인트를 받자 현재 방송 중인 스트리머가 표시되는 화면으로 전환되었다.

이제 누군가의 방송을 볼 수 있을 뿐만 아니라 스스로 방송할 수 있는 상태가 되었다. 너무 싱거워서 실감이 나지 않왔다. 사용법을 모르니 일단 방송을 하나 시청해보자고 생각해서 히비키는 목록 중 가장 위, 가장 많은 시청자가 모여 있는 여성 스트리머의 영상을 터치했다.

스마트폰 화면 가득 스트리머의 얼굴이 비쳤다. 눈매가 또렷하고 입술은 집으면 튕길 정도로 탱탱해서 그야말로 시선을 사로잡는 미인이다. 연예인이라면 또 몰라도, 일반인이라고는 도저히 믿기지 않는다.

뭔가 특별한 것을 하는 것은 아니고 시청자를 상대로 수다를 떠는 방송이었다. 화면 하단에는 시청자가 올린 듯한 댓글이 줄지어 달렸다.

그리고 다음 순간. 생각지도 못한 일이 벌어졌다.

"히비키 씨, 처음 오신 분인가요? 안녕하세요!"

반사적으로 히비키는 시청 종료 버튼을 누르고 말았다.

자신이 화면을 들여다본다고 생각했는데 반대로 저쪽에서 이쪽을 들여다본 것처럼 느껴져서 간담이 서늘했다. 누가 시청을 시작했는지 스트리머에게 전해지도록 만들어져 있는 것이다. 생각해보면 당연한 일이다. 댓글 등을 통해 실시간으로 스트리머와 시청자가 대화를 나누는 쌍방향성 소통이 라이브 방송의 커다란 매력 중 하나이기 때문이다.

히비키는 다시 한번 아이푸쉬의 사양을 확인했다. 스트리머가 알지 못하게 방에 입실—방송 시청을 시작하는 일—하는 것은 불가능한 듯했다. 다만 퇴실, 즉 시청을 종료하더라도 스트리머에게 통지는 가지 않는다. 방을 나간 사람에게 리액션할 필요는 없기에 이것 또한 당연하리라. 갑자기 방을 나온 일로 스트리머를 불쾌하게 만들지 않고 끝났다는 사실을 알고 가슴을 쓸어내렸다.

하나하나 신경을 쓰는 사람이 이상한 것인지도 모른다. 하지만 히비키는 스트리머가 자신을 인식하는 것에 본능적으로 거부감을 느꼈다. 아이돌 시절, 스탠딩 객석 뒤쪽에서 무대를 바라보며 만족스러운 표정을 짓는 팬을 보고, 자신도 관객이라면 가장 앞줄이 아니라 저 뒤쪽을 고르겠지 하고 생각한 것을 떠올렸다.

하지만 업무인 이상 방송을 보지 않을 수도 없는 노릇이었다. 잠시 고민하다 스트리머를 대충 고른 것이 실수였다고 결론을 내렸다. 진지하게 시청할 마음이 든다면 스트리머가 나를 인식하더라도 딱히 찝찝해할 이유는 없다.

히비키는 다시 한번 방송 목록을 열었다. 자세히 보니 이름 옆에 랭킹 배틀 로고가 붙어 있는 스트리머가 드문드문 눈에 띄었다. 참가 신청을 한 스트리머라는 사실을 알기 쉽게 표시해주는 모양이다. 예선은 6월부터지만, 그때까지 팔로워—방송이 시작되면 알림이 오는 등 해당 스트리머를 평소에 시청하는 층—를 늘리는 것보다 나은 것은 없다. 싸움은 이미 시작되었다.

참가 신청을 위해서는 주소 입력이 필요하기에 아이푸쉬

측은 참가자의 거주 지역을 파악하고 있고, 히비키도 규슈에 거주하는 참가자의 리스트를 전달 받았다. 총 48명. 그중에서 세 명의 스트리머를 선정해야 한다. 특정 스트리머를 기사로 다루는 것은 랭킹 배틀에 대한 개입이라는 비판이 나올 수 있기에 가능하면 기사의 힘을 빌리지 않아도 결선에 나갈 정도로 인기 있는 스트리머를 중심으로 취재하고 싶었다. 그런 사람은 꾸준히 방송할 테니 어렵지 않게 찾을 수 있을 터였다.

아무튼 일단 참가 리스트에 이름이 있는 스트리머를 찾는 것부터 시작하자. 그렇게 생각하며 스마트폰 화면을 스크롤하던 히비키의 손가락이 한 스트리머에서 멈추었다.

침대 위에서 튕기듯 일어섰다. 화면에 눈을 가까이 대고 자세히 관찰했다.

틀림없다. 그렇게 확신한 순간, 히비키는 무의식적으로 중얼거렸다.

"사토네……."

스트리머의 계정명은 '사토네루'. 화면에 비친 모습은 금발의 단발머리로, 테두리가 뚜렷한 아몬드 형태의 눈을 가지고 있다. 하얀 피부와 뾰족한 코, 색소가 옅은 입술은 코카서스 인종의 피가 흐른다는 말을 듣더라도 수긍할 수 있을 것 같다. 소녀 같은 순수함과 성인 여성의 섹시함이 균형 있게 어우러진 미모다.

열 살 때 헤어진 이후 한 번도 얼굴을 본 적이 없으니 벌써 15년 만이다. 소녀는 성인 여성이 되었다. 그럼에도 히비키는 그녀의 얼굴을 한눈에 알아봤다.

신카이 사토네. 히비키의 소꿉친구이자 과거의 절친.

끔찍한 기억이 되살아나 마음이 저려왔다. 로고를 보니 사토네도 랭킹 배틀에 참가한 듯했다. 확인해보자, 규슈 지역의 스트리머 리스트에 이름이 있었다. 설마 이런 형태로 재회하게 될 줄이야.

도망치고 싶다는 마음이 잠시 히비키의 뇌리를 스쳤다. 하지만 어떤 사실을 확인하고 싶은 마음에 히비키의 손가락은 빨려 들어가듯 사토네의 방송을 터치했다.

사토네의 얼굴이 화면 가득 커졌다. 화면 너머에서 숨을 쉬고, 떠들고, 웃고 있다. 통신에 시차가 있기 때문일까, 몇 초 후 사토네가 이쪽을 향해 손을 흔들었다.

"히비키 씨, 어서 와!"

이 반응에 다시 한번 몸을 움찔하며 히비키는 사토네의 얼굴 한 곳을 응시했다.

없다.

어떻게 봐도 없다.

사토네의 뺨에 화상 흉터는 없었다. 화면 너머로도 매끈매끈하다는 사실을 알아볼 수 있었고, 히비키의 피부보다도 훨씬 깨끗하다고 느껴질 정도였다.

'화상 흉터, 없앴구나.'

몸에서 힘이 쭉 빠졌다. 사토네의 뺨이 깨끗하다고 해서 히비키의 잘못이 사라지는 것은 아니다. 그럼에도 어쩔 수 없이 마음이 편해졌다.

일을 하다가 갑자기 소꿉친구를 발견하고 지금 상태를 알게 되다니. 믿기 어려운 우연에 히비키가 넋을 놓고 있는데 사토네는 비스듬히 위를 바라본 채 말하기 시작했다.

"히비키……. 어렸을 때 같은 이름을 가진 친구가 근처에 살았어."

설마 자신의 이야기가 나올 줄은 생각도 못 했기에 히비키는 숨을 쉬는 것도 잊은 채 사토네의 이야기에 귀를 기울였다.

"진짜 친해서 곧잘 둘이 함께 춤을 추기도 했어. 그때 인기 있던 아이돌을 흉내 내면서 말이야. 아, 그립네. ……응? '사토네루의 춤을 보고 싶다'고? 아하하, 불가능해. 이제 춤 못 추거든. '지금은 사토네루가 제 아이돌이에요!', 네네, 감사합니다. '몇 포인트 선물하면 춤 보여줄 건데?' 흐음, 10만 포인트쯤 준다면 생각해볼게, 아하하."

시청자에게 알랑거리는 것이 아니라 시원시원하게 대하는 것이 사토네루의 스타일인 듯했다. 그런 것을 이해하는 한편, 히비키는 고민에 빠졌다.

내가 그 히비키 맞아, 라고 말하는 편이 좋을까. 너와 함께 춤을 췄던 그 히비키야, 라고 댓글을 달면 사토네는 어떤 반응을 보일까.

이것이 오히려 사적인 상황이었다면 그런 뻔뻔한 짓을 하려고는 꿈에도 생각하지 않았으리라. 하지만 히비키에게는 어디까지나 업무상의 목적이 있었다. 사토네라면, 과거의 절친이라면, 전혀 모르는 스트리머보다는 훨씬 더 취재하기 쉬울 것 같았다. 아는 사람을 편애한다는 비난은 피할 수 없겠지만, 그 정도라면 회사도 눈감아줄 것이다. 다행히 사토네루의 방송은 나름대로 많은 시청자를 확보하고 있어 인기 면에서는 부족하지 않다.

마음을 굳힌 히비키는 댓글란에 글자를 입력했다. 송신 버튼을 누르기까지 3분 넘게 고민했다.

사토네루 씨, 안녕하세요. 앞서 말씀하신 히비키예요. 함께 춤을 춘 것, 기억해줘서 고마워요. 오랜만에 둘이서 이야기하고 싶어요.

다른 시청자의 댓글은 이렇게 정중한 투가 아니라는 사실은 히비키도 알고 있었다. 하지만 히비키에게는 이것이 최선이었다. 과거의 친구라는 인연이 오히려 그녀를 불편하게 만들었다.

송신이 완료된 몇 초 후, 댓글이 표시되고 있을 카메라 하단으로 시선을 돌린 사토네의 얼굴색이 바뀌었다.

"거짓말……. 어, 잠깐 기다려. 정말로 히비키야?"

사토네루라는 스트리머로서의 표정을 민드는 것을 잊고

그녀는 멍한 표정을 지었다. 시청자 댓글란에는 '감동의 재회잖아!', '이건 진짜로 춤 볼 수 있는 흐름인가?'라는 무책임한 댓글이 넘쳐났다.

"어? 어쩌지. 나도 이야기하고 싶어. 어떻게 하면 되지? 아이푸쉬에는 DM 기능 없잖아. 내가 전학을 간 게 초등학생 때니까 핸드폰 같은 것도 없었고, 연락처도 모르는데."

사토네는 당황한 듯 보였다. 실은 아이푸쉬의 요청을 받은 취재이기에 랭킹 배틀에 참가하는 스트리머의 연락처는 아이푸쉬를 통해 물어볼 수 있다. 참가자 측도 기사에 소개되면 유리해질 것이 분명하기에 보통은 기꺼이 가르쳐주리라.

하지만 사토네 본인은 그렇다 치더라도 시청자에게는 랭킹 배틀 건으로 취재 중인 사실을 알리지 않는 편이 좋다. 어떻게 댓글을 남겨야 할지 고민하는데, 사토네가 주먹으로 손바닥을 치더니 말했다.

"아, 맞다. 히비키의 본가에 연락해보면 되겠다! 단독주택이었으니 아마 옛날 집 그대로겠지? 엄마한테 물어보면 연락처도 알 수 있을 거야. 저기, 히비키. 아직 보고 있어? 집, 이사하지 않았지?"

히비키는 서둘러 댓글을 달았다.

주소도 전화번호도 그대로야.

댓글을 본 사토네가 빙긋 웃었다.

"좋았어. 그럼, 내가 연락할 테니, 히비키네 엄마한테도 전해줘. 와, 정말 깜짝 놀랐네. 아, 나 지금부터 잠깐 볼일이 있으니 오늘 방송은 슬슬 끝낼게. 다들 봐줘서 고마워! 그럼 다음에 봐!"

갑자기 사토네가 방송을 종료했다. 너무 갑작스러운 전개에 긴장이 풀리지 않은 히비키는 스마트폰 화면에 떠 있는 '방송이 종료되었습니다'라는 글자를 한참 동안 바라봤다.

4

히비키의 본가는 후쿠오카 시 사와라 구의 주택가였다.

회사원인 아버지가 20년의 대출을 끼고 산 단독주택으로, 넓지는 않지만 4인 가족이 살기에는 충분했다. 더불어 작은 정원과 자가용을 주차할 수 있는 차고도 있다. 요컨대 그 주변 어디에는 있을 법한 집이다.

200미터 정도 떨어진 사토네의 집도 비슷비슷했는데, 다른 점이 있다면 사토네는 아버지의 어머니, 즉 할머니와 같이 살았기에 툇마루가 있다거나 언제 들어가든 다다미와 향냄새가 나는 방이 있는 등 일본의 정취가 어느 정도 갖추어져 있었다. 사토네가 초등학교에 들어가는 시기에 맞춰 신축했다고 했다.

초등학교에 입학해 같은 반 친구가 된 것을 계기로 히비키는 사토네와 친해졌다. 기가 센 사토네와 느긋한 성격의 히비키는 볼록과 오목이 만난 것처럼 잘 맞았다. 가끔 다투기도 했지만 며칠 지나지 않아 원래의 친한 사이로 돌아갔다.

사토네가 아이돌에 관심을 보이기 시작한 것은 초등학교 4학년의 봄이었다.

"저기, 히비키. 이 춤, 둘이서 같이 추자."

히비키는 그렇게 말하며 사토네가 보여준 유튜브 동영상을 통해 그 유닛의 존재를 알게 되었다. 그 무렵 사토네가 추천하는 것은 무엇이든 매력적으로 보였던 히비키는 순식간에 그 유닛에 빠져들었다. 둘이서 인터넷 동영상과 방송 녹화본을 보면서 새로운 노래가 나올 때마다 열심히 춤 연습을 하곤 했다.

"나, 아이돌이 되고 싶어. 될 수 있을까?"

히비키의 집에서 춤 연습을 하다 쉬는 도중, 어머니가 가져다준 오렌지주스를 마시면서 사토네가 그렇게 말했을 때, 히비키는 진심으로 응원했다.

"물론 될 수 있지! 사토네, 춤 잘 추잖아!"

"정말? 그럼 히비키도 같이 아이돌하자."

"어? 난 안 될 것 같은데."

"히비키도 열심히 춤 연습 하고 있잖아. 그리고 뭐, 남자들한테도 인기 있던데? 우리 반 ××가 히비키 보고 귀엽다고 했어."

"아, 싫다! 최악!"

"나랑 2인조로 아이돌 데뷔해서 음악방송 1위 노려보자!"

"흐음. 알겠어. 그럼 나도 열심히 해볼게!"

그때의 히비키는 본심이 아니라 사토네에게 말을 맞췄을 뿐이었다. 남자아이가 칭찬했다는 것도 히비키의 마음을 움직이기 위한 사토네의 거짓말이었다는 사실은 나중에 알게 되었다.

그래도 히비키는 자신의 머릿속에서 꿈이 부풀어 오르는 것을 멈출 수 없었다. 정말로 아이돌이 되어 사토네와 함께 할 수 있다면, 앞으로도 계속 즐겁겠지. 그리고 나이가 들면 이번에는 소설가가 되어서……. 그런 순진한 망상은 결코 진심으로 아이돌이 되고 싶은 것은 아니던 히비키의 마음마저 들뜨게 했다.

하지만 그 행복은 여름이 끝날 때까지 이어지지 않았다.

같은 해 여름방학, 히비키는 가족 여행으로 오키나와에 가서 사토네에게 줄 선물을 사서 돌아왔다. 그리고 그 선물을 건네주기 위해 사토네의 집을 방문했다.

사토네의 집 1층에 있는 거실 텔레비전 앞에 놓인 로우테이블에서 선물 봉투를 연 사토네는 단번에 들뜬 목소리를 냈다.

"우와, 귀엽다! 히비키, 고마워!"

히비키가 선물한 것은 유리 홀더에 들어 있는 히비스커스 모양의 붉은 아로마 캔들이었다.

사토네의 반응을 보고 히비키는 안심했다. 사토네는 마음에 들지 않는 것은 마음에 들지 않는다고 확실히 말하는 데다, 옷이나 소품에 대한 취향이 까다롭기에 선물할 때마다 히비키의 센스가 시험받는 듯한 느낌이다. 그 아로마 캔들도 오키나와의 잡화점에서 한 시간 넘게 시간을 들여 고르고 고른 것이었다. 옆에서 부모님이 어이없어하는 상황에도.

"마음에 든다니 다행이다. 불을 붙이면 좋은 냄새가 난대."

"그렇구나. 그럼 불붙여볼까?"

"어? 괜찮아? 어른도 없는데."

　그때 사토네의 가족은 모두 집을 비웠고, 같이 살던 할머니는 1년 전에 돌아가신 상태였다.

"괜찮아. 이 유리 홀더 안에서 타는 거잖아."

"그것도 그런가. 아, 그래도 창문은 열어두자. 불을 쓸 때는 환기하지 않으면 몸에 안 좋다고 하니까."

　거실은 에어컨이 켜져 있어서 시원했지만, 히비키는 눈앞의 툇마루로 출입할 수 있는 창문을 열었다.

　바닷바람이 레이스 커튼을 흔들었다. 구름 한 점 없는 푸른 하늘이 펼쳐진 기분 좋은 오후였다. 사토네가 아버지 방에서 가져온 라이터로 캔들에 불을 붙이자, 오키나와에서 먹은 과일을 연상시키는 달콤하고 상쾌한 향기가 퍼졌다.

"좋은 냄새 난다." 사토네도 마음에 든 듯했다.

　얼마간 둘은 아이돌 놀이를 하며 놀았다. 노래하고 춤추는 것뿐만 아니라 패션쇼 흉내도 냈다. 거기에 질리자, 둘은 2층에 있는 사토네의 방으로 가서 당시 둘 다 빠져 있던 하이틴 로맨스 소설을 읽기 시작했다.

침대에 누워 있던 사토네는 어느샌가 잠에 빠져들었다. 덩달아 잠이 몰려온 히비키는 손에 들고 있던 책을 펼친 채로 엎어놓고, 옆에 있는 둥근 테이블에 엎드려 눈을 감았다. 창문을 통해 들어오는 햇살의 열기와 에어컨의 찬바람이 묘하게 쾌적해서 녹아들듯 잠이 들었다.

얼마나 그러고 있었을까.

히비키는 코를 찌르는 이질적인 냄새에 눈을 떴다.

처음에는 잠에 취해 시야가 흐릿한 줄 알았지만, 아니었다.

사토네의 방에는 시커먼 연기가 가득 차 있었다.

"사토네, 일어나!"

히비키가 몸을 흔들자, 사토네는 으음, 하고 중얼거렸다.

"뭐야? 히비키……."

"불이야! 불이 났어!"

"뭐?"

사토네는 깜짝 놀라 벌떡 일어났다.

둘이서 계단을 뛰어 내려갔다. 아까 놀던 거실이 화염에 휩싸여 있었다.

"히비키, 어쩌지?" 사토네는 패닉에 빠졌다.

"현관으로 도망치자!"

히비키는 사토네의 손을 잡아끌었다. 사토네의 집 현관은 거실과는 반대쪽에 있었다. 그쪽에는 아직 불이 붙지 않았다.

하지만 히비키가 앞서 현관 바닥으로 내려서서 신발을 신는 순간, 사토네가 히비키의 손을 뿌리쳤다.

"할머니 거울, 거실에 두고 왔어!"

맞벌이 부모를 둔 사토네는 같이 살던 할머니를 잘 따랐다. 1년 전, 할머니가 돌아가셨을 때는 매우 슬퍼했고, 유품으로 받은 오래된 금속 거울을 매일 들여다보곤 했다.

"가져올게!"

사토네가 발을 돌려 달음박질했다. 신발을 신고 있던 탓에 히비키의 반응이 늦었다.

"안 돼, 사토네!"

신발을 신은 채 뒤를 쫓았다. 사토네는 점점 더 거세지는 불길을 아랑곳하지 않고 로우테이블 아래를 들여다보고 있었다. 하지만.

"어라? 없어."

거실에서 함께 놀았을 때 히비키도 거울을 본 기억이 있었다. 하지만 거울이 보이지 않는 듯했다.

"왜 없지? 나, 어디에 뒀더라?"

"사토네, 위험해!"

히비키는 비명을 질렀다.

창문 주변이 활활 타올라 근처에 있던 관엽식물이 불길에 휩싸인 채 사토네의 머리 쪽으로 쓰러진 것이다.

"꺄악!"

돌아본 사토네가 오른팔로 자신의 몸을 감쌌다. 하지만, 늦었다.

"뜨거워! 뜨거워!"

"사토네!"

히비키는 순간 두려움을 잊고 사토네에게 달려들었다. 관엽식물을 발끝으로 걷어찬 후에 사토네의 어깨를 끌어안고 일으켜 세웠다.

더는 거울 따위 신경 쓸 때가 아니었기에 사토네는 얌전히 히비키를 따라나섰다. 현관을 통해 집에서 나와 대문 밖에 이르러 둘은 그 자리에 주저앉았다. 망연자실한 히비키 옆에서 사토네는 계속 울고 있었다.

"아파, 얼굴이 아파……."

"사토네, 얼굴 좀 보여줘."

눈물을 흘리며 이쪽을 본 사토네의 얼굴을 보고 히비키는 할 말을 잃었다.

사토네의 오른쪽 뺨에는 커다랗고 검붉은 상처가 생겨 있었다.

불 붙은 관엽식물이 직접 사토네의 얼굴에 부딪힌 듯했다.

울면서 사토네가 물었다.

"저기, 히비키. 내 얼굴, 어떻게 됐어?"

히비키는 아무 대답도 하지 못했다.

"너희들! 괜찮니?"

그때 마침 근처 집에서 중년여성이 나와서 둘에게 말을 걸었다. 연기를 발견한 인근 주민이 이미 신고한 듯, 그로부터 5분도 지나지 않아 소방차와 구급차가 도착했고, 주변이 소란스러워지는 것을 히비키는 레이스 커튼 너머의 풍경처럼 멍하니 바라봤다.

불길은 곧장 잡혔고, 집의 피해는 거실에 그쳤다.

어른들은 히비키에게 몇 번이고 사정을 물었고, 히비키는 감정 없이 답했다. 저 집에는 자주 놀러 가니? 네. 캔들에 불을 붙이고 논 거야? 네. 어른이 없는데 위험하다는 생각 안 했어? 생각했지만 사토네가 유리 홀더 안에서 타는 거니까 괜찮다고 했어요……. 히비키의 어머니는 "무사해서 정말 다행이야"라고 말하며 안아줬지만, 히비키는 도저히 그런 식으로는 생각할 수 없었다.

이윽고 소방서의 조사 끝에 화재 원인이 밝혀졌다.

아로마 캔들의 불이 바람에 날린 레이스 커튼에 옮겨붙었다고 했다. 히비키와 사토네의 증언뿐만이 아니라, 창문 주변이 특히 심하게 탔다는 점 등 피해 상황과도 일치했다.

화재 원인을 들었을 때, 히비키는 자신을 심하게 자책했다.

'내가 선물로 캔들을 고른 탓이야.'

사토네는 그렇게 얼굴에 심한 화상을 입고 말았다.

그녀는 아이돌이 되고 싶다는 꿈을 가지고 있었고, 그 꿈을 나에게도 나눠줬다. 하지만 얼굴에 그렇게나 눈에 띄는 화상 흉터가 있는데 아이돌이 될 수는 없으리라.

내가 그녀의 꿈을 빼앗아버렸다.

사토네의 피부가 앞으로 얼마나 회복될지 히비키로서는 알 수 없었지만, 화상을 입은 직후의 상태를 봤기에 평생 낫지 않는 것은 아닐까 하는 공포심이 사라지지 않았다.

화재 후, 사토네는 병원에 잠시 입원했기에 학교에 오지 않았다. 히비키는 병문안을 가려고 했지만, 사토네의 부모님이 거절했다. 지금은 불안정한 상태이기에 가만히 놔두었으면 한다는 이유였다.

그로부터 얼마 지나지 않아 사토네가 다른 곳으로 이사했다는 소식이 들려왔다. 사토네가 살던 집은 아직 원형을 유지하고 있었고 업체를 통해 수리가 진행되었지만, 끔찍한 기억이 깃든 그 집으로 돌아가는 것을 사토네가 몹시 싫어했다고 한다. 건물은 토지와 함께 매물로 나왔고, 화재 발생 1년 후에는 다른 가족이 살기 시작했다.

작별 인사조차 하지 못한 채 친한 친구가 사라져버렸다는 사실을 슬퍼하는 와중에도 히비키는 솔직히 어딘가 안도감을 느끼기도 했다. 회상 흉터가 남은 사토네와 전처럼 친하게 지낼 자신이 없었다. 사토네를 그리워하는 마음과 캔들일에 관해 사과하고 싶다는 마음도 진심임은 틀림없다. 하지만 히비키에게도, 사토네에게도 이대로 헤어지는 것이 옳다는 생각이 들었다.

그런 히비키에게 사토네의 편지가 도착한 것은 그녀가 떠난 지 두 달이 지난 무렵이었다.

내용은 단순한 작별 인사로, 소녀다운 감상적인 부분은 있지만 전체적으로 소박한 내용이었다. 다만 마지막에 적힌 한 구절, 그곳만이 펜의 잉크가 바뀐 것처럼 이질적으로 보였다.

나는 아마 이 얼굴로는 아이돌이 될 수 없을 거야.
그러니 히비키는 내 몫까지 꿈을 이뤄줘.

그날부터 히비키는 끊임없이 자신에게 말하며 살게 된다.
……나는 사토네 대신 아이돌이 되어야만 한다, 라고.

5

방송을 통해 사토네와 대화한 다음 날, 본가의 어머니에게서 연락이 왔다.

"깜짝 놀랐어. 갑자기 사토네한테 전화가 와서 말이야."

당황한 탓에 어머니에게 말하는 것을 깜빡하고 말았다. 사정을 대강 설명했지만 어머니는 여전히 여우에 홀린 듯한 목소리였다.

사토네는 히비키의 연락처를 묻는 대신 자신의 스마트폰 전화번호를 가르쳐줬다고 한다. 이번 일의 절반은 그녀의 의사로 행동했으니 나머지 절반은 히비키에게 결정하라는 뜻인지도 모른다.

히비키는 고민 끝에 문자메시지를 보내기로 했다. 직접 말할 결심이 서지 않기도 했지만, 이쪽에는 사토네와 재회하고 싶다는 순수한 마음뿐 아니라 취재라는 목적도 있었기에 먼저 그것에 관해 양해를 구하는 편이 좋겠다고 생각했기 때문이었다.

한 번에 보낼 수 있는 글자 수가 제한된 탓도 있어서 히비키가 보낸 문자는 업무 성격이 짙었다. 사토네에게서는 바로 답이 왔고, 취재를 받아들이겠다는 뜻과 함께 편한 날짜와 시간을 알려줬다. 답장의 내용도 담백했다.

다음 주 수요일 오후, 히비키는 사토네가 지정한 야쿠인에 있는 카페를 방문했다. 흰색을 바탕으로 한 심플한 인테리어로, 세계 대회에서 우승한 경력도 있는 바리스타가 커피를 내려준다고 했다. 재회에 대한 긴장으로 들뜨기도 해서인지 히비키의 앞머리 손질은 평소보다 순조롭게 끝났고, 조금 일찍 도착한 가게 안에 사토네의 모습은 보이지 않았다.

히비키는 마스크를 벗고 아메리카노를 마시면서 사토네

를 기다리는 동안에도 두근거리는 마음이 진정되지 않았다.

그녀를 만나서 무슨 이야기를 하면 좋을까. 만나지 못했던 지난 15년간의 공백을 메우고 예전처럼 친하게 지낼 수 있을까. 물론 그렇게 되면 좋겠지만…….

아니, 정말로 나는 그렇게 되기를 바라고 있을까. 오히려 재회를 통해 응어리를 풀고 나면 그다음에는 소원해지는 미래를 상상하고 있지는 않은가. 왜냐하면 그녀는 나 때문에…….

어쨌든 취재라는 명분이 있다는 점이 든든했다. 상황이 어색해지면 취재 이야기를 꺼내면 된다. 히비키는 녹음기를 준비하고, 마치 둑을 쌓듯 메모장과 노트북을 테이블 위에 올려놓았다.

약속 시각에서 5분이 지났을 때, 유리문 열리는 소리가 나서 히비키는 그쪽을 쳐다봤다.

방송에서 본 것과 같은 금발 단발머리. 큰 사이즈의 흰색 티셔츠에 검은색 데미지 청바지. 베이지색 마스크 위로 보이는 눈 주변에는 화려한 분홍색 화장이 되어 있었다.

자리에서 일어난 히비키를 알아보고 사토네는 이쪽으로 다가왔다. 건너편 좌석에 검은색 토트백을 아무렇게나 놓더니 주문을 하러 카운터로 향했다.

뭔가 위화감이 발끝에서 솟구쳐 오르는 느낌이 들었다.

오랜만이라고 인사할 겨를도 없었다. 방송 때 보여준 놀라면서도 어딘지 기쁜 듯한 태도가 오늘의 사토네에게서는 한 톨도 느껴지지 않았다.

사토네는 카페라테가 든 머그잔을 손에 들고 테이블로 돌아왔다. 여전히 서 있던 히비키를 신경도 쓰지 않고 의자에 털썩 앉아서 다리를 꼬았다. 히비키는 어째야 좋을지 알지 못해 우물쭈물했다.

"뭐 해? 앉아."

15년 만에 들은 사토네의 육성이었다.

히비키는 서둘러 자리에 앉았다. 웃는 얼굴이 어색하게 변했다.

"오랜만이야. 정말로 연락해줘서 고마워."

"별거 아니야. 나도 히비키를 만나고 싶었으니."

그 말은 반드시 좋은 의미만은 아닌 듯했다.

"아이푸쉬에서 사토네를 발견하고 정말 놀랐어."

"잘도 알아봤네. 15년이나 안 만났는데."

"전혀 안 변했던데? 물론 어른이 되며 엄청 예뻐졌지만. 그래도 한눈에 사토네라고 알아볼 수 있었어."

"흐음. 뭐, 그렇게 쉽게 잊지는 못하겠지. 히비키와는 여러 가지 일이 있었으니."

여러 가지 일. 함축적인 표현이다.

"사토네야말로 나랑 있었던 추억을 그렇게 말할 줄은 몰랐어."

"그거야 '히비키響'라는 이름, 그렇게 흔하지 않잖아. 거기다 내 이름 사토네郷音에도 같은 한자가 들어 있으니 말이야. 싫어도 떠오르지."

"폐가 되진 않았어? 멋대로 댓글을 달아서."

사토네는 그 말을 무시하고 말을 이었다.

"솔직히 '저 맞아요'라는 댓글이 돌아올 거라고는 생각지도 못했어. 거기서 그렇게 말하려면 용기가 필요했을 텐데."

"응, 그건 뭐. 사실 방송을 보고 다행이라고 생각했어. 뭐라고 할까, 그……."

"화상 흉터 말이야?"

먼저 언급해줘서 다행이었다.

"맞아. 보기에는 전혀 알아볼 수 없었으니까. 화상 흉터, 전부 사라졌구나 싶어서."

그러자 사토네가 귓가에 손을 올리고 마스크를 스르륵 벗었다.

드러난 그녀의 얼굴을 본 히비키의 숨이 멎었다.

사토네의 오른쪽 뺨에는 귀에서 입술을 향해 곧게 뻗은 붉은 화상 흉터가 확실히 남아 있었다.

"히비키, 모르는구나. 무리도 아닌가. 하긴, 아이푸쉬에 익숙하지 않은 느낌이었으니까."

사토네는 청바지 주머니에서 꺼낸 스마트폰을 흔들었다.

"아이푸쉬는 아이돌을 콘셉트로 내세우기도 했고, 보정 기술이 엄청나거든. '뽀샤시 필터'로 이런 화상 흉터 정도는 실시간으로 깨끗하게 지울 수 있어. 내가 아이푸쉬에서 방송을 시작한 가장 큰 이유야."

사토네는 이어서 평소에는 진한 화장으로 숨기지만 완전히 가릴 수는 없다는 점, 코로나로 마스크를 쓰게 된 이후부터는 화장하지 않고 편하게 외출할 수 있게 된 점, 다만 마스크를 벗어야 하는 상황에서는 마스크 때문에 화장이 지워져서 오히려 불편해졌다는 점 등을 빠른 말투로 떠들었다.

카페라테에 입을 댄 사토네를 앞에 두고 히비키는 중얼거렸다.

"미안……, 내가 경솔한 말을 했어."

"유감이겠네. 흉터가 사라지지 않아서."

사토네가 웃었다. 기분 좋은 웃음은 아니었다.

"무슨 의미야? 그건 물론 유감이지만."

"왜냐면 조금 전에 화상 흉터가 사라져서 다행이라고 말한 거, 나한테 있어서가 아니라, 히비키에게 있어서 다행인 거잖아?"

"그렇지 않아."

반사적으로 부정했지만, 의표를 찔리기도 했다. 분명 그날의 방송을 본 히비키의 마음은 한결 가벼워져 있었다.

"그래서 나, 히비키를 만나고 싶었어. 지금의 나를 보고 히비키가 어떤 얼굴을 보일까 궁금했거든."

"그거, 현대의 의료기술로도 없앨 수 없는 거야?"

히비키는 불에 기름을 끼얹는 말일 수도 있다는 사실을 알면서도 어떻게든 화제를 돌리고 싶다는 일념으로 그런 질문을 던졌다.

사토네는 재미없다는 표정으로 말했다.

"레이저 같은 거 사용하면 꽤 깔끔해진다더라. 돈도 수십만 엔밖에 안 들고."

"그럼 왜……."

"당연히 해봤지. 하지만 불가능했어."

그녀의 짜증이 공기를 통해서 전해졌다.

"얼굴에 통증이나 열기를 느끼면 그날의 광경이 되살아나거든. 그래서 나도 모르게 미친 사람처럼 비명을 지르게 돼. 그 이후, 그 기계에 다가가는 것조차 무서워서 치료를 포기했어."

"……그랬구나."

상처에 소금을 뿌린 것 같은 미안함에 히비키는 점점 더 몸 둘 바를 모르게 되었다.

사토네는 그런 히비키에게 정나미가 떨어진 듯 한숨을 쉬며 말했다.

"그래서, 히비키는 왜 아이돌 그만둔 건데?"

"알고 있었어?"

"뭐, 대강. 고등학생 때도 후쿠오카에는 종종 놀러왔으니까. 그러다가 은행 바깥에 붙어 있는 포스터에서 이태커를 보고, 이거 히비키구나 하고 알아봤지."

'어태커'란 히비키가 소속했던 아이돌 그룹의 이름이다. 'HAKATA'를 뒤집어서 읽은 것뿐인 꽤 엉뚱한 네이밍이 되었다.

"미안. 아이돌이 되겠다고 사토네와 약속했는데, 좌절해버려서."

그러자 사토네는 혀를 찼다.

"하지 마, 그런 거."

"그런 거가 뭔데?"

"괜찮아, 히비키는 열심히 노력했잖아, 나를 위해서 그렇게 해줘서 고마워. 그런 말을 듣고 싶어서 그러는 게 눈에 훤해."

충격이었다. 그럴 생각은 없었다. ……하지만 정말로 그렇게 단언할 수 있을까?

"너, 그러는 게 버릇이 돼버렸네. 아까도 멋대로 댓글을 남겨서 폐가 되지 않았냐고 물었지. 그렇지 않아, 고마워, 그런 말이라도 들을 줄 알았어?"

사토네는 '그렇지 않아, 고마워' 부분만 다른 사람에게 애교를 떠는 듯한 달콤한 목소리를 냈다.

"……미안."

이 말밖에 할 수 없었다.

"아이돌로 지내는 것도 이래저래 힘들었을 테고, 그런 건 나로서는 알 수 없으니 히비키가 사과할 필요 따위 없어. 본인 인생이니까 멋대로 하면 돼. 이미 다 큰 어른이니까 그런 말 굳이 하지 않아도 알잖아?"

"그래도 사토네에게 미안하다고 느끼는 건 거짓이 아니야."

"왜 그렇게 비굴해졌어? 아까부터 적에게 둘러싸인 것처럼 겁에 질려서 말이야. 전에는 그렇지 않았잖아."

그래, 나는 비굴해졌구나, 하고 히비키는 생각했다. 그 감정의 근간에는 역시 아이돌 시절의 일이 자리하고 있다.

"아이돌을 그만둔 건 자신감이 없어져서였어. 당시, 인터넷에서 욕을 많이 먹었거든."

"누가 뭘 하든 나쁘게 말하는 사람은 있어. 거기에 일일이 신경 쓸 필요 없잖아."

"나도 머리로는 이해했어. 하지만 그렇다고 상처받지 않는가 하면, 그런 건 아니어서."

"……뭐, 그거야 알지만. 나도 방송을 하다 보면 심한 악플이 달리는 거야 일상다반사니까."

방송 앱 기능으로 비방 댓글이 표시되지 않게끔 필터링이 이루어진다는 것은 히비키도 일을 통해 파악하고 있었다. 하지만 인터넷 비속어 등을 구사해 무례한 발언을 쏟아내는 시청자나 SNS에 악성 댓글을 남기는 사람도 있다.

히비키는 앞머리를 쉴 새 없이 쓰다듬으며 계속했다.

"그때 앞머리가 기분 나쁘다는 글이 인터넷에 올라왔어. 그 이후, 거울을 볼 때마다 어떻게 해도 앞머리가 신경 쓰이게 됐어."

히비키는 사토네의 시선이 자신의 머리로 향하는 것이 괴로웠다.

"조금이라도 나아지게끔 손질해봤지만, 도저히 마음에 들지 않았어. 무대에 서기 직전까지 거울에서 떨어지지 못해서 울어버린 적도 있고. 이런 기분 나쁜 모습으로 무대에는 설 수 없다고 생각해서, 그래서 그만뒀어."

무거운 고백을 하고 있다는 자각은 있었기에 히비키는 억지로 미소를 만들었다.

"적성에 안 맞았던 거야. 그게, 어렸을 때는 자신이 예쁜지 아닌지 잘 모르잖아. 그런데 그룹에 들어가서 깨달았어. 나 같은 여자애가 아이돌이 된다니, 말도 안 되는 일이었다고."

두 명의 손님이 들어와서 옆 테이블에 앉았다. 사토네는 그 잡음이 조용해지기를 기다려 입을 열었다.

"……열받아."

히비키는 움찔했다.

"나, 또 비굴한 말 했지?"

"그게 아니라."

사토네의 눈빛은 광선처럼 곧게 뻗어 있었다

"이런 말 하는 거 짜증 나지만. 아이돌 하던 무렵의 히비키, 참 예뻤어."

"아니야, 나, 사토네에게 그런 말을 들으려고 한 게 아니라……."

"나도 안다니까."

딱 잘라버리는 사토네의 말에 히비키는 입을 다물었다.

"그렇게 느꼈다면 말하지 않았을 거야. 히비키, 스스로를 정말 기분 나쁘게 생각하는 것 같아서 그게 열받는다고 말하는 거야."

"왜?"

"예뻤으니까. 같은 그룹의 어떤 아이에게도 지지 않았어."

"그런데 왜 사토네가 열을 받는데?"

"열받을 수밖에 없지. 자기보다 예쁜 여자가 '나, 못생겼잖아'라고 말하면, 이쪽은 뭐가 되겠어?"

"나 따위보다 사토네 쪽이……."

"그런 말, 지금 필요 없다니까."

사토네는 파리를 쫓듯 손을 흔들었다.

뛰어난 외모를 가진 여성이 자신을 예쁘지 않다고 말하는 것을 볼 때면 히비키는 겸손하다거나, 아니면 자학을 가장한 자랑이라고 생각했다. 그렇기에 사토네가 화를 내는 것도 이해할 수 있었다. 하지만 히비키의 말은 진심이었다.

"그래도 나, 별로 인기 없었어."

"그거야 아이돌의 인기는 얼굴만으로 정해지는 게 아니니까. 아이돌로서 행동하는 게 서툴렀던 거 아니야? 그거야말로 자신감이 없다거나 하는 이유로."

짐작 가는 바는 있었다. 그룹 내에서 히비키는 "캐릭터가 없다"라는 말을 자주 들었다. 악수회 등 팬과 교류할 기회가 있어도 긴장 때문에 팬의 말에 제대로 대답하지 못해 상대방을 곤란하게 만드는 일도 종종 있었다.

"솔직히 말하면 같이 아이돌이 되자고 말했을 때는 내가 더 예쁘다고 생각했어. 히비키, 조금 감자처럼 생겼으니까."

동감하는 마음이었기에 대놓고 말하더라도 거슬리진 않았다.

"그래도 얼굴에 화상 흉터가 남고, 시간이 지나도 사라지지 않을 것 같다는 사실을 알았을 때, 나, 내가 괴물이라도 된 것 같더라. 히비키와 멀어진 후에 다닌 학교에서도 기분 나쁘다는 뒷말을 듣기도 했고 말이야. 연애 같은 거야 평범하게 한 적 있지만, 아이돌은 꿈에도 꾸지 못했지. 그때였어. 히비키가 아이돌 활동을 한다는 사실을 알게 된 게."

사토네는 미소 지었다. 이번에는 싫은 느낌이 들지 않는 미소였다.

"깜짝 놀랐어. 엄청 예뻐져서 말이야. 역시 프로는 다르구나 싶었어."

"그런 말을 들을 정도로 활약하지는 않았는데……."

"히비키가 내 말에 맞춰주는 것일 뿐, 진심으로 아이돌을 목표로 하지는 않았다는 것쯤 나도 알았어. 성격적으로도 잘 맞을 것 같지 않았고. 그런데 히비키는 나랑 한 약속을 지켜서 정말로 아이돌이 됐지. 외모를 가꾸고 노래나 춤 연습도 열심히 노력한 게 전해졌어. 그걸 알았을 때, 생각했어. 나, 도대체 뭐 하고 있는 걸까, 하고."

화재로부터 7년의 세월이 지나 있었다. 그 불탄 거실에 계속 사로잡혀 있던 사토네는 드디어 한 발을 내디뎠다.

"우선 화장법을 공부해서 화상 흉터를 꽤 가릴 수 있게 됐어. 헤어스타일도 바꾸고 다이어트도 열심히 했지. 그러다 보니 스스로 말하기는 우스운 이야기지만, 꽤 예뻐지더라. 자신감이 생기면서 아이돌 오디션도 몇 번 받아봤어. 하지만 다 떨어졌지."

잔혹한 결말에 히비키는 아무 말도 할 수 없었다.

"화상 흉터를 숨기려면 어떻게 해도 화장이 진해지니까. 얼핏 봐서는 잘 모를지 몰라도 역시 오디션에서는 들키더라. 당시 아이돌에게 요구하던 것은 소녀다움이랄까, 화장기 없는 순수함 같은 것들이었으니까. 애초에 10대 후반에 아이돌을 목표로 삼으려면 더는 젊음이 무기가 아니니까 다른 장점도 필요했고. 아이돌의 종류가 다양해진 지금 같은 시대라면 나도 설 곳이 있었을지 모르지만."

사토네는 가느다란 손끝으로 화상 흉터를 가만히 만졌다.

"떨어질 때 여러 이유를 들었지만, 결국에는 언제나 '화장이 진하다'라는 말을 들었어. 그래서 역시 이 얼굴로 아이돌은 무리구나, 하고 확실히 포기했지."

사토네의 꿈을 앗아갔다는 사실을 다시 한번 떠올리며 히비키의 마음은 착잡해졌다.

"고등학교 졸업 후에는 화장이 진해도 문제 되지 않는 일을 하고 싶어서 의류 브랜드에서 일하기 시작했어. 그런데 어느 날 아이푸쉬의 존재를 알게 되어 시험 삼아 써봤더니 화장을 하지 않아도 화상 흉터가 보정을 통해 깨끗하게 지워져서 감동했어. 이거라면 나도 아이돌처럼 될 수 있을지 모른다고 생각했지."

그녀는 대략 1년간 라이브 방송을 계속했다고 한다. 외모뿐만 아니라 솔직한 캐릭터를 무기로 내세워 꾸준히 인기를 얻었다. 라이브 방송이 궤도에 올라 충분한 수입을 얻을 수 있게 되면서 지금은 의류 일은 그만두고 방송에만 전념하고 있다고 했다.

"이번 랭킹 배틀도 새로운 도전이야. 우승하면 화상에 대해 시청자에게 밝힐 생각이야. 이런 핸디캡이 있어도 사람은 예쁘다고 인정받을 수 있다는 점을 알리고 싶거든."

"……대단하네. 사토네는 정말 강하구나."

그에 비해 나는, 이라고 말하고 싶었지만 히비키는 꾹 눌러 참았다. 가령 자신이 사토네가 다시 일어설 계기가 되었다고 해도, 그뿐이다. 사토네가 노력한 것도, 반대로 자신이 좌절한 것도 결국 그 사람 각자의 몫이리라.

어느샌가 카페 안이 붐비고 있었고, 밖에는 기다리는 줄이 생겨 있었다. 저녁이 가까워지면서 귀가하는 사람이 늘어난 듯했다. 자리를 너무 오래 차지했다는 사실에 미안함을 느끼고 있자니, 사토네가 말했다.

"사실 오늘, 히비키를 만나기 전까지는 엄청 심술궂은 생각을 했어. 히비키한테는 인생 참 쉽겠네, 하고 말이야. 나 같은 결점 없이 있는 그대로 모두에게 사랑받고, 아이돌 활동이야 힘들었겠지만 결국 그것도 한번 경험해본 것처럼 단기간에 그만두었으니. 싫은 소리라도 한마디 해주지 않으면 마음이 풀리지 않을 것 같았어."

처음 만났을 때 도발적이던 사토네의 태도가 지금은 꽤 부드러워졌다.

"근데 히비키를 실제로 만나고는 맥이 빠져버렸어. 자신을 정말로 못생겼다고 생각하는 것 같아서 말이야. 그래서야 인생도 즐겁지 않겠지."

히비키는 인정할 수밖에 없었다.

"……즐겁지 않아. 무엇을 하든 나도 모르게 앞머리에 대해서만 생각하게 되거든. 그런 내가 사회인으로서 부끄럽고 한심하다는 사실이나 자의식 과잉이라는 점도 잘 알지만, 이 앞머리 탓에 끔찍한 모습이 됐다는 사실은 달라지지 않

아. 사토네가 보기에도 내 앞머리, 기분 나쁘지?"

그러자 사토네는 집게손가락으로 테이블을 몇 번 두드리더니 짜증을 냈다.

"그, 러, 니, 까, 그런 인식이 잘못됐다니까? 내 말 듣고 있는 거야?"

"듣고 있어. 그래도 진심인지는 알 수 없어서."

"너, 정말 사람 짜증 나게 하네."

끝이 나지 않는 이야기가 될 것 같아서 히비키는 각도를 바꿨다.

"백 번 양보해서 사토네가 나를 정말로 예쁘다고 생각한다고 해도 그건 취향 문제잖아. 내가 나를 예쁘지 않다고 생각하는 것도 내 취향이 아니라는 것뿐이고."

히비키는 자신이 백 퍼센트 옳은 말을 했다고 생각했다. 하지만 사토네는 그것조차도 부정했다.

"아니. 나는 취향을 떠나서 객관적인 이야기를 하는 거야. 가스미 히비키는 누가 봐도 예뻐. 그렇게 생각하지 않는다면 너는 어딘가 이상한 거야. 기분 나쁜 건 외모가 아니라 그 정신이라고. 병원에 가서 뇌 검사라도 받아보는 게 어때?"

엔도 부장도 병원에 가보라는 말을 했던 사실을 떠올렸다.

내가 병이라고? 절대 그럴 리 없어. 나는 단순히 내 외모, 특히 앞머리에 콤플렉스가 있을 뿐이야. 그것은 사실을 바탕으로 한 거니까 뇌 장애나 정신질환일 리 없어……

'하지만 정말로 어딘가에 문제가 있다면?'

의사의 진료를 받고 아무 문제도 없다고 하면 나는 틀리지 않았다고 가슴을 펼 수 있다. 반대로 이상이 발견되면 뭔가 조치를 취할 수 있을지 모른다. 어느 쪽이든 이대로 아무것도 하지 않은 채 부장에게도 사토네에게도 비난받는 것이 가장 어리석은 짓 아닐까.

사토네가 스마트폰으로 시간을 확인하더니 의자에서 일어났다.

"나, 이제 곧 방송해야 하니까 슬슬 돌아갈게. 나에 관해 기사로 써준다고 했지? 미안, 별다른 이야기를 못 했네."

본래의 목적을 잊고 있었다. 녹음을 다시 들으며 억지로라도 쓸 만한 부분을 고를 수밖에 없다.

"시간 내줘서 고마워. 미안하지만 인터뷰 비용은 따로 지급이 안 되니, 적어도 음료수 값이라도……"

"괜찮아, 이 정도쯤. 기사로 써주면 확실히 랭킹 배틀에서 유리해질 테고."

말릴 새도 없이 사토네는 자리를 뜨려고 했다. 하지만 두 발자국쯤 걷다 말고 이쪽을 돌아봤다.

"그러고 보니."

"응?"

"블로그 글 읽었어. 자기 연민이 심해서 열받았어. 유명해지고 싶다고 그때 일조차 이용하나 싶어서."

"아, 그건……." 히비키는 새파랗게 질렸다.

"하지만 그 생각도 바뀌었어. 뭐랄까, 그런 능숙한 수단을 쓸 수 있는 사람으로는 보이지 않으니 말이야. 아마 글쓰기 말고는 과거를 극복할 수 없었던 거겠지."

글쓰기 말고는 과거를 극복하지 못한다.

무심코 고개를 끄덕이거나 하지는 않았지만, 그럴지도 모른다고 생각했다. 이대로 괴로운 마음을 품은 채로 살아갈 수는 없었다.

"히비키의 태도에 따라서는 인연을 끊자는 마음으로 왔어. 하지만 돌이켜보면 어렸을 때 히비키는 언제나 상냥했지. 나, 그런 중요한 걸 잊고 있었네."

멈칫하는 히비키를 보고 사토네는 미소 지었다.

"조만간 또 밥이라도 먹자고. 그럼 갈게."

사토네가 가게를 나섰다. 마지막에 기쁜 말을 들었는데, 순순히 기뻐해야 할지 알 수 없었다. 짧은 시간에 눈이 돌아갈 정도로 너무 많은 감정이 휘몰아쳐 히비키는 두 시간의 무대를 끝낸 직후처럼 지쳐 있었다.

6

히비키가 아너 사이드에 채용된 계기가 된 블로그 글.

그것은 사토네와의 관계와 화재로 인한 갑작스러운 이별, 그리고 사토네와의 약속에 얽매여 아이돌이 된 일을 적나라하게 다룬 내용이었다.

사토네가 말한 것처럼 오랫동안 품고 있던 죄책감이 풍선처럼 부풀어 올라 어떻게든 공기를 빼내지 않으면 터져버릴 것 같아서 쓴 글이었을지도 모른다. 당시 히비키는 취업활동의 일환이라고 생각했지만, 오히려 그것을 구실로 삼은 것 같기도 하다.

히비키는 지역 아이돌 그룹에 2년 정도 속해 있었을 뿐인 거의 무명에 가까운 사람이었지만, 그럼에도 글은 순식간에 인터넷에서 퍼져나갔고 SNS의 트렌드 순위 상위 10위에 오를 정도로 큰 화제가 되었다. 아이돌의 눈부신 활동 이면에 감춰진 어둠이라는, 진부하지만 모두가 좋아하는 스토리가 있었기 때문이리라.

아이돌 시절의 팬에게서 과거를 숨기고 밝게 행동했던 것을 이제야 알고 충격받았다는 감상을 받았다. 엉뚱하게도 이름을 팔기 위해 이야기를 지어낸 거 아니냐는 욕도 많이 먹었다. 취재 신청이나 연예기획사의 연락도 몇 차례 있었지만, 히비키는 전부 정중히 거절했다. 히비키가 바란 것은 미디어에 채용되기 위한 실적뿐이었다.

물론 사토네의 이름은 숨겼고, 화상 위치도 미묘하게 바꾸는 등 개인을 특정할 수 없도록 최선을 다했다. 하지만 상상을 훨씬 뛰어넘는 반향이 일어나자 히비키는 사토네에게 피해가 갈까 봐 두려웠고, 어떻게든 사전에 본인 허락을 구하지 않은 것을 후회했다. 동시에 글을 쓴다는 것은 이런 것이구나, 하고 알게 되었다. 자신이 쓴 글 때문에 무슨 일이 벌어지든 모든 책임은 저자에게 있다. 그것을 받아들일 각오가 없으면 글을 쓰지 말아야 한다.

어쩌면 사토네도 글을 읽었을지 모르겠다고 생각했다. 글이 공개되고 얼마간은 사토네에게 원망 섞인 메시지가 오지 않을까 노심초사하며 지냈다. 하지만 두세 달이 지났을 무렵에는 아더 사이드 채용 건으로 머릿속이 가득 차서 블로그 글에 대해서는 까맣게 잊고 말았다.

설마 이런 재회가 기다리고 있을 줄은 꿈에도 몰랐다.

사토네와 만난 다음 주 월요일, 히비키는 오전 반차를 쓰고 정신건강의학과에 가기로 했다.

히비키가 혼자 사는 아파트는 오호리 공원 근처였다. 오호리 공원은 후쿠오카 시 주오 구에 있는 도시공원으로, 원래는 후쿠오카 성의 바깥 해자였고, 중앙에는 둘레가 약 2킬로미터에 이르는 큰 인공 호수가 있다. 공원 안에는 후쿠오카 시립 미술관이 있고, 주변에는 후쿠오카 성터, 마이즈루 공원이 인접해 있어 봄에는 꽃놀이개으로 붐빈다. 과거에는 매년 여름에 후쿠오카 현 내에서도 손꼽히는 규모의 서일본

오호리 불꽃놀이가 열려 많은 인파가 몰렸지만, 코로나 사태 이전인 2018년을 마지막으로 중지된 상태다.

예약한 정신건강의학과는 오호리 공원 역 근처에 있다고 했다. 지도 앱에 표시되는 경로를 참고해 집에서 5분 정도 걸었다. 땀이 날 정도로 더운 날씨여서, 앞머리가 이마에 달라붙지는 않을지 신경 쓰였다.

히비키는 세월이 느껴지는 빌딩 앞에 서서 3층에 있다는 정신건강의학과를 올려다보며 생각했다.

'병일 리가 없는데 말이야.'

지금까지 정신건강 관련 병원을 찾은 적은 한 번도 없었다. 아이돌 활동을 쉬던 시기에도 "느긋하게 쉬면 곧 좋아질 거야"라는 어머니의 말을 그대로 믿었다. 히비키 자신도 마음이 약간 불안정한 것일 뿐 병원에 갈 정도는 아니라고 생각했다.

엘리베이터를 타고 3층에 오르자, 정면에 터치식 자동문이 보였다. '오호리 역전 멘탈 클리닉'이라는 상호가 적혀 있었다.

무거운 발걸음을 떼며 안으로 들어섰다. 건물 외관과는 달리 깔끔한 공간이었다. 대기실에는 관엽식물이 놓여 있고, 공기청정기도 작동하고 있었다. 평일임에도 의자에는 다섯 명의 환자가 앉아 있어 붐비는 듯 보였다.

"11시에 예약한 가스미입니다."

"초진이시군요. 여기에 기재해주세요."

접수처에서 건네받은 바인더에 끼워진 종이에는 주소나 이름 같은 개인정보 외에 증상에 관해 기입하는 칸이 있었다.

앞머리가 콤플렉스라고 적어야 한다는 점이 부끄러웠다. 훨씬 무겁고 힘든 병으로 괴로워하는 사람이 많은데, 이런 하찮은 일로 진료를 받아 의사의 시간을 뺏고 다른 환자가 진료받을 기회를 줄인다는 점에 미안함을 느꼈다.

어떤 증상으로 내원하셨나요? – 외모(주로 앞머리)에 관한 콤플렉스가 심함

그것은 언제부터인가요? – 열여덟 살 때부터

고민의 정도를 1부터 5까지의 숫자로 표시하면 몇 점인가요? – 2

약물 치료를 원하시나요? – 가능하면 약에 의존하고 싶지 않음

기입을 마친 히비키는 바인더를 접수처 직원에게 건넸다. 증상이 너무 우스꽝스러워서 비웃지는 않을까 불안했지만, 앉아서 기다려주세요, 라는 대답만 들었다.

예약 시간에서 10분 정도 지났을까, 히비키의 이름이 불렸다.

미닫이문을 열고 진료실로 들어갔다. 컴퓨터가 놓인 책상 앞에 마스크를 쓴 남자 의사가 앉아 있었다. 둘 다 안경을 쓰는 것으로 유명한 인기 개그맨 콤비 중 키가 큰 쪽과 분위

기가 닮았다. 나이는 쉰 살 정도일까.

"가스미 씨, 처음 뵙겠습니다. 저는 의사인 오다라고 합니다."

의사는 의자에 앉은 히비키에게 자신의 이름을 밝혔다. 부드러운 목소리였다.

오다는 앞서 히비키가 기재한 종이를 보면서 진찰을 시작했다.

"자신의 외모에 콤플렉스가 있다고 쓰셨는데, 구체적으로 어떤 고민이 있으신지요?"

"죄송해요. 솔직히 병원에 올 정도는 아니라고 생각하는데……. 상사가 진찰을 받아보라고 해서 거절할 수 없었어요."

변명하면서 히비키는 실없이 웃었다.

"괜찮습니다. 계속 말씀하세요. 그리고 외모에 관한 이야기니까 마스크를 벗어주실 수 있나요?"

거부감은 들었지만, 의사의 지시에 따라 히비키는 마스크를 벗었다.

"그러니까…… 예전에 후쿠오카에서 아이돌 활동을 한 적이 있어요. 그 무렵 인터넷에 '앞머리가 기분 나쁘다'라는 댓글이 올라온 후부터 앞머리가 신경 쓰이더라고요. 그 탓에 제 외모 전체가 싫어지게 됐어요."

히비키는 자신의 상태에 관해 설명했다. 콤플렉스를 극복하지 못해 아이돌을 은퇴한 점. 지금은 편집자로 일하는데 앞머리가 신경 쓰여 중요한 약속에 늦을 때가 있다는 점. 하지만 매번 그런 것은 아니고 생활에 큰 지장을 받지는 않는다는 점.

이야기하는 동안, 역시 병원에 올 정도의 고민은 아니라는 생각이 반복해서 떠올랐고, 도망치고 싶다는 생각을 억지로 눌렀다. 의사에게 폐를 끼쳐서는 안 된다는 생각에 히비키는 마지막에 이렇게 덧붙였다.

"저도 알아요. 이런 건 병 같은 게 아니라 그저 콤플렉스일 뿐이라는 걸요. 친구는 제 인식이 잘못됐다고 했지만, 제 눈에는 거울에 비친 제 모습이 제대로 보이니까요. 선생님도 이 앞머리를 보고 기분 나쁘다고 생각하시죠?"

그러자 오다는 뭔가를 발견한 듯 눈을 크게 떴다.

"가스미 씨, 질문 하나 해도 될까요?"

"네, 말씀하세요."

"가스미 씨가 방금 말씀하신 자신의 외모에 관해 100점 만점으로 점수를 준다면 몇 점을 주시겠어요?"

"그러니까…… 주관적으로 말인가요?"

"네. 스스로 생각하는 점수여도 좋아요. 솔직히 말씀해주시지 않으면 의미가 없으니, 겸손을 부리시면 안 됩니다."

진료실에는 거울이 없었기에 히비키는 감은 눈꺼풀 속으로 자신의 외모를 떠올렸다.

작은 동물 같은 동그란 눈. 길고 풍성한 속눈썹. 자그마한 코. 선이 뚜렷한 턱. 살짝 부풀어 오른 빰. 관자놀이 쪽으로 갈수록 약간 처지는 눈썹. 다른 사람보다 조금 넓게 퍼진 귀. 동글동글한 이마.

……그리고 이 모든 것을 망치는 앞머리.

대답하기 전에 확인하고 싶은 것이 있었다.

"저기, 선생님."

"네. 말씀하시죠."

"점수는 마이너스여도 괜찮나요?"

오다는 예상했다는 듯 바로 대답했다.

"상관없습니다."

히비키는 자신이 느낀 그대로의 점수를 말했다.

"마이너스 30점요. 어떻게 봐도 기분이 나쁘니 0점 이하라고 생각해요."

겸손이나 자학은 결코 아니었다. 히비키에게 자신의 외모는 그 정도로 열등한 상태였다.

천천히 끄덕인 후 오다는 말했다.

"가스미 씨, 잘 들으세요."

당신은 병이 아닙니다. 히비키는 그렇게 말해주기를 기대했다.

등줄기를 쭉 편 히비키에게 의사는 진단을 내렸다.

"가스미 씨는 '신체이형장애'로 의심됩니다."

"신체…… 뭐라고요?"

생소한 병명이었기에 히비키는 의미를 파악할 수 없었다. 오다는 반복했다.

"신체이형장애입니다. 추형공포증이라고 말하는 편이 알기 쉬울지도 모르겠네요."

머리를 한 대 얻어맞은 듯한 충격이 히비키를 덮쳤다.

추형공포증.

아이돌 시절, 이런 소문을 몇 번인가 들은 적이 있다.

"그 그룹에 있는 아이, 추형공포증이래. 페스티벌 같은 데서는 멀쩡해 보이지만, 실제로는 망가졌다더라."

그때마다 히비키는 의아하게 생각했다. 그렇게 예쁜 아이가 왜?

자신이 그런 병이라니. 설마.

"신체이형장애에 관해 아시나요?"

"들은 적은 있어요. ……아니, 잠시만요."

히비키는 지나치게 동요한 나머지 오다의 말을 가로막았다.

"그건 아닌 것 같은데요. 저는 그저 제 외모가 마음에 들지 않을 뿐이에요."

"그럼 앞선 질문에 답해드리죠."

이쪽이 당황할수록 오다는 침착해지는 듯 보였다.

"가스미 씨. 아까 저에게 가스미 씨의 앞머리가 기분 나쁜지 물어보셨죠."

"네. 대답을 안 하셔서 긍정의 의미라고 생각했는데요."

"저는 그렇게 생각하지 않습니다. 가스미 씨의 앞머리는 조금도 이상하지 않아요. 앞머리뿐만 아니라, 헤어스타일 전체나 얼굴 생김새도 그렇고요. 제 눈으로 보는 한, 당신은 평균보다 아름다운 여성이에요."

히비키는 무심코 앞머리를 쓰다듬었다.

"제가 환자니까 그렇게 말씀하시는 거겠죠."

"아닙니다. 아마 주변에도 그렇게 물어본 적이 있으시겠죠? 한 번이라도 확실히 기분 나쁘다고 대답한 사람이 있었나요?"

히비키는 회상했다. 곧장 구가하라나 사토네에게도 같은 질문을 했던 것이 떠올랐다.

"저기, 저, 어디 이상한가요?"

"사토네가 보기에도 내 앞머리, 기분 나쁘지?"

그에 대한 답은 이랬다.

"응? 아니."

"그, 러, 니, 까, 그 인식이 잘못됐다니까?"

"하지만 대놓고 기분 나쁘다고는 말하지 않잖아요."

"저는 본심으로 가스미 씨가 아름답다고 생각하고, 가스미 씨 주변 사람도 같은 식으로 평가했을 테지만, 이런 말을 아무리 많이 해도 신체이형장애 환자분에게는 제대로 전달되지 않는다는 점도 잘 알려져 있습니다. 실제로 그런 말을 진심으로 받아들이지 않죠?"

"네…….."

"그럼 아첨이나 거짓말을 곁들일 여지가 없는 조금 더 객관적인 사실을 찾아보죠. 모두가 외모를 마이너스 30점이라고 평가할 만한 여성이—그런 여성이 실존하는지는 모르겠지만—과연 아이돌 그룹의 오디션에 합격할 수 있을까요?"

그런 것쯤…….

굳이 말하지 않아도 안다.

사토네가 말한 것처럼 아이돌로서 조금이라도 인기를 얻기 위해 예뻐지고자 노력했다. 주변에 예쁜 아이들이 많아서 열등감에 시달리면서도, 그래도 스스로 예쁘다고 생각하던 시기도 분명 있었다. 그런데 훗날 나는 그것을 그저 착각이었다고 생각하게 되었다…….

과거의 자신과 현재의 자신 사이에 생겨난 어긋남을 자각하고 히비키의 세계는 흔들리기 시작했다.

"선생님, 저는 제 외모가 마음에 들지 않는다는 이야기를 하고 있어요. 다른 사람이 어떻게 생각하는지는 관계없어요. 외모에 관한 콤플렉스 정도는 누구에게나 있지 않나요?"

"네. 저도 젊었을 때 정신과 의사임에도 의지가 되지 않는 얼굴이라는 말을 듣고부터 이 얼굴이 지금도 콤플렉스입니다."

농담인 줄은 알았지만 웃을 수 없었다.

"콤플렉스와 신체이형장애 사이에는 명확한 경계가 있습니다."

"그게 뭐죠?"

"외모에 관한 고민이 일상생활에 지장을 주는지의 여부입니다."

이 의사는 도대체 무엇을 듣고 있었지? 짜증이 난 히비키는 반론했다.

"저, 아까 말했잖아요. 그렇게 곤란하지는 않다고요."

"가스미 씨, 잘 생각해보세요. 당신은 앞머리를 신경 쓰다가 업무 약속에 지각한 적이 몇 번이고 있었다고 했죠. 이건 사회인으로서 비정상적인 일이에요. 그게 일상생활에 지장을 주는 것이 아니라면, 도대체 뭐가 그런 거죠?"

말문이 막혔다. 자신 말고 다른 사람이 앞머리가 마음에 안 든다는 이유로 중요한 업무에 지각한다면 어떻게 생각할까. 그건 굳이 말할 필요도 없다.

"그 밖에도 가스미 씨가 신체이형장애라고 진단한 근거는 많습니다."

오다는 온화한 말투로 말을 이어갔다.

"우선 가스미 씨가 자신의 앞머리가 기분 나쁜지 저에게 물어본 점. 제가 솔직히 답했는데도 전혀 믿지 않은 점. 이는 신체이형장애의 전형적인 행동 패턴입니다. 다음으로 가스미 씨가 자신의 외모에 마이너스 30점을 준 점. 제가 100점이 만점이라고 했는데도 불구하고 말이죠. 본인의 외모가 어떻든 보통은 그렇게 극단적으로 낮은 점수를 주지 않아요. 나아가 가스미 씨가 앞머리에 강하게 집착한다는 점. 신체이형장애 대부분은 외모 전체가 아니라 한 곳 혹은 몇 곳의 특정 부위를 추하다고 생각합니다. 그리고 또 하나의 근거는 제가 보기에 가스미 씨가 아름다운 여성이라는 점."

"무슨 의미죠?"

의외라고 여겨져서 히비키는 되물었다.

"신체이형장애 환자는 대부분 평균보다 외모가 뛰어납니다. 다른 사람의 평가와 자기평가 사이에 괴리가 있기에 본인은 괴로운데도 주변에서는 이해하지 못하고, 이윽고 듣는 사람을 놀리는 것처럼 여겨지게 되죠."

"열받을 수밖에 없지. 자기보다 예쁜 여자가 '나, 못생겼잖아'라고 말하면, 이쪽은 뭐가 되겠어?"

"이런 환자는 때때로 성형수술을 원하지만, 의사의 눈에는 아무 이상도 없는 터라 수술을 거부당하기도 합니다. 또한 성형의존증이라고 불리는 사람들이 있는데, 그것도 신체이형장애의 증상으로 나타나는 경우가 있죠. 원래의 외모가 나쁜 것도 아니고, 외모가 아니라 정신에 문제가 있는 것이기에 수술을 받아도 만족할 수 없는 거예요. 이런 환자 대부분은 수술 후 일시적으로 증상이 호전되기도 하지만, 곧 다시 자신의 외모를 싫어하게 됩니다."

의사의 말을 머리로는 이해했지만, 마음속으로는 여전히 신체이형장애라는 진단을 인정하기를 거부했다.

　"선생님은…… 어떻게 해서라도 제가 병에 걸린 것으로 만들고 싶으신가요?"

　"가스미 씨, 저는 가스미 씨를 말로 설득하고 싶은 게 아니에요."

　"그럼 왜?"

　"가스미 씨가 자신의 증상을 올바로 파악하고 낫고 싶다고 생각하지 않으면 치료가 시작되지 않기 때문입니다. 그래서 저는 당신을 왜 신체이형장애라고 판단하는지 그 이유와 특징에 관해 설명해드린 겁니다."

　치료. 그 단어가 거창하고 두려워서 갑자기 진료실이 넓어진 것처럼 느껴졌다.

　"가령 선생님의 말씀이 맞다고 해도……. 결국 저는 제 외모로 고민하는 것뿐이잖아요. 그런 걸 굳이 치료해야 할까요? 세상에는 더 심각한 고민을 안고 사는 사람이 많은데, 고작 외모 정도로 고민하는 제가 힘들다고 말할 수는 없지 않나요……."

　"그건 말도 안 됩니다. 신체이형장애는 온갖 정신장애 중에서도 가장 환자를 힘들게 하는 병이라고 말하는 정신과 의사도 있을 정도예요."

　흐릿했던 눈이 맑아진 것 같았다.

"괴로우셨죠. 지금까지 잘 버티셨네요."

오다의 목소리가 따뜻했다.

히비키의 눈에서 눈물이 주르륵 흘러내려 멈출 수 없었다.

"……괴로웠어요. 나는 왜 이렇게 기분 나쁜 외모를 가졌을까 하고 늘 생각했어요……. 그런데 아무도 알아주지 않았어요. 좋지 않은 생각이라는 걸 알면서도 이런 외모로 낳아준 어머니를 원망하기도 했고요……."

누구에게도 말하지 못한 본심이 연이어 쏟아져 나왔다.

오다는 맞장구를 치면서 목메어 중간중간 끊어지는 히비키의 이야기에 귀를 기울였다. 7년간 쌓아둔 속내를 한꺼번에 토해내자, 히비키는 어느 정도 안정을 되찾았다.

"꼴사나운 모습을 보여서 죄송해요."

"아닙니다."

오다가 말했다. 히비키는 눈가를 손수건으로 닦은 후 선언했다.

"제가 괴로웠다는 사실을 선생님이 알아주셔서 정말 구원받은 기분이에요. 하지만 저, 역시 제가 병이라니 바로 받아들이기는 어렵네요. 치료라는 것도 왠지 무섭고요."

의사는 너그럽게 끄덕였다.

"오늘은 제 이야기를 잘 곱씹으며 스스로 한번 잘 생각해 보세요. 치료는 언제든 시작할 수 있으니, 마음이 내킬 때 다시 찾아와주세요."

"알았습니다."

"그리고 이것만은 꼭 기억하셨으면 합니다."

오다가 안경 안쪽의 눈을 가늘게 뜨고 천천히 말했다.

"가스미 씨가 괴롭다고 느낀다는 사실은 병이 있건 없건 달라지지 않습니다. 병이 아니니까 괴롭다고 말하면 안 된다거나, 증상이 가벼우니 참아야만 한다거나, 결코 그렇지는 않습니다. 신체이형장애의 치료에 한하지 않고, 멘탈 클리닉에서 그런 괴로움을 완화하는 방법을 제안할 수 있어요. 괴로우실 때는 언제든 의사에게 의지하셔도 됩니다."

"……네. 감사합니다."

진료실을 나섰다. 미닫이문이 닫히는 순간, 히비키는 참지 못하고 위를 본 채 코를 훌쩍였다.

7

스마트폰의 사내 채팅앱을 통해 엔도에게 메시지가 온 것은 밤에 히비키가 얼굴에 팩을 붙이고 소설을 읽을 때였다.

가스미, 어제 사이트에 올린 이탈리안 레스토랑 기사, 가게에 감사하다고 연락했어?

개인 메시지가 아니라 후쿠오카 오피스의 다섯 명 모두 볼 수 있는 공유 채팅방이다. 거북함을 느끼면서 히비키는 답했다.

죄송합니다. 아직입니다.

얼른 해. 만회할 수 있을 때 만회해야지.

귀가 따갑다. 히비키는 알겠다고 답하고 스마트폰을 내려놓았다.

일상 업무를 해치우다 보면 그런 것까지 신경 쓸 겨를이 없다. 구가하라는 "처음에는 다 그렇다"라며 위로했지만, 히비키와 1년밖에 차이가 나지 않는 그에게는 빈틈이 없다.

이 일이 적성에 맞지 않는 것일까. 문장을 쓰는 일에는 보람을 느끼지만, 취재에는 지각하고 막대한 양의 잡무에도 스트레스를 받는다. 조금 더 글쓰기에만 집중할 수 있는 일이 좋을지도 모른다. 그래, 예를 들어 소설가처럼……

현실도피가 시작되려는데 스마트폰에서 다시 알림음이 울렸다.

이번에는 사토네에게서 온 문자메시지였다. 몸이 움츠러들었다. 재회했을 때, LINE 연락처를 교환하는 것을 잊어버렸다.

메시지 내용은 예상외였다.

벤티 콰트로 기사, 읽었어! 나, 그 가게 좋아해서 자주 가거든.

올라온 식당 소개 기사는 기명 기사였기에 히비키가 썼다는 사실은 누구든 알 수 있다. 사토네가 아더 사이드의 기사를 확인했다는 말은 다시 만난 히비키를 신경 써주고 있다는 증거다. 솔직히 기뻤다.

뭐라고 답할지 고민하는데 사토네의 말이 머릿속에 떠올랐다.

"조만간 또 밥이라도 먹자고."

그것은 무척이나 좋은 아이디어 같았다.

그 주의 금요일, 히비키는 오후 6시가 되자 짐을 정리하고 자리에서 일어나 옆자리 구가하라에게 말을 걸었다.

"수고하셨습니다. 저 먼저 가볼게요."

"가스미 씨, 오늘 약속 있어?"

아무렇지도 않은 듯 던진 질문에 가슴이 철렁했다. 없다고 대답하면 식사에 초대받을지도 모른다. 하지만 다행히 답은 정해져 있었다.

"네, 친구랑 벤티 콰트로에 가기로 했어요."

이것이 히비키가 생각한 좋은 아이디어였다. 가게를 방문하면 단순히 연락하는 것 이상으로 고마운 마음을 전할 수 있고, 사토네에게는 무보수로 진행된 취재에 대한 보답을 할 수 있다. 이미 벤티 콰트로에는 그런 뜻을 전하며 예약을 해두었고, 엔도에게도 경비로 처리해도 좋다는 허락을 얻은 터였다.

"그렇구나. 좋겠네. 즐거운 시간 보내."

구가하라는 아쉬운 기색 하나 없이 업무로 돌아갔다. 그 스마트한 모습에 히비키는 자꾸만 눈길이 갔다. 마스크를 쓰고 있어도 얼굴 옆선이 아름답다.

책상 위는 항상 깔끔하게 정리되어 있어 일을 잘한다는 인상을 준다. 방심하면 금방 자료 등으로 어질러지는 히비키와는 크게 다르다. 소품에도 자기만의 취향이 있는 듯, 4월에 스물다섯이 된 그에게 지난달 후쿠오카 오피스의 직원 모두가 돈을 모아 선물한 디지털시계는 여전히 사용한 흔적이 없었다. 검은 패널에 LED 글자가 비치는 세련된 디자인의 시계로, 책상에 올려놓기에 딱 좋은 크기였는데 말이다. 부장이 뒤에서 "모처럼 선물했는데 그 녀석 쓰지도 않고 말이야, 참나"라고 불평하는 것을 들은 적이 있다.

"응? 무슨 할 말이라도?"

구가하라가 다시 이쪽을 바라봐서 히비키는 정신을 차렸다. 살짝 고개를 숙이고 도망치듯 사무소를 나섰다.

지하철을 타고 다이묘로 향했다. 예약한 오후 7시가 되기 10분 전에 가게에 도착했다.

작은 정사각형 테이블로 안내받았다. 초가 놓여 있어 점원에게 치워달라고 부탁했다. 아무리 그래도 이 정도로 동요하지는 않겠지만, 둘 사이에 놓여 있어도 괜찮은 물건은 아니다.

사토네는 7시 정각에 도착했다. 고급 브랜드의 검은 캡모자를 쓰고, 딱 달라붙는 바지에 검은 가죽 재깃을 걸치고 있었다. 방송을 보며 느낀 것이지만, 중성적인 패션을 선호하는 듯하다. 무난한 비즈니스룩을 고른 히비키와는 어울리지 않는 조합처럼 느껴졌다.

"오늘도 수고 많았어!"

사토네가 자리에 앉았다. 웃는 얼굴이라 안심이 되었다.

"미안. 바쁜데 불러내서."

"아니야. 내가 더 고마운데? 공짜로 이 가게에 올 수 있다니, 럭키!"

사토네가 모자와 마스크를 벗었다. 화상 흉터는 화장 아래로도 희미하게 보이지만, 초를 치워달라고 한 덕에 어두워서 크게 신경 쓰이지 않았다. 히비키는 사토네를 창피하게 만들고 싶지 않은 마음에 다시금 앞머리가 이상하지 않은지 물으려다가 급히 입을 닫았다. 오늘은 일을 마치고 와서 헤어스타일이 망가지기 쉽다는 점을 알았기에 뒤로 묶은 상태였다.

취재 때도 함께 있던 젊은 셰프가 물수건을 가지고 왔다.

"지난번에는 감사했습니다."

히비키가 인사를 건넸지만, 셰프는 히비키의 얼굴을 단번에 알아보지 못하는 듯했다.

"아더 사이드의 가스미입니다. 메일로 연락드렸는데요."

"아, 사장님께 들었습니다. 오늘은 찾아주셔서 감사합니다. 천천히 즐기다 가세요."

셰프는 그런 말을 남기고 자리를 떴다. 취재는 불과 몇 주

전이었지만 계속 마스크를 쓰고 있었다. 얼굴을 기억하지 못해도 어쩔 수 없지만, 괜히 어색하게 만든 것은 아닌지 마음에 걸렸다.

프로세코로 건배했다. 깔끔해서 첫 잔으로 마시기 딱 좋은 술이었다. 사토네는 술을 좋아해서 뭐든 잘 마신다고 했다. 히비키는 술이 세진 않지만, 즐기는 정도로는 마실 수 있다. 요리는 코스를 예약해두었다.

"그렇기는 해도 정말로 밥 먹자고 부를 줄은 몰랐어."

그 한마디에 히비키는 위축되고 말았다.

"사토네가 밥 한번 먹자고 해서……."

"괜히 신경 쓰게 한 거야? 하하, 미안, 미안. 그래도 기뻤어. 솔직히 싫어할 줄 알았거든."

"싫어한다고?"

"그거야 그렇잖아. 지난번에 내가 너무 무례하게 말했으니까. 당연히 기분 나빴을 테고, 너무 심하게 말한 건 아닐까 후회했어."

기분 나쁜 게 당연하다니. 가만히 생각해보니 그럴지도 모른다. 하지만 히비키는 그런 생각은 전혀 하지 않았다. 그때 사토네가 한 말은 다 옳았고, 애초에 자신이 사토네를 싫어할 리 없다.

……내게 책임이 있으니 그렇게 생각하는 것일지도 모르지만.

"사토네도 후회할 때가 있구나."

"너 말이야. 나를 도대체 어떤 생물이라고 생각하는 거야?"

사토네는 어이가 없다는 표정이었다.

"사토네의 말에는 망설임이 없었으니까. 자신이 올바르다는 자신감이 있구나 싶어서."

"그건 그렇지만, 올바르다고 해서 뭐든 말해도 좋은 건 아니잖아. 나, 평소에는 그렇게까지 기분 나쁜 사람 아니야. 이래 봬도 커뮤니케이션 능력이 있는 편이라고."

그것은 방송만 보아도 알 수 있다. 혼자서 그렇게 긴 시간 동안 계속 떠들 수 있다니, 히비키로서는 흉내도 낼 수 없다.

"어쨌든 요전에는 멋대로 떠들어대서 미안했어. 다 우리가 지난 15년 동안 서로에 대해 아무것도 모른 채 살아온 탓이야. 그러니까 오늘은 그 공백을 채워보자. 전처럼 가장 친한 친구로 돌아갈 수 있게."

이 나이를 먹고 가장 친한 친구라는 표현을 쓰는 것이 조금 무겁게 느껴졌지만, 히비키는 사토네의 마음이 반가웠다. 첫 번째 요리가 나온 것을 시작으로 둘은 15년간 있었던 일에 관해 이야기를 나누었다.

벤티 콰트로의 요리는 맛있었다.

도미 카르파초는 짠맛과 신맛이 잘 어우러졌고, 농어 푸알

레는 레몬 버터 소스가 감칠맛을 끌어올렸으며, 저온 조리로 완성했다는 사슴 구이를 먹고 히비키는 난생처음으로 사슴 고기가 맛있다고 느꼈다. 추천받은 와인과의 궁합도 좋았는데, 시칠리아산 화이트 와인은 깔끔하면서도 쌉싸래한 맛이 있어서 생선 요리와 잘 어울렸고, 키안티 클라시코는 그야말로 왕도라고 할 만한 안정감을 줬으며, 풀리아의 프리미티보는 단맛이 확 돌아서 고기 소스와 잘 어우러졌다.

열 살 때 후쿠오카를 떠난 사토네는 이후 야마구치 현에 있는 외갓집에서 고등학교까지 다녔다고 한다. 하지만 학교에서의 교우관계가 잘 풀리지 않아서—본인 말로는 '왕따를 당할 정도로 심각하지는 않았다'고 했지만—학교에 가지 못할 위기에 처했지만, 히비키의 아이돌 활동을 알게 된 것이 계기가 되어 무사히 졸업했다.

"그래서 전에 밉살맞게 굴기는 했지만, 히비키에게는 계속 감사한 마음을 품고 있어. 이건 진심이야."

아이돌 오디션에는 계속 떨어졌지만, 의류 일은 즐거웠다. 사토네의 판매 실적은 좋았고, 단골손님도 생겨서 적성에 잘 맞는다고 생각했다. 5년 정도 일했지만, 라이브 방송으로 충분한 수입을 얻게 되어 그만두게 되었다는 사실은 이미 들은 바와 같았다.

"화상 흉터는 지금도 물론 콤플렉스지만, 변하지 않는 흉터만 계속 생각하는 것도 쓸데없는 짓이니까. 나는 지금의 내 얼굴이 좋고, 화상 흉터가 있어도 예쁜 여자로 남고 싶어."

사토네는 그런 말로 자기 이야기를 마무리했다.

미안하다……. 그것이 히비키 안에서 가장 먼저 떠오른 감정이었다.

화재를 일으켜서 미안하다는 말이 아니다. 사토네처럼 누가 봐도 눈에 띄는 흉터 같은 것도 없는데 그저 자신의 외모가 마음에 들지 않는다는 이유로 괴로워하고 병원까지 간 자신이 부끄러웠다.

만약 자신이 얼굴에 화상을 입었다면, 화상 흉터가 신경 쓰여서 앞머리 따위는 눈에 들어오지도 않았을 것이다. 즉, 네 고민은 사치야, 라는 비난을 받은 느낌마저 들었다. 그렇다 해도 히비키의 콤플렉스는 조금도 가벼워지지 않았고, 오히려 사토네와 비교하며 안심하는 쪽이 최악이라는 생각도 들었다.

배턴을 이어받은 히비키는 사토네와 헤어진 후의 15년간에 대해 대강 이야기했다.

"히비키, 원래 하이틴 로맨스 소설 좋아했잖아. 아더 사이드 같은 미디어에서 일한다고 들었을 땐 조금 의외였지만, 그것도 글을 쓰고 싶었기 때문이었구나."

글을 쓰는 일을 지망한 이야기가 나오자 사토네는 이해한 듯한 모습을 보였다.

"응. 사토네와는 아이돌이 되겠다고 약속했지만, 사실 나, 어렸을 때부터 소설가가 되고 싶었어."

"그렇구나……. 혹시 내가 히비키의 꿈을 빼앗은 건가."

사토네가 중얼거리는 소리를 들은 히비키는 당황해서 말했다.

"아니야. 아이돌이 되어보고 싶다고 생각한 것도 거짓말이 아니니까. 그리고 소설가라면 지금부터도 충분히 꿈꿀 수 있고."

"그런가? 듣고 보니 그렇네. 그래도 나, 히비키가 자신의 꿈을 희생해서 내 꿈을 이뤄준 것 같아."

그것은 자신이 사토네의 꿈을 빼앗았기 때문이다.

히비키는 그렇게 생각했지만 입에 담지는 않았다. 그저 위로받고 싶은 것처럼 비칠지도 모르기 때문이었다. 그리고 블로그에 쓴 히비키의 본심은 사토네도 이미 읽은 상태다.

그 대신 히비키는 지난번 자신이 먼저 말하지 못한 블로그 글을 언급했다.

"정말 미안해. 미리 허락을 얻었어야 했는데."

히비키가 고개를 숙이자, 사토네는 쓴웃음을 지었다.

"이제 됐다니까. 그 글이 화제가 된 사실을 알았을 땐 솔직히 '오, 히비키 유명인이잖아? 덕분에 나도 유명해졌네. 아, 기분 짜릿한데?' 하고 생각하기도 했었어."

말 그대로 받아들일 수는 없었지만, 사토네가 그렇게 이야기해준 것 자체가 히비키에게는 위안이 되었다.

"사토네, 그 일에 관해 누가 말한 적은 없었어?"

"몇 명 있었어. 친한 친구나 전 남친에게는 화상 입은 이유를 말했으니까. 그래도 화재 사건을 아는 사람들과는 이사하면서 연이 끊겼고, 야마구치에서는 학교에 적응하지 못해 화재에 관해 이야기할 상대도 거의 없었으니. 히비키도 특정할 수 없게 내용을 바꿔서 써줬고."

큰 폐를 끼치지는 않았다는 사실을 알고 히비키는 내심 안도했다.

코스가 끝날 때까지 두 시간 반 동안 대화는 끊이지 않았고, 히비키는 소녀 시절로 돌아간 것처럼, 아니 어른이 되었기에 더더욱 사토네와 함께 있던 시절의 즐거움을 떠올릴 수 있었다.

"역시 히비키는 내 가장 친한 친구야."

사토네의 가벼운 한마디에도 히비키는 고급 와인을 마신 것 같은 도취감을 느꼈다.

적당한 때를 봐서 점주인 구마가이에게 인사하고 싶다는 뜻을 홀 담당 여성 직원에게 전했다. 얼마 지나지 않아 구마가이가 젊은 셰프를 데리고 자리로 찾아왔다.

"오늘은 저희 가게를 이용해주셔서 감사합니다. 요리는 입에 맞으셨나요?"

취재 때와 달리 구마가이의 태도는 공손했다. 오늘은 이쪽이 손님이기 때문일지 모른다.

"네, 무척 맛있었어요. 거듭 말씀드리지만, 지난번에는 정말 죄송했습니다."

"아니요. 저야말로 거만하게 굴어서 실례했습니다."

오늘 가게를 이용한 보람이 있다고 생각했는데, 그런 것이 아니었다.

"올려주신 기사, 읽었어요. 저희 가게의 장점을 무척이나 정확하게 표현하셨더라고요. 여러 번 취재에 응했지만, 지금까지 본 것 중 가장 기분 좋은 기사였어요. 저는 게재된 기사를 덕지덕지 벽에 장식하거나 하는 음식점을 싫어하는데, 아더 사이드의 기사는 가게에 붙여두고 싶다고 생각했습니다."

"가, 감사합니다!"

히비키가 벌떡 일어나 고개를 숙였다.

외모를 너무 신경 쓰는 마음이 일을 방해한다. 한편, 그런 자신을 구원해주는 것도 역시 열심히 일에 힘써온 자기 자신이다.

"저, 잠깐 괜찮으실까요?"

사토네가 그렇게 말하며 끼어들어서 히비키는 고개를 들었다.

구마가이가 말했다. "무슨 일이시죠?"

"뒤쪽에 계신 분, 성함이?"

갑자기 자신에 관한 이야기가 튀어나와서인지 젊은 셰프는 뒤에서 누가 어깨라도 두드린 것처럼 깜짝 놀란 듯했다.

"이 친구는 저희 가게에서 셰프로 일하는 기치세라고 합니다. 지난번 가스미 씨의 취재에도 동석했기에 같이 인사를 드리려고요."

"잠깐이면 되니까 마스크를 벗어주실 수 없나요?"

생각지도 못한 요구였으리라. 기치세는 도움을 구하듯이 구마가이를 바라봤다. 구마가이가 작은 목소리로 지시했다.

"손님이 말씀하신 대로 하게."

기치세는 오른손을 귓가로 가져가 마스크를 벗었다.

잘생겼다기보다는 깔끔하다는 형용사가 어울린다. 코는 뾰족하고, 얇은 입술 오른쪽 위에 작은 점이 있다. 어딘지 사춘기 소년을 연상시키는 섬세한 얼굴이었다.

사토네가 의자에서 벌떡 일어났다.

"역시. 그 점, 혹시 이오리 아니야?"

기치세의 표정에 두려움이 떠올랐다.

"죄송합니다. 어디서 뵌 적이 있나요?"

"나, 신카이 사토네야. 그러니까 어렸을 때 사와라 구에서 같이 놀았던."

아무도 보지 않는 것 같던 기치세의 눈이 사토네에게 초점을 맞췄다.

"혹시…… 삿짱?"

"맞아! 우와, 이런 데서 만나다니, 저기 히비키도 기억 안 나?"

자신과는 관련이 없다고 생각하던 일에 휘말려 히비키는 움찔했다.

"나도 만난 적 있어?"

"여름방학 때 우리 옆집에 와 있던 남자애 있잖아. 항상 히비키네 집 근처 공원에서 만났던."

그 말을 듣고야 기억을 감싼 뇌의 천에 천천히 스며들 듯 기억이 되살아났다.

"이오리라…… 그래, 맞아. 분명 있었어."

"그럼 가스미 씨가 그때의 히비키구나. 기억난다. 그립네."

기치세…… 아니 이오리가 웃었다. 귀여운 미소였다.

"너, 아는 사이였어?"

구마가이의 질문에 이오리는 답했다.

"집안 사정으로 초등학교 때 한 달쯤 사와라 구에 있는 친척 집에 맡겨진 적이 있었거든요. 옆에 살던 이 친구가 놀이 상대가 돼줬어요. 만나는 건…… 아마 15년 정도 만인 것 같네요."

"호오. 그런 우연이."

"이오리, 같이 사진 찍자. 죄송합니다. 사진 좀 찍어주실 수 있으세요?"

사토네가 스마트폰을 구마가이에게 내밀었다. 그 뻔뻔함

에 히비키는 깜짝 놀랐지만, 구마가이는 기꺼이 응했다.

"좋죠. 자, 그럼 기치세는 둘 사이에 서봐."

히비키는 무의식적으로 앞머리에 손을 댔다.

이런 식의 사진 촬영이 영 익숙하지 않았다. 하지만 동년
배 친구나 아이돌 동료는 SNS에 올린다는 이유로 이쪽의
기분은 생각하지도 않고 사진이나 동영상을 찍고 싶어한다.

"자, 찍습니다."

"감사합니다."

구마가이가 찍어준 사진을 확인한 사토네의 시선이 곧장
이오리를 향했다.

"이오리한테도 보내게 연락처 좀 가르쳐줘."

이오리는 근무 중에도 스마트폰을 소지하고 있었기에 사
토네에게 LINE 연락처를 알려줬다. 이 흐름 속에 히비키도
간신히 사토네를 LINE에 등록할 수 있었다.

"오늘은 감사했습니다."

구마가이가 인사하더니 이오리와 함께 가게 안쪽으로 사
라졌다.

히비키는 오늘의 가장 큰 목적을 달성했기에 이쯤에서 물
러나기로 했다. 계산을 마치고 건물 밖으로 나서자, 하늘에
는 왼쪽이 빈 달이 떠 있었다. 며칠 후면 상현달이 떠오를
것이다.

"사토네, 오늘 고마웠어."

히비키는 덴진 방향으로 걸으며 감사의 인사를 건넸다. 사토네는 지난번 만났던 야쿠인에 산다고 해서 같이 덴진까지 돌아간 후에 각각 지하철과 니시테쓰 덴진오무타선을 타기로 했다.

"나야말로 잘 먹었어. 엄청 즐거웠어. 그리고."

사토네는 재킷 주머니에 손을 찔러넣고 허공을 잠시 올려다봤다.

"설마 이오리를 다시 만날 줄이야. 기치세는 그렇게 흔한 성이 아니라서 설마 했는데."

"이런 우연도 있구나."

"나, 실은 그때 이오리를 좋아했었어. 완전히 잊고 있었지만."

사토네가 무심코 입에 담은 고백을 듣고 히비키는 어떻게 반응해야 좋을지 알 수 없었다. 소녀 시절의 짧은 사랑 이야기에는 절로 미소가 배어나지만, 그 후에 벌어진 비극을 생각하면 가슴이 아프다.

월말의 금요일 밤, 마스크를 벗은 사람들로 붐비는 덴진니시 길을 지나, 기라메키 길을 통과해 역에 도착했다. 위로 가면 니시테쓰 후쿠오카 역, 지하로 가면 지하철 덴진 역이어서 사토네와는 여기서 작별이다.

"그럼, 히비키, 다음에 봐."

"응. 잘 가, 사토네."

손을 흔들며 둘은 헤어졌다.

지하철을 타고 손잡이를 잡은 채 흔들리다 보니, 히비키는 그제야 몸과 마음이 이완되는 것을 느꼈다. 사토네와 만나는 긴장감, 말을 고르며 대화하는 피로감, 그리고 그것을 훨씬 뛰어넘는 즐거움은 오늘 밤 히비키의 신경을 끊임없이 자극했다.

"오늘은 그 공백을 채워보자. 전처럼 가장 친한 친구로 돌아갈 수 있게."

사토네의 말을 되새길 때마다 가슴 속이 뜨거워졌다.

'분명 그 무렵처럼 친하게 지낼 수 있을 거야. 사토네도 그렇게 생각했겠지.'

정면에 앉은 정장 차림의 남자가 의아한 눈빛으로 쳐다보고 있었기에 그제야 히비키는 마스크로도 숨길 수 없을 정도로 웃고 있었다는 사실을 깨달았다. 한숨 놓은 탓에 뒤늦게 취기가 돈 것일지도 모른다.

2063년 8월
가나가와 현 가마쿠라 시

《거울 나라》1장을 다 읽은 나는 교정지에서 고개를 들었다.

편집 과정 중 몇 번이고 읽었기에 내용은 머릿속에 박혀 있다. 여기까지 대강 훑어보는 데는 시간도 별로 걸리지 않았다. 다이시는 무릎에서 내려서 방석 위에 눕혀 놓았지만, 언제까지 계속 얌전하게 잠을 자줄까.

"어떠셨나요?"

데시가와라가 책상다리를 한 채로 몸을 내밀었다.

"네? 무슨 의미이신가요?"

"1장에도 위화감이 있는 부분이 있었는지요?"

나는 식견이 부족한 것을 부끄러워할 수밖에 없었다.

"죄송해요. 깨닫지 못했어요."

"그런가요. 뭐, 일반 독자 대부분이 신경도 쓰지 않는 사소한 부분까지 꼼꼼하게 짚어내는 게 저희 미스터리 편집자의 일이니까요."

그렇다면 이렇게 나를 테스트하지 않았으면 좋겠다. 제아무리 대작가와 같은 피가 흐르더라도 어차피 나는 아마추어니까.

"그 위화감이라는 게 어느 부분에 있는 거죠?"

"히비키와 사토네의 대화 속입니다. 하지만 자세한 설명은 마지막까지 읽으신 다음에 하는 게 좋겠네요."

"너무 거드름 피우시네요. 마치 소설 속 명탐정 같아요."

"면목 없습니다. 어떻게 하면 이야기를 아름답게 정리할 수 있을지를 추구하는 게 편집자의 습성이라서요."

데시가와라는 아저씨인데도 소년처럼 웃었다.

"그렇다고는 해도…… 이모가 작가가 되기 전에 아이돌 그룹에 있었다니, 원고를 읽기 전까지는 전혀 몰랐어요. 어머니도 그런 말은 전혀 없었고요."

《거울 나라》의 유고를 읽은 후, 나는 어태커라는 아이돌 그룹에 관해 인터넷에서 조사해봤다. 하지만 반세기쯤 전에 활동한 특별히 인기 있지도 않았던 지방 그룹에 관한 정보는 인터넷에도 조금밖에 남아 있지 않았고, 10년 정도 활동하다 해산했다는 사실만 간신히 알 수 있을 정도였다. 멤버 명단이나 단체 사진도 찾아내기는 했지만, 모두가 예명을 쓴 데다가 화질도 조악해서 그중 누가 이모인지 구별할 수 없었다.

"선생님은 작가가 되기 전까지의 경력을 숨기셨으니까요."

데시가와라가 회상하듯 말했다. 책에 적힌 이모의 프로필은 작품이 아닌 개인적인 내용은 매우 간결했다. 그 정보량이 너무 적었기에 처음으로 무로미 작품을 읽었을 때는 당황했던 기억이 있다.

"그리고 가스미 히비키의 성격도 제가 아는 이모와 달라서 신선했어요. 당연하지만, 이모에게도 어린 시절이 있었구나 싶더군요."

"그러니까 외모에 대한 고민이라거나, 그런 것요?"

"신체이형장애를 고민이라고 표현해도 좋을지는 모르겠지만요. 주변을 두려워하며 벌벌 떨면서 지내는 것 같은 부분 말이에요. 제가 아는 이모는 항상 강단이 있었기에 그런 시절이 있던 것처럼은 보이지 않았어요. 역시 작가로 성공함으로써 자신감을 얻게 된 걸까요."

데시가와라가 턱을 긁으며 말했다.

"이건 여기에서만 하는 이야기지만요. 분명 성격이 바뀌는 작가도 있습니다. 원래는 쾌활하고 좋은 사람이었는데, 잘 팔리고 바빠지면서 점차 대하기 어려워지는 분도 드물지는 않습니다. 아, 무로미 선생님이 그랬다는 말은 아닙니다."

그 부정은 긍정과 동의어 아닐까.

"편집자인 제가 할 말은 아니지만, 글을 쓰는 일도 결국 장사니까 때로는 거래처에 발목을 잡히거나 무례한 행동을 당하거나 하는 트러블도 일어납니다. 제대로 정신을 차리지 않으면 자신을 지킬 수 없다는 마음에 신경을 곤두세우게 되는 건 자연스러운 일이에요."

"그런 변화가 사생활까지 영향을 미치는 경우도 있나요?"

"있겠죠. 이건 편집자로서의 의견이라기보다는 일반론이지만요."

어리석은 질문이었다. 이모는 이른바 그 실제 사례라고 할 수 있다.

"어쨌든 1장에서 신체이형장애, 15년 전의 화재, 친구들과의 재회 등 이 작품의 중요한 키워드가 드러났어요. 여기서부터 히비키 일행의 관계성을 축으로 이야기가 전개됩니다."

데시가와라의 정형화된 리드에 이미 뒷부분의 내용을 아는 나는 끄덕였다.

"2장에도 삭제된 에피소드로 이어지는 단서가 있습니다. 주의 깊게 읽어보세요."

"알겠습니다."

나는 다시금 《거울 나라》 교정지로 시선을 향했다.

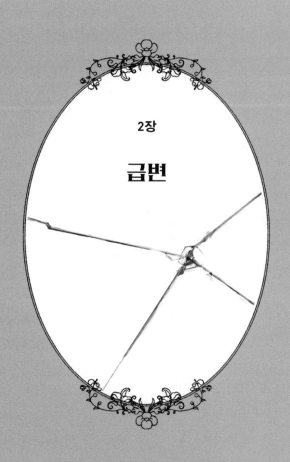

2장

급변

1

6월에 접어들자 아이푸쉬가 주최하는 랭킹 배틀이 시작되었다.

"여러분! 사토네루 힘낼 테니까. 내킨다면 포인트 좀 많이 부탁해. 아, 슈짱 씨 고마워! 타로라모 씨도 고마워!"

스마트폰 화면 안에서는 사토네가 붙임성 좋게 손을 흔들고 있었다. 조금이라도 도움이 되었으면 한다는 마음에 집에서 방송을 켜둔 채 책을 읽던 히비키도 보유 포인트 중 일부를 선물했다.

아더 사이드에 올라온 아이푸쉬 주최 랭킹 배틀 특집기사는 대체로 호평이었다. 인기 스트리머에 대한 편애라는 비판 목소리도 그리 크지 않았다. 애초에 인기 스트리머는 그동안 아이푸쉬의 매출에 공헌했던 사람들이기에 운영진이 미디어를 통해 어드밴티지를 주는 것이 불공평하다고 말하기도 어려웠다.

물론 기사에 소개되었다고 해서 모두가 예선의 좁은 문을 돌파할 수 있는 것은 아니다. 랭킹은 평등한 선거가 아니라 선물 받은 포인트의 수로 정해진다. 소수여도 강력한 지원자가 있으면 예선 통과권 내에 진입할 가능성도 충분했다. 자칫 방심하다가는 탈락할 수 있다는 위기감은 인터뷰에 응한 다른 스트리머도 똑같이 느끼는 듯 보였다.

"'사토네루는 상금 어디에 쓸 거야?' 아니, 지금 그 이야기를 꺼내는 건 너무 성급하지 않나? 원하는 거? 그렇네, 아주 현실적인 이야기를 하자면, 지금은 책장일까? 나, 책을 많이 읽는 편인데 지금 우리 집에는 작은 책장밖에 없어서 오래전에 가득 차버렸거든. 재미없는 답이라 미안해. '사토네루가 책을 읽는다니 의외네.' 아니, 이건 실례되는 말 아니야? '어차피 만화책만 보는 거지?' 뭐, 그건 그래……가 아니라! 소설도 종종 본다고!"

연이어 올라오는 댓글을 사토네는 경쾌하게 처리해나간다. 실시간 시청자 수는 백 명을 넘어섰고, 스트리머가 가장 많이 몰리는 밤 시간대임에도 현재 방송 중인 랭킹 배틀 참가자들 가운데 8위라는 좋은 순위를 기록하고 있다. 그녀가 꿈을 이루는 첫걸음을 돕게 된 것 같아 기뻤다.

사토네의 얼굴은 오늘도 깔끔하게 보정되어 화상 흉터는 흔적조차 없었다.

히비키는 지난달의 인기 스트리머 취재를 돌아봤다. 사토네 외에 나가사키 현에서 한 명, 구마모토 현에서 한 명, 눈에 띄는 이들에게 취재 신청을 했더니 다들 흔쾌히 응해줬다. 둘 다 어리고 예쁜 소녀들이었지만, 역시 방송에서는 보정 기능을 사용하는 듯 실제로 만나 보니 인상이 조금 달랐다. 이번 기사에 실린 사진은 방송 화면을 이용한 것이었기에 아무런 문제도 없다. 다만 원래 얼굴도 예쁜데 굳이 보정을 할 필요가 있을까 하는 점만이 마음에 걸렸다.

……누가 봐도 예쁜 그 아이들도 나처럼 외모에 콤플렉스를 가지고 있는 것일까.

히비키가 아이돌이 된 것과 같은 시기, 세간에서는 스마트폰으로 간편히 사진을 보정할 수 있는 앱이 유행하기 시작했다. 멤버들 사이에서도 SNS에 올리는 사진은 보정 앱을 사용해야 할지, 아니면 라이브나 악수회와의 간극을 없애기 위해 가능하면 보정하지 않는 편이 좋을지 여러 차례 논의가 있었다.

지금은 촬영 시에 자동으로 보정해주는 앱이 널리 보급되었고, 방송하는 동영상조차 실시간으로 보정이 이루어지게 되었다. 분명 버튼 하나로 콤플렉스를 없앨 수 있다는 점은 좋다. 하지만 뭐랄까, 마치 현대 여성은 당연히 예뻐야 하고, 예쁘지 않으면 안 된다고 모두가 믿고 있는 것만 같다.

나 또한 그런 시대의 희생양이라고 말할 수 있을지 모른다. 의사에게 들은 신체이형장애라는 병명이 히비키의 머릿속에 맴돌았다.

"맞다. 오늘은 방송을 보고 있는 모두에게 서프라이즈가 있어. 잠깐만 기다려. 곧 돌아올 테니까 방송 끄지 마. 부탁할게!"

사토네는 그런 말을 남기더니 갑자기 화면에서 사라졌다. 그녀의 방으로 보이는 하얀 벽을 바라보다 보니, 히비키는 지금까지는 유명인을 보는 듯한 심경이었지만 사토네와 친구라는 사실이 갑자기 의식되기 시작했다.

벤티 콰트로에서의 식사 이후에도 사토네와 연락을 주고받았다.

이오리와 밥 먹으러 가기로 했어. 히비키도 만나고 싶다니까 같이 가자.

사토네 주도로 시작된 모임 약속은 벌써 다음 주로 다가왔다.

히비키는 내심 이오리를 포함한 모임에 가는 것이 그다지 내키지 않았다. 어렸을 때의 추억은 거의 흐릿해져 있었고, 사토네와 다시 친구가 된 지 얼마 되지 않은 상태에서 제삼자가 끼어드는 것에 대한 불안과 불만도 있었다.

하지만 한편으로 기치세 이오리라는 인물 자체에 흥미를 느꼈다.

……그 사람의 눈. 누군가를 보는 듯하면서도 아무도 보지 않는 듯한 그 눈.

거기에 어떤 광경이 비치는지, 히비키는 이유도 모른 채 신경이 쓰였다.

사토네는 맛집 기사를 쓰는 히비키에게 일방적으로 모임 장소 선정을 맡겼다. 어제, 사무소에서 일에 집중하지 못한 채 가게를 찾고 있는데, 바퀴 달린 의자에 앉은 구가하라가 컴퓨터 모니터를 들여다봤다.

"가스미 씨, 벌써 다음 취재할 가게 찾는 거야?"

"아니요, 이건." 농땡이를 치는 것을 지적할 만한 사람은 아니기에 솔직히 고백했다. "다음 주에 친구들과 셋이서 식사를 하기로 해서요. 그 가게를 저보고 고르라고 해서."

"흐음. 친구라니, 요전번에 만난 친구?"

"네. 용케 아셨네요."

구가하라는 마스크 너머로도 알 수 있는 미소를 지은 채 말했다.

"가스미 씨가 업무 중에 이런 딴짓을 하는 건 거의 보지 못했으니, 최근에 인간관계에 어떤 변화가 생긴 건가 싶어서."

역시 이 사람은 냄새를 잘 맡는다. 히비키는 혀를 차는 동시에 깨달았다.

'혹시 나한테 다른 남성의 그림자는 없는지 찾는 것일지도 몰라.'

오해를 풀기 위해 히비키는 덧붙였다.

"둘 다 어릴 적 친구예요. 최근에 근처에 산다는 사실을 알게 돼서요."

"어릴 적 친구라⋯⋯."

구가하라의 눈빛이 순간 날카로워지는 것을 히비키는 놓치지 않았다.

"괜찮으면 추천할 만한 가게 알려줄까?"

"아, 그래 주시면 감사하죠."

자신의 책상에서 컴퓨터를 조작하는 구가하라 앞에서 히비키는 살짝 긴장했다.

도대체 이 남자는 무엇에 반응한 것일까. ⋯⋯설마 어릴 적 친구라는 단어를 블로그 글과 연결시켰나?

있을 수 없는 이야기는 아니다. 히비키를 아더 사이드로 부른 것에서 알 수 있듯, 구가하라는 히비키의 글에 관심을 가지고 있다. 그 뒷이야기를 알게 될 가능성이 조금이라도 있는 한, 거기에 달라붙는 것은 어찌 보면 지극히 그다운 행동이다.

히비키의 경계심은 아랑곳하지 않는 듯, 구가하라는 모니터에 표시된 음식점에 관해 설명했다.

"여기는 어때? 가와바타도리 상점가에서 골목길로 들어간 곳에 있는 일본요리점. 아담하고 조용한 데다가 다리를 뻗을 수 있는 테이블석도 있어서 친구들이랑 느긋하게 떠들기에 딱 좋아. 수제 명란젓이랑 고등어 간장 절임이 일품이야. 내가 자주 가는 가게인데, 퇴근길에 혼자 들르기도 해."

히비키는 리뷰 사이트를 둘러봤다. 사진을 보니 가게 분위기는 좋아 보였다. 요리도 화려하지는 않지만 센스 있고, 부담스럽지 않은 모임에는 딱 좋을 듯했다.

"좋아 보이네요. 예약해볼게요. 감사합니다."

히비키가 그렇게 말한 이유는 정말로 좋은 가게라고 생각한 것이 절반, 구가하라와의 대화를 끝내고 싶은 마음이 절반이었다.

"도움이 됐다면 다행이고. 자, 일하자, 일."

구가하라는 리뷰 사이트를 닫았고, 히비키는 자신의 자리로 돌아왔다.

그날 밤, 히비키는 일본요리점에 전화해서 다음 주 화요일에 예약을 잡았다. 이오리가 올 수 있도록 벤티 콰트로의 정기 휴무일에 맞춘 형태였다.

히비키는 따라갈 수 없을 만큼 빠르게 돌아가기 시작한 인간관계에 관해 생각했다.

"나, 당시 이오리를 좋아했었어."

사토네는 히비키에게 그렇게 털어놓았다. 지금의 이오리와 재회한 것에 아무런 감정도 없었다면 굳이 그런 말을 하지 않았으리라.

사토네와는 초등학교 때 화재 이후로 사이가 멀어졌기에 연애가 얽히면 그녀가 어떻게 되는지 모른다. 하지만 동성 간의 우정에 연애가 끼어들면 생기는 번거로움에 대해 히비키는 지금까지의 인생에서 몇 번이고 경험했다.

'평화롭게 사이좋아질 수 있으면 좋겠는데.'

"다들, 오래 기다렸지!"

사토네의 목소리가 들려서 히비키는 제정신을 되찾았다. 화면에 나타난 그녀를 보고 깜짝 놀랐다.

사토네루는 교복을 입고 있었다. 그것도 딱 보기에도 싸구려 코스프레 의상이다.

"어제 요청이 있었기에 교복 입어봤어. 어때? 어울려? 나이 먹고 이런 옷 입는 거 엄청 부끄럽긴 한데."

댓글란에는 "우와, 너무 귀여운데?", "엄청 잘 어울려!" 같은 칭찬과 "한 바퀴 돌아 봐", "맨다리 조금 더 보여줘" 같은 성희롱에 가까운 요구가 쏟아졌고, 사토네루는 순식간에 수많은 포인트를 선물 받았다.

코스프레라고는 하지만 교복이기에 성적인 부분을 강조했다고는 할 수 없다. 그럼에도 히비키는 조마조마한 마음이었다.

'이 정도까지 하지 않으면 랭킹 배틀에서 이길 수 없는 건가? 그게 사토네의 소망이라면 응원하고 싶지만, 아무리 그래도……'

기사를 통해 사토네의 등을 밀어준 것이 과연 정답이었는지 자신이 없어져서 히비키는 눈을 돌리듯 화면을 껐다.

2

"안녕, 히비키."

변성기가 아직 오지 않은 소년의 유리처럼 여리고 맑은 목소리가 귓가에 메아리쳤다.

히비키는 본가 바로 앞에 있는 공원 벤치에 사토네와 나란히 앉아 있었다. 이미 다른 사람에게 자신이 어떻게 보이는지 신경 쓰던 사토네는 이 무렵 매일 헤어스타일을 바꾸었고, 오늘은 트윈테일이었다. 히비키는 평소처럼 땋은 머리였다.

"히비키."

공원 입구 쪽에서 야구모자를 쓴 소년이 다가왔다. 이름을 불린 히비키보다 사토네가 먼저 벤치에서 폴짝 뛰어내리며 말했다.

"이오리, 왔구나!"

"삿짱, 안녕!"

히비키는 불현듯 사토네가 이오리에게 보여주기 위해 매일 헤어스타일을 바꾼다는 사실을 깨달았다.

"오늘은 뭐 하면서 놀까?"

"술래잡기하자."

"그건 싫은데. 살 탈 거 같아."

"그럼 삿짱은 뭘 하고 싶은데?"

"시원한 곳에 가고 싶어."

"아, 그럼 도서관 갈래?"

"좋은 생각이야! 나, 《마리아님이 보고 계셔》 다음 편 보고 싶어!"

"모처럼 모였는데 도서관? 뭐, 상관없지만."

세 명은 시끌벅적하게 떠들며 공원을 나섰다. 땀을 흘린 히비키의 피부에 바람이 기분 좋게 불었고, 하늘은 어디까지나 멀리까지 맑게 펼쳐져 있었다.

히비키는 침대 위에서 눈을 떴다.

어렸을 적 꿈을 꾸었다. 과거의 자신이 실제로 겪은 그대로의 광경이었다.

히비키는 손을 떼면 사라져버릴 것처럼 희미한 꿈의 기억을 열심히 더듬으며 생각했다.

'맞아. 그 무렵, 이오리는 항상 사토네보다 내 이름을 먼저 불렀어.'

베개 옆의 스마트폰을 집어 들었다. 모이기로 약속한 화요일이 되어서 이 꿈을 꾼 거구나 하고 이해했다.

모임에 앞서 그제 일요일에 미용실에 가서 머리를 잘랐다. 히비키에게 미용실에 가는 것은 매번 고역이었다. 머리를 자르는 내내 거울을 앞에 두어야 하는 상황을 잡지를 읽거나 하며 필사적으로 무시해야 한다. 또한 머리를 자름으로써 점점 더 이상한 헤어스타일이 되는 것은 아닐까 하는 두려움과도 싸워야 한다. 자연히 미용실에 다니는 빈도는 줄었지만, 다행히 현재의 담당 미용사는 일류였기에 머리를 자른 직후에는 마음에 드는 때가 많았다. 이번에도 불안감을 떨치며 미용실에 가서 좋은 느낌으로 마무리하고 나왔기에 오늘은 어떻게든 출근 전에도 퇴근 후에도 거울에 사로잡히지 않을 수 있었다.

예약한 가게는 회사에서 걸어서 10분도 채 걸리지 않는 곳이었다. 구가하라가 퇴근길에 이용한다고 이야기한 것도 이해가 갔다.

다리를 건너 하카타 리버레인 옆을 지나 가와바타도리 상점가로 향했다. 하카타 강을 면한 비어바에서는 히비키와 비슷한 또래 여성들이 맥주병을 한 손에 들고 즐겁게 떠들고 있었다. 6월에 접어들자 저녁이 되어도 뜨거운 기운이 여전했다. 규슈 북부는 평년보다 빠르게 지난달 말에 장마가 시작되었다.

가게 위에는 커다란 간판이 있어서 헤매지 않았다. 격자문을 열고 안으로 들어서자, 안쪽 테이블석에는 이미 사토네가 기다리고 있었다.

"히비키! 여기야, 여기."

"미안. 오래 기다렸지."

"나도 방금 막 왔어."

사토네 옆의 방석에 앉았다. 사토네는 꽃무늬 자수가 들어간 검정 원피스를 입고 있었다. 중성적이던 지금까지와는 사뭇 다른 인상이다. 드러난 몸의 라인이 아름다웠지만, 히비키는 거기에서 성적인 냄새를 맡고 동요했다.

이오리는 시간에 딱 맞춰서 도착했다.

격자문을 여는 소리가 들렸을 때 히비키는 그쪽으로 고개를 돌렸다. 서 있는 남자는 틀림없이 이오리인데, 히비키와 눈이 마주치자마자 고개를 돌렸다. 부끄러움에서 오는 동작이 아니라 명백하게 이쪽을 인식하지 못한 모습이었다.

가게 직원이 자리를 안내하고 나서야 이오리는 미소를 보였다. 눈이 나쁜 것일지도 모른다.

"삿짱, 오늘은 불러줘서 고마워. 히비키도 다시 만나 기뻐."

이오리는 히비키와 사토네의 건너편에 앉았다. 폴로셔츠에 폭 넓은 바지를 입은 간편한 복장이었지만, 마른 몸에 잘 어울렸다. 지난번 셰프 모자에 가려져 있던 단발의 갈색 머리는 자연스럽게 흘러내렸다. 그 아래로는 고리 형태의 작은 귀걸이가 살짝 보였다.

이오리와 사토네는 맥주, 히비키는 유자사와, 그리고 가게에서 직접 만들었다는 명란젓으로 모임은 막을 올렸다. 사토네가 먼저 물었다.

"이오리는 어디 출신이었지?"

"사세보야. 고등학교 졸업할 때까지는 계속 사세보에 있었어."

"그해 여름엔 왜 우리 옆집에 온 거야?"

"가정 사정으로 외갓집에 맡겨졌던 거야."

이오리는 명란젓의 껍질을 젓가락으로 벗기면서 답했다. 히비키가 보기에는 그가 고개를 들고 싶어 하지 않는 것처럼 보였지만, 사토네는 거침이 없었다.

"가정 사정이라니?"

"부모님이 이혼 조정 중이었어. 그래서 거기에 휘둘리는 것도 불쌍하다고 외할머니가 잠시 돌봐주신 거지. 마침 여름방학이기도 했고."

"그렇구나……. 괜한 거 물어서 미안."

"딱히 괜찮아. 벌써 15년이나 지난 이야기고. 그리고 나도 잠시나마 부모님한테서 떨어져서 안심했었거든. 뭐, 외롭지 않았다고 하면 거짓말이지만."

그 무렵 이오리에게 그와 같은 걱정거리는 엿보이지 않았다. 화재가 일어나기 전까지는 아이답게 어린 시절을 보낸 히비키로서는 같은 또래의 소년이 그런 심적 고통을 겪었다는 사실을 뒤늦게 알게 되어 충격이었다.

"그 후에 부모님은?"

"이혼했어. 어머니는 정신적으로도 경제적으로도 불안정해서 나는 아버지 밑으로 가게 됐지. 그래서 외할머니 집에는 그 이후에 한 번도 간 적이 없어."

아버지는 사세보에서 해운업에 종사했기에 원래 있던 마을을 떠나지 못했다고 한다.

"그래서 다음 해부터 이오리의 모습을 볼 수 없었구나."

이런 말을 할 수 있는 것은 히비키밖에 없다. 이오리는 끄덕이고는 말했다.

"그해 여름까지는 때때로 귀성하곤 했지만 말이야. 머물렀던 건 길어야 2, 3일이었으니까 삿짱이나 히비키를 만날 기회가 없었지."

"내가 이오리에게 말을 건 것은 이오리가 옆집에 와서 일주일 정도 지났을 때였어. 왠지 계속 있구나 싶었거든."

"나도 삿짱이 신경 쓰였었어. 하지만 난 낯을 많이 가려서."

"그 집에 언제까지 있었어?"

"8월 말쯤이었나. 이혼 이야기가 마무리됐다며 갑자기 다시 돌아가게 됐지."

"그럼 내가 그 후에 바로 이사 간 건 알아?"

"그랬어? 몰랐네."

이쪽을 본 사토네와 시선이 마주쳤다.

이오리는 화재 사건을 모른다. 옆집에 있었다면 모를 리가 없다. 즉, 화재가 벌어지기 직전에 사세보로 돌아간 것이다.

히비키는 그것을 불행 중 다행으로 받아들였다. 부모의 이혼으로 힘들어하는 아이에게 친구 집의 화재라는 비극까지 경험하게 하고 싶지 않았기 때문이다.

"우리 가게에 둘이서 찾아왔을 정도니, 지금까지 계속 근처에 살면서 만나고 있다고 생각했어."

"아니야. 지난달에 히비키의 일 관계로 재회한 거야."

"흐음……. 그랬는데 이번에는 나와도 다시 만나게 됐다는 거야?"

"응. 우연이란 게 참 무섭네."

농담처럼 말하는 사토네를 앞에 두고 이오리는 뭔가에 정신이 팔린 듯한 표정을 지었다.

"이오리, 왜 그래?" 히비키가 말을 걸었다.

"아, 아니야. 아무것도."

이오리는 맥주를 들이붓듯 마셨다.

그로부터 세 사람은 요리를 먹으며 떨어져 지낸 15년간 있었던 일을 순서대로 이야기했다. 이오리는 아버지와 둘이 살게 된 영향으로 요리에 관심을 가지게 되었고, 후쿠오카 시내의 요리전문학교를 졸업해 요리사가 되었다고 했다. 히비키와 사토네는 화재나 화상 이야기를 일부러 피하며 그동안의 일들을 간결하게 설명하는 데 그쳤다.

쌓인 이야기가 많았기에 대화에 막힘은 없었다. 하지만 히비키는 은근히 이 자리에 풍기는 무거움을 느꼈다.

'왠지 분위기가 들뜨지 않네.'

15년 만에 재회한 친구와의 거리감을 세 사람 모두 느끼고 있었다. 모임을 주최한 사토네가 어떻게든 자리의 분위기를 풀려고 애썼지만, 히비키와 이오리의 반응이 둔한 탓에 이야기가 헛돌았다. 한 시간쯤 지났을 무렵에는 세 사람다 술을 입에 가져다 대는 빈도가 확실히 늘어나 있었다.

그곳에 구세주가 나타날 줄은 히비키로서는 전혀 예상하지 못했다.

격자문이 열리며 벨이 딸랑거리는 소리가 들렸다. 이어서익숙한 목소리가 들려왔다.

"사장님, 안녕하세요. 또 왔어요. ……어라?"

히비키는 반사적으로 돌아봤다.

"가스미 씨, 여기서 다 보네."

마스크 차림의 구가하라 다쿠미가 이쪽으로 손을 들어 인사했다.

"아, 그렇구나. 모임이 오늘이었구나. 알았다면 안 왔을 텐데."

"신경 쓰지 않으셔도 돼요. 구가하라 씨의 단골 가게니까."

대화하며 구가하라는 이쪽 자리로 다가왔다. 사토네가 물었다.

"히비키, 이분은 누구셔?"

"회사 선배인 구가하라 다쿠미 씨. 이 가게를 알려준 사람이고, 나를 회사에 소개해준 것도 이분이야."

"안녕하세요. 구가하라라고 합니다. 선배라고 해도 나이는 가스미 씨랑 같지만요."

"그럼 다 같은 나이인가? 히비키의 소꿉친구인 신카이 사토네예요."

"신카이 씨, 잘 부탁드립니다."

구가하라가 선보인 품격 있는 미소에 감탄하면서도 히비키는 마음이 초조했다.

사토네의 얼굴에 희미하게 보이는 화상 흉터를 소꿉친구라는 단어와 조합하면 블로그 글과 연결할 수 있다. 이 두 사람을 엮고 싶지 않았지만, 구가하라가 추천한 가게를 아무 생각 없이 예약한 히비키의 실수였다.

"거기 계신 남자분은?"

"기치세 이오리입니다. 히비키와는 어렸을 때 친하게 지낸 적이 있어요."

"그렇군요. 방해해서 죄송해요. 카운터에서 조용히 마시고 갈 테니, 신경 쓰지 마시고 놀다 가세요."

고개를 숙이고 자리를 뜨려는 구가하라를 사토네가 불러 세웠다.

"괜찮으시면 구가하라 씨도 저희랑 같이 마셔요."

구가하라는 몸을 돌렸다.

"아니, 그럴 수는……."

"사토네, 잠깐만."

"뭐 어때. 평소에 히비키를 잘 챙겨주는 선배님이잖아?"

"그건 그렇지만⋯⋯."

히비키는 도움을 청하듯 이오리 쪽을 바라봤다. 하지만 이오리도 싫지 않은 듯 말했다.

"난 상관없어."

히비키는 짐작했다. 자신뿐만 아니라 다른 두 사람도 이 모임의 교착 상태를 느끼고 있던 것이다. 구가하라가 그런 상황을 타개해줄 것을 기대하고 있다.

"구가하라 씨만 괜찮으면 저는 환영이에요."

사토네에게 접근하는 것에 대한 불안감은 있었지만 히비키 혼자서 반대할 수도 없는 노릇이었다.

"괜찮겠어? 그럼 모처럼이니 같이 마실까?"

구가하라는 이오리 옆자리에 앉았다. 여주인이 곧장 맥주를 가지고 와서 다시 한번 네 사람이 건배했다.

결과부터 말하자면, 이 침입자를 불러들인 것이 주효했다.

신종 코로나바이러스가 유행한 탓에 작년의 직장 송년회 정도에서밖에 구가하라와 동석한 적이 없던 히비키는 그의 세련된 사교술에 혀를 내둘렀다. 아나운서처럼 듣기 좋은 목소리로 외부인임에도 사회자처럼 행동하며 적절한 맞장구와 질문으로 상대방의 이야기를 교묘하게 끌어냈다. 차분하지만 웃어야 할 곳에서는 제대로 웃고, 다른 사람의 분노나 슬픔에 공감해야 할 때는 공감했으며, 흐름이 막히려고 할 때는 재빨리 감지해 다른 화제로 전환했다. 다른 사람과의 거리감도 절묘해서 때로는 상대방을 놀리기도 하지만, 그로 인해 웃음이 터져 나오기 때문에 놀림을 받은 사람 쪽이 오히려 기뻐하게 된다. 동시에 사토네의 무례한 농담도 받아넘기며 웃음으로 바꾸는 등 넓은 도량도 선보였다.

"이렇게 즐거운 밤은 오랜만이네. 신카이 씨가 같이 마시자고 해준 덕이야."

그렇게 말하며 레몬사와가 든 유리컵을 빙글 돌리는 구가하라에게 뺨이 살짝 붉어진 사토네가 말했다.

"아니, 그러지 마. 신카이 씨라니. 우리 같은 나이잖아."

"그럼 사토네라고 부를까?"

"그래. 그리고 그쪽은 다쿠미."

"나도 이오리라고 불러도 돼."

"둘 다 처음 만나는 데 받아줘서 정말로 고마워. ……아, 나 잠깐 화장실 좀 다녀올게."

구가하라가 자리를 비우자, 자리에 다시 느슨한 분위기가 흘렀다. 사토네가 히비키의 어깨를 두드렸다.

"멋진 사람이네. 나, 완전히 마음에 들었어."

"나도 깜짝 놀랐어. 사적으로 마신 건 처음이거든."

"나, 밤에는 일만 하니까, 솔직히 이런 술자리는 그다지 익숙하지 않아. 저 사람처럼 능숙하게 말할 수 있으면 좋을 텐데."

이오리에게서도 처음의 딱딱함은 완전히 사라진 채였다.

"히비키, 회사에서 다쿠미와 매일 만나니 좋겠다."

"글쎄. 그런 걸 의식할 만큼 친하지는 않아서."

그러자 사토네가 빙긋 웃으며 말했다.

"나한테 맡겨. 단번에 거리를 좁힐 비책이 있으니."

"딱히 그럴 필요 없는데. 근데 비책이라니, 뭐야?"

"그건 다쿠미가 돌아올 때까지 비밀."

"응? 신경 쓰이는데."

그 후 10분 정도 사토네의 비책 맞히기 퀴즈 대회가 이어
졌지만, 구가하라는 좀처럼 돌아오지 않았다. 늦네, 하고 히
비키가 걱정하기 시작할 무렵, 겨우 화장실 문이 열렸다.

"구가하라 씨, 괜찮으세요?"

히비키가 걱정하며 묻자, 자리에 앉은 구가하라는 조금 겸
연쩍은 듯 말했다.

"미안. 화장실에서 업무 메일 읽느라. 과음했거나 몸 상태
가 안 좋거나 한 건 아니니 안심해도 돼."

"그럼 다행이다. ……그런데 다들 여름 일정 정해졌어?"

사토네가 말을 꺼내는 방식은 무척이나 난폭했다.

"여름 일정이라니?" 하고 히비키가 물었다.

"생각해봐. 코로나도 간신히 5단계로 내려갔고, 여행 가기
좋은 세상이 되었잖아. 어떤 계획이 있는가 해서."

"벌써 6월이고, 간다면 빨리 예약해야 할 시기이긴 하네.

이오리는?"

구가하라의 질문에 이오리는 고개를 저었다.

"딱히 없어. 여행은 가고 싶어지면 훌쩍 떠나는 걸 좋아해서 다른 사람과 함께하는 여행은 벌써 몇 년이고 못 갔어. 그리고 요식업이니까 다른 사람이랑 휴가도 맞지 않고."

"나도 지금은 아무 계획 없는데, 사토네는 어때?"

"잘 물어봤어. 실은 모두에게 제안할 게 있거든."

사토네가 기다렸다는 듯 테이블 위에 어떤 물건을 펼쳤다.

여행사의 팸플릿이었다. 아름다운 에메랄드빛 바다에 긴 다리 하나가 일직선으로 뻗어 있다. 그 경치는 본 기억이 있었다.

"이거, 쓰노시마 섬이네."

구가하라의 말에 사토네가 고개를 끄덕였다.

"야마구치에 살았을 때 가족과 함께 몇 번이고 쓰노시마에 갔는데, 바다가 진짜 예뻐. 그 아름다움은 오키나와의 바다와 비교해도 손색이 없다고 생각해."

"나도 알아. 나도 가본 적 있거든."

이오리가 답했다.

"현지 여행사에서 일하는 친구가 있거든. 해변 앞에 있는데다가 바비큐도 할 수 있는 별장을 싸게 빌려준다고 해서 말이야. 한 채당 요금이라 인원이 많으면 저렴해지는데, 같이 가면 어떨까 싶어서."

히비키는 흥분한 채 떠드는 사토네를 조금 냉정하게 바라
봤다.

왜 여기에서 팸플릿을 꺼내 든 것일까. 말할 필요도 없다.
사토네는 처음부터—물론 흐름에 따라 달라질 수도 있었겠
지만—쓰노시마 여행을 제안할 생각이었다. 소꿉친구인 히
비키는 몰라도, 이성인 이오리에게까지.

구가하라 또한 이 여행에 부를 셈이다. 애인이 있는지에
따라서도 다르겠지만, 여성 두 명에 남성 한 명보다는 남녀
의 수가 같은 쪽이 참가하고자 하는 마음이 생기기 더 쉽다.
여행사에 다니는 친구라는 것도 정말로 실존하는지 알 수
없다.

'사토네, 이건 너무 앞서나가는 것 같아.'

히비키는 조마조마한 마음으로 이야기가 흘러가는 방향
을 지켜봤다.

"엇? 지금 나한테도 같이 가자고 말하는 거야?"

구가하라의 반응에서는 당혹감이 느껴졌다.

"물론이지! 다쿠미가 같이 가야 훨씬 재밌을 테고."

"엄청 가고 싶지만, 삿짱은 몰라도 다른 두 명은 주말에 쉬
잖아. 나랑은 쉬는 날이 안 맞는데."

음식점에서 근무하는 이오리의 걱정은 당연했다. 내심 그
것을 핑계로 거절하고 싶은지도 모른다.

"그게 문제야. 그리고 쓰노시마는 인기가 많아서 주말은

애초에 예약할 수 없을지도 몰라. 그런데 나 지금 랭킹 배틀에 참가하고 있으니, 어떻게 해서든 쓰노시마에서 그 경치를 방송해서 포인트를 벌고 싶어. 혼자서라도 갈 생각이었지만, 친구가 있는 편이 더 즐거울 것 같아서."

사토네는 그렇게 말하며 여행 참가에 관한 심리적 장벽을 낮췄다.

친구로서 자신은 어떻게 행동해야 할까. 히비키는 신중하게 생각했다.

주말이라는 선택지가 없다면 자신과 구가하라는 기본적으로 참가할 수 없다. 그렇게 되면 사토네와 사귀기라도 하지 않는 이상 이오리 혼자 참가하지도 않을 것이다. 원래부터 이것은 꽤 무리한 계획이었다.

하지만……. 그럴 마음만 먹는다면 친구를 위해 발 벗고 나서는 것도 불가능하진 않다.

결국 자신이 어떻게 하고 싶은지에 달렸다. 그리고 그 물음에 히비키는 망설이지 않고 답할 수 있다.

'가고 싶어. 친구와 함께 하는 여행.'

"나, 평일에 시간을 낼 수는 없을지 조정해볼게. 확답은 못 하지만."

히비키가 앞장서서 선언했다. 구가하라가 눈을 동그랗게 떴다.

"가스미 씨, 진심이야?"

"쓰노시마의 인기 명소에 관한 특집기사를 쓸 수는 없을지 부장님께 물어보려고요."

"장마가 끝나고 나서 취재하면 조금 늦지 않을까?"

"서둘러 글을 쓰면 맞출 수 있을 것 같아요. 9월까지는 성수기니까요. 안 된다면 여름 휴가를 쓰면 되죠."

회사의 여름 휴가는 5일로, 희망하는 날짜에 쓸 수 있다.

"히비키, 고마워!"

사토네가 히비키를 껴안았다. 옷 너머로 사토네의 뜨거운 체온이 느껴져 히비키는 가슴이 두근거렸다.

히비키가 이렇게라도 먼저 나서지 않으면 이오리와 구가하라는 움직일 수 없다. 사토네의 목적이 무엇이든, 자신은 그녀의 기대에 부응하고 싶었다.

"평일이라면 나도 가고 싶어. 언제 또 여행을 갈 수 없는 세상이 될지 모르니까. 갈 수 있을 때 가지 않으면 후회할 것 같아."

예상대로 히비키에 이끌려 이오리도 참가 쪽으로 기울었다. 나머지 한 명에게 세 사람의 시선이 모였다.

구가하라는 잠시 굳어 있었지만, 이윽고 '어쩔 수 없네'라고 말하는 것처럼 두 손을 들어 올렸다.

"알았어. 가스미 씨랑 같은 타이밍에 휴가를 낼 수 있게끔 긍정적으로 검토해볼게."

"야호!"

사토네의 하이파이브에 응하면서 히비키는 왠지 엄청난 전개가 되어버렸구나, 하고 흥분했다.

"그럼 우선 LINE 그룹 만들자. 히비키는 다쿠미를 초대해 줘."

사토네는 능숙하게 히비키와 이오리를 초대하며 세 사람의 LINE 그룹을 만들었다. 히비키가 이오리의 연락처를 알게 된 것은 이번이 처음이다. 히비키는 구가하라와 이미 친구 등록을 한 상태였기에 멤버에 추가했다.

"자, 다 됐다. 술자리에서 하는 여행 이야기는 그 자리에서는 분위기가 들떠도 실현되지 않는 경우가 많지만, 나는 꼭 모두를 데리고 갈 거야!"

사토네의 그 강한 마음은 그녀가 만든 그룹명에도 드러나 있었다.

쓰노시마, 꼭 갈 거야!(4)

3

집에 돌아와 방의 불을 켰다. 이래선 안 된다고 생각하면서도 히비키는 옷도 갈아입지 않은 채 침대에 쓰러졌다.

즐거운 밤이었다. 처음에는 어떻게 되려나 싶었지만 말이다. 구가하라에게는 감사의 인사를 전해야겠지.

그렇기는 해도 한 번 모였을 뿐인데 여행 계획까지 나오게 될 줄이야. 하지만 그 네 명이 함께 가면 분명 즐거울 것 같다. 어떤 의미에서는 가장 관계성이 옅은 이오리조차 기대하는 듯했으니…….

히비키는 기치세 이오리에 대해 생각했다.

어렸을 때는 조금 허세를 부리는 면이 있었지만 대하기 쉬운 남자아이였다. 부모님의 불화로 인해 힘들었을 텐데 전혀 겉으로 드러내지 않았다.

하지만 지금은 그의 내면에서 뭔가 차가운 것이 느껴진다.

어른이 될 때까지 누구에게나 그늘 한두 개쯤은 생기기 마련이다. 히비키는 절친과 이별하는 원인이 된 화재를 불러일으켰고, 신체이형장애라는 진단도 받았다. 사토네는 얼굴에 화상을 입고 불우한 학창 시절을 보냈다. 구가하라는…… 잘 모르겠지만, 그에게도 아무 일이 없었다고는 생각되지 않는다.

이오리의 그것이 무엇인지 재회한 지 얼마 되지 않은 히비키로서는 알 도리가 없다. 굳이 캐물어서는 안 된다는 사실도 안다. 그런데 그 차가움에 어떻게든 열기를 더해주고 싶다는 생각이 드는 것은 어째서일까.

여행이라니……. 히비키는 눈을 감은 채 한숨을 내쉬었다.

그 자리에서는 사토네의 편에 서는 것을 우선시했다. 히비키 자신도 여행을 가고 싶었던 것은 사실이다.

하지만 히비키에게 누군가와 함께 가는 여행이란 곧 악몽과도 같았다.

어떻게 하든 헤어스타일이 망가지는 순간이 생겨나기 때문이다. 쓰노시마에 가면 바닷바람이 불 테고, 바다에서 수영하게 될지도 모른다. 머리카락이 흐트러질 때마다 다시 가다듬거나 모두가 함께 묵는 임대 별장에서 거울을 독점한 채 몇 시간이나 세팅에 매달릴 수도 없는 노릇이다.

상상하면 할수록 우울해졌다. 여행은 가고 싶다. 모르는 풍경을 만나는 것도, 친구들과 즐거운 시간을 보내는 것도 좋아한다. 이 앞머리만 기분 나쁘지 않다면……

익숙하지 않은 취기와 긴장으로 피곤했던 모양이었다. 어느샌가 히비키는 잠이 들었다.

머리맡에 던져둔 스마트폰 진동 탓에 잠에서 깼다.

벽시계를 보니 이미 날짜가 바뀌어 있었다. 한 시간 정도 잠든 듯했다.

스마트폰을 더듬어 찾은 후, 누운 채 얼굴 앞으로 들어 올렸다. 이오리에게서 LINE 메시지가 와 있었다. 처음에는 그룹 LINE 채팅창에 올린 글인가 싶었지만, 히비키 개인에게 보낸 것이었다.

오늘 고마웠어. 오랜만에 이야기해서 즐거웠어.

히비키는 예의 바른 사람이라고 생각하며 답장을 보냈다.

나야말로 즐거웠어. 쓰노시마 다 같이 갈 수 있으면 좋겠네.

단번에 '읽음' 표시가 떴다. 아직 화면을 보는 사이에 답이 도착했다.

응. 그때까지 또 밥이라도 먹으러 가자.

그러게. 여행 계획도 세워야 하고, 조만간 또 같이 모이면 좋겠다.

삿짱, 나에 관해 뭔가 말했어?

맥락이 없는 질문에 히비키는 어리둥절했다.

"삿짱, 오늘은 불러줘서 고마워."

일본요리점에서 만났을 때 이오리는 사토네에게 그런 말을 했다.

적극적으로 모임을 주선하고 여행 제안까지 한 사토네가 이오리에게 우정보다 더 뜨거운 시선을 보내고 있다는 것쯤, 그 또한 전혀 눈치채지 못하진 않았을 것이다.

사토네가 과거 이오리에게 호감을 품었다는 사실을 히비키는 들어서 알고 있다. 하지만 물론 그것을 떠벌릴 수는 없다.

그게 무슨 말이야?

신경 쓰이는 게 있어서. 뭐 대단한 건 아니지만.

그렇게 말하니 오히려 더 신경 쓰인다.

사토네가 어쨌는데?

삿짱, 우리 가게에 몇 번이고 왔었잖아. 헤어스타일이 독특해서 기억하고 있었어. 설마 삿짱이라고는 생각 못 했지만.

응. 전부터 좋아하는 가게라고 했으니.

그전에도 마주친 적이 있는데, 어째서 그날은 나를 알아봤을까?

그런 거였구나. 히비키는 맥이 빠졌다.

기치세라는 성이 그렇게 많지 않아서 떠올랐나 봐.

기억 안 나? 내가 이름을 말하기 전에 삿짱이 먼저 이름 물어봤잖아.

"뒤쪽에 계신 분, 성함이?"

듣고 보니 그랬다. 이오리가 이름을 밝히기 전부터 사토네는 그에게 관심을 보였다.

그럼 나랑 재회한 탓에 이오리와의 기억도 되살아난 거 아닐까? 가게에 방문한 적은 있어도 그때까지는 가까이서 이오리를 자세히 볼 기회는 없었을 테니.

마스크를 쓰고 있었는데? 눈만 보고 알아볼 수 있나. 나, 그렇게 얼굴 안 변했어?

딱히 그렇게 생각하지는 않는데⋯⋯. 궁금하면 본인에게 직접 물어보지 그래?

그건 좀 뭐랄까. 괜히 긁어 부스럼이 될 것 같기도 하고.

마음은 알겠지만, 이런 의심은 앞으로의 친구 관계를 방해할 우려가 있다. 일단 여기서는 협력적인 태도를 보이는 쪽이 좋을 것 같다.

기회가 되면 내가 사토네에게 물어볼게. 어째서 그날 이오리를 알아봤는지.

그럼 고맙겠어. 뭐라도 알게 되면 알려줘.

반대로 이오리는 사토네를 몰라봤어? 사토네는 가게에서 마스크를 벗고 있었을 텐데. 혹시나 하는 생각에 힐끔힐끔 봤다면 사토네 쪽에서 눈치챘을지도 몰라.

아니, 내가 삿짱을 알아볼 수는 없어.

솔직한 것뿐일 테지만, 약간 냉정하게 느껴지기도 했다. 알아보지 못했다고 말하면 족할 것을 알아볼 수는 없다고 강조할 필요는 없지 않나.

여자들은 화장에 따라 분위기가 달라지니까. 그래도 나는 방송에서 사토네를 발견했을 때, 15년 만인 데다가 보정까지 돼 있었지만 한눈에 알아봤어.

그렇구나. 그다지 달라지지 않았나 봐.

이오리는 그렇게 생각 안 해?

미안, 잘 모르겠어.

그렇구나. 기억하지 못해도 무리는 아니지. 어렸을 때 함께 찍은 사진 같은 것도 없고. 그러고 보니 지난번에 벤티 콰트로에 갔을 때나 오늘 가게에 왔을 때도 나를 알아보지 못한 것 같은데, 혹시 사람 얼굴 잘 기억 못 해?

탁구 랠리처럼 이어지던 대화가 거기에서 끊겼다.

본론에서 벗어난 이야기였고 시간도 늦었기에 딱히 이상하다고 느끼지는 않았다. 히비키는 몸을 일으켜 화장을 지우고 샤워를 했다. 잠옷을 입고 거실로 돌아오자, 스마트폰에는 이오리에게서 답이 도착해 있었다.

두 번이나 무시해서 미안해. 실례했네.

사실 말해두고 싶은 게 있어. 혹시 신경 쓰이게 할지도 모르지만, 주변을 불쾌하게 만들고 싶지 않아서 되도록 숨기지 않으려고 하고 있거든.

그런 딱딱한 문장 뒤에 이어진 한 문장을 보고, 히비키는 샤워로 인해 몸 안에 쌓여 있던 열기가 스마트폰을 쥔 손끝에서 쑤욱 빠져나가는 감각을 맛봤다.

나는 선천성 안면인식장애야.

4

"안녕, 히비키."

소년 시절의 이오리의 목소리가 귓속에서 맴돌았다.

모임 다음 날, 히비키는 출근해 업무에 임했지만 이오리가 말한 것이 머릿속을 떠나지 않았고, 깨닫고 보니 컴퓨터 모니터에는 인터넷에서 검색한 정보가 떠올라 있었다.

안면인식장애.

눈, 코, 입 같은 부분은 인식할 수 있지만, 얼굴 전체로 봤을 때 개인을 식별하지 못하는 증상을 말한다. 시각 영역과 얼굴 인식에 관련된 편도체 등에 문제가 있는 것으로 여겨지며, 표정을 모른다거나 남녀를 구분하지 못하는 등의 어려움을 겪지만, 그 정도는 개인차가 크다. 머리 부상 등 후천적으로 발생할 수도 있지만, 인구의 약 2퍼센트가 선천성 안면인식장애라고 할 정도로 결코 드문 증상은 아니다.

사람은 사람을 식별할 때 얼굴뿐 아니라 키와 덩치, 헤어스타일, 목소리, 동작 등 다양한 정보를 통해 종합적으로 판단한다. 따라서 안면인식장애가 있다고 해도 개인을 식별할 수 있으며, 안면인식장애라는 자각 없이 생활하는 사람도 상당수 있을 것으로 여겨진다.

어렸을 때, 이오리는 항상 사토네가 아니라 히비키에게 먼저 말을 걸었다.

헤어스타일을 수시로 바꾸던 사토네를 식별할 자신이 없었기 때문이다. 그래서 매일 똑같은 땋은 머리였던 히비키 쪽이 말을 걸기 쉬웠다. 초등학교 4학년 시점에는 안면인식장애를 자각하지 못했을지도 모르지만 말이다.

취재차 벤티 콰트로를 방문했을 때, 히비키는 중간 길이에 끝부분에는 컬이 들어갔고 앞머리를 왼쪽으로 넘긴 평소의 헤어스타일이었다. 한편 사토네와 둘이서 식사한 날 밤에는 머리를 뒤로 묶었다. 그리고 어제의 모임 전에 히비키는 머리를 잘랐다. 그래서 이오리는 만날 때마다 헤어스타일이 다른 히비키를 알아보지 못했다. 아무도 바라보지 않는 것 같은 그 눈빛도, 얼굴을 봐도 잘 알아볼 수 없기에 초점을 맞추지 않았던 것에서 비롯한 것이리라.

안면인식장애라는 사실을 말해줘서 다행이다.

그렇지 않았다면 앞으로 만날 기회가 있을 때마다 이오리의 행동을 엉뚱한 방향으로 해석했을지도 모른다. 히비키는 상대방이 별다른 의미 없이 한 행동을 심각하게 해석하는 경향이 있기에 이유를 알게 된 것이 고마웠다.

그렇기는 해도 이오리가 안면인식장애에 대해 어느 정도 신경을 쓰는지는 알 수 없다. 히비키는 알려줘서 고맙다고 피상적인 답을 할 수밖에 없었다.

"가스미, 뭘 조사하는 거야? 업무에 관한 건가?"

엔도 부장이 말을 걸어서 히비키는 제정신을 되찾았다.

"아, 아니요. 지난번에 취재한 가게 사람에게 들은 이야기가 신경 쓰여서요."

히비키는 재빨리 둘러댔다. 완전한 거짓말은 아니다.

"흐음. 뭐, 마감만 지키면 뭘 어쩌든 상관은 없지만."

그렇게 말한 그의 마스크를 쓰지 않은 입에서는 담배 냄새가 풍겼기에 흡연실에 다녀왔다는 사실이 눈에 훤했다. 땡땡이를 친 것은 피차일반이다.

콧노래를 부르며 자리로 돌아가는 부장은 기분 좋아 보였다. 그것을 간파한 히비키는 의자에서 일어났다.

"부장님, 상담드릴 게 있는데요."

"뭔데?"

"여름을 맞아 레저 관련 기사를 낼 예정이잖아요. 제가 쓰노시마를 취재해도 될까요? 친구한테 연줄이 있어서 현지에서만 얻을 수 있는 정보를 손에 넣을 수 있을 것 같거든요."

기사 내용은 기본적으로 상부의 지시를 따르지만, 웹 미디어인 만큼 어느 정도는 편집자의 재량에 맡긴다. 특별한 정보를 얻을 수 있는 루트나 전문 분야가 있는 경우, 희망이 받아들여지는 일도 드물지 않았다.

"그건 뭐 상관없지만, 언제쯤 취재 갈 생각인데?"

"좋은 사진을 찍고 싶으니, 가능하면 장마가 끝난 다음에요……."

"그럼 너무 늦지 않나? 본격적인 여름을 맞이한 이후라면 주변 시설은 이미 예약이 꽉 차 있을 것 같은데."

이 지적은 예상한 범위 내였다. 준비해둔 답을 꺼냈다.

"기사는 빠르게 업로드할 생각이에요. 쓰노시마에는 후쿠오카 시내에서 차로 두 시간 남짓이면 갈 수 있으니, 예약 없이 당일치기로 가는 사람도 많을 거예요. 그리고 최근 유행 중인 캠핑장도 있으니 여름용 기사라고 해도 가을 초입까지는 수요가 있지 않을까 싶은데요."

"그렇군. 뭐, 모처럼 가스미가 주체적으로 앞장서서 말한 거기도 하고, 다른 일에 지장이 없는 범위에서 한번 해봐."

쉽게 허락이 떨어졌기에 히비키는 한 걸음 더 나아갔다.

"감사합니다. 7월의 평일 중 이틀을 조정해서 취재에 할애하려고요. 그리고 또 하나 부탁드릴 게 있는데."

"이번에는 또 뭔데?"

"가능하면 그 취재에 구가하라 씨도 동행했으면 해서요.

본인의 승낙은 이미 얻었습니다."

구가하라는 사무소에 없었다. 오늘은 재택근무를 하겠다고 히비키에게도 연락이 와 있었다.

이 말에는 부장도 얼굴을 찌푸렸다.

"너희, 무슨 관계야?"

"이상한 마음이 있었다면 이렇게 당당히 부탁드리지 못하죠."

부장은 그건 또 그런가, 하고 끄덕였다.

"실은 저, 자동차 면허가 없어서요. 어렸을 때 그럴 만한 여유가 없어서."

이것은 핑계이기도 했고 사실이기도 했다. 어릴 때부터 아이돌 활동을 시작하면 너무 바쁜 나머지 면허 취득이나 학업처럼 동년배들이 흔히 경험하는 다양한 일에 소홀해지기 쉽다. 그것이 아이돌의 두 번째 커리어에 장벽이 된다며 문제시하는 목소리는 매년 커지고 있다.

다만 히비키는 아이돌 활동 기간이 짧았기에 사실 면허를 취득할 시간은 있었다. 주로 정신적인 문제로 인해 운전할 마음이 들지 않았을 뿐이다. 하지만 부장이 히비키의 경력을 어떻게 다뤄야 좋을지 몰라 함부로 건드리지는 않는 사람이라는 점을 그녀는 알고 있었다.

"즉, 운전사가 필요하단 말이야?"

"네. 대중교통으로 가는 방법도 있지만, 현지 이동을 생각하면 역시 차가 필요할 것 같아서요."

"알았어. 둘이 다녀 와."

엔도가 자리를 떴다. 그 뒷모습을 바라보며 히비키는 짧게 주먹을 쥐며 승리 포즈를 취했다.

'이렇게 잘 풀리다니. 사모님과 관계를 회복한 걸까.'

술자리에서 떠오른 망상에 불과했던 여행 계획이 갑자기 현실감 있게 다가왔다. 자신의 자리에 고쳐 앉자, 기쁨과 동시에 긴장감도 높아졌다.

앞머리 때문에 다른 세 명에게 민폐를 끼쳐서는 안 된다. 머리 손질에 필요한 도구는 대부분 가져간다고 쳐도, 과연 신경이 쓰여도 평정심을 유지할 수 있을까.

사토네는? 그녀는 둘이 만났을 때도 이상하지 않다고 단언했다. 히비키가 제아무리 앞머리가 신경 쓰인다고 해도 괜찮다고 격려해주리라. 친구이기에 다른 누구에게보다 사토네에게 흉한 머리를 보이고 싶지 않다는 마음은 강하지만, 동시에 그녀를 믿고 싶기도 했다.

구가하라는? 신종 코로나바이러스의 유행이 가라앉자 그와는 직장에서 매일 얼굴을 마주하는 것이 당연해졌다. 지금 와서 히비키의 앞머리를 보고 이상하다는 말을 꺼내거나 하지는 않을 것이다.

그렇다면 이오리는?

그는 안면인식장애라고 한다.

안면인식장애여도 헤어스타일은 구분할 수 있고 눈앞의 여성이 미인인지 아닌지도 알 수 있는 듯하다. 그런 의미에서는 역시 앞머리를 보이고 싶지 않다는 마음에 변함은 없다.

하지만 히비키는 앞머리 탓에 외모 전체가 기분 나쁘게 보이는 것을 싫어하는 것일 뿐, 카페에서 아르바이트하던 시절처럼 머리를 가릴 수 있으면 그렇게까지 신경 쓰이지 않는다는 사실을 알고 있다. 반대로 머리만을 보이더라도, 그것이 얼굴과 연결되지 않는다면 저항감이 적다.

거기에서 히비키는 깨달았다.

그런가. 상대방이 안면인식장애라면 자신은 그렇게까지 외모를 신경 쓰지 않아도 된다.

히비키는 지금까지 자신의 외모에 중대한 콤플렉스를 품고 있던 탓에 대인 관계에 소극적이었다. 이렇게 기분 나쁜 외모인데 누군가와 대등한 관계를 맺을 수 있을 것 같지 않았다. 그래서 친구가 적었고, 연애 경험도 거의 없었다.

하지만 이오리는 사람의 얼굴을 구분하지 못한다. 그라면 외모와는 관계없이 히비키의 내면을 바라봐줄 것이다. 그 사실이 히비키에게 얼마나 편안함을 안겨주는지.

앞으로 그와 어떤 관계가 될지는 알 수 없다. 사토네가 그에게 호감을 품고 있다는 사실도 안다. 하지만 자신에게 이오리는 그 정의가 우정이든 연애 감정이든 그야말로 이상적인 상대라고 말할 수 있는 것이 아닐까…….

거기까지 생각했을 때, 히비키는 컴퓨터 모니터에 시선을 향한 채 숨을 크게 들이켰다.

'지금 내가 도대체 무슨 생각을 한 거지?'

누군가에게는 심각한 문제일 수도 있는데 '이상적인 상대'라니.

등줄기가 서늘했다. 너무나도 끔찍한 발상이다. 멀쩡한 사람이라면 도저히 떠올릴 수 없는 생각이다.

어느샌가 나는 외모뿐만 아니라 마음까지 추하게 변해버린 것일까.

"가스미 씨는 '신체이형장애'로 의심됩니다."

그렇게 선언한 의사의 얼굴이 히비키의 머릿속에 떠올랐다. 마음에까지 침투해버린 것을 보면 분명 병이라고 불러야 좋을지도 모른다.

5

"그 후에 좀 어떠셨나요?"

오다 의사의 따뜻한 목소리를 듣는 것만으로 히비키는 안심감을 느꼈고 눈물이 나올 것만 같았다.

사무소에서 부장과 이야기한 그날, 히비키는 오호리 역전 멘탈 클리닉에 전화를 걸었고 다음 날 오전 반차를 써서 진찰을 받기로 했다. 부장에게는 신종 코로나바이러스 감염을 의심할 만한 감기 증상은 딱히 없다고 말하자, 그 이상 캐묻지는 않았다.

아침부터 비가 추적추적 내리고 있었다. 기압과 습도의 변화가 마음에도 어두운 변화를 불러일으키는 것만 같았다.

"선생님……. 저, 역시 병일지도 모르겠어요."

히비키는 쥐어짜듯 지난번 진료 후 오늘까지 일어난 일을 이야기했다. 몇 개의 우연을 통해 오랜 친구나 동료와 친분을 쌓은 것. 여행 계획이 잡혀 기대되는 한편, 앞머리가 신경 쓰여서 주변에 폐를 끼치지 않을까 불안하다는 것. 그중 한 명이 안면인식장애라는 사실을 알게 되어 '이상적인 상대'라고 생각해버린 것…….

특히 이오리에 대한 감정에 관한 대목은 쉽사리 말할 수 있는 내용이 아니었고, 메스꺼움조차 느껴질 정도였다. 하지만 여기에서 허세를 부리거나 중요한 사실을 숨기는 것은 반찬까지 써서 시간과 돈을 쓰레기통에 버리는 것과 마찬가지다. 히비키는 흔들리는 마음을 필사적으로 추스르고, 있는 그대로 솔직히 털어놓았다.

의사는 히비키의 이야기를 다 듣고 나서 차분한 말투로 말했다.

"가스미 씨의 마음이 추해진 것이 아니라, 그것 역시 신체이형장애 증상 중 하나라고 볼 수 있습니다. 너무 괴로운 나머지 건강한 사람이라면 떠올리지 않는 생각을 하게 되는 사람이 많아요."

이어서 의사는 사례를 열거했다. 한 여성은 운전하는 동안 다른 차의 운전자가 자신의 얼굴을 보면 너무 못생긴 나머지 사고를 일으키지는 않을까 진심으로 걱정했다. 또 다른 남성은 아무런 이상이 없다는 이유로 열다섯 명이나 되는 외과 의사에게 얼굴 수술을 거절당했고, 그럼에도 수술이 필요하다고 생각한 결과 스스로 얼굴을 망가뜨리기 위해 계획적으로 사고를 일으켰다. 자신의 여드름이 15미터 떨어진 사람에게 선명하게 보인다고 믿은 여성도 있었다고 한다.

중증 환자의 사례라는 사실을 알면서도 그런 에피소드는 충격적이어서 히비키는 할 말을 잃었다. 그런 한편, 자신이 이오리에 대해 품은 감정은 그 입구에 서 있는 것처럼도 느껴져서 두려워졌다.

"흥미로운 것은 환자분 중에는 그런 과도한 걱정에 관해 비논리적이라고 자각하는 사람도 있다는 점입니다. 자신이 잘못된 걸 알고 있다, 생각이 뒤틀린 걸 알고 있다. 그럼에도 외모에 관한 잘못된 믿음에서 벗어나지 못하는 거죠."

그러고는 의사가 책상에 놓여 있던 한 장의 종이를 집어 히비키에게 내밀었다.

"가스미 씨의 예약이 잡혔기에 준비해두었습니다. 이건 정신질환이나 발달장애 등을 진단할 때 참고하는 세계적인 진단기준인 DSM-5에서 신체이형장애의 진단기준을 발췌한 겁니다."

히비키는 종이를 살펴봤다. 진단기준은 아래의 네 가지 항목이었다.

A: 관찰할 수 없거나 다른 이는 크게 생각하지 않음에도 신체적인 외모에서 하나 이상의 결점에 대해 몰입한다.

B: 질환의 경과 중 어느 시점에서, 외모에 대한 우려로 반복적 행동(예. 거울 보기, 과도한 손질, 피부 뜯기, 안심을 위해 확인하기)을 하거나 또는 정신적인 행위(예. 다른 사람의 외모와 비교)를 한다.

C: 몰입은 사회적, 직업적 또는 기타 중요한 기능 영역에서 임상적으로 현저한 고통이나 손상을 초래한다.

D: 외모에 대한 몰입에 따른 섭식장애 등이 있다.

"하나씩 살펴볼까요? 우선 A인데, 가스미 씨는 주로 앞머리에 관한 고민이 있고, 그 탓에 외모 전체가 나빠졌다고 느끼고 있지요."

"네." 히비키는 조금 두려운 마음으로 고개를 끄덕였다.

"하지만 제 눈에는 가스미 씨의 머리도 얼굴도 전혀 이상해 보이지 않아요. 의사라서 하는 말이 아닐까 의심스럽다면, 친구가 한 말이나 지난번에도 말한 아이돌 활동 경력을 참고해도 좋겠죠. 이건 충분히 객관적인 사실이라고 느껴지는데, 어떠신지요?"

반론하고 싶은 마음은 있었지만, 의미가 없을 것 같았다. 이 진단기준에 따르면 중요한 것은 본인이 아니라, 어디까지나 다른 사람의 의견이기 때문이다.

"다음으로 가스미 씨는 헤어스타일 탓에 거울 앞에서 장시간 떠나지 못한 적이 있다고 말씀하셨죠. 이건 B의 기준을 충족한다고 할 수 있겠네요."

'과도한 손질'에 해당한다고 말하는 것이리라. 헤어스타일이 이상한지 곧장 주변 사람에게 확인받고 싶어 하는 것도 여기에 포함된다고 의사는 덧붙였다.

"다음으로는 C인데, 지난번 인정하신 것처럼 가스미 씨는 머리에 관한 집착 때문에 무척이나 괴롭다고 하셨죠. 게다가 업무 약속에 지각하는 등 직업상의 어려움도 겪고 있습니다. 따라서 이 기준도 충족합니다. 마지막으로 D는 주로 섭식장애와 구별하기 위한 항목이니, 가스미 씨의 경우는 무시해도 좋겠죠. 이런 점들을 볼 때 가스미 씨는 신체이형장애일 가능성이 높습니다."

오다는 지난번보다 더욱 자세하게 히비키의 상태를 확인했다. 그럼에도 진단 결과는 다르지 않았다. 오히려 진단의 설득력이 더 높아졌다.

고개를 떨구는 히비키에게 오다의 말은 계속 이어졌다.

"신체이형장애의 어려운 점은 자신의 괴로움을 아무에게도 말할 수 없다는 점이죠. 환자분들은 자기애라거나 자의

식 과잉이라고 믿으며, 또 괜히 말했다가 오히려 그 부분에
관심이 집중될까 두려워합니다. 이를 극복해서 털어놓는다
고 해도 실제로는 외모에 이상이 없기에 상대방은 괴로움을
전혀 알아주지 않고, '대단치 않은 고민', '누구에게나 있는
콤플렉스'라고 치부할 뿐입니다. 그런 경험을 반복하는 동
안 혼자 고민을 끌어안게 되는 거죠."

히비키는 취재에 지각했을 때도 원인을 컨디션 난조라고
설명해왔다. 헤어스타일이 이상하다는 이유로 지각했다는
사실은 너무 부끄러워서 말하지 못했다.

"실은 우울증 등 다른 질환을 진단받은 환자분들도 외모
에 관한 고민을 털어놓지 않는 사람이 많아요. 그렇게 되면
이면에 신체이형장애가 숨어 있다는 사실을 간과하게 돼 바
람직한 치료 성과를 얻을 수 없죠. 그런 가운데, 가스미 씨는
훌륭한 판단을 내리셨어요."

의사는 힘주어 말했다.

용기를 내서 찾아와서 모든 것을 말해주셨습니다.

한 걸음만 더 내디디면, 당신은 분명 달라질 수 있습니다.

주저하는 마음이 사라진 것은 아니었다. 하지만 히비키는
각오를 정했다.

"선생님. 저, 모두와 함께 쓰노시마에 가고 싶어요."

머리 손질에 몇 시간이나 들이며 모두에게 폐를 끼치지
않으면서.

이오리에게 뭔가 미안한 마음을 품지 않은 채.

자신을 못생겼다고 생각하는 마음보다 즐거움이 더 큰, 그런 여행을 가고 싶다.

"치료를 시작합시다. 빠르면 빠를수록 여행 전까지 호전을 기대할 수 있습니다."

오다가 말했다. 히비키는 반사적으로 피한 시선을 강한 의지로 되돌리며 말했다.

"부탁드려요. 저에게 힘을 빌려주세요."

오다가 미소 지었다. 그것만으로도 자신이 틀리지 않았다는 생각이 들었다.

"인지행동 치료 등의 심리요법을 병행하는 게 더욱 효과적이지만, 저는 역시 약물 치료가 우선이라고 생각합니다."

의사의 신체이형장애 치료에 관한 설명이 시작되었다.

"신체이형장애에는 선택적 세로토닌 재흡수 억제제, 통칭 SSRI가 효과적이라고 알려져 있습니다. 한마디로 뇌 속의 세로토닌을 늘리는 약이죠. 항우울 작용 외에 강박장애 치료에도 이용합니다."

"그렇군요……. 스스로 못생겼다고 생각하는 건 일종의 강박 관념이라고 볼 수도 있겠네요."

"네, 맞습니다. 효과가 좋은 약이지만, 먹자마자 바로 약효가 나오는 건 아니라 효과가 나타나기까지 4주에서 6주 정도 걸리기에 인내심을 가지고 꾸준히 복용해야만 합니다."

"그렇게나 긴가요……." 히비키는 고개를 떨궜다. 여행 일정은 아직 정해지지 않았지만, 지금부터 먹는다면 여행 일정에 맞출 수 있을지 애매한 경계선이다.

"그리고 처음 몇 주간은 소화기 증상 등 부작용이 나타나기 쉽습니다. 이건 시간이 지나면 줄어들거나 사라지니까 안심하세요. 또 사람에 따라서는 맞는 SSRI과 맞지 않는 SSRI가 있는데, 효과가 없을 때는 다른 SSRI를 시도하게 됩니다. 그중에는 자동차 운전 등 위험을 동반하는 작업이 금기시되는 약도 있습니다. 그런 약은 가능하면 피하고자 노력하겠지만, 혹시나 하는 마음에 말씀드립니다."

"괜찮습니다. 저, 면허가 없어서요."

"그렇군요. 남성 중에는 성기능 장애가 생기는 분도 있지만, 이 부분은 문제없고요. 마지막으로 SSRI는 계속 먹어야만 효과가 발휘되는 약입니다. 갑자기 그만두거나 복용을 건너뛰면 금단증상이 나타날 우려가 있으니, 부디 의사 지시 없이 복용을 중단하지 않도록 주의하셔야 합니다. 주의사항은 이와 같은데, 처방을 원하시나요?"

정신과 약을 복용한 적이 없기에 두렵지 않다고 말하면 거짓말이다. 히비키는 그럼에도 단호히 말했다.

"시도해보고 싶어요."

"알겠습니다. 처음 2주간은 저용량으로 시작해서 문제가 없다면 2주 후에 용량을 늘리겠습니다. 충분한 효과를 얻는 건 용량을 늘린 이후부터라고 생각해주세요."

처방전을 받아든 히비키는 2주 후의 재진을 예약한 후 병원을 뒤로했다.

건물 밖으로 나서자 비가 그치고 구름 사이로 희미한 햇살이 비치고 있었다. 1층에 있는 약국 유리창에 자신의 얼굴이 비쳤다. 앞머리는 여전히 기분 나빠서 히비키는 손끝으로 몇 번이고 빗질했다.

······정말로 이런 마음이 사라질까.

아직은 도저히 믿기지 않는다. 그럼에도 왼손에 들고 있는 우산이 병원에 올 때보다 조금 가볍게 느껴졌다.

6

루이스 캐럴도 안면인식장애였다더라.

루이스 캐럴이면 동화 작가?

응. 《이상한 나라의 앨리스》나 《거울 나라의 앨리스》를 쓴 거로 알려졌지. 역사 속 유명인이 나와 같은 고민을 품고 있었다는 사실을 알고 왠지 안심했어. 뭐, 앨리스의 원작은 읽어봐도 뭐가 뭔지 잘 모르겠다는 생각이 들었지만.

그렇구나. 애니메이션으로만 봤으니 나도 원작 읽어봐야겠다.

이오리와의 대화는 그 뒤에도 계속 이어졌다.

네 사람이 일정을 조율한 결과, 쓰노시마에 가는 날짜는

7월 중순으로 정해졌다. 장마가 끝날지 어떨지 미묘한 시기이다. 기사를 올리기로 정해진 이상, 더는 뒤로 미룰 수 없었다.

히비키는 여행 계획을 짜는 것과 동시에 하루에 두세 번 빈도로 이오리와 메시지를 주고받았다. 안면인식장애에 관해 공부했다고 전하자, 그는 기뻐했다.

주변에 이해해주는 사람이 있으면 안심돼. 솔직히 히비키에게 털어놓기에는 아직 이른 건 아닐까 고민했어. 괜히 알게 돼서 불편해지지는 않을까 싶어서.

아니야. 말해줘서 고마워.

그 말은 본심이었지만 반대로 히비키의 마음을 무겁게 짓눌렀다. 의사에게 신체이형장애라는 진단을 받았다는 사실은 이오리에게는 물론, 가족을 포함해 아직 누구에게도 털어놓지 못했다.

히비키는 처방받은 SSRI 복용을 시작하고 얼마 되지 않아 가벼운 메스꺼움 같은 부작용에 시달렸다. 일을 쉴 정도는 아니었지만 나름대로 힘들었다. 어째서 다른 사람처럼 평범하게 살고 싶을 뿐인데 이런 약을 먹어야만 하는 것일까 생각하자 눈물이 나는 밤도 있었다.

다행히 의사의 설명대로 2주가 지날 무렵에는 그와 같은 부작용도 잦아들었다. 다만 약 효과는 아직 느껴지지 않았다. 앞머리는 볼 때마다 기분 나빴고, 거울 앞에서 떠나지 못하는 것도 여전했다.

신체이형장애라는 사실을 인정한 이상, 병에 대해서도 더욱 많이 알아야만 했다. 히비키는 신체이형장애에 관한 정보를 모조리 찾아 읽었다.

신체이형장애는 오다 의사가 알려준 DSM-5에서 강박 및 관련 장애군으로 분류되어 있었다.

매우 친숙한 질환으로, 미국에서는 인구의 약 2퍼센트가 병을 앓고 있다는 데이터가 있지만, 환자가 남에게 털어놓기를 꺼리는 성질 때문에 실제로는 더 많을 것으로 추정된다. 강박 장애나 우울증 등 다른 질환과 같이 발병하는 경우도 있다. 또한 신체이형장애는 자살 위험성이 높고, 자살 충동을 인정하는 환자는 전체의 80퍼센트에 이를 정도이며, 네 명 중 한 명은 실제로 자살을 시도한 적이 있다고 한다.

신체이형장애가 가장 많은 연령대는 10대에서 20대 초반으로, 히비키가 열여덟에 발병한 것과도 대체로 일치한다. 나이를 먹으면서 경감되는 환자가 많지만, 히비키는 7년이 지난 지금도 호전될 기미가 보이지 않는다.

신체이형장애 환자가 사로잡히는 부위는 얼굴을 비롯한 전신에 이르며, 특히 많은 것은 피부, 머리카락, 코, 눈 등이다. 남성의 경우에는 음경이나 탈모, 여성은 유방이나 엉덩이의 크기에 고민하는 사람도 있다. 유병률은 여성 쪽이 약간 높다고 한다.

모든 정신장애가 그러하듯 신체이형장애 증상은 사람에 따라 차이가 크다. 히비키처럼 일상생활을 할 수 있는 사람은 경증이라고 말해도 좋으며, 그중에는 타인의 시선을 두려워한 나머지 집 밖으로 나가지 못하는 사람이나 앞서 서술한 것처럼 자살하는 사람도 있다. 하지만 경증이라고 해서 곤란을 겪지 않는 것은 아니어서, 직장이나 연인을 잃거나 사교 모임이나 데이트에 가지 못하는 등의 괴로움을 겪는 사람도 많다. 한 전문 서적에서는 다리가 기분 나쁘다는 생각에 여름에도 언제나 긴 바지를 입거나, 거울을 보다가 업무에 지각하거나, 자신을 반사하는 모든 것을 주변에서 멀리하거나, 옷가게에서 옷을 입어 볼 때에도 거울에서 떨어져서 입는 등 큰 고통을 안은 채 생활하는 여성을 '경증 사례'로 소개하고 있었다.

알면 알수록 우울해진다. 그만큼 신체이형장애에 관한 보고에는 심각한 사례가 많았다. 검색하던 중 수년 전에 자살한 아이돌이 신체이형장애로 추정된다는 이야기까지 접하게 되었다.

히비키는 아이돌 시절, 동료에게 이런 이야기를 들은 것을 떠올렸다.

"다른 그룹에 있는 아이라거나 연예계 일을 함께했던 아이라거나, 대개 1년에 한 명은 죽잖아. 죽고 나서 성형 의존증이었다거나 SNS에 '너무 못생겨서 괴로워' 같은 글을 남기며 힘들어했다는 소문이 돌기도 하고."

연예계 활동을 하는 여자아이가 '너무 못생겨서' 힘들어하는 일은 있을 수 없다는 사실은 잠시나마 그곳에 몸담았던 히비키는 잘 안다. 하지만 더 높은 곳을 바라보면 끝이 없다. 여배우나 아이돌은 둘째치고 일반인조차 인터넷에는 절세의 미녀가 넘쳐난다. 물론 보정된 사진이나 동영상도 많지만, 그 사실을 알면서도 비교하며 마음의 병을 앓게 된다. 히비키처럼 현재는 외모와 무관한 일을 하더라도 고민하는 법이다. 하물며 외모를 내세우며 활동하는 연예계에서 아이들이 콤플렉스에 짓눌리는 심정은 충분히 이해할 수 있었다.

외모를 내세운다는 점에서는, 모두가 그런 것은 아니지만 사토네 같은 스트리머도 거기에 해당하리라.

"스에조 씨, 매번 포인트 고마워! 다른 분들도 포인트 더 많이 부탁해!"

히비키는 그 후에도 가끔 사토네루의 방송을 체크하며 응원하는 마음을 담아 포인트를 선물했다. 하지만 요즘 들어 사토네가 시청자에게 포인트를 요구하는 빈도가 전보다 늘어난 것에 대해 복잡한 마음을 품기도 했다.

사토네루는 7월 말까지 이어지는 랭킹 배틀 예선에 고전하는 듯했다. 상위 30위에 들지 못하면 결선에 진출하지 못하는 이 배틀에서는 일찌감치 진출이 확실시되는 상위층과 순위 변동이 심한 당락선 위에 서 있는 계층으로 나뉘었고,

사토네루는 후자에 속해 있었다. 현재 순위는 28위. 하지만 이것은 지금 방송 중이기 때문이고, 가령 사토네가 하루만 방송을 쉬기만 해도 쉽사리 뒤바뀔 수 있는 순위이다.

사토네루의 방송을 처음 봤을 때, 히비키는 사토네가 즐겁게 떠드는 모습을 보는 것이 좋았다. 그런 점이 시청자에게도 인기가 있다고 분석했다.

하지만 사토네는 그 사실을 전혀 인정하지 않았다.

"방송은 결국 젊음과 얼굴이야. 나는 젊음으로 승부할 수 있는 나이도 아니니 예쁜 얼굴로 돈을 벌고 있을 뿐이야."

어느 주말에 둘이 함께 차를 마실 때, 사토네는 그렇게 말했다.

자신의 얼굴이 예쁘다고 말하길 개의치 않는 사토네가 당당해 보여서 좋았다. 하지만 그렇게 능숙하게 수다를 떨 수 있는데, 그런 자신의 장점을 인정하지 않는 것이 안타깝기도 했다. 신체이형장애를 안고 있는 히비키와는 정반대로, 사토네는 마치 자신의 얼굴에만 가치가 있다고 믿는 듯했다.

히비키의 분석을 뒷받침하듯 사토네루의 표정에 즐거움과는 다른 뭔가가 섞이기 시작한 이후, 시청자 수는 조금씩 줄어드는 경향을 보였다. 원래 랭킹 배틀이란 개시 초기에 많은 시청자의 관심을 끌다가 그 후에 차츰 싫증이 나는 것일 수도 있기에 사토네의 탓인지 어떤지는 알 수 없다. 하지만 사토네가 초조해하는 것은 사실인 듯, 코스프레를 하거

나 섹시한 표정을 짓는 등 주로 남성 시청자를 기쁘게 하고
자 안간힘을 쓰는 것처럼 보여서 히비키는 마음 아팠다.

……그렇게 한 달이 지났다.
드디어 쓰노시마 여행의 날이 찾아왔다.

7

"오, 보인다, 보여!"
운전대를 잡은 구가하라가 말하자, 차 안은 조금 들뜬 분
위기로 가득 찼다.
히비키와 사토네, 이오리, 그리고 구가하라 네 사람은 구
가하라가 소유한 해치백 승용차를 타고 쓰노시마를 향해 달
리고 있다. 투명한 바다에 걸려 있는 쓰노시마 대교에 그야
말로 막 다다르려는 순간이었다.
규슈 북부의 장마는 생각보다 길게 이어졌지만, 여행 운이
좋다고 자신하는 사토네 덕분인지 여행 당일 시모노세키의
날씨는 맑았고, 최고기온도 31도로 예상되어 여름다운 하루
가 될 것으로 보였다. 히비키 일행은 후쿠오카 시내에서 오
전에 출발해 도중에 쇼핑 등을 마쳤다. 지금 시각은 정오를
조금 넘긴 시점이다.
"와, 미쳤다! 바다 너무 예뻐!"

사토네가 신이 난 듯 창문에 달라붙었다. 옆에 앉은 히비키도 반대쪽 창문을 통해 밖을 내다봤다. 에메랄드빛 바다가 푸른 하늘과 어우러져 현실이라는 사실을 잊을 정도로 아름다운 광경이었다.

　쓰노시마 대교는 야마구치 현 시모노세키 시의 본토 부분과 쓰노시마 섬을 잇는 다리다. 길이는 1,780미터로, 2000년에 개통한 당시에는 무료로 이용할 수 있는 다리 중 일본에서 가장 길었다. 본토와 이어지는 다리이면서 그 양쪽으로 펼쳐진 아름다운 바다로도 유명하며, 남국에 필적하는 그 경치는 자동차 광고에도 자주 등장한다.

　"잠깐, 이오리. 사진 좀 제대로 찍어줘! 정면은 이오리밖에 찍을 수 없으니까."

　"아, 미안, 미안."

　사토네의 지시에 따라 조수석에 앉은 이오리가 스마트폰을 들었다. 그 코믹한 동작을 히비키는 대각선 뒤에서 바라봤다.

　오늘의 이오리는 그의 섬세한 이미지가 무색할 정도로 아침부터 쾌활했고, 사토네가 무리하게 제안한 이번 여행을 진심으로 기대했다는 사실을 알 수 있었다. 이 멤버가 함께 모이는 것은 일본요리점에서의 식사 이후 처음이지만, 지난번과 비교할 때 꽤 친근한 분위기가 느껴졌다.

　"넷이 같이 사진 찍자. 이오리, 카메라 이쪽으로 돌려봐."

사토네의 말대로 이오리는 구가하라에게 몸을 기댄 채 스마트폰 카메라를 뒤쪽으로 향했다. 히비키가 반사적으로 룸미러로 눈을 향하자, 운전하는 구가하라와 거울 너머로 눈이 맞았다. 이 더운 날씨에 네 사람밖에 없는 차 안에서도 혼자만 예의 바르게 마스크를 쓰고 있다. 다른 사람보다 감염 예방에 곱절은 신경 쓰는 모양이다.

히비키는 약을 먹기 시작한 후 5주 이상이 지났지만, 아직 효과를 실감하지 못하고 있었다. 오늘도 차 안에서 룸미러에 비치는 자신의 앞머리를 빈번하게 확인했고, 그때마다 구가하라와 눈이 맞았다. 수시로 후방을 확인하는 것은 안전 운전을 위해 필요한 행동이지만, 그 부자연스러운 횟수를 고려할 때 구가하라의 시선에 다른 의미가 있는 것처럼도 느껴진다. 물론 뒷좌석에 앉은 히비키가 그의 시야에 들어오기 쉽다는 것은 당연하긴 하지만 말이다.

네 사람의 각기 다른 마음을 싣고 차는 쓰노시마 대교를 건넜다. 쓰노시마에 상륙했을 때, 누가 먼저랄 것도 없이 박수가 터져 나왔다.

쓰노시마는 야마구치 현의 북서쪽에 자리한 섬이다.

면적은 약 4제곱킬로미터. 동서로 길쭉하고 중앙이 움푹 들어간 조롱박 같은 형태로, 북쪽의 양 끝에 소의 뿔처럼 튀어나온 갑岬이 있다는 이유로 쓰노시마角島라는 이름이 붙었다. 두 번의 기초자치단체 합병을 거쳐 지금은 시모노세키 시에 속해 있다. 예전에는 배를 타고 갈 수밖에 없었지만, 2000년에 쓰노시마 대교가 개통한 이후에는 차로도 통행할 수 있게 되었고, 손쉽게 갈 수 있는 낙원으로서, 주고쿠 지방이나 북부 규슈 지방 주민을 중심으로 인기 관광지로 자리 잡았다.

"점심 먹을 가게, 이대로 길을 따라가면 되는 거지?"

구가하라의 확인에 이오리가 답했다.

"응. 전부터 가보고 싶던 가게가 있거든. 해산물 요리나 피자, 소바 등도 먹을 수 있다더라."

사전에 이오리가 제안한 가게는 홈페이지를 보니 정말 괜찮아 보여, 다른 세 명은 하나같이 찬성했다. 역시 음식점에서 근무하는 만큼 다른 음식점에 관한 정보도 풍부한 모양이었다.

쓰노시마 대교를 건넌 후 5분 만에 목적지에 도착했다. 이 것만으로도 섬을 동쪽에서 서쪽까지 거의 다 달린 셈이니, 정말 작은 섬이라는 것을 실감할 수 있다.

"좋아, 도착했어."

"다쿠미, 운전해줘서 고마워! 아, 배고프다."

구가하라가 주차를 마치자, 사토네가 가장 먼저 차에서 내렸다.

가게의 흰 벽이 지중해의 풍경을 연상시켰다. 인조 잔디가 깔린 테라스가 넓게 펼쳐져 있고, 바로 앞은 바다다. 차 밖으로 나서자 여름의 햇살이 뜨거웠지만, 바닷바람이 피부에 기분 좋게 와 닿았다. 히비키가 입은 흰색 바탕에 파란색 무늬가 들어 있는 원피스 소매가 펄럭였다. 앞머리가 날리는 것이 신경 쓰이지만, 탁 트인 공간에 히비키의 모습을 비추는 것은 아무것도 없다.

평일이라 그런지 가게는 텅 비어 있었다. 모처럼이니 테라스석에 앉기로 했다. 히비키와 사토네는 해산물 덮밥, 구가하라는 가와라소바(뜨겁게 달군 기왓장 위에 소바를 올려 소스에 찍어 먹는 시모노세키의 향토요리—옮긴이)와 미니 해산물 덮밥 세트를 주문했다. 이오리는 이탈리안 셰프답게 게살 크림 파스타를 골랐다.

"나, 한잔하고 싶은데. 다쿠미, 괜찮아?"

"물론 괜찮지. 나도 별장 도착하면 곧장 따라잡을 테니 신경 쓰지 말고 마셔."

사토네가 구가하라의 허락을 구한 뒤 맥주를 주문하자, 이오리도 그에 따랐다. 히비키는 약 복용 문제 때문에 점심부터 마시면 저녁까지 버틸 수 없다는 핑계를 대고 무알코올 맥주를 골랐다. 구가하라도 무알코올 맥주를 주문해서 넷이 건배했다.

"우와! 낮부터 밖에서 마시는 맥주, 최고야!"

사토네가 입 주변에 거품을 묻힌 채 말했다. 이오리도 고개를 끄덕이며 동의했다.

히비키도 컵에 입을 댔다. 차가운 황금색 액체가 몸에 있는 열기에 녹아들어 무알코올임에도 편안함을 불러왔다. 무알코올 맥주 특유의 약간 쌉싸름한 맛이 오히려 상쾌하게 느껴졌고, 탄산의 자극도 기분 좋았다. 평소 맥주를 잘 마시지 않는 히비키도 진심으로 맛있다고 느꼈다.

이윽고 요리가 나왔다. 해산물 덮밥은 참치와 전갱이, 성게, 연어알 등 고급 해산물이 듬뿍 담겨 있었고, 실로 맛있었다. 구가하라가 주문한 가와라소바도 본격적이었고, 이오리에 따르면 파스타의 수준도 높다고 했다.

"별장 체크인까지 시간이 있으니 먼저 등대에 가볼까?"

먹으면서 구가하라가 이후 일정에 대해 상담했다.

"등대는 여기서 가까워?" 사토네의 볼은 해산물 덮밥으로 가득 차 있었다.

"바로 요 앞이야. 뒤에 봐봐."

"우와, 진짜네. 보이는지 몰랐어."

"별장은 어디더라?"

이오리가 파스타를 말며 묻자, 사토네가 답했다.

"쓰노시마 대교 근처. 섬 안이 아니라 본토 쪽이야. 섬 안에는 숙박시설이 거의 없어서 쓰노시마 부근에 숙박할 때는 그 근처 시설을 이용하는 사람이 많다더라."

"등대 구경한 다음에는 해수욕장에 가볼까?"

"가고 싶어!"

히비키가 세 명의 대화를 웃으며 바라보는데, 옆의 사토네가 등을 두드렸다.

"히비키도 가고 싶은 곳이나 하고 싶은 거 있으면 적극적으로 말해. 일단 이거 취재잖아?"

"아, 맞네. 그래도 이틀이나 있으니 주요 명소는 대부분 돌아보게 되지 않을까? 우선 다른 사람들이 가고 싶은 곳 가도 돼."

"흐음, 히비키는 너무 소극적이야."

그런 두 여성의 대화를 바라보던 구가하라가 이오리의 어깨에 손을 올린 채 말했다.

"이런 미인 두 명과 여행하다니, 우리는 행운아야."

"아, 응, 그러게."

이오리는 받아넘겼지만, 사토네는 기분 좋아 보였다. 하지만 히비키는 구가하라의 말에서 뭔가 걸리는 것이 있었다.

나까지 미인이라고 말한 것은 사토네 덕이겠지. 그것은 그렇다고 치고.

함께 여행할 수 있어서 행운인 이유가 사이가 좋아서도 즐거워서도 아니고, 미인이기 때문이라고?

그런 이유로 행운이라는 말을 듣는 것이 과연 영광스러운 일일까?

알고 있다. 이런 것은 그저 말꼬리를 잡는 것에 불과하다는 사실을. 내가 자신의 얼굴에 관해 생각하는 시간이 긴 탓에, 말한 사람이 보기에는 별 의미가 없는 단어가 두드러지게 들리는 것이다. 알고 있지만, 신경이 쓰이는 것을 멈출 수가 없다.

"왜 그래, 히비키?"

무알코올 맥주가 든 컵을 손에 쥔 채 잠시 굳어 있었던 모양이다. 사토네가 얼굴 앞에 손을 흔들기에 급하게 가짜 미소를 지어 보였다.

"아무것도 아니야. 이거 마시고 나가자."

모처럼의 여행에 이런 사소한 일로 트집을 잡는 것은 아깝다. 히비키가 떨쳐내듯 마신 무알코올 맥주는 미지근해진 탓인지 쓴맛이 강하게 느껴졌다.

네 사람은 차로 돌아가 바닷길을 달렸다. 해안에는 하얀 꽃이 잔뜩 피어 있었다.

"어라, 무슨 꽃이지?"

이오리의 의문에 사토네가 반응했다.

"문주란이야. 쓰노시마는 문주란이 자생하는 것으로 알려져 있고, 시모노세키 시의 꽃으로도 지정돼 있어."

"오호. 역시 현지 출신, 잘 아네."

수선화과인 문주란의 가늘고 긴 꽃잎은 가녀리면서도 강인함이 느껴진다. 여름의 꽃이라고 하면 해바라기나 히비스커스 정도만 기억하던 히비키에게 이 계절에 피는 순백 꽃의 기운이 강인하게 느껴졌다.

금세 유료 주차장에 도착해서 차에서 내렸다. 우뚝 솟은 석조 등대를 올려다보자, 하늘이 눈부시게 맑아 히비키는 한쪽 눈을 감았다.

미리 알아본 정보에 의하면 쓰노시마 등대는 동해 측에 가장 먼저 생긴 대형 등대라고 했다. 일본 등대 기술의 초석을 다진 영국인 기술자 리처드 헨리 브런튼이 일본에서 마지막으로 설계한 등대로 알려져 있으며, 높이는 지상 30미터다. 첫 점등은 1876년에 이루어졌고, 2020년에는 현역 등대 중 처음으로 국가 중요문화재로 지정되었다. 야마구치현 도쿠야마(현 슈난 시)에서 난 석재를 사용해 지어졌으며, 일본에 단 두 개밖에 없는 무無도장 등대라고 한다.

네 명이 입장료를 내고 안으로 들어갔다. 나선계단을 오르자, 울타리에 둘러싸인 층계참이 나왔다. 거기에서 보이는 경치에 히비키는 할 말을 잃었다.

시야 가득 선명한 바다가 펼쳐진다. 군데군데 하얗게 솟아오른 파도는 춤추는 물새가 떨어뜨리는 깃털 같아서 행복감 안에 한 줄기 허전함이 느껴지기도 했다.

예쁘다. 마치 아이가 표현하는 것처럼 히비키는 순수하게 그렇게 생각했다. 일상의 여러 고민이나 번거로움에서 해방되어 지금 이 순간, 오롯이 이 감정에 온몸을 맡긴 듯한 감각이었다.

기슭에는 유메사키나미노 공원이 보였다. 등대 기술자 브런튼을 기리며 영국 정원풍으로 만든 공원으로, 파도를 형상화한 화단과 배를 조타하는 핸들 같은 형태를 띤 산책로가 신선했다. 살랑살랑 불어오는 바람에 히비키가 무심코 원피스를 누르자, 사토네가 말했다.

"다 같이 사진 찍자!"

히비키는 와이드 팬츠를 펄럭이며 가볍게 움직이는 사토네를 보고 부럽다고 생각했다. 나는 항상 움직이기 불편한 치마인데, 그녀는 마음마저 가벼워지는 바지다.

네 명이 어깨를 맞대고 사토네가 셀카를 찍듯 손을 뻗었다. 촬영한 사진을 다 같이 확인하는데, 문득 구가하라가 지적했다.

"이오리, 안색이 별로인데."

덩달아 히비키가 바라보자, 실제로 이오리의 안색이 새파랬다.

"나 실은 높은 곳이 거북하거든."

"그랬어? 그럼 미리 말하지"라는 사토네.

"그야 오르고 싶지 않다고는 말할 순 없잖아. 쓰노시마라고 하면 등대이기도 하고. 그렇게 높아 보이지 않아서 괜찮을 줄 알았는데……."

"앞으로 일정이 기니까 무리하지 말고 내려가. 나도 같이 갈게."

"혼자 가도 괜찮아."

"사양하지 마. 나도 경치는 충분히 감상했으니까."

이런 부분에서도 배려할 줄 아는 구가하라를 히비키는 흐뭇하게 생각했다. 두 남자와 함께 내려가도 상관없었지만, 사토네가 그럴 기색을 보이지 않았기에 층계참에 남았다.

사토네와 둘이 울타리에 기댄 채 바다를 바라봤다. 갑자기 사토네가 툭 던졌다.

"히비키."

"응?"

"이오리에 대해 어떻게 생각해?"

누가 목을 조른 것처럼 히비키의 목구멍이 꽉 막혔다.

언젠가 그런 이야기가 나올 것 같다는 예감은 있었지만 아직 마음의 준비가 되지 않았다. 히비키는 억지로 만든 미소를 보인 채 말했다.

"어떻게라니, 그냥 친구지. 왜 그런 걸 묻는데?"

"딱히. 왠지 오늘 히비키가 이오리를 의식하는 것처럼 보여서."

"착각이야. 만난 것도 그 모임 이후 처음이고."

"그래도 LINE으로 대화하잖아. 이오리한테 들었어."

답변이 궁했다. 이오리가 무슨 생각으로 사토네에게 그 사실을 전했는지 알 수 없다.

"하긴 했지만…… 별다른 내용은 아니었어."

그러자 사토네는 날카로운 눈빛을 보냈다.

"이오리가 히비키에게 LINE으로 안면인식장애라는 사실을 털어놓았다고 했는데, 히비키한테는 그것도 별다른 내용이 아니구나."

핏기가 가셨다.

"아니야, 그런 의미로 말한 건."

사토네는 바다로 시선을 되돌린 채 말했다.

"이오리가 이렇게 말했어. 삿짱은 어디에 있든 반드시 알아볼 수 있다고."

"그건 혹시……."

"맞아. 이게 있으니까."

사토네는 오른손으로 뺨의 화상 흉터를 만졌다.

이오리가 정말로 그렇게 말했다면 배려가 부족한 것처럼도 느껴진다. 하지만 사토네는 긍정적으로 받아들인 듯했다.

"기뻤어. 운명이라고 생각했어. 왜냐하면 이오리는 다른 누구도 아닌 오직 나만을 알아볼 수 있는 거니까."

히비키도 이오리에게서 비슷한 것을 느꼈다. 하지만 히비키가 그것에 죄책감을 느낀 것에 비해, 사토네는 노래라도 부르고 싶은 표정이었다.

히비키가 아무 말도 하지 못하자 사토네가 말을 이었다.

"히비키, 나한테 계속 미안한 감정 있지? 그 마음이 항상 얼굴에 드러나."

"……응. 맞아. 화재 원인을 만든 건 나였으니까."

"그래도 나는 조만간 히비키에게 감사할 날이 올지도 모른다고 생각해. 지금까지는 고생도 했지만, 그것도 전부 이오리를 만나기 위해서였다고 생각하면."

그러니까, 하고 사토네는 히비키의 어깨에 손을 올리고는 속삭였다.

"나랑 이오리, 응원해줘."

거기에 개인적인 감정이 끼어들 여지는 없었다.

"물론이야. 사토네라면 분명 잘 될 거야."

사토네가 등대를 내려가기 시작했다. 홀로 남겨진 히비키의 피부에 닿는 지상 30미터의 바닷바람은 차갑기만 했다.

8

해수욕장은 사람으로 넘쳐났다. 수영복을 준비하지 않은 네 사람은 발끝만 살짝 담그는 정도로 물놀이를 즐긴 후 차를 타고 쓰노시마를 빠져나왔다.

별장에는 금방 도착했다. 남국풍의 하얗고 평평한 건물은 신축이었고, 주방과 욕실도 널찍하고 청결했다. 거실 앞에 있는 우드데크 너머로 쓰노시마 대교가 보였고, 저녁에는 일몰도 볼 수 있을 듯했다.

"여기, 네 명 정도는 충분히 살겠네."

아레카야자 화분과 밝은색 소파, 마로 짠 러그 등 리조트 느낌이 물씬 풍기는 거실을 둘러보며 감탄하는 이오리에게 사토네가 말했다.

"지금 성수기임에도 친구 덕에 1인당 3천 엔 할인된 가격에 머물 수 있어."

"일단 나도 좀 마시고 싶네. 운전하느라 지치기도 했고."

구가하라는 말하는 것보다 먼저 냉장고를 열었다. 음료는 막 넣어둔 참이었지만, 차 안에서는 가지고 온 아이스박스에 넣어두었기에 미지근하지는 않을 것이다.

"다들 맥주 괜찮아? 가스미 씨는 어떻게 할래?"

구가하라는 이오리와 사토네에게 캔맥주를 건네면서 물었다.

"전 복숭아 추하이요. 알코올 도수 3퍼센트짜리로."

역시 약이 신경 쓰였지만 여기서도 술을 거절하면 위화감을 안겨주리라. 약사의 설명으로는 "술은 가능하면 피하세요"라고 했을 뿐이고 첨부된 문서에도 병용 주의라고 적혀 있었기에 한 캔 정도는 괜찮다고 해석했다. 무엇보다 모두와 함께 건배하고 싶었다.

캔을 따는 기분 좋은 소리가 일제히 울려 퍼졌다. 네 명은 캔을 높이 들고 서로 부딪쳤다.

"건배!"

L자 형태로 두 개가 붙은 소파에 앉아 잠시 수다를 떨었

다. 한 시간 정도 지나자, 누가 먼저랄 것도 없이 바비큐 준비를 하자는 이야기가 나왔다.

"이오리는 당연히 주방 쪽이겠지. 그럼 내가 불을 지필게."

구가하라가 말했다.

"그럼 저도……."

이오리와 사토네를 둘만 남겨두는 편이 좋겠다는 생각에 손을 든 히비키였지만, 구가하라는 그 말을 제지하며 말했다.

"사토네, 나 좀 도와줄래?"

어째서 구가하라가 동료이자 친한 히비키가 아니라 사토네를 지목했는지 알 수 없었다. 하지만 사토네는 망설임 없이 답했다.

"좋아."

"사토네, 괜찮겠어?"

무심코 물어본 후에야 히비키는 '아차' 싶었다.

사토네에게 불은 무서운 존재임이 분명하다. 하지만 바비큐는 사토네가 직접 제안하기도 했고, 그녀를 그릴에서 멀리 떨어진 곳에 앉힌 후 다 구운 음식을 날라주면 문제없으리라 생각했다. 하지만 불을 피우는 것이라면 직접 얼굴에 뜨거운 기운을 받게 된다.

애초에 아직 네 사람 사이에서는 화재에 관한 이야기가 나오지 않았다. 구가하라는 눈치챘을지도 모르고, 이오리에게는 사토네가 털어놓았을 가능성도 있지만, 어느 쪽이든 히비키의 발언은 경솔했다.

사토네는 히비키가 걱정한 진의를 곧바로 알아챘을 것이다. 하지만 그녀는 웃으면서 대꾸했다.

"아니, 히비키. 내가 인도어파라고 생각해서 바보 취급하는 거지? 불피우는 것쯤은 할 수 있어."

그런 방향으로 끌고 가려는 것인가. 그녀의 임기응변에 구사일생으로 살아난 히비키는 미안, 미안, 하며 이중의 의미로 사과했다.

"그럼, 우리는 재료 준비하자. 불피우는 거, 부탁할게."

"맡겨둬. 사토네, 가자."

그렇게 네 사람은 두 팀으로 나뉘어 구가하라와 사토네는 우드데크로 나가 유리문을 닫았다. 연기가 실내로 들어오지 않게 하기 위한 배려이리라.

히비키는 이오리와 주방으로 이동했다. 이오리가 부엌칼 같은 주방 도구를 확인하며 지시했다.

"내가 밑 손질을 할게. 히비키는 야채를 씻거나 고기 팩 뜯는 거 도와줄래?"

"알았어. 이것들 다 하면 되지?"

슈퍼에서 산 양배추와 당근, 가지, 양파와 같은 야채를 싱크대에서 씻어서 이오리에게 건네자 그는 능숙한 손놀림으로 그것들을 잘랐다. '벤티 콰트로'는 안쪽에 주방이 있기에 그가 조리하는 모습을 본 것은 이번이 처음이었다.

"그러고 보니, 앨리스 읽었어."

작업에 집중하느라 끊어진 대화를 메꾸고자 히비키는 입을 열었다.

"아, 응." 이오리가 순간 부엌칼을 든 손을 멈췄다. "정말로 읽었구나. 이상한 나라 쪽?"

"둘 다. 합본이 있었거든."

"어땠어?"

"흐음. 나도 잘 모르겠더라."

"그렇지?" 이오리는 웃었다.

영어 원문이 아니면 전해지지 않는 말장난이 다수 등장하기 때문일지도 모른다. 히비키가 읽은 두 권의 앨리스는 어느 쪽이든 등장인물들의 모습이나 대사가 마치 환각이라도 겪는 것처럼 지리멸렬하게 느껴졌다. 재미있는 부분도 적고, 이오리와의 관계가 아니었다면 일찌감치 읽기를 포기했을 것이다.

"그래도 역사에 남는 명작인 거잖아."

히비키가 말할 필요도 없는 사실을 강조하자 이오리는 잠시 생각한 후에 답했다.

"아이들에게는 인기 있을지도 몰라. 아이들은 어른과 달리 이야기를 이성적으로 읽지 않으니까."

"소리의 울림이 재미있는 게 좋아. 디즈니 영화판에 나온 노래는 지금도 기억해."

히비키가 작게 노래를 부르자 이오리는 어깨를 들썩이며 같이 노래를 불렀다. 달콤하고 부드럽고 기분 좋은 목소리였다.

왠지 분위기가 좋다고 생각한 직후, 사토네에 대한 죄책감이 생겨났다. 창문 밖에서는 구가하라와 사토네가 웃고 있었다.

"《거울 나라의 앨리스》에 삭제된 에피소드가 있다는 거 알아?"

이오리는 소고기에 바비큐 소스 양념을 바르며 그런 단편 지식을 선보였다.

"삭제된 에피소드?"

"응. 원래 캐럴은 《이상한 나라의 앨리스》의 삽화를 그린 일러스트레이터 존 테니얼이 계속 그림을 그려주길 바랐지만, 테니얼은 캐럴의 세세한 주문에 질려 있었대. 그래서 그는 '가발을 쓴 말벌'이 나오는 에피소드에 관해 '어떻게 그리면 좋을지 모르겠고, 애초에 재미가 없다'는 취지의 편지를 캐럴에게 보냈어."

"와. 꽤 심했네. 그렇게까지 말한다면 작가도 상처를 받을 것 같은데."

"글쎄, 어땠을까. 어쨌든 캐럴은 테니얼의 요구를 받아들여서 그 에피소드를 삭제했어. 원문은 오래도록 현존하지 않는다고 여겨졌지만, 출판되고 약 100년 후인 1974년, 소더비의 경매를 통해 처음으로 사람들에게 알려졌대."

"그래서 어땠어? 그 에피소드는?"

이오리는 입술을 살짝 비튼 채 말했다.

"테니얼의 의견이 옳았다는 게 대다수의 견해라나 봐."

역사에 이름을 남긴 대작가도 완벽하지는 않은 것이다.

"이오리, 자세히도 아네. 전부터 좋아했어?"

이 질문에는 고개를 좌우로 저었다.

"내가 안면인식장애라는 사실을 알게 됐을 때, 같은 고통을 겪은 사람들의 생각이나 대처법을 알고 싶어졌거든. 알아보는 동안 루이스 캐럴도 안면인식장애였다는 사실을 알고 관심이 생겼지."

"그랬구나."

"캐럴이 안면인식장애에 관해 특별히 뭔가 글을 써서 남긴 건 아니지만 말이야. 그래도 그 무렵에는 많이 힘들었기에 안면인식장애여도 당당하게 살아갈 수 있다는 희망 같은 게 필요했어."

정성스레 고기에 양념하는 이오리의 옆모습에서는 약간의 쓸쓸함이 묻어났다.

평소였다면 무신경한 언행이 두려워 깊게 파고들지 않았을 것이다. 하지만 히비키는 이오리에게 조금 더 가까이 다가가고 싶었다.

"물어봐도 돼? 그 무렵의 일."

물론, 이라고 말하며 이오리는 미소 지었다.

"실은 어른이 될 때까지 내가 안면인식장애라는 사실을 몰랐어. 사람의 얼굴을 기억하지 못한다는 건 자각했지만, 단순히 기억력이 나빠서 그런 거라고 생각했어. 이상하다고 느낀 사건도 몇 개 있었지만."

히비키가 살펴본 인터넷 정보에도 안면인식장애라는 자각 없이 생활하는 사람이 꽤 많다고 적혀 있었다.

"전문학교를 졸업하자마자 후쿠오카 시내에 있는 카운터가 메인인 비스트로에서 일을 시작했어. 하나부터 열까지 점장에게 배우며 접객과 조리 모두 나름대로 열심히 했지. 하지만 얼마 지나지 않아 문제가 일어나기 시작했어."

"문제라니?"

"다시 온 손님을 못 알아보는 거야. 단골손님이라거나 특별한 손님 등을 점장이 소개해줘서 열심히 기억하려고 했는데 도무지 안 되더라고."

안면인식장애라고 설명하면 이해해줬으리라. 비극인 것은 이오리 자신도 아직 그 사실을 깨닫지 못했다는 점이다.

"전혀 상관없다는 사람도 있었지만, 화를 내는 사람도 많았어. 한때는 나이가 비슷한 여자 손님이 갑자기 눈앞에서 울음을 터뜨린 거야. 저번에 왔을 때, 카운터에서 한 시간 넘게 이야기를 나눈 상대였어. 그녀의 사적인 속사정도 들었지. 나한테 마음을 열어준 거야. 그런데 2주 후에 다시 방문했을 때, 그녀는 머리를 짧게 자른 상태였어. 내 앞에 앉은 그녀가 '또 왔어요'라고 말했을 때, 난 평소처럼 '전에도 오신 적 있나요?'라고 물었지. 그 한마디가 그녀를 상처입혔어."

이오리에게 나쁜 뜻이 있지는 않았겠지만, 히비키는 그 여자 손님의 마음을 이해할 수 있었다. 이오리에게 호감을 품었기에 자신의 비밀을 털어놓은 것이다. 그런 상대에게 잊히는 것만큼 슬픈 일은 없다.

"그날 점장님에게 완곡하게 해고 통보를 받았어. 중요한 손님의 얼굴을 기억하지 못하다니 일할 의욕이 없는 거 아니냐며. 필사적으로 일했는데 그런 말을 듣고 보니 내게 정말 의욕이 없었던 걸까 자책도 했어. 첫 가게에서의 수련은 2년도 채 못 채웠지."

낙심하기는 했지만, 이때의 이오리는 아직 의욕을 잃지 않았다. 일할 가게를 찾으면서 고객의 얼굴을 기억하는 방법을 공부하기도 했다. 그러다가 안면인식장애에 관해 알게 되었다.

"혹시 내가 이 병일지도 모른다고 불안해졌지. 검사를 받을 수 있는 병원을 예약해서 가봤더니, 맞더라. MRI에서는 이상이 발견되지 않는 걸 보면 선천성일 가능성이 크다고."

기분 탓인지 양파를 자르는 이오리의 손놀림이 난폭해진 듯 보였다.

"의사가 말했어. 드문 병도 아니고, 지금까지 문제없이 생활했으니 그다지 신경 쓰지 않아도 된다고. 그래도 나는 그렇게 생각할 수 없었어. 왜냐하면 손님 얼굴을 알아보지 못하는 거잖아? 접객업으로서는 치명적이야. 그 이전에, 사람으로서 결여돼 있다는 낙인이 찍힌 것만 같았어."

딱히 접객 업무를 하지 않더라도 요리사로서는 일할 수 있을 것이다. 하지만 당시의 이오리는 그렇게 긍정적인 마음을 먹을 수 없었다.

"너무 힘들었어. 집에 틀어박혀 매일 술을 마시며 현실에서 도피했지. ……그럴 때였어. 벤티 콰트로의 구마가이 씨에게 연락이 온 게."

구마가이는 이오리가 일하던 비스트로의 단골손님으로, 그곳 점장을 통해 이오리에게 연락했다고 한다.

"구마가이 씨, 내가 비스트로에서 일하는 모습을 보고 눈여겨봤다고 해. 그래서 가게를 그만두었다는 말을 듣고 자신의 가게에서 일할 생각은 없냐고 물었지. 그 마음에 감사한 나는 폐를 끼치지 않기 위해 처음부터 안면인식장애라는 사실을 밝혔어."

그러자 구마가이는 말했다고 한다.

"홀은 아르바이트생에게 맡길게. 자네는 주방에서 요리를 만들면 돼. 그러면 손님의 얼굴을 못 알아봐도 문제없지 않나?"

"그 사람은 은인이야."

이오리는 말했다.

"구마가이 씨가 말한 것처럼 벤티 콰트로에서는 다른 사람처럼 평범하게 일할 수 있었어. 트러블이 생길 뻔한 적이 없지는 않지만, 구마가이 씨가 커버해줬어. 지금은 조리뿐만 아니라 서빙도 직접하고, 바 카운터에도 서고 있어. 만에 하나 무슨 일이 있더라도 제대로 설명하면 알아줄 거다. 이건 내 개성이니까. ……그렇게 받아들이게 됐지."

이오리의 표정은 시원해 보였다. 아직 냉장고 안에 남아 있던 호박을 썰으며 히비키가 말했다.

"이오리, 고생이 많았구나."

"운이 좋았을 뿐이야. 안면인식장애는 치료법이 없으니 제대로 품고 살아야만 해. 구마가이 씨 덕에 다시 일어설 수 있어서 정말로 고맙게 생각해."

그 말을 들은 히비키는 충동적으로 생각했다.

'지금이라면 이오리에게 신체이형장애에 관해 말해도 좋을지 몰라.'

아직 누구에게도 털어놓지 못한 일이고, 무척이나 용기가 필요한 고백이다. 하지만 이오리 또한 다른 사람에게 말하기 힘들었을 과거를 히비키에게 말해줬다. 그렇다면 자신도 비밀을 털어놓는 편이 무엇보다 큰 성의가 아닐까.

아무 일도 아닌 것처럼 자연스럽게 말하고 싶다. 히비키는 몰래 숨을 크게 들이마셨다.

"이오리, 나 말이야……."

하지만 그때, 우드데크로 통하는 유리문이 열리더니 사토네의 큰 목소리가 히비키의 말을 덮어버렸다.

"불 완벽히 피웠어. 그쪽 준비도 끝났어?"

"아, 이제 곧 끝나. 재료 옮기는 거 도와줘."

"오케이. 좋았어, 이제 먹자!"

구가하라가 고기를, 사토네가 야채가 담긴 쟁반을 날랐다. 이오리가 생각났다는 듯이 이쪽을 바라봤다.

"히비키, 방금 뭐라 말하려 하지 않았어?"

히비키는 웃으며 시치미를 뗐다.

"아니, 아무것도 아니야. 바비큐, 기대된다!"

조금 전에 차오르던 용기는 이미 깨끗이 사라진 뒤였다.

9

바비큐는 이오리의 세심한 손질과 굽는 일을 도맡아준 구가하라 덕분에 만족스럽게 즐길 수 있었다. 서쪽 바다로 저무는 해가 아름다워 히비키에게는 잊을 수 없는 광경이 되었다.

뒷정리가 끝난 후, 연기 냄새를 없애기 위해 순서대로 씻기로 했다. 남자들은 여자들부터 해야 한다고 주장했지만, 히비키는 그것을 거절하고 세 명에게 앞 순서를 양보했다.

욕실이나 탈의실의 거울을 보다가 시간을 오래 잡아먹을까봐 두려웠기 때문이었다. 처음에 들어간 사토네와 두 번째의 이오리는 매우 빠르게 씻고 나왔지만, 구가하라는 의외로 시간이 오래 걸렸다. 이럴 때조차 몸단장에 신경 쓰는 모양이다.

히비키도 천천히 샤워를 마치고 머리를 말린 후 거울에서 몸을 떼어내듯 탈의실을 나섰다. 이오리는 티셔츠에 반바지, 구가하라도 폴로셔츠에 운동복을 입은 가벼운 차림으로 어두워진 우드데크 의자에 앉아 쉬고 있었지만, 사토네의 모습은 보이지 않았다.

"가스미 씨도 이리 와. 밤이 되니 바람이 시원해서 기분 좋아."

구가하라의 말대로 의자에 앉자 땀에 젖은 피부를 바람이 식혀줘서 히비키는 녹아내리는 듯한 쾌감에 휩싸였다.

"사토네는?"

"잠깐 바닷가 산책하고 온대. 같이 갈까 물어봤는데, 혼자 있고 싶은 것 같아서 관뒀어. 슬슬 돌아오지 않을까?"

나름대로 취기가 오른 듯한 이오리는 태평하게 말했지만, 인적이 드문 밤바다에 여자 혼자 있는 것은 걱정스러웠다. 히비키는 자리에서 일어났다.

"나, 찾아보고 올게."

"나도 갈게."

히비키는 일어나려는 이오리를 제지했다.

"괜찮아. 금방 돌아올 거니까."

둘이서 행동하는 모습을 사토네가 보면 쓸데없는 오해를 살 수도 있다.

해안변 길로 나와 주변을 둘러보자, 바다 근처에서 스마트폰 불빛처럼 보이는 것이 조금씩 움직이는 것이 보였다. 가까이 다가가자 사토네의 목소리가 들렸다. 전화라도 하는 중일까 생각하면서 모래를 밟으며 그쪽으로 향했다.

"……바다 보여? 잘 안 보이려나. 원래는 조금 더 밝을 때 하고 싶었는데, 그럴 여유가 없었어……."

"사토네, 뭐해?"

5미터 정도 떨어진 거리에서 말을 걸자, 사토네가 크게 손을 흔들었다.

"아, 히비키. 이쪽으로 와."

시키는 대로 했다. 어깨가 닿을 정도로 가까이 다가갔을 때 사토네가 갑자기 얼굴 앞에 스마트폰을 가져다 댔다.

"이게 내 친구인 히비키야!"

화면을 본 히비키는 깜짝 놀랐다.

아이푸쉬 앱이 켜져 있었다. 사토네는 지금 사토네루로서 방송 중이었고, 그 화면에 히비키가 비친 것이다.

"나 지금 랭킹 배틀에 참가하고 있으니, 어떻게 해서든 쓰노시마에서 그 경치를 방송해서 포인트를 벌고 싶어."

완전히 잊고 있었다. 쓰노시마 여행을 제안했을 때, 사토네는 그렇게 예고한 바 있었다.

온몸이 후끈 달아올랐다. 앞머리를 양손으로 누르며 히비키는 스마트폰을 피했다.

"하지 마. 찍지 말아줘."

"웅? 왜 그래. 봐봐, 다들 히비키에게 댓글 달아주고 있어."

화면 하단의 댓글란에는 '이 사람이 히비키구나', '둘 다 너무 예뻐!', '히비키, 여기 좀 봐봐!', '이 두 명이 친구라니 너무 환상적인데?' 같은 댓글이 폭포수처럼 쏟아졌다. 내용은 대부분 호의적이었지만, 히비키에게는 그게 문제가 아니었다.

"부탁이야, 사토네. 부끄러우니까 찍지 마."

"아, 뭐, 알겠어. 히비키는 예쁘면서 엄청 부끄럼쟁이라니까. 데리러 온 것 같으니 슬슬 방송 마칠게. 다들, 고마워!"

사토네가 방송을 끄자 한순간에 히비키의 몸에서 온 힘이 빠져나갔다. 사토네는 아무렇지도 않은 표정으로 말했다.

"미안해. 목소리가 들어가서 아예 비추는 쪽이 낫겠다고 생각했어. 여자 둘이 여행하고 있다고 시청자에게 설명한 상태였으니, 그 증명도 될 것 같고."

"나야말로 방해해서 미안."

"아니야. 그래도 다들 히비키가 나와서 기뻐하더라. 저기, 히비키, 랭킹 배틀 예선이 끝나기 전에 다시 나와줄래? 이번에는 화면발 잘 받는 곳에서 옷이나 화장도 제대로 준비한 모습을 찍을 테니까."

운영진 측에서는 랭킹 배틀 중에 스트리머 이외의 사람이 게스트로 출연하는 것을 딱히 금지하고 있지 않다. 히비키는 거절할 마음이면서도 "생각해볼게"라고 두루뭉술하게 대답했다. 방송 중에 사토네가 당당히 히비키를 친한 친구라고 불러준 그 달콤함이 머릿속에서 사라지지 않았다.

우드데크로 돌아온 후, 벌써 오늘 몇 번째인지 모를 건배를 했다. 히비키는 술에 희석해서 마실 생각으로 산 자스민차, 나머지 세 명은 각자 좋아하는 것을 마셨다.

남녀 각각 마주 보고 앉은 동그란 나무 테이블 위에는 노란 불빛의 램프가 켜져 있었다. 진짜 불이 아니라 LED인 듯했다. 그 옆에 낯선 물건이 놓여 있어 히비키가 물었다.

"그건 뭐야?"

"카드 게임. 이 별장의 비품 같은데, TV 장식장에 들어 있었어."

구가하라가 답했다.

세 가지 카드 게임은 히비키가 전부 모르는 것이었다. 손에 들고 뒷면에 적힌 규칙을 읽는데, 사토네가 히비키의 손끝을 가리키며 말했다.

"아, 나 그거 해본 적 있어. 'ito'지?"

"이토?" 히비키는 고개를 갸웃거렸다.

"몇 년 전부터 유행 중이야. 우선 모두가 1부터 100까지의 숫자가 적힌 카드를 뽑아. 다음으로 주제를 정하고, 플레이어는 그 주제에 맞춰서 자신의 숫자에 딱 맞는 정도의 것을 생각해서 답해. 마지막으로 숫자 순으로 나열하게 되면 성공인 협동 게임이야. 누구와 함께해도 재밌어."

설명만으로는 잘 이해가 되지 않아 테스트 플레이를 해보기로 했다. 각자 숫자가 적힌 카드를 뽑은 후, 주제가 적힌 카드 중에서 사토네가 하기 쉬워 보이는 것을 골라줬다.

"자, 주제는 '무인도에 갖고 가고 싶은 것'이야. 100이 가장 갖고 가고 싶은 거니까, 1은 전혀 필요 없는 것. 생각난 사람부터 말해도 좋아."

"나부터 해볼까?" 우선 구가하라가 나섰다. "마스크."

"아, 필요 없어." 이오리가 웃었다.

"사람도 없는데 코로나는 안 걸리겠지." 히비키도 웃음을 터뜨렸다.

"다쿠미는 낮은 숫자겠네. 다른 사람은?"

사토네가 묻자, 이오리가 계속했다.

"도라에몽…… 같은 것도 말해도 되나?"

"가상의 것도 괜찮아?"라고 히비키가 물었다.

"된다고 하지 뭐. 그럼 이오리는 꽤 높은 점수겠네. 히비키는 어때?"

이름을 불리자 히비키는 다시금 자신의 카드를 봤다. 숫자는 25였다.

구가하라와 이오리 덕에 어느 정도 감이 잡혔다. 이 게임은 극단적으로 높은 숫자나 낮은 숫자를 뽑으면 답하기 쉬운 게임이다. 어중간한 숫자가 가장 곤란하다.

"거울은 어떨까?"

"흐음. 필요 없겠지." 구가하라가 잘라 말했다.

"나는 조금 필요한데."

사토네가 여자다운 의견을 말했지만, 이오리가 반론했다.

"평범하게 생각하면 아무도 없는데 거울 따위 봐도 소용없어. 다만 햇빛을 반사해서 불을 피우는 데 써먹을 수 있을지 모르고, 깨뜨리면 칼 대용으로 쓸 수 있으니 마스크보다는 쓸모가 많아 보이네."

"그럼, 히비키는 이오리와 다쿠미 사이겠네. 마지막으로 나는 침낭을 고를게."

아무래도 숫자가 깔끔하게 나뉜 듯하다. 나열하면 낮은 순서대로 구가하라, 히비키, 사토네, 이오리였고, 아무도 이견을 제기하지 않았다.

"그럼 한 명씩 카드 내봐."

사토네의 말에 따라 구가하라가 카드를 내밀었다. 적힌 숫자는 3이었다.

히비키는 25. 사토네는 83. 그리고 이오리는 99. 테스트 플레이는 깔끔하게 성공으로 끝났다.

"지금 건 쉬웠지만, 몇 명인가가 비슷한 숫자를 뽑으면 난이도가 급상승해서 실패하는 케이스도 나오거든."

사토네가 카드를 모아 섞었다.

"이거, 재밌다. 조금 더 해보고 싶어." 히비키는 적극적으로 나섰다.

"그건 좋지만, 그저 게임만 하는 건 좀 부족하지 않나? 벌칙 게임 같은 거라도 해야지."

이오리가 고등학생 같은 대사를 입에 담았다.

"그래도 이거 다 같이 협력해서 푸는 게임이잖아. 누가 벌칙을 받는데?"

히비키가 타당한 의문을 제시하자 구가하라가 집게손가락을 세우며 제안했다.

"그럼 이렇게 할까? 성공하면 벌칙 없음. 실패하면 누구 때문에 실패했는지를 네 명이 일제히 손가락으로 가리켜서 다수결로 정하기."

"가장 숫자에 맞지 않는 답을 해서 모두를 헷갈리게 한 사람이 벌칙을 받는다는 거네."

사토네가 해석했다.

"벌칙 게임의 내용은, 흐음……. 어떤 질문이든 하나 솔직하게 답하기는 어때?"

구가하라가 그런 위험해 보이는 벌칙을 제안한 것은 의외였지만, 사토네와 이오리가 입을 모아 찬성하는 바람에 히비키도 따를 수밖에 없었다.

"질문은 누가 정해?"

사토네가 묻자, 이번에는 이오리가 앞장서서 발언했다.

"뭐 생각나는 사람이면 되지 않아? 각각 묻고 싶은 게 있을 테니. 겹치면 가위바위보라도 하지 뭐."

히비키는 좋지 않은 예감이 들었다. 벌칙에 걸린 사람이 그 반격으로 다음에는 더욱 과격한 질문을 하는 것이 반복되다 벌칙 게임이 과열될 것 같았기 때문이다. 하지만 히비키가 반대할 틈도 주지 않고 이야기가 진행되었다.

"좋아. 그럼 바로 해볼까? 주제는 뭐로 할까?"

"카드에 있는 주제로 해도 좋지만, 더 개인적인 주제로 하는 편이 분위기가 달아오를 거야. 예를 들어 '좋아하는 사람' 같은 건 어때?"

사토네는 벌써 뭔가를 꾸미기 시작했다.

"사람이라니, 누구든 상관없어?" 이오리가 물었다.

"응. 유명인이든 주변 사람이든. 이미 죽은 사람도 괜찮지만, 가상의 인물은 제외할까?"

"사람들이 일반적으로 어느 정도 좋아하는지가 아니라, 대답하는 사람이 좋아하는 정도로 말하면 되는 거지?" 이번에는 구가하라가 확인했다.

"물론이야. 모두에게 공감을 받지 못해도 상관없지만, 알기 어려운 답을 내면 벌칙을 받을 위험은 커지겠지."

"100이 가장 좋아하는 사람이라면 1은 아무래도 좋은 사람? 아니면 50이 아무래도 좋은 사람이고 1은 싫어하는 사람?" 히비키도 궁금했던 점을 물었다.

"싫어하는 사람이라면 그건 그것대로 다른 주제가 돼버리니까, 1은 아무래도 좋은 사람으로 하자."

"오케이. 그럼 순서가 바뀌었지만, 다들 카드 뽑자."

말보다 빠르게 이오리가 카드 더미에 손을 뻗었다. 다른 세 명도 뒤따랐다.

히비키는 손에 든 카드의 숫자를 확인했다. ……12.

다행이다. 관심 없는 사람을 뽑는 것이라면 어렵지 않으니 벌칙을 받을 대상이 되긴 어렵다.

이번에도 가장 먼저 나선 것은 구가하라였다.

"나는…….."

그가 언급한 사람은 청순한 이미지로 인기 있는 여배우였다. 드라마에서 함께 호흡을 맞춘 가수와 결혼한 뒤에도 그 인기는 식지 않았다.

"미묘하네."

그렇게 말한 이오리를 사토네와 히비키가 입을 모아 부정했다.

"분명 높은 숫자야. 90은 넘을 거야."

"맞아. 이 사람이 낮다면 틀림없이 벌칙 당첨이야."

"지금도 그렇게 인기 많구나. 나, 드라마 같은 거 잘 안 봐서."

LINE에서 좋아하는 영화 이야기가 나왔을 때, 이오리가
'배우를 구분하기 어려워서 스토리를 이해하지 못할 때가
있다'라고 말한 것을 히비키는 떠올렸다.

"다음은 내가 답할게."

히비키는 몇 년쯤 전에 인기를 끌었지만, 그 후 얼마 되지
않아 미디어에서 찾아보기 어려워진 개그맨 이름을 입에 담
았다.

"와, 완전 관심 없어." 구가하라가 단언했다.

"낮은 숫자일 것 같네." 사토네도 동조했다.

"자, 그럼 나는……." 이오리는 잠시 망설인 후에 정면을
가리켰다. "다쿠미로 할래."

"이오리, 이래놓고 숫자 낮으면 나 울어버릴 거야."

구가하라가 과장되게 탄식하는 모습에 히비키는 웃음을
터뜨렸다. 한편, 사토네는 아슬아슬한 멘트를 던졌다.

"반대로 엄청 높은 점수여도 깜짝 놀라겠다."

"뭐, 이오리는 나와 가스미 씨 중간 정도겠지. 마지막으로
사토네는?"

이오리의 대답으로 인해 이 자리에 있는 사람의 이름을
꺼내기 쉬운 흐름이 된 것이 우려되었다. 하지만 사토네의
답은 다른 종류의 것이었다.

"나는 언니로 할래."

"언니라니, 삿짱의 언니?" 이오리가 되물었다.

"응. 친언니."

사토네에게 언니가 있다는 사실은 히비키도 기억하고 있다. 그녀 또한 당일에는 집에 비웠지만, 히비키가 일으킨 화재로 인해 전학을 갈 수밖에 없었다. 하지만 최근 15년간의 일에 대해서는 전혀 듣지 못했기에 자매 사이가 좋은지 나쁜지 상상하기 어려웠다.

"자매니까 꽤 높으려나."

이오리가 슬쩍 속을 떠봤다. 히비키는 말했다.

"그렇게 높지 않을 것 같은데."

"히비키, 왜 그렇게 생각해?"

"왜냐니……." 높은 숫자라면 이오리의 이름을 언급했을 테니까, 라고는 말할 수 없다. "나한테도 언니가 있는데, 나라면 그렇게 높은 숫자를 붙이지 못할 것 같으니까?"

언니와는 학년으로 따지면 한 학년밖에 차이 나지 않고, 관계는 좋았다가 나빴다가를 반복했다. 한번 연예계에 들어간 히비키와는 다르게 언니는 '성실'을 그림으로 그린 것 같은 삶을 살고 있으며, 평소에는 연락도 거의 주고받지 않는다. 언니를 어느 정도 좋아하는지 굳이 숫자로 표현하라고 하면 70점 이상은 주기 어렵다는 것이 솔직한 심정이었다.

"나도 형이 있는 사람으로서 가스미 씨와 같은 의견이야." 구가하라도 덧붙였다.

"난 외동아들이라 잘 모르겠네."

이오리는 책임을 다른 사람에게 떠넘기려 했다. 순서를 정한 것은 구가하라였다.

"나는 이오리의 나에 대한 마음을 믿고 싶어. 아래부터 순서대로 가스미 씨, 사토네, 이오리, 나야."

"그래도 여배우보단 본인을 낮게 평가했네. 겸손한 게 맘에 들어."

사토네의 놀림에 구가하라는 "그건 그렇지"라며 웃었다.

히비키가 12가 적힌 카드를 뒤집었다. 여기까지는 좋았다. 하지만 사토네의 카드로 혼란이 벌어졌다.

"어? 86?"

히비키는 얼빠진 소리를 내질렀다.

사토네의 카드에는 86이라는 숫자가 적혀 있었다. 이오리가 머리를 감싸 쥐며 자신의 카드를 뒤집었다. 구가하라에 대한 호의를 표현한 숫자는 77이었다.

"실패했네. 아니, 뭐 나는 77이어도 꽤 기쁘지만 말이야."

구가하라의 카드는 여자들의 예상대로 94였다.

다른 세 명이 사토네를 탓하는 분위기가 되었기에 사토네가 반론했다.

"아니, 가족이니까 당연히 높지. 나 언니, 좋아해. 세 명이 동의하는 것 같아서 끼어들지 않았지만, 나는 이오리보다 내 쪽이 높다고 생각했어."

자신의 숫자에 관한 의견을 과도하게 주장하면 숫자를 추측할 수 있게 되어 게임이 재미없어진다. 규칙이라기보다는 매너로서 사토네는 발언을 피한 것이다.

"그럼 누가 벌칙을 받을지 정해볼까. 하나, 둘, 셋!"

이오리의 구호에 맞춰 네 명은 실패의 원인을 만들었다고 생각되는 사람을 가리켰다.

사토네→이오리. 이오리→사토네. 구가하라→사토네. 히비키→사토네.

"사토네로 결정됐네. 뭐, 투표할 필요도 없었지만."

구가하라의 말을 사토네는 시원스러운 표정으로 받아들였다.

"어쩔 수 없네. 달갑게 받아들일게."

"갑작스럽지만, 내가 질문해도 될까?"

……이때 구가하라가 한 질문이 이후 네 사람의 운명을 크게 바꾸게 된 것을 히비키는 훗날이 되어 깨닫는다.

"사토네 말이야."

램프에 비친 구가하라의 옆모습은 마치 차가운 미소를 띠고 있는 것처럼 보였다.

"지금까지는 굳이 언급하지 않았지만, 가스미 씨의 블로그 글에 나온 친구지? 가스미 씨가 화상을 입혔다는."

히비키는 숨이 멎을 것 같았다.

"구가하라 씨, 그런 걸 물어보는 건…….."

"히비키."

참지 못하고 끼어든 히비키를 사토네가 제지했다.

"괜찮아. 뭐든 답하기로 했잖아."

히비키는 아랫입술을 깨물었다.

멍청했다. 히비키도 구가하라가 사토네의 뺨을 보고 짐작은 하고 있으리라 생각했다. 하지만 설마 본인에게 직접 물어볼 줄은 상상도 하지 못했다.

돌이켜보면 명백하게 부자연스러웠던 일이 있었다. 바비큐 준비로 두 팀으로 나뉘었을 때, 구가하라는 동료인 히비키가 아니라 사토네에게 불을 같이 피우자고 권유했다.

그는 사토네가 불을 겁내는지 어떤지를 확인하고 싶었던 것이 아닐까. 아니면 15년 전의 화재에 관해 둘만 남은 상태에서 언급할 기회를 엿보고 있었을지도 모른다.

하지만 히비키의 걱정과는 달리, 당사자인 사토네는 담담해 보였다.

"뭐, 이 화상 흉터를 보면 알겠지. 다쿠미의 말대로 히비키의 블로그에 나온 친구가 나 맞아."

"잠깐만. 블로그라니 무슨 말이야?"

홀로 상황 파악을 하지 못하는 이오리에게 사토네가 대강의 사실을 설명했다. 이오리는 신음했다.

"화상이 화재 탓에 생겼다는 건 얼마 전에 샷짱에게 들었지만…… 히비키도 관계돼 있다니."

"이오리, 이렇게 말했어. 삿짱은 어디에 있든 반드시 알아볼 수 있다고."

그 이야기의 전후에 사토네는 비극적인 과거를 털어놓았으리라. 하지만 거기에 히비키는 등장하지 않았다.

그 이유를 사토네는 다음과 같이 설명했다.

"괜히 히비키를 나쁜 사람으로 만들 수도 있으니까. 거기까지 말할 필요는 없다고 생각했어."

"사토네……. 미안해. 괜히 신경 쓰게 했네."

"또 사과한다, 또." 사토네는 얼굴을 찌푸리고는 "솔직히 말하자면, 이오리도 할머니께 화재 소식을 들었으리라 생각했어. 그런데 다 같이 밥 먹으러 갔을 때, 모른다는 사실을 알게 됐지."

"나는 아무 이야기 못 들었어. 할머니는 부모님의 이혼으로 힘들어하던 내게 괜한 충격을 주는 건 아닐까 걱정했을지도 몰라."

"뭐, 불에 탄 건 우리 집 거실뿐이고, 다른 집으로 번지거나 하지는 않았으니."

뭐였을까. 사토네의 얼굴에 순간적으로 익숙한 감정이 스쳐 지나갔다. 그것은 피로감……, 아니 허탈함인가?

구가하라가 오만상을 찌푸린 채 말했다.

"미안해. 그래도 이건 이미 거의 알고 있던 걸 확인한 것뿐이야. 여행까지 같이 와놓고 계속 모르는 척을 하는 것도 좀 불편했거든."

그의 말도 이해되지 않는 것은 아니지만 섬세함이 부족하다는 사실은 부정할 수 없다. 히비키가 불만스러운 표정을 짓자, 사토네가 달래줬다.

"다 같이 하자고 한 벌칙 게임이니까 원망하기 없기야. 다쿠미가 벌칙 받을 때가 되면 끔찍한 질문 던져줄게."

"부드럽게 부탁해."

여유를 보이는 구가하라는 추궁을 당해도 아플 만한 상처 따위는 없다는 듯한 태도였다.

다음 게임에서 히비키는 어중간한 숫자를 뽑은 탓에 순서를 헷갈리게 해 실패로 끝났다. 벌칙은 히비키로 정해졌다.

"마침 잘됐다. 나, 히비키에게 묻고 싶은 게 있었어."

사토네의 말에 히비키는 깜짝 놀랐다. 그래도 친구니까 상냥한 질문을 해줄 것이라는 느슨한 생각도 있었다.

사토네가 테이블 위의 컵을 가리키며 질문을 입에 담았다.

"히비키 말이야. 왜 오늘 술 안 마셔?"

머릿속이 새하얘졌다.

평소 술을 마시던 사람이 마시지 않는 이유는 대부분 신체적인 문제와 관련되어 있고, 민감한 요소를 내포할 수 있다. 그럼에도 사토네는 굳이 그것을 건드렸다.

구가하라의 질문이 이 위태로운 흐름을 만든 것이다. 구가하라의 제안을 들은 시점에는 첫 키스의 추억이라거나 페티

시즘 같은 종류의 부끄러운 질문이 나올까 봐 걱정했다. 그
것은 그것대로 싫지만, 설마 사람 내면의 연약한 부분을 짓
밟는 듯한 질문이 연이어 나오게 될 줄은 히비키로서는 꿈
에도 생각하지 못했다.

"추하이 마셨는데? 아까 여기 도착했을 때."

히비키는 애써 반론했다. 하지만 히비키의 변명에 사토네
는 넘어가지 않았다.

"솔직히 답하기로 약속했잖아? 히비키, 지금까지는 평범
하게 술 잘 마셨잖아. 그런데 오늘은 점심부터 마시면 저녁
까지 버티지 못한다든가, 한 캔 마시고 취했다든가 하는 이
유를 대면서 술을 피하고 있어. 무슨 이유가 있는 거 아니
야?"

테이블에는 지금도 히비키가 마시던 자스민차가 든 컵이
놓여 있다.

두 남자는 그다지 위화감을 느끼지 않았던 듯하다. 처음에
는 사토네의 질문에 맥이 빠진 모습이었지만, 쉽게 답하지
못하는 히비키를 보고 점차 표정이 굳어졌다.

히비키는 필사적으로 머리를 굴렸다.

술을 마시지 않는 이유는 SSRI를 복용 중이기 때문이다.
술은 금기 사항이 아니라 병용 주의 사항이긴 하지만, 여행
중에 컨디션이 나빠져서는 안 되니까 피하고 있었다.

하지만 그것을 설명하려면 신체이형장애 진단을 받은 사

실부터 말해야 한다. 그것은 도저히 견딜 수 없다. ⋯⋯아니.

그 반대인가?

이럴 때야말로 털어놓는 편이 좋을까?

지금이라면 동정심을 사려고 한다거나 자의식 과잉이라고 여겨지는 일 없이 벌칙 게임을 탓하며 병을 고백할 수 있다. 앞으로도 모두와 사이좋게 지내고 싶다면 병에 관해 말해두는 편이 나쁘지는 않을 것이 분명하다.

말해야 할까. 말하지 않아야 할까.

히비키는 심호흡한 후에 입을 열었다.

"실은 최근에 어떤 약을 먹기 시작했거든."

"약이라니, 무슨 약?" 사토네가 물었다.

"세로토닌을 늘리는 약. ⋯⋯나 말이야. 신체이형장애래."

말해버렸다.

이제 되돌릴 수 없다.

심장이 쿵쿵 뛰었다. 세 명의 시선이 자신에게 모이는 것이 괴로워서 히비키는 고개를 들 수 없었다.

"신체이형장애라면⋯⋯ 추형공포증 말이야?"

이오리가 마음을 쓰는 듯한 목소리로 말했다.

"맞아. 아이돌 시절에 인터넷에 악플이 적힌 걸 봤거든. 그 이후로 계속 내 외모가 싫어서 견딜 수가 없어. 거울 앞에 서면 거기에서 움직이지 못하고, 중요한 약속에 지각하기도 해. 그래서 얼마 전 처음으로 병원에 갔는데 신체이형장애

2장 * 급변   213

라는 진단을 받았어. 약을 먹으면 낫는다고 하더라고."

"그래서 우리 가게를 취재하러 왔을 때도 늦은 거구나."

이오리가 신음했다. 구가하라도 놀란 모습이었다.

"가스미 씨, 일은 정말 잘하는데 취재에 늦는 게 이상했어. 그런 사정이 있었을 줄이야."

"미안, 히비키…… 나, 여행 전인데 어젯밤에 데이트라도 하러 가서 너무 많이 마셨다거나, 뭐 그런 건 줄 알았어."

사토네는 혼이 난 강아지처럼 풀이 죽어 있었다.

"아니야. 여기 있는 사람들은……." 거기까지 말하고 히비키는 이오리 쪽을 힐끔 바라봤다. "알아두는 편이 좋을 테니까. 말할 계기가 생겨서 다행이야."

저녁때, 부엌에서 히비키가 신체이형장애에 관해 털어놓으려고 했던 것을 이오리는 눈치챘을까.

"히비키, 혹시라도 힘든 거 있으면 말해."

"고마워, 사토네."

모두가 상냥하게 받아들여줬기에 히비키의 마음은 한결 가벼워졌다. 지금 당장이라도 커다란 천으로 온몸을 감싸서 숨고 싶을 정도로 부끄러웠지만 말이다.

"그럼 다음 게임 시작할까?"

칠판에 적힌 글자를 지우듯 구가하라가 게임을 진행했다.

다음 게임은 순서 나열에 성공해 벌칙 게임을 피했다. 하지만 여기까지 오자 네 명 사이에서는 어딘가 벌칙 게임이야말로 진짜 게임이라는 분위기가 감돌았다. 그 영향도 있어서인지 다음 게임은 실패로 끝났고, 사토네가 두 번째 벌칙을 받게 되었다.

"또 나야? 내 감각이 이상한가?"

사토네가 우는 소리로 말했다. 질문을 하겠다고 나선 것은 이오리였다.

"나도 삿짱에게 물어보고 싶은 게 있어."

"오, 뭔데?"

"삿짱, 히비키랑 같이 오기 전에도 우리 가게를 몇 번인가 이용한 적 있지?"

"응. 그건 전에도 말했잖아."

"그런데 왜 그날만 유독 나를 알아본 거야?"

LINE으로도 이오리가 상담한 적 있는 내용이었다. 히비키는 사토네에게 물어보겠다고 약속했지만, 오늘까지 그럴 기회를 잡지 못했다.

"그건……. 그날은 테이블까지 인사하러 와준 덕에 처음으로 자세히 얼굴을 볼 수 있었기 때문이야."

사토네의 변명을 이오리는 손바닥을 펼치며 막아섰다.

"솔직히 말하기로 약속했잖아. 그렇게 말한 건 삿짱 아니야?"

그로부터 이오리는 히비키에게 설명한 것과 같은 의문점을 반복했다. 마스크를 쓰고 있었고, 또 15년이나 지났기에 이오리라고 인식하기에는 어려웠으리라는 점. 그럼에도 먼저 이름을 물은 점.

"냉정하게 돌이켜보니 우리 세 명의 재회는 너무 우연이 지나쳐. 그렇긴 해도 히비키는 우리 가게를 취재한 것이나 방송 앱에서 삿짱을 발견한 것도 회사의 지시에 따른 것이었으니 거기에 그녀의 의사가 끼어들었다고는 생각하기 어려워. 내 말 맞지? 다쿠미."

"아, 응. 틀림없어." 구가하라는 당황하면서도 동료로서 보증했다.

"그렇다면 삿짱과 나를 연결하는 선만이 너무 작위적으로 보여. 적어도 그날, 그 타이밍에 나를 알아봤다고는 생각할 수 없어. 그리고 지난번 모임이나 이 쓰노시마 여행도 무리하다고 말할 수 있는 형태로 삿짱이 먼저 제안했어."

"그래도 벤티 콰트로를 사토네와 둘이서 방문한 건 내가 제안한 거야."

히비키는 사토네에게 구원의 손길을 내밀었지만 이오리는 물러서지 않았다.

"삿짱이 먼저 좋아하는 가게라고 했다며? 그렇다면 히비키의 제안이 없더라도 벤티 콰트로에 가자고 이끄는 건 그리 어렵지 않아."

이오리는 그렇게 말한 다음 벌칙 게임의 질문을 사토네에게 던졌다.

"저기, 샷짱. 네 목적이 뭔지 알려줄래? 나는 그저 찝찝한 마음 없이 다 같이 사이좋게 지내고 싶을 뿐이야. 이 상황, 즉 15년 전처럼 세 명이 모여 있는 상황이 전혀 이상한 게 아니라는 점을 확인한 상태로 말이야."

히비키는 뒤늦게 이오리가 구가하라가 제안한 벌칙 게임에 응한 이유를 알게 되었다.

그는 이것을 사토네에게 물어보고 싶었던 것이다.

구가하라가 사토네에게 민감한 질문을 던진 것은 완전히 이런 흐름이 되게 도와준 셈이라고도 할 수 있다. 하지만 그런 흐름이 없었더라도 이오리는 사토네에게 이 질문을 던질 생각이었을 것이다.

처음으로 벌칙 게임에 따른 질문을 받았을 때와는 딴판으로 사토네는 부끄러운 듯 중얼거렸다.

"……15년 전에 같이 놀았던 여자아이라고 이오리가 알아차려주길 바랐어. 그게 벤티 쿼트로에 가기 시작한 이유야."

이오리가 눈썹을 모았다. "내가 알아차리길 원했다고?"

"응. 이오리는 마스크를 쓰고 있었지만, 나는 식사 중에 얼굴을 드러내고 있었으니까 알아볼지도 모른다고 기대했어. 결국 그렇게 되지 않았지만."

그 말을 듣고 이오리가 어딘가 아픈 듯한 표정을 지었다.

히비키는 슬픈 기분이 들었다. 이오리는 안면인식장애이

기에 사람을 알아볼 수 없기 때문이다.

사토네가 자조 섞인 미소를 보이며 계속했다.

"나, 이오리의 이름을 인터넷에서 찾아보고는 그 가게에서 일한다는 사실을 알게 됐어. 가게 인터뷰 기사 중에 이름과 얼굴이 나온 게 있었거든. 왜 찾아봤냐고? 문득 떠올라서 그리운 마음이 든 것뿐이야. 어렸을 때도 이오리가 신경 쓰였던 나는 이오리가 지금 일하는 곳을 알게 된 데다가 가깝기도 했기에 다시 친해질 수는 없을까 하는 생각에 가게를 찾아갔어. 하지만 역시 알아차리지 못했고, 마스크랑 주방 모자도 쓰고 있는데 내가 먼저 알아봤다고 말하는 것도 이상해서 말을 꺼내지 못했지만."

"인터넷에서 기사를 봤다고 솔직히 말하면 됐잖아."

구가하라의 지적에는 당사자 의식이 희박했다.

"그야 그렇지만. 처음에 그럴 용기가 없어서 타이밍을 놓쳤어. 그도 그럴 게 15년이나 전에 잠깐 놀았을 뿐인 친구를 계속 기억한 데다가 이름까지 검색해보다니, 이거 왠지 스토커 같고 기분 나쁘잖아. 그렇게 생각하니 이오리에게 말을 걸 수 없었어. 테이블까지 오는 일도 거의 없었고 말이야."

사토네의 말에 히비키는 공감했다. 자신이 사토네의 입장이었어도 역시 말을 걸지 못했을 것이다.

"그럴 때 히비키와 재회했고, 히비키가 벤티 콰트로의 기사를 쓴 걸 봤어. 이건 다시 오지 않을 기회라고 생각했지. 히비키가 그 자리에 있으면 갑자기 이오리를 알아봤다고 해도 위화감이 줄어들 테니."

실제로 히비키는 이오리에게 듣기 전까지 그 위화감을 깨닫지 못했다.

"솔직히 답하기로 약속했으니 말하는 거야. 난 그저 운명적인 재회를 연출하고 싶었던 것뿐이야. 이오리가 나를 알아봤다면 조금 더 자연스럽게 보였을 거야. 그 후에 다 같이 친해지려고 노력한 것도 역시 이 재회는 운명이었구나, 하고 느끼게 하고 싶어서였어."

이오리는 얼빠진 표정으로 말했다.

"삿쨩이 그렇게 말한다면 믿을게. 그래도 지금의 삿쨩을 내가 알아보는 건 안면인식장애를 빼놓고도 불가능하지 않았을까? 삿쨩은 전에 성씨인 '신카이'로 예약한 적도 있지만, 그건 후쿠오카에 많은 성이기도 하고……."

"화상 흉터가 있으니까."

파도 소리가 순간의 정적을 메웠다.

"나도 얼굴만으로 알아볼 수 있으리라고는 생각하지 않았어. 그래도 이 화상 흉터가 있으니까, 이걸 보면 옛날에 같이 놀던 여자아이의 집에 불이 난 사실을 떠올릴 수 있지 않을까 했어. 이 화상 흉터가 있어서 다행이다. 이 흉터 덕에 이오리가 날 알아봐준 거다. ……그렇게 믿고 싶었어."

사토네의 비통한 소망에 히비키는 눈을 감았다.

"이오리가 이렇게 말했어. 삿짱은 어디에 있든 반드시 알아볼 수 있다고."

그녀는 언제든 화상 흉터를 긍정해주는 뭔가에 매달렸다. 가령 그것이 스스로 만들어낸 것이라고 해도 말이다. 외모가 플러스로 작용하는 스트리머라는 직종을 굳이 고른 것도 그렇다. 극복한 것처럼 행동하면서도 사토네는 여태껏 화상 흉터에 집착하고 있다.

이 벌칙 게임을 통해 이오리가 사토네에게 어떤 답을 끌어내기를 기대한 것인지는 알 수 없다. 딱 보기에도 그는 동요하고 있었다.

"아까도 말했지만 나는 삿짱 집에 불이 난 걸 몰랐어."

"나야말로 이오리가 모를 거라고는 생각지도 못했어. 화재 전날까지 같이 놀았으니까. 그날도 이오리, '또 봐' 하고 인사하며 헤어졌잖아. 다음 날에 사세보로 돌아간다는 말은 전혀 듣지 못했다고."

"전날까지? 그럼 내가 사세보로 돌아간 게 불이 난 당일이었구나. 아버지가 갑자기 마중을 온 게 마지막으로 두 명과 함께 논 다음 날이어서 나한테도 갑작스러운 일이었어."

"어째서 그날 작별 인사를 하러 오지 않았어? 바로 옆집이었잖아."

"갔었어."

그 목소리가 히비키에게는 비명처럼 들렸다.

"점심이 지나서였나. 택시로 하카타 역으로 가기 직전, 혼자서 삿짱네 집에 갔었어. 문 앞에 서서 인터폰을 누르려고 하는데, 마침 현관에서 아저씨가 나오더라고. 그래서 '삿짱 집에 있나요?' 하고 물었더니 '지금 집에 없어. 어디 있는지도 몰라'라고 말했어. 열차 시간이 가까웠기에 아쉽지만 포기할 수밖에 없었……."

"아저씨?"

어라, 하고 히비키가 생각하는 것과 사토네가 되물은 것은 동시였다.

"아저씨라니 누구?"

"누구라니……. 당연히 삿짱의 아버지지. 달리 누가 있겠어."

이오리는 무슨 질문을 하는 것인지 알 수 없다는 표정을 지었다.

거친 숨소리가 두 번, 사토네의 입술을 통과했다.

"그날 점심 무렵, 우리 아빠는 집에 없었어. 그렇지? 히비키."

"응. 우리 말고는 아무도 없었어. 이오리가 잘못 기억하는 거 아니야?"

"그럴 리 없다니까! 아저씨가 나오지 않았다면 인터폰을 누르지 않고 돌아갔을 리 없잖아."

이오리는 어이없다는 듯이 되받아쳤다.

히비키와 사토네가 2층에서 낮잠을 자던 타이밍이라면 아래층에서 울리는 인터폰 소리를 듣지 못했을 가능성도 있다. 하지만 애초에 인터폰을 누르지 않았다는 이오리의 주장과는 사뭇 다르다.

"하지만 그날은 평일이었어. 아빠는 회사에 가 있었는데?"

사토네가 굳이 말하지 않아도 알 수 있는 사실을 말하자 이오리는 눈을 동그랗게 떴다.

"그 밖에 집에 드나들던 성인 남성은 없었어? 친척이라든 가."

"평일에 아무렇지도 않게 우리 집에 오는 친척은 없어."

기묘한 침묵이 자리를 지배했다. 구가하라가 중얼거렸다.

"그럼…… 그 녀석은 누구지?"

그때 무서운 상상이 히비키의 머릿속을 스치고 지나가 그녀는 온몸을 떨었다.

"왜 그래, 히비키?"

이오리가 히비키의 어깨에 손을 얹었다.

"아무것도 아니야……. 이런 거 바보 같은 망상인 거 나도 잘 알아. 그래도……."

히비키는 사토네의 눈을 바라봤다.

"저기, 사토네. 정말로 우발적인 화재였을까?"

"무슨 말이야?"

"우리 2층에 올라갔잖아. 툇마루로 향하는 거실 창문은 열어둔 채, 캔들의 불도 끄지 않고."

"그랬지……."

"정말 부주의했어. 나쁜 사람이 보면 이렇게 생각할 수도 있지 않았을까? 돈이 될 만한 걸 훔친 후에 캔들의 불을 커튼에 옮겨 붙이면 우발적인 화재로 위장해서 절도 증거를 은폐할 수 있다고."

바닷가의 밤을 뒤덮는 어둠의 무게에 히비키는 짓눌릴 것만 같았다.

"가스미 씨, 아무리 그래도 그건……."

"맞아. 너무 억지로 짜 맞춘 이야기 같아. 난 연기 같은 거 본 기억도 없고."

구가하라와 이오리는 상식적인 반론을 펼쳤지만, 사토네가 그것을 뒤집었다.

"나 기억나. 불탄 자리에서 찾지 못한 게 있었어."

히비키는 몸을 앞으로 내밀었다. "뭔데?"

"거울이야."

거울. 사토네가 할머니의 유품으로 받아 매일 들여다보던 오래된 금속 거울. 그 거울을 찾으러 갔다가 그녀는 뺨에 화상을 입었다.

"어디에도 없었어. 불에 타서 없어질 만한 물건이 아니었는데 말이야. 그때는 결국 다른 곳에서 잃어버린 것 아니냐는 이야기가 나왔어. 내 화상 문제도 있어서 그런 걸 신경 쓸 때가 아니기도 했고."

"거울 따위를 훔칠 필요가 있을까? 방화범이 될 위험과 맞바꿀 만큼 비싼 것일 것 같지는 않은데."

구가하라는 의심스러운 듯했다.

"흐음. 골동품이니까 거울치고는 고급스럽게 보였는데 말이야. 그걸 위해 방화까지 저지를까 하면……."

그때, 그야말로 거울이 빛을 반사하는 듯한 반짝임이 히비키의 기억을 밝혔다.

"사토네. 그날, 2층에 가기 전에 우리 거실에서 패션쇼 흉내 내며 놀았잖아."

"엉? 그랬던가. 그게 왜?"

"기억 안 나? 사토네, 어머니 핸드백을 꺼내와서 소품으로 사용했어. 그 안에 그 거울을 넣고는 중간에 꺼내서 보는 시늉을 하기도 했고."

사토네가 놀란 표정을 지었다.

"맞아, 그랬었지. ……히비키, 용케 기억하고 있네."

사토네는 뽐내듯 모델 워킹을 한 후에 팔에 걸친 핸드백에서 거울을 꺼내서 예쁜 포즈를 선보였다. 그게 너무 우스꽝스러워서 히비키는 배가 아플 정도로 웃었다.

"그 핸드백, 명품 브랜드이지 않았어? 그렇다면 내용물까지 통째로 훔쳤을 가능성도 있지 않을까?"

핸드백이라면 불탄 자리에서 잔해가 발견되지 않아도 이상하지 않다. 하지만 그 안에 불에 탈 리 없는 거울이 들어 있다면 이야기가 달라진다.

사토네는 머리가 아프다는 듯이 얼굴을 찡그렸다.

"분명…… 루이비통이었어. 어머니가 가진 유일한 명품 가방이었고. 나는 그걸 알았기에 그날 패션쇼에 썼던 거야. 싸구려 가방으로는 어울리지 않을 것 같아서."

"명품 가방 그 자체가 목적이라면 내용물까지 일일이 확인하지는 않지. 그럴 여유가 있으면 도망칠 거야. 그래서 사토네가 안에 넣어둔 거울도 함께 도난당해 그 집에서 사라진 거 아닐까."

사토네가 남아 있던 추하이를 단숨에 비웠다. 그러고는 소리를 내며 캔을 테이블 위에 내리치며 선언했다.

"나, 범인을 찾고 싶어. 내 얼굴을 이렇게 만든 그 범인을."

"농담이지? 15년도 전에 일어난 사건의 단서 같은 게 아직 남아 있을 리 없잖아. 하물며 애초에 절도나 방화가 실제로 일어난 것인지조차 알 수 없는데."

"다쿠미의 말이 맞아. 내가 만난 남자도 네 아버지는 아니더라도 택배기사나 그런 사람일 가능성도 있어. 집에 아무도 없다는 뜻으로 아이의 질문에 답해준 것뿐일지도."

구가하라는 어이없어하는 듯 보였고, 자신의 발언이 생각지도 못한 전개를 불러버린 이오리도 엉거주춤한 태도를 보였다.

남자들의 의견에 동조하는 마음도 있었지만, 그럼에도 히비키는 그보다 더 강하게 사토네가 수긍할 때까지 함께하고 싶었다. 그리고.

만약 그것이 방화였다면.

화재를 일으킨 장본인이라는 히비키의 죄의식은 다소 가벼워진다. 비록 사토네의 집에 아로마 캔들을 가지고 가서 방화를 유발한 것에 대한 일정한 책임은 면할 수 없다고 해도 말이다.

"나도 15년 전 화재의 진상을 알고 싶어."

히비키가 아군이 되자 사토네는 힘을 얻었다.

"부탁해. 다들 도와줘. 불가능에 가까운 일이라는 건 알고 있어. 그래도 혹시 찾을 수 있을지도 모르잖아. 가능성이 제로가 아니라면 나는 거기에 걸어보고 싶어."

"그러니까 단서가 너무 없다니까……."

"단서라면 있어."

사토네가 구가하라의 말을 막으며 이오리 쪽을 바라봤다.

"우리한텐 목격자가 있잖아." 이오리가 대화했다는 사토네의 '아버지'. 진범이 있다면 그 남자 이외에는 생각할 수 없다.

"저기, 이오리. 우리 아빠를 사칭한 사람은 어떤 사람이었어?"

사토네가 의자를 삐걱거리며 물었다. 이오리는 자신 없는 듯 답했다.

"어떤 사람이었냐니……. 성인 남자였어. 목소리나 옷차림으로 기억하는 한, 20대에서 40대 사이 정도로 보였어."

"핸드백은 들고 있었어?"

"본 기억은 없지만, 몸 뒤에 숨겼을지도 모르지. 가지고 있다면 남에게 보이기 싫었을 테니까."

"그럼 얼굴은? 어떤 얼굴이었어?"

램프의 빛이 흔들려 이오리의 긴장한 표정을 비추었다.

이오리는 낚싯줄에 낚인 물고기처럼 온몸을 헐떡이며 말했다.

"……나도 모르겠어. 정말 미안하지만 아무것도 떠오르지 않아. 나, 안면인식장애니까……."

2063년 8월
가나가와 현 가마쿠라 시

"삭제된 에피소드라는 건 이《거울 나라의 앨리스》에 관한 대화에서 도출하신 거군요."

《거울 나라》를 2장까지 다시 읽은 나는 가장 먼저 지적했다. 둔감한 나조차도 그 정도는 알 수 있다.

말씀하신 대로입니다, 라고 데시가와라는 인정했다.

"히비키와 이오리가 별장 부엌에서 바비큐를 준비하면서 캐럴에 관해 이야기를 나누는 장면이죠. 그런데《거울 나라의 앨리스》에 삭제된 에피소드가 있다는 화제는 이오리가 캐럴에 관해 잘 알고 있다는 걸 보여주는 데 그쳤고, 삭제된 에피소드에 관한 내용은 더는 작품에 등장하지 않습니다."

"즉…… 이것이 이모가 심어 놓은 복선이 아닌가 싶다는 거군요."

"네.《거울 나라》라는 작품을 위한 내용은 아니었죠."

일반 독자로서 읽는 한, 위화감을 느낄 만한 장면은 아니다. 하지만 미스터리 편집자의 눈에는 이물질처럼 보이는 모양이다.

"그 밖에 뭔가 깨달으신 건 없나요?"

데시가와라의 질문에 나는 자신 없이 대답했다.

"히비키가 언니에 관해 언급하는 장면이 조금 신경 쓰이긴 했어요. 그 언니라는 건 저희 어머니니까요. 제가 아는 자매 관계와는 조금 다르구나 싶어서."

어머니는 여섯 살 때부터 여동생과 사이가 나빴다고 했지만, 히비키가 말하길 언니와의 관계는 '좋았다가 나빴다가를 반복했다'라고 했다. 뭐, 사이가 틀어진 원인이 이모에게 있었다면, 이모 쪽에서는 어머니를 그렇게까지 싫어하지 않았을 수도 있다. 이후에 관계가 나빠졌기에 사이가 좋지 않다는 사실을 어머니가 과장되게 말했을 가능성도 있으리라.

"눈썰미가 좋으시네요."

데시가와라는 칭찬해줬지만, 아이 취급을 받는 것 같아서 오히려 화가 났다.

"그것 말고도 이 장에는 몇 가지 걸리는 부분이 있습니다. 1장보다 노골적이었을지 모릅니다."

"아까처럼 설명은 나중에 해주실 건가요?"

"그러는 편이 좋을 것 같습니다."

데시가와라가 빙긋 웃었다.

"다시 만나게 된 이오리가 안면인식장애를 고백한 걸 계기로 히비키는 그에게 조금씩 마음을 열기 시작합니다. 그리고 15년 전의 화재에 방화설이 제기됨으로써 사태는 급전개를 보입니다. 네 사람의 운명은 도대체 어떻게 될 것인가. ……물론 사쿠라바 씨는 알고 계실 테지만요."

나는 3장의 교정지를 펼쳤다. 다이시가 "우웅" 하며 신음했기에 마음이 철렁했지만, 아이는 눈가를 두세 번 비빈 후 다시 잠에 빠져들었다.

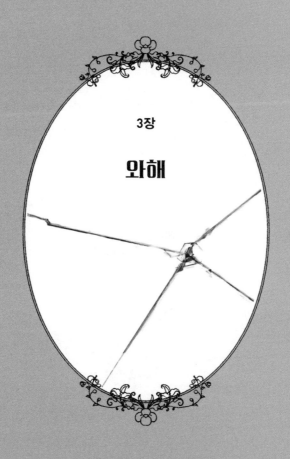

3장

와해

1

"그간 좀 어떠셨나요?"

2주 만에 얼굴을 마주한 오다 의사가 물었다.

현실감이 부족하다고 느끼면서도 히비키는 답했다.

"그게…… 약효가 나기 시작한 것 같기도 해요."

"오, 그 말씀은?"

"분명 앞머리에 관해 생각하는 시간이 줄어들었어요. 말씀드렸던 여행도 머리가 전혀 신경 쓰이지 않은 건 아니지만, 결과적으로는 무사히 끝났습니다."

오다는 안경 안쪽의 눈을 가늘게 떴다. "그건 다행이네요."

히비키가 예약해둔 오호리 역전 멘탈 클리닉을 찾은 것은 쓰노시마 여행 다음 주였다.

더없이 파란만장한 여행이었다. 15년 전의 화재가 절도범에 의한 방화일 수 있다는 새로운 의혹이 생겨났다. 범인을 찾고 싶다고 호소하는 사토네와 이를 지지한 히비키, 범인으로 보이는 인물을 목격하고도 그 얼굴을 기억하지 못한다며 자신을 탓한 이오리, 이제 와서 다시 파헤쳐도 소용없다고 주장하는 구가하라로 인해 논쟁은 커졌고, 걷잡을 수 없는 지경에 이르렀다.

히비키는 일단 한숨 자고 나면 다들 머리가 식을 것이라고 생각했지만, 사토네는 다음 날이 되어도 결코 포기할 수 없다, 화재 사건을 조사하고 싶으니 도와달라는 뜻을 반복했다. 히비키뿐 아니라 여전히 방화설에 의문을 품고 있는 듯한 이오리도 미안함 때문인지 협력하기로 약속했다.

그렇게 되자 입장이 곤란해진 것은 구가하라였다. 제삼자 입장에서 사토네의 주장이 얼마나 허무맹랑해 보이는지는 상상하기 어렵지 않다. 귀중한 시간과 노력을 소모하며 실망으로 치닫는 친구들을 목격하느니 차라리 관여하고 싶지 않다고 느꼈으리라.

하지만 그럼에도 구가하라는 결국 마음을 꺾고 무리에 합류했다.

"여기까지 오면 일심동체가 될 수밖에 없지. 앞으로도 모두와 사이좋게 지내고 싶고."

돌아오는 도중, 쭉 뻗은 길 끝을 바라보며 구가하라가 말하는 것을 히비키는 조수석에서 들었다.

다른 사람보다 냄새를 잘 맡는 구가하라의 능력이 화재 조사에 도움이 될 것은 분명하다. 맛집과 엔터테인먼트 기사만 쓰는 히비키를 포함해 세 사람의 조사 능력은 그다지 높지 않다. 구가하라 없이는 늦든 빠르든 막다른 길을 마주하게 될 것이다.

그리고 극단적으로 말하자면.

사토네를 제외한 세 사람은 범인을 찾을 수 있다고 진심으로 생각하지는 않았다.

구실은 뭐든 좋으니까 다시 모이고 싶은 것이다. 기적처럼 재회한 세 명에 더해, 구가하라도 포함해서 같이 여행할 만큼 친해진 이 그룹을 자신은 사랑한다. 함께 보내는 시간을 진심으로 즐기고 있다. 때문에 앞으로도 모일 이유가 있으면 그것으로 충분하다.

구가하라도 비슷한 마음이었을 것이다. 기뻐하는 사토네가 "고마워!"라고 말하며 운전석에 팔을 둘렀을 때, 그는 그다지 싫지 않은 표정이었다.

다음 일요일, 네 사람은 조사를 명목으로 다시 모이기로 했다.

현장에 답이 있다고 말하는 사토네의 희망에 따라 화재가 일어난 사토네의 집이 있던 곳부터 가보기로 했다. 말할 필요도 없이 히비키의 본가 근처이기도 했다.

7월도 막바지에 접어들었기에 사토네는 랭킹 배틀에 몰두하느라 시간이 아까울 것이다. 히비키도 주중에는 쓰노시마에 관한 기사를 올려야만 하고, 이오리도 점심 영업을 빼

먹고 조사에 참여한다고 한다. 각자가 귀중한 시간을 내서 참여하는 조사에서 과연 무엇을 얻을 수 있을지 히비키로서는 예상도 되지 않았다.

쓰노시마 여행은 즐거운 추억이라고만은 할 수 없지만, 거기에 신경을 빼앗긴 히비키는 처음으로 앞머리를 신경 쓰는 빈도가 줄어들었다고 자각했다. 여행이 끝나도 그 상태는 지속되고 있다. 히비키의 몸 안에서 뭔가 확실히 변화가 일어나고 있었다.

"가스미 씨가 SSRI 복용을 시작한 지 6주가 지났죠. 전에도 설명한 것처럼 대개 4주에서 6주 사이에 효과를 체감하는 환자가 많습니다. 저도 치료 성과가 나와서 안심했습니다."

"감사합니다. 아직 전혀 신경이 쓰이지 않는 건 아니고, 여전히 제가 추하다고 생각하지만……. 그런 생각에 뇌가 지배당하지 않게 됐다고 할까요."

"그걸로 충분합니다. 치료에 성공한다고 콤플렉스가 완전히 사라지는 건 아닙니다. 100이었던 걸 70으로, 혹은 50으로, 30으로 줄여서 조금이라도 생활이 편해지는 게 중요해요."

콤플렉스라고 생각했던 것이 사실은 병 때문이었다는 사실을 받아들이는 데에는 여전히 저항감이 있었다. 하지만 약의 효과를 체감할수록 신체이형장애라는 진단이 옳았다는 것이 증명되고 있다. 그것은 기쁜 한편 슬프기도 했다.

"열여덟 살부터 7년간 이렇게 고생한 게 얼마나 헛된 시간이었나 생각해요. 외모를 가꾸고자 노력해서 콤플렉스를 해소할 수 있다면 그건 정말 대단한 일이겠죠. 하지만 제 콤플렉스는 신체이형장애로 인한 것이었고, 실제로는 개선할 여지가 없는 망상이었어요. 이른바 저는 있지도 않은 적과 싸웠던 거예요. 약을 먹어 편해지긴 했지만, 잃어버린 시간이나 평온함, 그리고 잃어버린 기회를 되돌릴 수 없다고 생각하면 괴로워요."

"그 마음 잘 압니다." 오다는 차분하게 반응했다.

"이렇게 될 거였다면 아이돌 활동 같은 건 하지 말 걸 그랬어요. 친구와의 약속에 휘둘려서 적성도 없는 길에 발을 들여놓은 탓에 이런 큰 대가를 치르게 될 줄은 몰랐어요. 열일곱 살 때 오디션을 보겠다고 결정한 게 너무 후회돼요."

의사에게 말해도 소용없다는 사실을 알면서도 히비키는 안타까운 마음을 토로하지 않고는 견딜 수 없었다.

오다는 히비키의 이야기를 소화하듯 잠시 시간을 둔 다음 평소보다 더 느린 말투로 말했다.

"가스미 씨, 오늘은 신체이형장애의 근본적인 원인에 관해 조금 이야기해보죠."

"근본적인 원인이요?"

"네. 애초에 신체이형장애라는 건 아직 불명확한 부분이 많은 질환입니다. 따라서 딱 꼬집어 이게 원인이라고 특정하기는 쉽지 않지만……. 가스미 씨는 아이돌 시절에 인터넷에 올라온 글을 본 게 원인이라고 생각하고 계시죠?"

"맞아요. 그 이전에도 헤어스타일이 마음에 들지 않은 적은 있지만 심각하게 고민하거나 생활에 지장을 줄 정도는 아니었어요."

"그렇군요. 인터넷 글이 가스미 씨의 신체이형장애 발생에 대한 방아쇠가 된 건 사실인 것 같네요."

히비키는 이제 와서 무슨 소리냐고 생각했다.

"아이돌 업계는 빼어난 외모가 정의로 여겨지고, 언제나 다른 사람과 비교를 당하며 인기라는 이름의 순위가 매겨져요. 현실적으로 신체이형장애로 의심되는 아이돌도 있고, 저도 지금 돌아보면 주변에 그랬던 것 같다고 느껴지는 애들이 적지 않았어요. 현대에는 SNS가 보급되면서 아이돌이 아니어도 미남미녀가 인터넷에 넘쳐나죠. 외모에 대한 비판에 노출될 수밖에 없는 아이돌 활동을 하던 아이들이 정신적인 병을 앓게 되는 것도 무리는 아니지 않을까요?"

"즉, 신체이형장애의 원인은 심리학적이며 사회문화적인 요인 때문이라는 말씀인가요?"

"저는 그렇게 생각해요."

흐음, 하는 소리를 흘린 의사의 차분한 모습에 히비키는 답답함을 느꼈다.

"가스미 씨가 지금 말씀하신 것 같은 것들이 신체이형장애의 위험 인자라는 점은 사실이겠죠. 다시 말해 인터넷에 올라온 글이라거나 아름다운 것이 당연한 것처럼 착각을 불러일으키는 SNS의 존재 같은 것 말이에요. 하지만 신체이형장애는 현대에만 존재하는 질환이 아니며, 1800년대 말에 이탈리아의 정신과 의사 엔리코 모르셀리가 그 병명을 제안했습니다."

"그건 그렇겠죠. 아름다움과 추함이라는 가치관은 옛날부터 존재했으니까요."

"그렇죠. 그런데 동물도 신체이형장애를 앓는다는 사실을 아시나요?"

"뭐라고요?"

히비키는 귀를 의심했다. 오다가 살짝 웃었다.

"그걸 신체이형장애라고 단정하기에는 다소 무리가 있을지도 모릅니다. 하지만 동물이나 새 중에는 과도하게 자신의 털을 고르는 개체가 있고, 그 강박적인 반복 행동은 인간의 신체이형장애와 매우 흡사합니다."

"아⋯⋯."

"그런 동물에게도 SSRI가 효과적인 한편, 그 외의 항우울제 등은 효과가 없다고 알려져 있습니다. 즉, 일부 동물은 신체이형장애인 인간과 같은 상태라고 여겨집니다."

동물들도 다른 개체와 외모를 비교하는 것일까. 예를 들어

수사슴은 뿔이 크고 멋질수록 암컷에게 인기 있다고 한다. 또한 공작도 수컷이 펼치는 깃털의 눈알 모양 패턴 수가 많을수록 구애 행동에 성공하기 쉽다는 설이 있다고 한다. 동물들이 인간과 다르게 외모에 얽매이지 않고 살아간다는 것은 잘못된 생각이라는 말이다.

그런 예가 있기는 하지만, 동물들은 미디어나 SNS라는 사회문화적 요인으로부터는 역사상 어느 시대의 인류와 비교할 수 없을 정도로 자유롭다. 즉, 사회문화적 측면은 신체이형장애의 위험 인자이기는 하지만, 반드시 그것만이 원인이 되어 발병하는 것은 아니라는 사실을 알 수 있다.

"정신건강의학과에서 치료하는 모든 질환이 심리학적 요인, 사회문화적 요인, 환경적 요인, 혹은 신경생리학적 요인 등 다양한 원인이 복합적으로 얽혀서 발생하는 건 사실입니다. 하지만 신체이형장애는 많은 경우 SSRI 외의 항우울제 투약이나 심리치료만으로는 효과를 보지 못합니다. 이건 신체이형장애가 마음의 병이라기보다는 뇌의 병이라고 말할 수 있다는 점을 시사합니다."

"뇌의 병……."

"뇌가 정상이 아니기에 본인으로서는 어찌할 도리가 없는 거죠. 뼈가 부러졌을 때나 신종 코로나에 감염됐을 때, 마음만 먹으면 나을 수 있다고 생각하는 사람은 없잖아요. 그것과 같습니다. 가스미 씨는 조금 전에 아이돌의 길을 선택한 탓에 신체이형장애가 생기고 말았다고 자신을 자책하셨죠. 하지만 저는 그렇게 생각하지 않습니다. 그 밖에도 자의식 과잉이라거나 허영심이라는 등 스스로를 부끄러워하는 환자가 있지만, 그것만으로 신체이형장애가 발생하지는 않습니다. 어떤 길을 골랐다고 해도 생길 때는 생깁니다. 그게 병이라는 것입니다."

히비키가 나쁜 것이 아니다. 오다 의사는 그렇게 말하고 있었다.

네, 그렇군요, 라고 간단히 받아들일 마음은 들지 않는다. 그럼에도 히비키는 다소 마음이 편해졌다.

"그렇다고는 해도…… 신체이형장애에 걸리기 쉬운 사람은 있는 거죠?"

히비키가 질문했다. 짧은 침묵 속에서 오다가 신중하게 말을 고르는 사실을 알 수 있었다.

"환자분들에게 어느 정도 공통점이 보인다는 의미에서는 그렇다고 할 수 있을지 모릅니다. 성격 면에서 보자면 완벽주의자인 사람. 약간이라도 외모가 이상한 자신을 용서하지 못하는 면에서 볼 때 그렇겠죠. 제 경험으로 말하자면 왕따와도 상관관계가 있을 가능성이 있습니다."

"왕따를 당한 과거가 있는 사람은 신체이형장애가 될 우려가 크다는 건가요?"

"그런 데이터가 있는 듯합니다. 또한 신체이형장애는 유전

될 수 있다고 여겨지며, 실제로 부모와 자식이 모두 신체이형장애인 환자도 있습니다. 신체이형장애가 생기기 전에 사회불안을 호소하는 환자도 많으며, 어린 나이에 사회불안장애가 발생한 사람은 이후 신체이형장애도 생기지는 않을지 유념할 필요가 있겠죠."

다만, 하고 의사는 다음과 같은 점을 강조했다.

"이러한 조건에 해당하는 사람이 모두 신체이형장애가 되는 건 아닙니다. 닭이 먼저냐 달걀이 먼저냐 같은 이야기로, 지금 언급한 요인이 신체이형장애를 유발하는지, 아니면 선천적으로 가지고 있는 신경생리학적 요인이 관여돼 특정한 성격을 가지게 되는 것인지, 확실한 건 알 수 없습니다. 지금도 연구는 계속되고 있습니다."

히비키는 오다의 말을 듣기 전까지 적성에 맞지 않는 아이돌이 된 것을 깊이 후회했지만, 그것은 단선적인 생각이었다는 사실을 이해했다.

사회를 바꾸기란 어렵다. 하지만 약을 먹는 것뿐이라면, 그다지 어렵지 않다. 그로 인해 구원받는 마음, 그리고 생명이 있다.

"선생님, 저, 지금 들은 이야기를 조금 더 많은 사람에게 전하고 싶어요. 웹 미디어 편집자라는 제 직업과 신체이형장애에 걸린 경험을 살려서요."

히비키가 큰마음을 먹고 말하자, 오다는 미소 지었다.

"정말 훌륭한 생각이에요. 응원하겠습니다. 몸과 마음의 건강이 유지되는 범위 내에서 힘내주세요."

"네. 감사합니다."

진료실을 나선 순간부터 어떤 기획을 해야 할지, 오피스장인 엔도에게는 어떻게 어필해야 할지 등 히비키의 편집자로서의 두뇌가 풀가동하기 시작했다. 사토네나 이오리, 구가하라에게 받아들여진 덕분에 신체이형장애를 공개하는 것에 대한 저항감이 약해지고 있다는 사실을 히비키 자신도 아직 깨닫지 못하고 있었다.

2

"……그렇구나. 이런 식으로 바뀌었구나."

사토네는 베이지색 벽에 갈색 지붕의 세련된 서양식 건축물을 올려다보며 감개무량한 듯 중얼거렸다.

일요일, 이오리가 저녁부터 출근하는 것에 맞춰서 히비키 일행은 아침부터 움직이기 시작했다. 15년 전 화재에 대한 조사다.

오늘도 구가하라가 자가용을 끌고 왔다. 길 안내를 위해 사토네가 조수석에 앉았다. 여름다운 날씨로, 차 안에 있어도 팔이 탈 정도로 햇살이 강했다.

먼저 방문한 곳은 후쿠오카 시 사와라 구의 주택가. 사토네가 살던 집이 있던 곳. 즉, 화재 현장이다.

토지째 팔린 것으로 알고 있는 사토네의 집은 이미 없어졌고, 그 자리에는 새로운 집이 세워져 있었다. 그럼에도 그 앞에 선 사토네를 본 순간, 히비키는 만감이 교차했다.

"예전 집을 찍은 사진, 갖고 왔어?"

이오리의 질문에 사토네는 "여기 있어"라고 답하며 배낭에서 3x5판 사진을 꺼냈다.

회색 기와지붕의 2층 건물이다. 신축인데도 일본풍인 것이 당시 아이였던 히비키의 눈에는 기이하게 보였다.

집은 가족의 보금자리다. 그 담장이, 지붕이, 외벽이 가족의 평온을 지켜준다.

사토네 집의 평온을 하루아침에 파괴한 것은 히비키가 가져온 아로마 캔들이었다. 지금은 사라진 집 사진을 본 순간, 돌이킬 수 없는 짓을 저질렀다는 후회가 폭발적으로 부풀어 올랐다.

다리가 절로 떨리기 시작했다. 하지만 히비키는 턱에 힘을 줘 동요하지 않은 척했다.

……내 죄책감에 모두를 끌어들일 수는 없다. 지금 와서 다시 사과하거나 울부짖는다고 해서 그 집이 원래대로 돌아오진 않는다. 그렇다면 지금 내가 할 수 있는 것은 사토네의 조사에 함께하는 것뿐이다.

옆을 보자 사토네는 평소와 다르지 않았다. 마음속에는 어떤 폭풍이 몰아치는지 알 수 없지만.

"이 사진을 봐도 알 수 있듯."

건물 외관을 찍은 사진을 보면서 사토네는 손을 움직였다.

"이오리네 할머니 집과는 반대편, 길에서 바라볼 때 오른쪽 옆집과의 사이에 빨래를 말리거나 하는 작은 마당이 있었어. 그 바로 앞이 차를 세우는 주차장. 참고로 우리 아빠는 자가용으로 출퇴근했기에 화재가 발생한 시간대에는 여기에 차가 없었어."

"내 기억과 일치하네." 이오리가 말을 더했다.

"그리고 이 마당에 면한 창문 안쪽이 거실이야. 즉, 범인이 우연히 이곳을 지나가다가 우발적으로 우리 집에 침입했다고 하면……."

사토네는 자신이 서 있는 곳에서 오른쪽, 그러니까 동쪽을 가리켰다.

"범인은 저쪽에서 왔다고 볼 수 있지. 그렇지 않으면 굳이 뒤돌아보지 않는 한 창문 안은 보이지 않으니까."

그렇구나, 하고 히비키는 감탄했다. 단서는 어디에든 굴러다니는 법이다.

"명탐정 같네." 이오리도 손뼉을 치며 칭찬했다.

"나한테 작별 인사를 하러 왔을 때, 이오리는 왼쪽 옆의 할머니 집에서 와서 우리 집 현관 앞에서 쫓겨났어. 즉, 창문 쪽으로 가지 않았기에 그 시점에 불길이나 연기가 오르고 있었다고 해도 보지 못했을 수 있어."

"범인은 나와 대화한 후, 할머니 집 방향으로 떠난 것으로 기억해. 이건 범인이 창문 안이 보이는 저쪽에서 왔다는 생각과도 일치해."

"그럼 범인이 향한 곳은 서쪽이네."

히비키가 이오리의 생각을 따라갔다. 사토네도 그 설에 힘을 실었다.

"이 길을 서쪽으로 직진하면 작은 상점가가 나와. 오른쪽으로 꺾어서 상점가를 빠져나가면 거기가 가장 가까운 전철역이고. 범인은 전철을 타고 이동한 거 아닐까?"

"하지만 이 주변은 딱히 아무것도 없는 주택가잖아."

길거리에 주차한 차에 기대선 채, 마스크를 쓴 구가하라가 말했다.

"범인이, 정말 그런 사람이 있다면 말이지만, 우연히 이 주변을 지나가던 길이었다면 이 근처 주민 아닐까? 이방인이 굳이 찾아올 만한 곳으로는 보이지 않는데."

히비키는 일리가 있다고 느꼈지만, 사토네는 이의를 제기했다.

"자기 집 근처에서 이런 대담한 범행을 저지르는 건 너무 위험해. 다른 사람이 보면 단번에 누구인지 알아챌 테니까 말이야. 범인은 이방인으로, 뭔가 볼일이 있어서 이 마을에 왔고, 범행 후에는 전철을 타고 도망쳤어. 난 그렇게 생각해."

"창문이 열린 거실에는 아무도 없고, 캔들에 불이 붙어 있고, 옆에는 명품 가방이 있다. 그런 상황은 범인이 볼 때는 그야말로 천우신조로, 범행은 충동적이었을 거야. 이웃집이라는 이유로 범인이 망설일 것 같지는 않아."

"하지만 범인이 인근 주민이었다면 이오리가 누구 집 아이인지 정도는 알았을 거야. 우리 아빠인 척을 한다고 해도 이오리는 옆집에 살았으니 곧장 들킬 거라고 생각하는 게 보통 아닐까?"

"이오리는 여름방학에만 외할머니 댁에 잠깐 머물렀을 뿐이잖아? 누구 집 아이인지 모르더라도 이상하진 않지. 어느 쪽이든 범인에게 이오리와의 만남은 예기치 못한 사태로, 그 순간을 모면하는 게 급선무였을 거야. 나중 일까지 생각할 여유가 없었고, 사토네의 가족이라고 오해한 걸 이용하려고 했겠지."

"어느 설에 따르든 현시점에서는 결정적인 게 없네. 역 쪽으로 도망쳤다고 해도 반드시 전철을 탔다고는 단언할 수 없고."

이오리가 논쟁을 끝내듯이 말하자, 구가하라가 훼방을 놓는 듯한 말을 꺼냈다.

"고작 수십만 엔짜리 가방을 위해 불을 질렀다고 생각하는 것 자체가 무리가 있다고 생각하지만 말이야. 수상한 남자가 있었다는 건 사실이라고 해도, 기껏해야 도둑질 정도만 했겠지."

"그러지 마. 다쿠미가 그런 말을 하면 다시 히비키가 괴로워지잖아."

사토네의 타박에 구가하라는 입을 다물었다.

무거운 분위기를 깨듯 히비키는 머릿속에 떠오른 의문을 입에 담았다.

"조금 신경 쓰이는 게 있는데 말이야. 범인은 창문으로 침입했잖아. 그런데 이오리는 현관에서 나오는 범인과 마주쳤어. 왜 들어왔을 때와 같은 곳으로 도망치지 않았을까?"

미묘한 침묵이 네 명 사이를 지나갔다. 사토네가 고개를 끄덕이며 말했다.

"히비키, 그야 그렇겠지. 범인은 커튼에 불을 붙였으니까. 그게 아니면 발화 원인을 오인하게 만들 수 없잖아."

"아, 그런가." 히비키는 앞머리를 눌렀다.

"들어갈 때는 지나갈 수 있었던 창문이 나올 때는 불길로 막혀서 통과하지 못했어. 그래서 범인은 현관으로 나올 수밖에 없었어. 창문으로 몰래 나오는 것과는 다르게, 길에서 빤히 보이는 걸 각오한 채로 말이야."

아무래도 자신은 논리적 사고력이 부족한 모양이다. 히비키는 구멍이 있으면 들어가고 싶었다.

"그런데" 하고 사토네가 왼쪽 집을 바라봤다. "이오리네 외할머니, 지금도 저 집에 살고 계셔?"

"아마 그럴걸. 집도 명패도 옛날 그대로니까."

이오리는 관심 없는 듯했다.

"인사 안 해도 돼? 그때 이후로 만난 적 없는 거 아니야?"

"괜찮아. 그해 여름에는 신세를 졌지만, 아버지가 데려간 시점에 연이 끊겼으니까. 그리고 오늘은 삿짱의 조사를 위해 온 거니까 시간이 아까워. 마음만 먹으면 여기에는 언제든 다시 올 수 있고."

히비키는 고개를 끄덕였다. 그녀도 오늘은 아무리 가깝다고 해도 본가에 있는 부모님께 얼굴을 보일 생각은 없었다. 하물며 이오리는 15년 만의 재회를 다른 것을 조사하는 틈에 후다닥 마치고 싶지는 않으리라.

"알겠어. 이오리가 괜찮다면야."

사토네가 물러섰다. 구가하라가 차의 보닛을 손끝으로 가볍게 두드리며 말했다.

"그래서 이제부터 어떻게 할까?"

"범인의 동선을 따라가보고 싶어. 다쿠미, 미안하지만 여기서 기다려줄래? 걸어서 가보고 싶거든."

"오케이."

밖에 있는 것이 더웠는지 구가하라는 차에 올라 시동을 걸었다.

양쪽 옆으로 낡은 단독주택이 늘어선 별다른 특징이 없는

길을 셋이 걸었다. 200미터 정도 걷자 사토네가 상점가라고
부르는 거리가 나왔다.

하지만 그곳이 더는 상점가라고 부를 만한 상태가 아니라
는 점을 지금도 가끔 이곳을 방문하는 히비키만이 알고 있
었다. 이가 빠진 듯 점점이 있는 세탁소나 미용실, 주점 사이
를 채우는 것은 한때 점포였던 건물들이다. 녹슨 셔터와 세
입자 모집 공고문, 페인트가 벗겨진 가로등, 철거되지 않은
채 썩어가는 간판 같은 것이 마음 아팠다.

"우와, 엄청 황량하네."

사토네가 허리춤에 손을 얹고 탄식했다.

"근처 대형 쇼핑몰에 손님을 뺏겼나 봐. 이 주변에서 가게
를 하는 사람은 대부분 고령이었고."

"지방에서는 어디든 볼 수 있는 광경일까."

이오리도 걱정스러운 듯 말했다.

세 사람은 오른쪽으로 꺾어서 역을 향해 걸었다. 사토네가
건물을 하나씩 가리키며 말했다.

"여기에는 원래 술집이 있었는데. 여기는 부티크. 여기부
터 여기까지는……."

"사토네, 기억력 좋네."

"3년 넘게 살았으니까. 이 가게는…… 뭐였더라."

사토네는 셔터가 닫힌 작은 건물 앞에서 멈춰 섰다. 아이
였던 그녀가 잊는 것도 무리는 아니라고 생각하면서 히비키

가 알려줬다.

"여기는 전당포야."

"전당포? 아, 듣고 보니 그랬던 것 같다. 나랑은 상관없는 곳이어서 인상에 남지 않았나 봐."

그러자 이오리가 뜻밖의 말을 꺼냈다.

"여기, 우리 외조부모님이 하던 가게야."

"어? 그랬어?" 사토네는 눈을 동그랗게 떴다.

"말을 안 했을 뿐이야. 할아버지, 할머니는 자택과는 별도로 이 건물을 가지고 있었고, 여기에서 전당포를 운영했어. 언제 망했는지는 모르지만 말이야. 외갓집 쪽이라 성이 달라서 '고지마당'이라는 이름으로 영업했었어."

"그러고 보니 꽤 어렸을 때 들은 기억이 나. 옆집은 상점가에서 가게를 한다고 했었어. 그래도 아마 전당포라는 업태를 이해하지 못했나 봐."

"사토네와 이오리가 떠나고 얼마 되지 않아 문을 닫지 않았을까. 내가 고등학생이 됐을 때는 이미 영업하지 않았던 것 같아."

"그 후 10년 정도 이렇게 방치돼 있던 건가. 아깝긴 하지만, 처분하기에도 이런저런 돈과 시간이 많이 들겠지."

"주택으로 쓰기에는 부지도 좁고 구매자가 없었을지도 모르겠네."

모자를 들어 이마의 땀을 닦으며 사토네가 추측을 입에

담았다.

"전당포라……."

히비키는 불쑥 중얼거렸다. 있을 법하지 않은 영감을 쫓아내기 위한 한마디였다.

하지만 사토네는 그 말을 주워들었다.

"히비키, 뭔데?"

"아, 아니야. 아무것도."

"조사와 관련된 거라면 일단 말해봐."

그렇게까지 말한다면 거절할 수 없다. 웃지 말라고 운을 떼고 히비키는 말했다.

"범인이 범행 직후에 이 전당포에 훔친 걸 넘기진 않았을까 생각했어."

사토네와 이오리가 시선을 교환했다. 견디기 힘들어서 히비키는 덧붙였다.

"그래도 곧장 그렇지는 않았을 거라고 고쳐 생각했어. 내가 범인이라면 가능한 빨리 현장에서 도망치고 싶을 테니."

"나도 동의해."

"아니, 있을 법한 이야기 아닐까?"

의외로 이오리가 긍정적인 말을 꺼냈다.

"훔친 건 루이비통의 여성용 핸드백이잖아. 게다가 초등학생이 패션쇼 소품으로 이용했을 정도니까 아마 작은 사이즈였을 테고. 그런 걸 남자가 들고 다니면 사람들 눈에 띄지 않을까? 얼른 처분하고 싶다고 생각하는 것도 자연스러운 심리야."

"그래도 범행 현장에서 이렇게 가까운 가게에서? 순식간에 꼬리가 잡힐 텐데."

"글쎄, 어떨까. 물건에 따라 다르겠지만 루이비통 핸드백은 그렇게 드문 물건도 아니잖아. 요전번에 나눈 이야기를 생각해보면, 삿짱의 어머니가 그렇게 희귀한 물건을 가지고 있었을 것 같지는 않은데."

"뭐……, 나도 자세히 들은 적은 없지만 루이비통 중에서는 저렴한 편에 속하는 흔한 가방이었을 거야."

"그럼 전당포에서도 그렇게까지 눈에 띄지는 않겠지. 가령 범인이 절도에 손을 물들일 정도로 돈에 궁했고, 한시라도 빨리 현금을 손에 넣고 싶다고 생각하던 와중에 마침 전당포가 나타나면 곧장 팔아버릴 수도 있지 않을까."

이오리의 말에는 어느 정도 설득력이 있었다. 적어도 그럴 가능성을 생각해본다고 해도 나쁘지는 않을 것 같았다.

사토네는 말을 꺼내길 망설이는 태도로 말했다.

"이오리의 할아버지, 할머니는 지금도 건재하셔?"

"아무리 그래도 돌아가셨다면 연락이 오지 않았을까? 그리고 어떻게 봐도 빈집으로는 안 보였고."

"그래도 15년 전의 손님을 기억하진 못하겠지……."

이오리는 턱에 손을 대고 말했다.

"할머니가 일하는 모습을 본 적이 있어. 손님과의 거래는 전부 장부에 적어두었을 거야."

"정말?" 사토네가 이오리의 팔을 붙잡았다.

"문제는 15년 전의 그 장부가 지금도 남아 있냐는 건데. 뭐, 물어보지 않으면 모르지. 가게 건물도 손을 대지 않은 채 방치돼 있으니, 없다고 단정하는 것도 성급한 거 아닐까."

지푸라기라도 잡는 심정의 작디작은 기대. 그럼에도 사토네는 말했다.

"이오리네 할아버지, 할머니를 만나러 가자."

이오리는 더는 거절하지 않았다.

"내가 말해볼게."

3

"15년 전의 장부? 그런 게 남아 있을 리 없잖아."

차 옆으로 돌아와 운전석 창문 너머로 사정을 설명한 히비키 일행에게 구가하라는 찬물을 끼얹은 듯한 말을 했다.

하지만 구가하라의 의견에 일리가 있다는 점은 다들 인정했기에 오히려 사토네는 정색하며 반론할 수밖에 없었다.

"애초에 수확이 없는 게 당연한 조사잖아. 어떤 작은 희망이라도 포기할 수는 없어."

"그렇다고 해서 이런 일로 시간을 낭비해도 되는 거야? 확실히 말해서 더는 못 견디겠어."

"아, 뭐, 정말 귀찮게 구네!"

말하는 것보다 빠르게 사토네는 이오리의 외조부모 집 대문 앞으로 달려가 멋대로 인터폰 버튼을 눌러버렸다.

당황하는 구가하라를 뒤로하고, 히비키와 이오리도 그쪽으로 향했다. 카메라가 달린 인터폰 스피커에서는 나이 지긋한 여성의 목소리가 들렸다.

"네, 누구세요?"

대답하기까지 짧은 사이에 이오리의 망설임이 느껴졌다.

"기치세 이오리예요."

"……이오리? 정말로 이오리니?"

"네. 오랜만이에요. 갑자기 찾아와서 놀라셨죠? 잠깐 드릴 말씀이 있어서."

"지금 나갈게."

뚝 소리와 함께 인터폰이 끊겼다. 어느새 히비키 등 뒤에 구가하라가 서 있었다. 사토네가 실력행사에 나서자 포기한 모양이었다.

곧이어 현관문이 열리더니 아담하고 단아한 할머니가 나왔다.

"아아…… 듬직해졌구나."

느릿한 동작으로 할머니는 문을 열어줬다. 이오리를 거부하지는 않지만, 그렇다고 딱히 재회를 기뻐하는 모습도 아니었다.

한편 이오리는 감정의 동요를 숨기지 못했다.

"할머니도 건강해 보이시네요. 목소리도 전혀 변함없으셔서 너무 반가워요. 전에는 신세를 졌는데, 그 이후 아무 연락도 못 드리고 죄송했어요……. 저는 언제든 만나러 올 수 있었는데."

"딸과 함께 미움받고 있다고 생각했거든. 그랬는데 찾아와 줘서 기뻐. 아, 들어오렴. 밖은 덥지? 거기 있는 분들은? 응? 히비키 아니니. 혹시 옆에 있는 건 사토네?"

본가를 나온 지 얼마 되지 않은 히비키를 아는 것은 당연할지 모르지만, 15년도 전에 옆집에 살던 사토네도 단번에 알아본 듯했다. 70대 후반으로 보이는데, 기억력이 좋아 보이는 것이 히비키는 듬직하게 느껴졌다.

"네, 신카이 사토네예요. 오랜만에 뵙네요." 사토네가 인사했다.

"세 사람의 친구인 구가하라입니다. 뻔뻔한 부탁을 드려서 죄송하지만, 저희도 이오리와 함께 들어가도 될까요?"

저자세로 부탁한 구가하라에게 이오리의 할머니는 미소 지으며 말했다.

"처음 봬요. 고지마 요시노라고 해요. 자, 안으로 들어와요."

네 사람이 안내받은 곳은 다다미가 깔린 방으로, 손님방으로 사용하는 곳인 듯했다. 어르신과 이야기하는 것이기에 네 명은 마스크를 쓰고 방석에 앉았다. 이오리는 정면의 불단을 바라본 후에 물었다.

"어머니는 잘 지내요?"

"재혼해서 새 남편이랑 쭉 단둘이 살고 있어. 이오리를 데려가지 않겠다고 했을 때는 엄청 반대했지만 말이다. 지금 생활이 성에 맞는 모양이야."

"그런가요."

그 한마디에 함축된 이오리의 마음은 히비키로서는 알 수 없었다. 하지만.

모친이 자식을 떠나보내고 행복해졌다는 사실을 남겨진 측에 전하는 것은 잔혹하지 않나? 다만 이오리라면 억지로 위로의 말을 듣는 것보다 진실을 알고 싶다고 생각할지도 모르겠다.

"할아버지는 지금 어디 계세요?"

"작년부터 시설에 있어. 간이 나빠져서 나 혼자 돌보기도 쉽지 않아서 말이야."

"힘드셨겠네요."

"이오리가 걱정할 정도로 상황이 심각하진 않아. 아, 잠깐 차를 내올 테니 기다리렴."

"신경 쓰지 않으셔도 돼요. 그보다 할머니께 여쭙고 싶은 게 있어요."

"뭔데?"

요시노가 느긋한 말투로 물었다.

"고지마당에 관한 건데요. 가게, 닫으셨죠?"

"응. 벌써 10년도 전에 닫았지."

그리워하는 듯한 말투였다.

"그 무렵부터 할아버지의 몸이 안 좋아졌거든. 나 혼자서
는 도저히 운영할 수 없어서 문을 닫았어. 사실은 토지째로
파는 게 나았을 텐데, 추억이 담긴 가게니까. 할아버지가 건
강해지면 다시 열겠다고 고집을 부렸지만, 질질 끌다가 지
금도 옛날 그대로 남아 있단다."

"그 말씀은 가게 안의 물건도 건드리지 않았다는 뜻인가
요?"

"담보로 받은 물건은 대부분 돈으로 바꿨지만, 그것 말고
는 닫았을 때와 다르지 않아."

네 사람은 눈길을 교환했다. 그렇다면 기대해볼 만하다.

"고객과의 거래를 기록하던 장부가 있었죠. 그거 혹시 지
금도 남아 있나요?"

기세를 담아 묻는 이오리와는 대조적으로 요시노는 느긋
하게 답했다.

"있을 거야. 처분한 적이 없으니."

"몇 년 치 정도? 가게를 닫기 전의 일부 동안인가요?"

"한번 온 손님은 그 후에도 반복해서 오는 일이 드물지 않으니까, 기본적으로는 계속 남겨둬. 30년 치 정도는 있을 거야."

"장부에 기재하는 항목은요?"

"날짜, 고객의 인적 사항, 담보물의 품목과 특징과 수량, 금액이야."

"개인정보가 허위일 가능성은 없나요?"

"신분증을 반드시 확인한단다. 고물영업법에 그렇게 정해져 있거든."

가짜 신분증을 미리 준비하지 않는 한, 장부에 기재된 이름이 가명일 우려는 없다는 말이다. 그리고 문제의 절도에 관해서는, 절도가 사실이라면 충동적인 범행일 테니 범인이 가짜 신분증을 준비했을 것이라고는 생각하기 어렵다.

한편 히비키는 범인이 바보처럼 솔직하게 자신의 신분을 드러낼까 하는 불안도 느꼈다. 신분증을 보여달라고 요청하면 제아무리 절박하다고 해도 거래를 그만두지 않았을까.

생각만 해서는 끝이 없다. 어느 쪽이든 장부를 살펴보는 것이 먼저다.

"할머니, 그 장부를 볼 수 있을까요?"

"장부를? ……뭐 때문에?"

요시노는 당황한 모습을 보였다.

"무리한 부탁인 건 알고 있어요. 하지만 무척이나 중요한 일이라서요."

"부탁드려요."

사토네가 깊이 고개를 숙였다.

심상치 않은 기색을 느꼈는지 요시노는 자세한 사정을 캐
묻지 않았다.

"알았어. 원래는 안 되지만, 오래된 정보니까…… 그리고
다른 사람도 아닌 이오리의 부탁이니 그 정도는 들어주지
않으면 벌을 받을 거야."

"할머니가 미안해하실 필요는 전혀 없어요."

이오리가 고개를 저었다. 요시노는 몸을 일으켰다.

"가게 열쇠를 가지고 올 테니 잠깐만 기다리렴."

고지마당의 유리문이 경첩의 비명과 함께 열렸을 때, 히
비키는 한여름에도 마스크를 쓰고 있어서 다행이라고 생각
했다.

10년간 거의 손길이 닿지 않았다는 말은 거짓말이 아닌
듯했다. 벽면 선반에 늘어선 팔리지 않은 담보물이나 타일
이 깔린 마루, 조명 위에도 먼지가 두껍게 쌓여 있었다. 넓이
는 해봐야 17제곱미터 정도일까. 안쪽의 유리 케이스는 카
운터 역할을 겸하고 있고, 좌우로 건물이 밀집해 있는 탓에
햇빛은 정면에서밖에 들어오지 않는다. 마스크 너머로도 곰
팡내가 풍기는 것을 알 수 있었다.

"이건 심하네."

구가하라의 불평에 히비키는 무례하다고 생각하면서도 공감했다.

"관리를 제대로 못해서 미안하구나. 보유한 건물이기에 세금을 내는 것 말고는 방치하고 있었거든. 지금은 안 쓰는 짐도 가지고 와서 창고처럼 쓰고 있어."

요시노는 미안해했다. 자세히 보니 선반에는 도저히 담보물로는 보이지 않는 오래된 가전제품이나 식기류 등도 섞여 있었다.

"장부는 여기 있단다."

요시노가 유리 케이스로 구분된 안쪽 공간으로 이동했다. 철제 수납장이 있고, 유리로 된 미닫이문 안쪽으로 파일이 빼곡히 들어차 있는 것이 보였다.

요시노가 유리 케이스 위에 장부를 늘어놓았다. 그럴 때마다 먼지가 일어났다.

고지마 부부는 꼼꼼한 성격이었던 듯, 장부는 언제부터 언제까지의 기록인지 표지에 명기되어 있었다. 조사하고 싶은 날짜가 정해져 있는 히비키 일행으로서는 감사한 일이었다.

10여 년 전, 즉 가게를 닫은 당시의 것부터 차례로 장부가 시간을 거슬러 올라간다. 이윽고 문제의 15년 전 8월을 포함한 장부가 드러났다.

가장 먼저 달려든 것은 사토네였다. 난폭하게 페이지를 넘기며 화재가 일어난 날짜를 찾았다.

"있다!"

사토네의 한마디에 히비키는 귀를 의심했다.

"다들 봐봐. 여기."

사토네의 빨간색 손끝 끝이 가리킨 곳을 세 사람은 이마를 맞대고 들여다봤다.

장부에는 왼쪽부터 순서대로 날짜, 담보물의 품목, 특징, 수량, 가격, 고객 주소, 이름, 직업, 나이 항목이 있었다. 그 오른쪽에는 지불한 금액에 관해 기재하는 칸도 있었다.

사토네가 가리킨 날짜는 틀림없이 그 끔찍한 화재 당일이었다. 이오리가 품목 칸에 기재된 글자를 읽었다.

"가방이랑…… 거울."

품목은 두 가지. 두 줄에 걸쳐 기재되어 있었다.

하나는 루이비통 핸드백. 특징란에 색상과 품목이 적혀 있고, 가격은 3만 엔이었다.

그리고 다른 하나의 품목에는 '거울'이라고 적혀 있었다. 특징은 '황동제, 지름 약 20센티, 빈티지', 가격은 천 엔. 우연히 가방 안에서 나왔기에 겸사겸사 넘긴 듯했다.

"이거 뻥이지……?"

구가하라가 그답지 않게 상스러운 말투로 신음했다.

처음 떠올린 히비키조차도 기대하지 않았던 가설이었다. 다른 쪽 가능성을 없앰으로써 조사를 한 발짝이라도 나아가

262

게 할 수 있다면 그것으로 충분하다고 생각했다.

하지만 범인은 훔친 물건을 담보물로 넘겼다. 훔친 직후, 그것도 근처 전당포에 말이다.

그 정도로 금전적으로 궁지에 몰렸던 것일까. 아니면 실제로 장장 15년이나 그랬던 것처럼 들키지 않을 거라고 우습게 봤던 것일까. 그러지 않았다면 신분증 제시가 필요한 거래에는 응하지 않았을 것이다.

"할머니, 이 가방과 거울을 가지고 온 사람, 기억 안 나세요?"

사토네의 질문에 요시노는 고개를 갸웃거렸다.

"15년도 더 된 일이니까."

"전혀요? 남자가 여성용 명품 가방과 거울을 가지고 오면 조금 이상할 것 같은데요."

"그렇지도 않단다. 연인에게 줬던 물건이 집에 남아 있다거나 선물용으로 샀지만 건네주지 못했다거나, 그런 이유로 명품을 가지고 오는 남자도 많으니까. 거울은 덤으로 같이 넘긴 거겠지."

사토네는 실망한 듯했지만, 요시노의 기억력을 탓할 수는 없다.

그보다.

히비키의 시선은 장부에 기재된 다른 항목에 못 박혔다.

"이, 손님의 이름……."

이오리가 당황한 목소리로 지적했다.

이름란에는 이렇게 적혀 있었다.

구가하라 유키히데.

히비키는 갑자기 목이 메 침을 꿀꺽 삼켰다.

이건 그저 우연임이 분명하다.

그게 그렇지 않은가. 히비키와 사토네, 이오리 세 사람은 어릴 적부터 알고 지낸 사이이고, 그는 우연히 거기에 있던 탓에 조사에 휘말렸을 뿐이다. 그런데 어째서 여기서 같은 성씨를 쓰는 사람이 나타난 것일까.

세 사람의 시선이 구가하라에게 쏟아졌다. 그는 파랗게 질린 채 중얼거렸다.

"유키히데는……. 우리 형이야."

4

다음 월요일, 히비키가 사무소에 출근하자 옆 책상에는 이미 구가하라가 와 있었다.

"……안녕하세요."

히비키는 머뭇대며 인사한 후 자리에 앉았다.

"응, 좋은 아침."

구가하라는 키보드를 두드리며 히비키 쪽을 쳐다보지도 않고 말했다. 마스크 위의 눈은 안타까울 정도로 충혈되어 있었다.

……어제.

구가하라가 장부에 기재된 이름이 친형의 것이라는 사실을 인정한 다음 순간, 사토네가 구가하라의 가슴팍을 움켜쥐고 소리쳤다.

"네 형 때문에 나는……."

"삿짱, 그러지 마. 일단 진정해."

이오리가 사토네를 뒤에서 끌어안고 구가하라에게서 떼어냈다. 겁에 질린 요시노를 남겨두고 네 사람은 일단 건물 밖으로 나섰다.

"도대체 뭐가 어떻게 된 건가요. 형님이 가방과 거울을 팔다니."

여전히 흥분한 상태로 구가하라를 노려보는 사토네를 대신해 히비키가 물었다. 평소에는 쿨한 구가하라도 이때만은 주눅이 들어 있었다.

"그건 내가 알고 싶어. 유키히데는 분명 우리 형이지만, 도둑질을 했다는 이야기는 들어본 적 없어."

"형은 15년 전 시점에 전당포를 이용할 수 있는 나이였나요?"

"나이 차이가 꽤 나거든. 딱 열두 살 위야."

즉, 15년 전에는 스물두 살이었다는 말이 된다.

"그 형은 지금……."

"글쎄. 어디 있는지도 몰라."

"거짓말하지 마!" 사토네가 물어뜯었다.

"거짓말 아니야. 벌써 2년 넘게 행방불명이야."

금방 드러날 거짓말을 할 상황은 아니다. 그렇다면 구가하라는 진실을 말하는 것이리라.

묻고 싶은 것이 산더미만큼 많았다. 하지만 이오리는 이 자리를 수습하는 것을 우선으로 삼은 듯했다.

"샷짱, 오늘은 이만 돌아가자. 네가 감정적으로 구는 것도 무리는 아니야. 하지만 이 상태로는 대화할 수 없어."

"이오리! 그런 말 하다가 이 녀석까지 사라지면 어떻게 하려고!"

"다쿠미는 도망치거나 숨거나 하지 않을 거야. 동생일 뿐, 다른 사람이니까."

구가하라는 멱살을 잡혔던 옷깃을 바로잡고 있었다.

"샷짱은 내가 데리고 돌아갈게. 히비키, 뒷일을 부탁할게."

그렇게 말한 후, 이오리는 사토네와 팔짱을 낀 채 끌고 가듯 역 쪽으로 향했다.

다행이다. 사토네의 대응을 맡겼다면 분명 자신은 감당하지 못했을 것이다.

두 사람의 모습이 보이지 않게 되었을 때 숨을 크게 내뱉었다. 그런 다음 고지마당으로 돌아가 요시노에게 진심으로 사과했다.

"소란 피워서 죄송해요."

"나는 괜찮지만……. 너희, 도대체 무슨 일이 있었던 거니?"

어디까지 설명할지 고민했다. 요시노는 15년 전에 옆집에서 일어난 화재에 관해 기억하고 있을 가능성이 크다. 하지만 그것과 장부를 연결 지으면 그녀는 도난품을 담보로 잡고 범인을 도망치게 했다는 자책감에 시달릴지도 모른다.

"그냥 누군가를 좀 찾고 있거든요. 저기, 혹시 괜찮으시면 조금 전의 장부 한 장만 사진을 찍어도 될까요?"

최대한 빨리 마무리 짓고 싶었는지, 요시노는 히비키의 요구를 거절하지 않았다. 히비키는 15년 전 화재 당일, 구가하라 유키히데가 루이비통 가방과 거울을 고지마당에 넘긴 증거를 스마트폰 카메라로 촬영했다.

어깨를 움츠린 채 가게의 자물쇠를 잠근 후 요시노는 자택 쪽으로 물러났다. 히비키는 옆에 있는 구가하라가 신경 쓰였다.

"구가하라 씨, 괜찮으세요?"

"괜찮아. 기분이 최악인 점을 제외하고는."

구가하라는 힘없는 미소를 지었다.

"전혀 괜찮은 게 아니네요. 저희도 돌아가죠."

"걱정 안 해도 돼. 묻고 싶은 게 있는 거지?"

"그렇긴 한데, 지금은 냉정하게 묻고 답할 수 있을지 자신이 없어서요. 이야기라면 언제든 들을 수 있으니까요."

구가하라는 살짝 고개를 숙인 채 말했다.

"그럼 그 말대로 할까. 솔직히 나중으로 미뤄줘서 고마워."

그렇게 두 사람은 차로 돌아왔고, 구가하라는 히비키를 집까지 태워다줬다. 가는 길에 구가하라가 "둘이서 처음 하는 드라이브가 이런 형태가 될 줄이야"라며 웃지 못할 농담을 한 것 외에 두 사람은 거의 아무 말도 하지 않았다.

아더 사이드에서는 지금도 재택근무가 용인되기에 다음 날 구가하라가 출근할지 어떨지 히비키로서는 예측할 수 없었다. 하지만 그는 왔다. 눈이 충혈될 정도로 초췌해진 상태임에도 불구하고 말이다.

"안약 좀 드릴까요?"

히비키가 말을 걸자, 구가하라는 키보드를 두드리던 손을 멈춘 채 이쪽을 바라봤다.

"나 설마 눈 빨개?"

"모르셨어요? 엄청 빨개요."

"곤란하네. 실은 지금 우리 아파트 앞에서 도로 공사를 해서 소음이 심하거든. 8월 내내 공사할 거라고 하던데, 잠이 너무 부족해."

그것이 그 나름의 허세라는 점은 말할 필요도 없었다. 그를 배려하고 싶다는 마음과 이야기를 들어야 한다는 마음이 히비키 안에서 복잡하게 얽혔다.

"저기, 구가하라 씨⋯⋯."

"다쿠미라고 불러도 돼."

말을 뒤덮듯이 구가하라가 말했다. 생각지도 못한 대답에 히비키는 당황했다.

"네?"

"호칭 말이야. 우리 동갑이고, 다른 사람은 다들 성이 아니라 이름으로 부르잖아. 존댓말도 이제 그만 쓰지 않을래?"

왜 이 타이밍에 그런 말을 하는 것인가 생각하다가 문득 떠올랐다.

그는 이렇게 말하고 싶은 것이 아닐까. ⋯⋯자신은 다른 누구도 아닌 구가하라 다쿠미이고, 가령 친형제라 하더라도 유키히데와는 다른 사람이라고.

"그래도 일단 선배님이고⋯⋯."

"경력직 취급이니 그런 거 그다지 관계없지 않나? 나도 앞으로 히비키라고 부르고 싶고."

어제의 소동으로 인한 다양한 아픔을 달래기 위한 그만의 처방일지도 모른다. 그렇다면 거부감은 들지만 받아들여 주자는 생각이 들었다.

"알았어. 다쿠미라고 부를게."

"이해해줘서 고마워. 히비키."

구가하라, 아니 다쿠미가 오늘 처음으로 미소를 보였다.

사무소에는 엔도나 다른 직원도 있었다. 일만 제대로 하면 잡담은 딱히 문제 삼지 않는 직장이다. 그렇지만 내용이 내용인 만큼 히비키는 목소리를 낮추고 말을 꺼냈다.

"그래서…… 물어봐도 돼? 형에 관해."

질문에 답하는 순서를 건너뛰고 다쿠미가 말했다.

"우리 부모님은 내가 아직 어렸을 때 이혼했어. 나와 형은 어머니가 키웠지. 이른바 모자가정으로 자랐어."

몰랐다. 이오리도 아버지가 키웠다고 말했으니 드문 일은 아닌 것일까.

"오무타에 어머니 명의의 단독주택이 있어서 생활고에 시달릴 정도는 아니었지만, 혼자서 일하며 아이들을 돌보는 건 역시 힘들었겠지. 어머니는 외동이었고 부모님도 이미 돌아가셔서 의지할 친척도 없었던 것 같아. 그래서 나, 집에서 다닐 수 있는 국공립 대학밖에 선택지가 없어서 6년 전에 사가대학 경제학부에 진학했어. 어머니는 내 대학 입학을 기다린 것처럼 병으로 쓰러져서, 순식간에 돌아가셨지."

"그랬구나……."

할 말이 없었다. 다쿠미에게는 나이 차이가 나는 형이 있으니 어머니도 그만큼 연세가 있었을 테지만, 히비키의 동년배 친구 중에 부모님을 잃은 사람은 아직 몇 명 되지 않는다. 하물며 대학생 시절이었다면 상당히 힘들었으리라.

"그 무렵, 형은 서른 살이 넘었겠네. 다쿠미보다 열두 살 많으면."

"응. 그런데 은둔형 외톨이였어."

"은둔형 외톨이?"

다쿠미가 키보드를 두드리는 소리가 커졌다. 자신보다 꽤 주름이 많은 그 손에 그의 노고가 새겨져 있는 것처럼 보였다.

"형도 고등학교를 졸업한 후에는 나와 같은 사가대학에 다녔는데, 인간관계가 잘 안 풀렸던 것 같아. 그래서 3학년 말에 자퇴했어. 그 무렵에는 아직 밖에 나가기도 했지만, 점점 집에서 나가지 않게 됐고 도중부터는 완전히 방에 틀어박히게 됐지. 어머니도 그것 때문에 마음고생을 좀 했어."

"어머니가 돌아가신 후에는?"

"더 심해졌어. 식사 준비 같은 건 가능한 범위에서 내가 했지. 하지만 그런 생활은 더는 하기 싫더라. 내가 형을 이렇게 다 받아주면 안 된다는 생각도 들었어. 그래서 취직해서 집을 나오고자 마음먹었지."

"그래서 아더 사이드에 들어온 거구나."

"맞아. 무사히 합격도 했고 졸업 학점도 채운 후에 혼자 살 집도 정하고 맞이한 2년 전 봄이었어. 짐을 다 빼고 본가에서 지내는 마지막 밤, 나는 형에게 이렇게 말했어."

"형, 나는 이 집을 나갈 거야. 지금부터 본인 일은 본인이 어떻게 좀 알아서 해."

"형은 잠시 침묵한 후에 딱 한 마디, '알았어'라고 말했지. 다음 날 아침, 일어나 보니 형의 방은 텅 비어 있더라. 아, 형이 자력으로 살아가겠다고 결심하고 나보다 먼저 이 집을 나갔구나. 나는 그렇게 생각했어."

'살아가겠다'라는 다섯 글자에 힘이 실린 것을 히비키는 놓치지 않았다.

"형을 찾으려고는 안 해봤어?"

그 질문에 다쿠미는 의외로 "안 했어"라고 답했다.

"형의 방을 살펴보긴 했지만, 행방을 알 수 있는 흔적은 무엇 하나 남아 있지 않았어. 핸드폰도 오래전에 해지했으니 연락처도 모르고."

"그렇구나……."

"뭐, 은둔형 외톨이이긴 했지만, 형도 다 큰 어른이야. 집에서 사라진 것만으로 안절부절못할 필요는 없지. 어쨌든 형을 걱정할 만한 가족은 이제 나밖에 없어. 내가 이대로 괜찮다고 생각하는 동안에는 행방불명 신고를 할 생각도 없고."

들으면서도 히비키는 직감했다.

다쿠미는 진실을 알게 되는 것이 두려운 것이다. '살아가겠다'라는 다섯 글자를 말했을 때 머릿속에 스쳐 지나간 최악의 가능성이 현실이 되어버릴지도 모르니까.

"하지만 건강보험료 같은 건 내고 있겠지?"

"아마 그럴 거야. 독촉장이 온 적은 없으니 말이야. 그래서 뭐, 어딘가에 살아 있긴 하겠거니 생각해."

그것을 들은 것만으로도 히비키는 안심했다. 제아무리 미운 상대라고 해도 죽기를 바라지는 않는다.

"어쨌든 나는 예정대로 본가를 나와서 후쿠오카 시내에서 자취를 시작했어. 본가는 짐을 정리해서 지금은 다른 사람에게 세를 주고 있어. 혼자 쓰기에는 너무 넓고, 직장에 가까운 곳에 따로 세를 얻더라도 그러는 편이 금전적으로 플러스가 되니까 말이야."

"팔 생각은 없었나 보네."

"만에 하나 형이 돌아왔을 때 집 그 자체가 없어지면 망연자실할 테니까. 지금 사는 사람이랑 대화하면 내 연락처는 알 수 있을 거고."

히비키 일행이 얻어 탄 차도 어머니가 타던 것을 그대로 사용하는 중이라 했다.

"그래서 안타깝지만 형과 접촉하고 싶다고 해도 나는 아무 힘이 되어줄 수 없어. 형이 어디에 있는지 오히려 내가 알고 싶은 판이야."

히비키는 컴퓨터 모니터를 응시하는 다쿠미의 옆모습을 바라봤다.

기적이라고 해도 좋을 만큼 운 좋게 얻은 결정적인 단서. 하지만 그 끈은 손에 쥐기도 전에 끊어져 있었다. 어떻게 하면 구가하라 유키히데의 범행이라는 사실을 증명할 수 있을까……

거기까지 생각하고 히비키는 가벼운 두통을 느꼈다.

뭔가가 이상하다.

15년 전 여름, 화재에 휘말린 두 소녀가 있었다. 두 사람은 어른이 되어 같은 여름에 함께 놀던 소년과 재회하고 화재 조사를 시작했다. 그 과정에서 떠오른 용의자는 세 사람과 함께 조사하던 남자의 친형이었다…….

한때는 나도 우연이라고 치부하려 했다. 하지만.

이런 일이 단순한 우연일 수는 없는 것 아닐까?

이오리는 자신과 사토네의 재회가 꾸며진 것 같다고 주장했고, 사토네는 거기에 작위가 있었다는 점을 인정했다.

하지만.

분명 아직 더 있다. ……어딘가에 뭔가의 작위가.

"히비키, 괜찮아?"

다쿠미가 말을 걸어서 히비키는 반사적으로 괜찮아요, 라고 답하고는 괜찮아, 라고 고쳐 말했다. 지금은 일단 가능한 많은 정보를 다쿠미에게서 끌어내야 한다.

"15년 전이라고 하면 형님은 스물두 살이었겠네. 이미 대학은 중퇴한 상태였어?"

"아니. 재수해서 대학에 갔으니 아직 대학생이었어."

그다음 해 봄에 중퇴했다고 한다. 국립대 진학을 위해 재수를 할 정도의 경제력은 구가하라 가족에게도 있었던 모양이다.

"당시 형님이 돈 때문에 힘들어하지는 않았어?"

"딱히 그래 보이진 않았어. 대학을 그만뒀을 정도니까 뭔가의 트러블이 있었다고 해도 이상하지는 않지만."

"당시 학창 시절 친구라거나 이야기를 들을 만한 사람은 없을까?"

"없어. 친구가 없어서 대학에 마음을 둘 곳이 없었던 것 같고."

유키히데가 대학을 그만두었을 때, 다쿠미는 아직 초등학생이었다. 형의 교우 관계를 모르는 것도 당연하다.

이 질문을 마지막으로 할 생각으로 히비키는 물었다.

"혹시 형님 사진 같은 건 없어?"

그러자 다쿠미는 스마트폰을 조작해 화면을 이쪽으로 보였다.

"아직 건강했을 때의 형 사진이야. 15년도 더 전이니까, 화질은 나쁘지만. 은둔형 외톨이가 된 이후에는 사진 같은 건 안 찍었으니."

사진에는 두 남자가 찍혀 있었다. 한 명은 대학생, 다른 한 명은 초등학교 3, 4학년 정도일까. 둘은 '대관봉'이라고 적힌 멋진 비석 양옆에 서 있었고, 멀리는 산등성이, 아래쪽에는 마을과 밭이 보였다.

"아소 산이야. 그게 마지막 가족 여행이었어."

다쿠미는 감상에 젖지도 않은 채 담담히 설명했다. 두 사람만 찍혀 있는 것으로 보아 촬영자는 어머니일 것이다.

사진을 가만히 바라보던 히비키는 감탄하며 말했다.

"형제가 똑같이 생겼네."

눈매나 코 형태가 쏙 빼닮았고, 어느 쪽도 뒤지지 않을 만큼 미남이다. 굳이 말하자면 유키히데는 턱이 발달되어 있고 다쿠미 쪽이 홀쭉하다. 유키히데의 눈가에는 웃을 때 생기는 주름이 깊게 새겨져 있었다.

"그런 말 많이 들었지. 나이 차이는 나지만 똑 닮았다고. 형 쪽은 꽤 노안이었지만."

다쿠미는 농담처럼 말하며 웃었다.

"어머니를 닮은 거야?"

"응. 다행히도."

"고마워. 괴로운 이야기였을 텐데, 제대로 답해줘서."

스마트폰을 되돌려주며 히비키는 감사를 표했다.

"이쯤이야 뭐. 미안하네, 도움이 되지 못해서."

"그렇지 않아."

다쿠미는 히비키의 답을 기다리지 않고 업무로 돌아갔다. 히비키도 자신의 책상으로 돌아가려는데, 멀리 떨어진 자리에서 엔도의 큰 목소리가 날아왔다.

"가스미, 잠깐 시간 돼?"

이런 식으로 부르는 것은 설교를 할 때나 새로운 일을 던질 때로, 어느 쪽이든 그다지 달갑지 않다. 히비키는 어깨를 움츠린 채 엔도의 자리로 향했다.

"왜 불렀는지 알아?"

불쾌해 보이는 엔도에게 히비키는 위축된 채로 답했다.

"저기, 저 또 뭐 실수했나요?"

"짐작 가는 거 있어?"

"아니요. 최근에는 지각도 안 했고요."

"그건 뭐 당연한 거고."

반박할 말이 없었다.

그는 손에 든 종이 뭉치를 책상에 한 번 툭 친 후 말했다.

"기획서, 읽었어."

그건 히비키가 지난주에 완성해서 엔도에게 제출한 신체이형장애에 관한 특집기사 기획서였다. 자신의 경험을 바탕으로 같은 증상으로 고통받는 사람들에게 도움이 되었으면 한다는 바람을 담아 단숨에 적어낸 것이다.

"너, 역시 병에 걸렸구나."

담담한 말투에 오히려 위로의 마음이 담겨 있는 것처럼 느껴졌다.

"말씀 안 드려서 죄송해요. 저 자신도 얼마 전까지는 자각하지 못했거든요."

"상당히 울림이 있는 기획서였어. 분명 지금 이런 기사를 필요로 하는 사람이 많겠지."

기뻐하는 히비키에게 엔도가 "하지만"이라며 찬물을 끼얹었다.

"우리 쪽에서는 쓸 수 없어. 알겠지만, 지방 오피스는 지역색이 강한 정보 전달이 핵심 업무야. 이런 기사는 본사 사람이 아니면 쓸 권한이 없어."

"……그렇군요."

히비키는 의기소침해졌다.

알고는 있었다. 그래도 어필하면 뭔가 달라지지 않을까 기대했다. 하지만 이뤄지지 않았다.

엔도가 눈을 가늘게 뜨고 물었다.

"유감인가? 기운 빠졌어?"

"그건 그렇죠. 병을 고백할 각오를 해서라도 다뤄보고 싶다고 생각했으니까요."

그런데 이야기는 생각지도 못한 방향으로 흘러갔다.

"실은 가스미에게 영전 이야기가 나왔어."

"……네?"

어안이 벙벙한 히비키를 놀리듯 엔도는 빙긋 웃으며 말을 이었다.

"도쿄 본사의 인원이 부족해서 각 지방 오피스에서 즉시 투입할 수 있을 만한 편집자를 소집한다더라고. 우리 쪽에서는 가스미를 추천했어."

"왜 저인가요?"

"후쿠오카 오피스는 소수정예야. 업무에 익숙한 사람이 빠져나가면 곤란해져. 그런 면에서 가스미는 회사 경력이 짧으니까 빠져도 어떻게든 될 거 같아서."

　그런 이유인가. 히비키의 맥이 빠지는 모습을 보고 엔도는 다시 빙긋 웃었다.

　"그것도 한 가지 이유야. 하지만 지금까지 가스미가 쓴 기사가 유난히 좋은 평가를 받은 것도 사실이야. 본사 사람도 그걸 체크한 후에 너를 원한다고 했어."

　히비키의 가슴속이 확 따뜻해졌다.

　자신이 글을 쓰는 사람으로서 유능하다고 생각한 적은 없다. 하지만 눈앞의 일에는 언제나 최선을 다해왔다. 지각하는 버릇이 있었기에 더더욱 좋은 기사를 써야겠다는 의욕이 작용한 측면도 있었다.

　결과적으로 벤티 콰트로의 구마가이는 기사를 읽은 덕에 히비키를 용서해줬다. 그것 말고도 취재 대상자에게 감사의 말을 들은 적이 있다. 하지만 그것들은 어디까지나 사교적인 인사일 뿐, 진심으로 받아들이면 큰코다친다고 스스로 다잡고는 했다.

　하지만 회사가 인정해줬다. 그것은 히비키에게 개별적인 감상과는 다른 객관성을 띠고 있다. 영리기업인 이상, 직원에게 빈말을 늘어놓는 것은 역효과다. 정말 좋다고 생각하기에 본사로 불러준 것이다.

　아첨이나 거짓말을 곁들일 여지가 없는 조금 더 객관적인 사실…… 히비키의 외모에 대한 정당한 평가를 설파하던 오다 의사의 말이 뇌리에 겹친다.

감격하는 히비키를 옆에 두고 엔도는 말을 이었다.

"실은 본사 소집 이야기는 한 달 전부터 있었어. 하지만 당시 가스미를 추천하기에는 솔직히 말해 지각하는 버릇이 걸림돌이었지."

"죄송합니다……." 히비키는 고개를 숙일 수밖에 없었다.

"그런데 요즘의 너는 지각뿐 아니라 예전처럼 의심스러운 행동을 보이는 일도 없어졌잖아. 이러면 안심하고 추천할 수 있을 것 같아서 본사에 그렇게 전했어. 그쪽에서는 쾌히 승낙했고."

"영광이에요."

"본사에 가면 이 기획서가 통과할 가능성도 생기지. 지금 당장은 아니더라도 반드시 기회를 얻게 될 거야. 어때, 가스미. 본사에 갈래?"

히비키의 머릿속을 여러 생각이 스쳐 지나갔다.

입사한 지 아직 1년 남짓인 초짜에게 도쿄 본사로의 이동 이야기가 나온 것에 대한 고마움은 충분히 이해한다. 다만 히비키는 블로그 글이 화제가 되었을 때도 도쿄에 있는 회사에서 온 입사 권유를 거절하고 아더 사이드의 후쿠오카 오피스에 입사했다. 낯선 도시에서 혼자서 살아갈 자신이 없었기 때문이다.

하지만 지금, 가장 큰 걱정거리였던 신체이형장애에 관해서는 약으로 증상을 억제하고 있다. 엔도의 말처럼 본사에 가면 다룰 수 있는 업무의 폭도 넓어질 것이다. 가고 싶은 마음은 분명 있다.

그런 한편…….

15년 전의 화재 당사자인 히비키로서는 역시 진상을 알고 싶다는 마음을 억누를 수 없다. 게다가 찾을 길이 없다고 생각하던 조사는 지금까지 매우 순조롭게 진행되고 있고, 그야말로 범인을 특정했다고 해도 무방한 단계에 이르렀다. 이런 타이밍에 조사에서 빠지고 싶지는 않지만, 이른 시일 내에 결론이 날 것 같지도 않다.

게다가 히비키는 진상의 일부를 알고 동요하고 있을 사토네가 신경 쓰였다. 모처럼 재회하여 관계를 회복했고, 지난 15년간 함께 고통받던 화재에 대한 조사를 시작한 상태인데 히비키가 도쿄에 가버려도 괜찮은 것일까.

사토네를 그냥 내버려둘 수는 없다. 범인의 동생일지도 모르는 다쿠미도. 그리고 이오리 또한 다시 만나고 싶다. 가령 그것이 사토네와의 사이를 응원하기 위해서라고 해도.

엔도는 히비키의 망설임을 짐작한 듯했다.

"뭐, 지금 당장 결정하라는 건 아니야. 아무리 그래도 너무 갑작스러운 이야기니까. 10월 1일부터 이동하는 형태라도 좋으니까 천천히 생각해봐."

"알겠습니다. 감사합니다."

히비키가 고개를 숙이자, 엔도는 담배를 손에 들고 일어나 사무소를 나갔다.

……도쿄. 내가 도쿄에 간다.

자신의 책상으로 돌아오는 동안에도 히비키는 어떤 표정을 지어야 할지 알 수 없었다. 책상 주변에 얼굴을 반사하는 물건을 두지 않으려고 의식했던 자신에게 이때만큼 감사한 적은 없었다.

5

7월 말일은 월요일이었다.

퇴근한 히비키가 스마트폰을 보자, 사토네에게 LINE 메시지가 와 있었다.

랭킹 배틀 탈락 뒤풀이하고 싶은데 오늘 밤 우리 집에 안 올래?

아이푸쉬의 랭킹 배틀 예선은 오늘이 마지막 날이다. 사토네의 현재 순위는 예선 통과권 밖인 37위. 이제부터 역전하기에는 꽤 어려워 보인다.

쓰노시마 여행 후에도 사토네는 매일 방송하며 랭킹 배틀에 최선을 다했다. 처음에는 교복 정도였던 코스프레도 간호사복을 입거나 수영복을 입는 등 점차 과격해졌기에 히비키는 방송을 보기 괴로워졌다. 응원하는 마음은 있었지만 최근 일주일 정도는 사토네루의 방송을 거의 시청하지 못했다.

사토네는 그만큼 이번 랭킹 배틀에 기대가 컸을 것이다. 그런 본인이 예선 종료를 목전에 두고 탈락을 위로하는 뒤풀이를 하고 싶다고 한다.

괜찮겠어? 예선 오늘까지잖아?

히비키의 답에 사토네는 다음처럼 해명했다.

이제 포기했어. 나름대로 열심히 했고, 아더 사이드에도 도움을 받았지만 아무리 그래도 이 순위에서 역전은 불가능하겠지. 오늘은 평일이고 말이야.

그런가. 두 달간 정말로 고생 많았어.

떨어진 건 인정하지만, 마지막 날 밤을 혼자서 지내는 건 역시 괴로워. 히비키, 부탁이니까 와줘. 이오리도 히비키가 오면 오겠다고 했어.

여기에서 다쿠미의 이름이 나오지 않는 것은 어쩔 수 없다. 화재 현장을 방문한 그날 이후, 그전까지 매일 연락을 주고받던 네 사람의 그룹 대화방의 대화가 갑자기 뚝 끊겼다. 히비키는 사토네의 의사가 최우선이라고 생각했고, 사토네는 예선 마감이 닥쳐오니 그럴 겨를이 없었을 것이다. 다쿠미와의 관계 회복을 서두를 필요는 없다는 것이 히비키의 판단이었다.

히비키가 온다면 오겠다는 이오리의 말에도 깊은 의미는 없는 듯했지만, 사토네가 히비키보다 먼저 이오리를 불렀고, 이오리가 둘만 있는 것을 피한 것은 사실인 듯했다. 히비키는 거기에서 도출할 수 있는 해석에서 일단 눈을 돌리고 싶다는 마음이 들었다.

알았어. 몇 시에 가면 돼?

오늘도 일단 방송은 할 거니까, 9시쯤이면 좋겠어.

오케이. 주소 알려줄래?

후쿠오카 시 주오 구 시로가네······.

약속 시간에 도착하겠다고 전하자, 사토네의 답은 끊겼다.

덴진 부근에서 저녁을 먹으며 시간을 보낸 후 편의점에서 음료와 과자를 샀다. 고생한 그녀에게 선물하려는 마음으로 스킨케어 용품 브랜드에서 목욕 소금과 비누 세트를 샀다. 아름다움을 유지하고 싶어 하는 그녀에게는 이런 것이 가장 어울릴 것 같았다.

전철을 타고 야쿠인 역까지 이동해 9시 정각에 사토네가 산다는 아파트에 도착했다. 오래된 건물인 듯 입구에 오토록은 없었고, 인기 있는 여성 스트리머가 혼자 사는 건물로서는 보안이 걱정되었다. 3층에 있는 그녀의 집 앞까지 가서 인터폰을 누르자, 안에서 답이 들렸다.

"네, 나가요."

생각보다는 밝은 목소리였다.

문이 열렸다. 조금 전까지 방송하던 중이었으리라. 사토네는 얇게 화장한 상태였지만, 코스프레 의상이 아니라 평상복 차림이었다.

"미안해. 굳이 집까지 오라고 해서."

"아니야. 이오리는?"

"아직. 일단 들어와. 우리 집 오는 거 처음이지?"

"초대해줘서 고마워. 실례하겠습니다."

부엌 옆 세면대에서 손을 씻었다. 거울은 흐릿했고, 세면대 양옆에는 화장 도구가 어지럽게 놓여 있었다. 조금 후에 이오리가 올 텐데 청소가 되어 있지 않은 상태인 것을 보고 사토네에게 지금 마음의 여유가 없다는 사실을 알아차릴 수 있었다. 최소한이라도 정리해주고 싶다는 마음에 화장 도구를 정돈했다. 사실 거울도 닦아주고 싶었지만, 아직 거울을 직시할 정도의 자신감은 없었다.

거실도 깔끔하다고는 말하기 어려웠다. 방송 배경으로 본 적 있는 오른쪽 벽과 안쪽 침대는 무난했지만, 중앙의 흰 테이블에는 방송에 쓰는 조명과 스마트폰 거치대 외에 개봉된 과자 봉지, 텅 빈 카페오레 페트병, 뭔가의 약품 포장재 등이 흐트러져 있고, 도저히 뒤풀이 파티를 할 만한 상태는 아니었다. 왼쪽 수납장 위에도 세탁한 것인지 벗어둔 것인지 알 수 없는 옷과 속옷이 산더미처럼 쌓여 있었고, 앞쪽 베란다에는 피우다 만 장초가 잔뜩 꽂힌 재떨이와 텅 빈 윈스턴 담뱃갑도 보였다. 사토네가 담배를 피웠던가, 하고 놀랐다. 얼굴에 열기를 느끼면 그날의 광경이 떠오른다고 말했는데.

"미안해, 지저분하지. 자, 여기 앉아."

"아, 응. 고마워."

히비키는 정사각형 테이블의 방 입구와 가장 가까운 쪽에 앉았다. 사토네는 평소 방송할 때 늘 앉는 벽 쪽에 자리 잡았다.

테이블 위의 물건을 옆으로 밀어 공간을 만들고 음료를 꺼내 건배했다. 사토네는 스파클링 와인을 샴페인 잔에, 히비키는 오렌지주스를 컵에 따랐다. 처음에 선물을 건네자, 사토네가 크게 기뻐했기에 히비키는 안심했다.

"그렇다고는 해도 매일 방송하느라 정말 힘들었겠어."

"응, 피곤해. 시청자들에게 조금이라도 즐거움을 주고자 이 수단 저 수단 써봤지만, 도무지 잘 풀리지 않더라. 이기기 위해서라면 어떤 수단이든 쓸 각오가 있었는데."

사토네는 살짝 미소를 머금고 있지만, 그 표정에는 애절함이 깊게 배어났다.

"사토네는 정말 최선을 다했어."

"고마워. 어쨌든 오늘은 느긋하게 이야기하자."

그러면서 사토네는 옆에 둔 스마트폰을 바라봤다.

"이오리짱, 늦는다네."

"그렇구나."

맞장구를 치면서 사토네가 이오리를 부르는 호칭이 달라진 것을 깨달았다. 언제부터 그런 사이가 된 것일까. 새삼 다시 보자, 사토네의 스마트폰 커버가 낯선 것으로 바뀌어 있다. 이오리도 분명 비슷한 커버를 쓰고 있었다.

히비키가 모르는 어딘가에서 사토네는 이오리와의 거리를 좁혔을지도 모른다. 조사 당일, 두 사람이 함께 돌아간 것을 떠올리면 있을 법한 일이다.

기쁘다. 그런데 왜일까. ……가슴이 쿡쿡 쑤시는 이유는.

소외당한 것 같은 마음에 쓸쓸한 것일까. 아마도, 아니, 분명 그럴 것이다. 왜냐하면 이오리를 필요로 하는 사토네를 자신은 응원하기로 마음먹었으니까. 그렇다면 상황은 바라던 방향으로 변하는 중이다.

하지만 그렇게 자신을 설득해도 히비키의 아픔은 가시지 않았고, 그녀는 그것을 숨긴 채 사토네와의 대화에 응할 수밖에 없었다.

사토네는 어째서인지 히비키의 아이돌 시절 이야기를 듣고 싶어 했다. 랭킹 배틀에서 떨어짐으로써 유명해질 기회를 잃게 된 사토네가 아이돌 활동에 대해 캐묻는 것은 시비를 거는 것처럼도 느껴져서 히비키는 마음이 불편했지만, 그녀가 원하는 대로 해주고 싶다는 마음 하나로 질문에 답했다.

"오디션에 붙었을 때는 어떤 기분이었어?"

"가장 먼저 떠오른 건 이걸로 사토네와의 약속을 지킬 수 있다는 생각이었어. 기뻤지만, 불안한 마음도 컸어."

"기억에 남는 사건이 있어?"

"지역의 야외 페스티벌에서 춤춘 거? 날씨가 좋아서 무척 기분 좋았거든. 나는 휴식기를 가졌다 복귀하지 않은 채 그 만뒀으니 은퇴 라이브 같은 것도 안 했고."

"아이돌 하면서 싫은 일을 당한 적은?"

"흐음……. 활동 기간이 짧았으니 그렇게 많진 않았어. 미성년자인데도 일로 만난 남자가 끈질기게 술자리에 초대하거나 한 적은 있었지만. 같은 업계 사람이 아니라 20대에 창업한 남자였던 거로 기억해."

"툭 까놓고 왜 은퇴한 거야?"

그 이야기는 전에도 했는데. 히비키는 속으로 고개를 갸웃거렸다.

"인터넷에 외모에 관한 악플이 올라온 걸 보고 나서 정신적인 균형이 무너졌거든. 처음에는 조만간 복귀할 생각이었는데, 회복될 징조가 보이지 않았고 휴식하는 동안 점점 외모뿐 아니라 성격도 포함해서 나는 아이돌에 맞지 않는 사람이라고 생각하게 됐지. 그래서 그룹에서 탈퇴한 것뿐만 아니라 소속사에서도 나왔어."

"그래도 히비키 자신이 어떻게 생각하든 간에 주변에서는 히비키를 보고 예쁘다고 생각했을 거 아니야. 내가 봐도 히비키는 엄청 예뻤는데. 옆에서 말리는 사람 없었어?"

"음……. 진심인지는 모르겠지만 소속사 사람들이나 사이좋은 멤버들은 아깝다고 말하긴 했어. 그렇게 신세를 진 사람들의 기대를 배신하는 게 오히려 아이돌을 그만두는 것 자체보다 훨씬 괴로웠어."

"팬도 있었을 텐데."

"응. 나 말이야, 지금도 아이돌은 정말로 멋진 직업이라고 생각해. 어린아이들이 열심히 노래하고 춤추고, 나이나 성별이나 사회적 지위를 불문하고 많은 사람에게 활력을 주지. 그건 무척이나 존경할 만한 일이야."

"나도 알아. 그래서 우리도 아이돌을 목표로 했던 거고."

"그런데 동시에 아이돌은 무척이나 잔인한 직업이라고도 생각해."

"잔인하다고?"

"왜냐하면 아이돌뿐만 아니라 누구에게나 각각 다른 매력이나 재능이 있잖아. 이 나이쯤 되면 그런 걸 이해할 수 있지만, 아이돌은 빠르면 초, 중학생 때부터 멤버가 되잖아? 그래서 물론 외모만이 인기를 좌우하는 건 아니지만, 외모는 중요한 데다가 알기 쉬운 요소니까 어린아이들은 인기가 없으면 얼굴이 예쁘지 않아서 아이돌로서 가치가 없다고 믿게 되지."

"그건 히비키의 경험도 바탕에 깔려 있겠네."

"맞아. 그러는 가운데 일부 인기 멤버는 제쳐두고, 아니, 인기가 있어도 마찬가지이려나. 어쨌든 사시사철 다른 사람과 비교당하고 우열이 매겨지면, 아직 자아도 채 확립되지 않은 나이의 아이들이 '자기긍정감'을 갖기 무척이나 어려울 거야. 실제로 내가 아는 범위에서도 정신적으로 괴로워하던 아이들이 많았고."

"흐음……."

"사토네는 랭킹 배틀에 참가해보니까 어때? 모두는 아니겠지만 상위에 있는 건 대부분 예쁜 아이들이잖아. 그런 거 괴롭지 않았어?"

"뭐, 좀 그렇지. 그래도 나 스스로 정한 거니까."

사토네의 말투는 담담했다.

"히비키는 조금 전에 누구에게나 각기 다른 매력이나 재능이 있다고 했잖아. 그건 뒤집어 말하면 외모가 무기인 사람이 있어도 괜찮은 거 아니야? 세상에는 그런 사람이 빛날 수 있는 장소도 필요해."

"그건 부정하지 않지만……."

"나 또한 이렇게 방송하며 시청자에게 즐거움을 주려고 노력했어. 하지만 제아무리 내가 외모 외의 부분으로 노력하더라도 결국 모두가 내 방송을 보는 가장 큰 이유는 외모라고 생각해. 내가 예뻐서 사람들이 좋아하는 거야. 내 가장 큰 가치는 이 외모에 있어. 그건 전혀 이상한 일이 아니고, 나는 오히려 자랑스러워."

자신의 외모에 가치가 있다고 당당하게 말하는 사토네의 태도가 싫지는 않다. 하지만 히비키는 이성적이라기보다는 본능적으로 수긍하고 싶지 않았다.

"하지만 그것 때문에 아이들이 우울해지거나 필요하지도 않은데 비싼 돈을 들여 성형수술을 하거나 병에 걸리는 건 역시 건전한 일이라고는 생각할 수 없어."

"있잖아, 히비키. 어떤 삶을 살든 사람은 매일 타인과 자신을 비교하며 열등감에 시달리고, 때로는 정신적인 상처를 받기도 하는 법이야. 그건 비단 아이돌에게만 국한된 이야기가 아니야. 외모와 관련된 업계만이 잔인하다는 건 조금 아닌 것 같아."

사토네가 무슨 말을 하고 싶은지 충분히 이해한다. 히비키는 짧긴 해도 아이돌 업계에 있었기에 그 업계에 속한 아이들에게 과하게 감정이입하고 있다는 사실도 자각한다.

하지만 역시 뭔가가 잘못된 것 같다. 사토네의 생각에 반발심을 느끼게 된다. 그것은 자신이 신체이형장애를 앓고 있기 때문일까. 자신 말고 누구도 그런 마음을 맛보지 않았으면 한다고 간절히 바라기 때문일까.

어느 쪽이든 이 이야기를 더는 계속하고 싶지 않았다. 가뜩이나 랭킹 배틀 탈락이나 다쿠미 건으로 충격을 받았을 사토네와 오늘만큼은 언쟁을 피하고 싶었다.

스마트폰을 보자 시간은 밤 10시가 되려 하고 있었다.

"이오리, 늦네……."

"그 이야기는 지금 하지 마."

무심코 내뱉은 한마디를 사토네가 딱 잘라버렸다.

왜 이제 곧 올 사람에 관해 이야기하면 안 되는 것일까. 하지 말라고 하면 그 이유조차 묻지 못하게 된다.

마음이 불편해진 히비키는 스마트폰을 손에 든 채 자리에서 일어났다.

"화장실 좀 써도 돼?"

"응. 나가서 오른쪽 문이야."

화장실에 들어갔다. 다행히 이곳은 청결했고 감귤계의 방향제 향이 풍겼다.

변기에 앉자 히비키는 긴장이 풀려 후우, 하고 숨을 내쉬었다.

사토네를 사이좋은 친구라고 생각한다. 친한 친구라는 말을 듣고 기분이 좋았던 것도 거짓말이 아니다.

하지만 여전히 뭔가 불편한 것도 사실이다. 소꿉친구라고는 하지만 15년의 세월을 뛰어넘어 재회한 후 아직 두 달 정도밖에 지나지 않았다. 그리고 어쨌든 그녀에게는 빚이 있다. 성격적인 면에서 맞지 않는 부분도 분명 있다.

'아, 정말, 이오리, 빨리 좀 와.'

히비키는 이오리에게 LINE을 보냈다. 사토네와 둘이 있기 불편하기 때문이라고는 적지 않았다. 사토네가 우울해하고 있으니 서둘러달라는 취지를 적었다.

이오리는 바로 메시지를 읽었다. 10초도 되지 않아 답이 왔다.

무슨 이야기야?

그 문장을 보고 히비키의 몸이 굳었다.

무슨 이야기냐니. 사토네 집에서 랭킹 배틀 뒤풀이하고 있어. 사토네가 초대했잖아? 아까, 늦는다고 연락하지 않았어?

초대받은 적 없는데? 애초에 이 시간에 갈 수도 없잖아. 오늘은 휴무일도 아니니까. 지인에게서 가게에 지금 자리 있냐는 전화가 올 때가 있어서 스마트폰은 업무 중에도 휴대하지만, 삿짱에게서 LINE 같은 거 안 왔어.

무슨 말이지? 히비키는 멈춰버리려는 머리를 필사적으로 움직였다.

벤티 콰트로의 영업시간을 완전히 깜박하고 말았다. 이오리가 시치미를 떼는 것처럼은 보이지 않는다. 그렇다면 사토네가 거짓말한 것이다. 하지만 어째서?

반대라면……. 즉, 히비키가 온다고 거짓말하고 이오리를 부른 것이라면 그래도 이해할 수 있다. 이오리와 사토네의 관계에 어떤 진전이 있었는지는 모르지만, 아직 집에서 둘이서만 만날 정도의 사이가 아니라면 히비키가 없으면 이오리는 오기 불편할 수 있으니까.

그렇지만 오늘 사토네는 이오리를 내세워서 히비키를 불렀다는 말이 된다. 이오리의 이름을 거론하지 않더라도 거절할 이유가 없는 히비키의 발걸음을 보다 확실하게 이 집으로 향하게 하고자.

불길한 예감이 히비키의 머릿속을 스쳐 지나갔다.

마치 인터뷰 같던 대화. 바뀐 스마트폰 커버. 이오리를 부르는 호칭이 달라진 것. 그래놓고는 이오리 이야기는 하지 말라고 강한 어조로 말한 것. 랭킹 배틀 예선이 아직 끝나지 않은 마지막 날 밤에 뒤풀이를 하는 의미. 그리고…….

"이기기 위해서라면 어떤 수단이든 쓸 각오가 있었는데."

"나 또한 이렇게 방송하며 시청자에게 즐거움을 주려고 노력했어."

히비키는 떨리는 손가락으로 아이푸쉬 앱을 실행했다.

사토네루는 방송 중이었다.

그 방송 제목란에는 이렇게 적혀 있었다.

'과거 아이돌이었던 절친을 인터뷰! 아이돌 업계의 어둠을 폭로합니다!'

시청 버튼을 눌렀다. 카메라는 조금 떨어진 위치에서 사토네와 그 오른쪽 옆, 지금은 아무도 없는 공간을 비추고 있었다. 틀림없이 히비키가 지금 있는 사토네의 집이었다.

히비키는 화장실을 뛰쳐나왔다. 사토네 쪽을 쳐다보지도 않고 오른편 수납장 쪽으로 달음박질쳤다.

"잠깐, 왜 그래, 히비키."

그 목소리를 무시하고 수납장 위에 쌓인 사토네의 옷더미를 무너뜨렸다.

찾던 물건은 금방 발견할 수 있었다.

옷더미 사이에 낯익은 사토네의 스마트폰이 세워져 있었다. 방송 중인 화면이 표시되고 있고, 거기에 자동으로 보정된 히비키의 얼굴이 비쳤다.

사토네는 아직 예선 통과를 포기하지 않았다. 마지막 날 밤, 가장 사람이 모일 법한 시간대에 히비키를 방송에 출연시킴으로써 일발 역전을 노린 것이다.

그러기 위해서는 어떻게든 히비키를 집에 불러야 했다. 그래서 이오리도 온다고 속였다. 그렇게 하면 히비키는 거절하고 싶어도 거절할 수 없으리라 판단한 것이다.

이오리를 부르는 호칭이 달라진 이유도 명백하다. 자택에 부를 만큼 친한 남자가 있다는 사실이 들통나면 시청자의 일부는 등을 돌릴 것이다. 하지만 다행히 이오리라는 이름은 여성이라고 해도 위화감이 없다. 그래서 이오리짱이라고 부름으로써 여자인 친구가 뒤늦게 올 것처럼 꾸민 것이다.

스마트폰 커버에 관해서도 본체 그 자체가 바뀌어 있다고 생각하면 설명이 된다. 방송을 위해서는 최신 사양의 기종이 필수이리라. 그래서 사토네는 처분하지 않고 가지고 있던 예전 기종을 옆에 두고, 이오리에게 연락이 온 것처럼 행동했다.

히비키는 쓰노시마에서 사토네의 방송에 출연하는 것을 거부한 적 있었다. 대놓고 부탁해도 거절당할 것을 사토네는 알았으리라. 그래서 이런 속임수라고도 할 수 있는 수단을 쓴 것이다.

사토네를 격려하고 싶다는 마음 하나로 여기까지 찾아왔는데. 그녀는 그 선의를 거꾸로 이용해 히비키를 함정에 빠뜨렸다.

히비키는 방송을 끄기 위해 화면을 터치했다. 하지만 시청은 해봤지만, 방송은 한 적 없는 탓에 정지 버튼이 어디에 있는지 알 수 없었다. 조급한 마음도 한몫 거들어서 닥치는 대로 여기저기를 터치했다.

"히비키, 그만해."

사토네가 히비키에게 달려들어 스마트폰을 빼앗고는 오른손으로 얼굴 옆에 들었다. 카메라를 본인 쪽으로 향한 것은 히비키가 비치지 않게 하려는 배려일지도 모르지만, 순한 히비키조차도 도저히 화를 억누를 수 없었다.

"왜 이런 짓을 하는 건데? 방송에는 나가고 싶지 않다고 했잖아."

"딱히 괜찮잖아. 그렇게 심각하게 굴지 마. 히비키도 응원한다고 했으면서."

"그런 말은 했지만, 이런 형태로 협력할 생각은 없었어."

"시청자들도 다시 히비키가 나왔으면 한다고 댓글 잔뜩 달았어. 너, 인기 있으니까 이해 좀 해줘."

"사토네의 팬들 마음 따위 나와는 상관없어. 친구를 속여서 이용하다니, 정말 최악이야."

"어쩔 수 없잖아!" 사토네가 날카로운 소리를 내질렀다.

"그렇게라도 하지 않으면 이제 역전할 수 없을 것 같았으니까. 최악인 게 누군데? 나한테서 아이돌이라는 꿈을 빼앗아가 놓고, 이런 일에도 협조해주지 않다니……."

히비키의 마음속에서 뭔가가 부서지는 소리가 났다.

그것만은.

그것만은 절대로 말하지 않았으면 했다.

사실은 알고 있었다. 히비키의 죄책감 위에 성립된 우정이라는 사실을. 15년의 공백을 거쳐 지금도 두 사람을 연결하고 있는 것은 한때의 인연이 아닌 비극적인 과거였다.

하지만, 그럼에도, 히비키는 기뻤다.

사토네가 평범하게 대해줘서. 친한 친구라고 불러줘서.

계속 무거운 짐이었던 죄의식이 그것만으로도 조금 가벼워졌다. 결코 용서받지 못하리라 믿어왔던 인생에 신이, 아니 사토네가 구원의 손길을 내밀어줬다. 그렇게 믿었다.

하지만 결국 사토네는 지금도 히비키를 원망하고 있었다.

그래서 이용해도 상관없다고 생각한 것이다. 가령 그 화재가 방화라고 해도 히비키는 사토네의 집에 캔들을 가져가서 범죄를 유발한 죄인이니까.

이제 더는 원래대로 돌아갈 수 없다.

절망하는 히비키의 모습을 보고 사토네의 얼굴에 후회의

빛이 감돌았다. 그녀는 후우, 하고 숨을 내쉬면서 외면하더니 스마트폰 화면으로 시선을 떨어뜨렸다.

그리고 중얼거렸다.

"어……? 뭐야, 이게."

그 직후, 사토네는 스마트폰을 바닥에 내동댕이쳤다.

"꺄아아아아아악!"

사토네는 양손으로 얼굴을 가리며 그 자리에 주저앉았다.

영문도 모른 채 히비키는 발밑으로 날아온 스마트폰을 주워 들었다. 화면 하단에는 지금껏 본 적 없을 정도로 빠른 속도로 대량의 댓글이 쏟아져 나오고 있었다.

지금 뭐였어?

사토네루의 뺨 무지 징그러웠어.

어? 진짜? 보정으로 숨겼던 거야?

나 이런 거 싫어. 팔로우 끊을게.

불쌍하네. 미인인데 말이야.

너무 순식간에 지나가서 잘 안 보였는데, 화상 입은 거 같았어.

우와, 속았네. 결제한 거 돌려줘!

보정 같은 거 원래 신경 안 쓰는데, 아무리 그래도 지금 건 너무했네.

핏기가 가셨다.

298

아까 방송을 멈추려고 히비키는 화면의 온갖 곳을 터치했다. 설마 그때…….

다음 댓글이 올라왔다.

이거, 필터 꺼졌네.

방송 중인 화면에는 아무 보정도 이뤄지지 않은 히비키의 얼굴이 비치고 있었다.

2063년 8월
가나가와 현 가마쿠라 시

다이시가 칭얼거리기 시작했다.

《거울 나라》교정지는 3장의 끝까지 왔다. 읽기 시작한 지한 시간이 지났으니 잠을 오래 자준 편이었다. 다이시에게 물어봤지만, 화장실에 가고 싶다거나 배가 고픈 것은 아닌 듯했다.

"심심해서 그런가 보네요. 다이시, 아저씨랑 놀래?"

데시가와라가 엉거주춤 몸을 일으켰다.

"괜찮으시겠어요?"

"마지막까지 읽으려면 시간이 좀 더 걸릴 거예요. 괜찮아요. 남자아이를 다루는 건 익숙합니다. 우리 집에도 한창 때의 아이가 두 명 있으니까요."

고마운 일이긴 하지만, 그렇게 되면 데시가와라의 코멘트는 들을 수 없게 된다. 이미 초면인 아저씨와 밖에서 놀 생각으로 가득한 다이시를 어떻게든 기다리게 한 후에 나는 말했다.

"3장은 충격적인 전개의 연속이었어요. 그런 스토리에 정신이 팔려서 그런 건지는 모르겠지만, 저는 앞선 장보다 더 큰 위화감, 즉 삭제된 에피소드로 연결될 만한 단서를 찾지 못했어요. 이대로 계속 읽어도 될까요?"

그러자 데시가와라는 아무렇지도 않은 듯 말했다.

"아, 저도 그렇게 생각합니다. 중반 이후, 무로미 선생님은 이야기로서의 재미를 우선시한 듯, 앞부분처럼 노골적인 암시는 더는 쓰지 않은 것처럼 보여요."

그렇다면 그렇다고 미리 말해줬으면 좋았을 텐데. 잘난체하는 데시가와라의 코를 납작하게 만들어주고 싶다는 일념으로 열심히 읽었는데 말이다.

"다이시, 뭐 하면서 놀까?"

데시가와라가 허리를 숙여 묻자, 다이시는 방 한구석을 가리키며 말했다.

"공놀이!"

최근 다이시는 공차기에 푹 빠져 있다. 안에 기계가 들어 있어서 벽이나 상대방이 없어도 공 자체가 자동으로 제자리로 돌아오는 최신식의 고가품이다. 운동 신경이 없는 나는 하루가 갈수록 체력이 붙는 다이시를 상대하는 것만으로도 벅차기에 이런 장난감은 큰 도움이 된다. 다이시는 오늘도 자신이 좋아하는 공을 가지고 왔고, 그것이 지금은 방구석에서 굴러다니고 있었다.

"좋아. 그럼 마당으로 나갈까?"

데시가와라가 공을 집어 들고 다이시의 손을 잡았다. 겨우 땀이 식었을 텐데, 10분 후에는 다시 땀범벅이 되리라. 마음 쓰였지만, 내가 《거울 나라》를 다시 읽는 것은 그의 지시에 따른 것이니 그 정도는 시키더라도 벌은 받지 않을 것이다.

"아, 그리고."

데시가와라가 문지방에 발끝을 걸고 멈추어 섰다.

"등장인물들이 그 후 어떻게 됐는지 궁금해서 조사해봤습니다. 40년도 더 된 이야기이고, 당시 그들은 어디까지나 일반인이었으니 얻을 수 있는 정보는 많지 않았지만요."

"그렇군요."

"다만 그중에서도 한 가지, 이건 틀림없어 보이는 중요한 사실을 확인했어요. 사쿠라바 씨에게도 이쯤에서 말씀드리는 게 좋을 것 같습니다."

"그게 뭔가요?"

기다림을 참지 못한 다이시에게 손을 이끌리면서 데시가와라는 말했다.

그 한마디로 인해 나는 더 큰 혼란에 빠지고 말았다.

"신카이 사토네라는 인물은 이 세상에 존재하지 않았습니다."

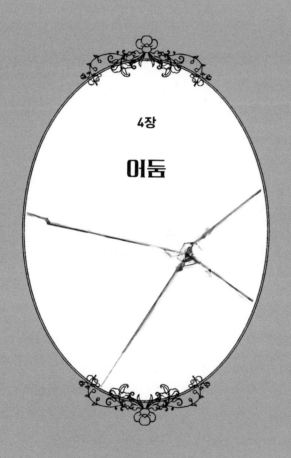

4장

어둠

1

히비키는 벤치에 앉은 채 밤의 오호리 공원을 조깅하는 여성을 바라봤다.

8월에 접어들자 해가 진 이후에도 더위가 여전히 곳곳에서 기승을 부리고 있다. 잔잔한 수면을 바라보면서 히비키가 이마의 땀을 손수건으로 닦는데, 뒤에서 자신을 부르는 소리가 들렸다.

"히비키, 오래 기다렸어?"

허리를 움직여 뒤를 돌아봤다.

이오리가 서 있었다.

탱크톱 위에 카키색 반소매 셔츠를 걸치고, 아래는 데미지 청바지. 버켄스탁의 샌들이 시원해 보인다.

"굳이 와달라고 해서 미안해."

"괜찮아. 화요일은 쉬는 날이고."

"나, 금방 찾았어?"

"헤어스타일로 알았어. 뒷모습이어도 말이야."

이오리가 히비키 옆에 앉았다. 셔츠 안쪽으로 비치는 가슴팍이 의외로 탄탄해서 히비키는 밤에 둘이서만 만나는 상황의 특수성을 뒤늦게나마 인식했다. 자신도 모르게 앞머리를 만지고 말았다.

무엇부터 이야기해야 할지 망설이는데 이오리가 먼저 입을 열었다.

"어제는 참 큰일이었겠네."

"응······. 나 아직 마음이 가라앉지 않아서. 누군가가 이야기를 들어줬으면 했어."

"히비키는 아무 잘못 없어. 나쁜 건 삿짱이야."

이오리가 그렇게 확실히 말해준 것이 고마웠다. 하지만 히비키는 그렇게 생각할 수 없었다.

사토네에게 속아서 방송에 출연한 것은 어젯밤의 일이었다. 몰랐다고는 해도 아이돌 시절의 이야기를 떠들고, 방송 중에 사토네와 싸우고, 결국 필터를 해제해 사토네루의 민얼굴을 온 세상에 노출시킴으로써 히비키와 사토네는 인터넷상에서 큰 이슈가 되어 있었다.

히비키에게 인터넷의 댓글만큼 무서운 것은 없다. 과거 신체이형장애의 방아쇠가 되었기 때문이다. 그럼에도 그녀는 오늘 아침에 눈을 떴을 때나 화장실에 있을 때, 업무 중 휴식 시간 등 깨닫고 보면 인터넷의 반응을 검색하고 있었다.

거기에는 다양한 댓글이 넘쳐났다.

가장 많은 것은 히비키에 대한 동정과 사토네루에 대한 비판이었다. 이어서 사토네의 화상 흉터에 관한 놀라움이나 비방이 뒤를 이었다. 랭킹 배틀 예선 통과를 위해서 조작된 소동이라고 주장하는 목소리도 있었지만, 사실무근이라는 점은 말할 필요도 없다.

애당초 성격이 온화한 데다가 방송 중에 했던 아이돌 시절 이야기도 전체적으로 무난한 내용에 그쳤기에 히비키에 대한 비판은 적었다. 하지만 일부에서는 전혀 상관없는 공격을 쏟아내는 사람도 있었다.

이 정도로 전직 아이돌이라고 말하는 거 너무 나간 거 아니야?

아무도 모르는 지하 아이돌 같은 느낌.

이 녀석, 이벤트에서 실제로 본 적 있어. 실물은 전혀 예쁘지 않았어.

뭐라도 좋으니까 욕하고 싶은 것뿐이다. 그런 심성을 가진 사람이 세상에 많다는 것쯤은 히비키도 이해한다. 그럼에도 그런 댓글은 그녀의 마음을 갉아먹었다.

자각한 것은 몇 시간 전, 퇴근하고 집에 돌아왔을 때였다.

손을 씻으면서 거울을 들여다본 히비키는 앞머리가 유난히 신경 쓰였다. 자연스럽게 얼굴 왼쪽으로 흘러내려야 할 앞머리가 이마에 달라붙어 있는 것처럼 보인 것이다.

재발했다는 사실을 곧장 알 수 있었다.

SSRI는 계속 복용 중이다. 양을 줄이거나 건너뛰지도 않았다. 그런데도 거울 속 자신은 명백하게 최근의 모습과 달랐다.

또다시 인터넷의 목소리가 방아쇠를 당긴 것이다. 그 전에 사토네와의 트러블로 인한 스트레스가 총알을 장전했다고도 말할 수 있으리라.

이대로는 안 되겠다고 생각한 히비키는 사토네에 관한 일을 상담할 수 있는 인물로서 가장 먼저 떠오른 이오리에게 연락을 취했다. 답은 곧장 왔고, 지금 당장 만날 수 있다고 했다. 밝은 곳에서 만나고 싶지 않아서 그녀는 근처인 오호리 공원을 지정했다.

"이오리라면 그렇게 말해주리라 생각했어."

히비키가 중얼거리자 이오리는 힘을 담아서 답했다.

"누구든 똑같이 말할 거야. 실격 처분을 받은 건 삿짱이 자초한 일이야."

어젯밤의 방송은 사토네로서도 원치 않은 형태로 화제가 되긴 했지만, 주최 측인 아이푸쉬는 소동의 원인을 조사하고는 당사자의 허가 없이 타인을 방송에 출연시키는 행위는 금지한다는 뜻의 성명을 발표하며 '사토네루'를 실격 처리했다. 물론 최종 순위는 34위였기에 어쨌든 결선에 오르지는 못했을 테지만.

거기까지는 분명 사토네의 자업자득이라 할 수 있다. 하지만…….

"나, 돌이킬 수 없는 일을 저질러버렸어."

신음하는 히비키의 귀에 닿는 이오리의 목소리는 부드러웠다.

"필터를 꺼버린 거?"

"사토네는 자신의 의지로 화상 흉터를 숨기고 스트리머로서 생계를 꾸리고 있었어. 그건 아무 문제도 없는 행위라고 생각해. 사람은 누구나 콤플렉스를 안고 일상을 살아가니까."

"그건 그렇지. 나도 동의해."

"그런데…… 사토네가 그렇게 숨기던 걸 내가 폭로해버렸어. 사토네는 더는 지금까지처럼 살아갈 수 없어."

댓글에도 흘러나온 것처럼 사토네의 화상 흉터는 적지 않은 시청자에게 환영받지 못했다.

"화상 따위 신경 안 써"라는 시청자나 "보정 없이도 예뻐"라는 호의적인 의견도 드문드문 있었다. 히비키의 눈으로 봐도 사토네는 누가 보더라도 당연히 미인이다.

하지만 한편으로는 그동안 화상 흉터를 숨기고 방송하며 돈을 번 것에 대해 '사기'라고 화를 내는 시청자도 있었다. 그것은 그저 감정적인 화풀이에 지나지 않을 테지만, 히비키에 대한 이번의 악의적인 행동과 맞물려 사토네루를 지지하던 시청자일수록 더 심하게 비판하는 경향이 보였다.

"일부러 그런 게 아니잖아."

이오리의 확인에 히비키는 힘없이 고개를 끄덕였다.

"내가 직접 방송해본 적은 없었으니까. 멈추는 법을 몰라서 그렇게 됐어."

"그럼 역시 히비키는 아무 잘못 없어."

"그래도 내가 저질렀다는 사실은 변하지 않아. 어떻게 갚아야 할지 모르겠어."

술을 마신 것인지 젊은 남성 4인조가 큰 소리로 웃으면서 두 사람의 뒤를 지나갔다. 그 소란스러움조차 지금은 구원처럼 느껴졌다.

"그 후에 삿짱한테서는 연락 없어?"

"사토네의 집에서 쫓겨난 후에는 전혀."

어제, 사토네의 스마트폰에 비친 자신의 얼굴을 보고 무슨 일이 벌어졌는지 깨달은 히비키는 그제서야 방송 정지 버튼을 발견해 터치했다. 조심스레 사토네에게 말을 걸고자 하는데,

"나가."

얼굴을 가린 채로 사토네가 그렇게 말했다.

"빨리 여기에서 나가라고!"

히비키는 거스를 기력조차 없어서 사토네의 집을 나왔다.

어떻게 집에 돌아왔는지는 거의 기억나지 않는다. 적어도 사죄의 LINE을 보내야 하는 것이 아닐까 고민했지만, 밑 빠진 독에 물 붓기를 넘어 오히려 불난 집에 부채질처럼 느껴져서 메시지를 보내지 못한 채 지금에 이르렀다.

"이제 끝난 걸까. 우리 사이."

말로 꺼냈더니 눈물이 나왔다. 한번 둑이 터지자 멈추지 않았다. 히비키는 옆에 있는 이오리의 눈도 의식하지 않고 오열했다.

이오리는 아무 말도 하지 않고 그저 곁에 있어줬다. 그 부담스럽지 않은 친절함이 지금의 히비키로서는 고마웠다. 겉옷을 덮어준 듯한 안도감에 휩싸여 히비키는 조금씩 안정을 되찾았다.

"미안. 이제 괜찮아."

히비키가 손수건을 눈가에 대고 말하자, 이오리가 일어서서 왼손을 내밀었다.

"조금 걸을래?"

남자가 여자에게 내민 손이 아니라 어른이 아이에게 내민 손처럼 느껴졌다.

히비키가 살짝 쥐자, 이오리가 잡아당겨 히비키를 일으켜 세웠다. 그의 손은 따뜻했다.

오호리 공원은 커다란 연못 외곽을 따라 산책로가 조성되어 있다. 그곳을 둘이서 천천히 걸으며 히비키는 말했다.

"이오리에게 부탁할 게 있어."

"뭔데?"

"사토네에게 상냥하게 대해줘."

아주 잠깐, 이오리의 걸음걸이가 흐트러졌다.

"무슨 의미야?"

"알잖아. 사토네의 마음."

이오리는 답하지 않았다.

"지금의 사토네에게는 이오리가 필요해. 나, 전에 사토네에게 들은 적이 있어."

"이오리가 이렇게 말했어. 삿짱은 어디에 있든 반드시 알아볼 수 있다고."

"기뻤어. 운명이라고 생각했어. 왜냐하면 이오리는 다른 누구도 아닌 오직 나만을 알아볼 수 있는 거니까."

"삿짱이 그런 말을……."

"지금 사토네는 화상 흉터 때문에 엄청 힘들어하고 있을 거야. 그런 그녀를 보살펴줄 수 있는 건 이오리뿐이야."

"아무리 내가 안면인식장애라고 해도……."

"알아. 이런 식으로 말하는 건 정말 옳지 않다는 걸. 그래도 지금만은 어떻게든 용서해줬으면 좋겠어. 사토네가 힘들어하고 있을 게 분명한 지금만큼은."

이오리의 떨리는 손끝의 움직임에서 감정이 전해졌다.

그것은 분노라기보다 슬픔에 가까웠다.

"히비키, 참 착하네. 자신도 큰일을 당했는데 삿짱을 걱정 하다니."

"그렇지 않아. 그저 지금의 나로선 사토네의 힘이 되어줄 수 없을 것 같아서 그래……."

"그래서 그 역할을 나한테 떠넘기는 거야? 이번 일로 내가 삿짱에게 어떤 감정을 품고 있는지도 무시한 채 말이야."

가시 돋친 말투였지만, 반박할 말은 없었다.

"……미안."

스타벅스 앞을 지나 나무 그늘이 있는 길로 접어들었다. 곧 후쿠오카 시립 미술관 건물이 보일 것이다.

포기한 듯 이오리가 말했다.

"알았어. 삿짱한텐 내가 연락해볼게. 무슨 일이 있어도 친 절하게 대할 거냐고 물으면, 그건 장담할 수 없지만."

"그걸로 충분해. 이오리, 고마워."

이오리의 손이 떨어졌다. 갑자기 안타까운 마음이 들었지 만 히비키는 어쩔 수 없는 일이라고 생각했다.

화제를 바꾸고 싶은 것이리라. 이오리는 아무렇지 않은 투 로 물었다.

"다쿠미와는 그때 이후 이야기 좀 했어?"

히비키는 다쿠미에게 들은 형 이야기를 짧게 전했다.

"그런 일이 있었구나……. 그 녀석, 고생했겠네."

"나, 전혀 몰랐어. 항상 냉정하고 침착한 사람이었거든. 하지만 이번 일은 아무리 그래도 견디기 힘들지도 몰라. 다쿠미는 이제 더는 조사에 협력할 생각이 없는 듯했어."

"가족의 범죄 경력 같은 건 알고 싶지 않을 테니까."

"다쿠미가 보기에 우리는 긁어 부스럼인 짓을 하는 것으로밖에 보이지 않겠지."

그러자 이오리가 갑자기 히비키의 얼굴을 뚫어지게 바라봤다.

"지금까지 그냥 듣고 넘겼는데. 언제부터 다쿠미를 그렇게 부르게 됐어?"

"아? 응." 그거 말인가, 하고 히비키는 생각했다. "다른 사람들처럼 성이 아니라 이름으로 불러달라고 했거든. 아마 같은 성씨라고 해도 자신은 형과는 다르다고 호소하고 싶었던 거 아닐까?"

"그게 다야?"

"응. 왜?"

"뭐야. 난 또 뭔가 있었나 했지."

눈이 허공을 맴돌았다. 뭐라도 있었다면, 그게 어쨌다는 말인가.

"아무 일도 없어. 오히려 그 이후, 조금 거리가 멀어진 느낌이야."

"뭐, 그건 그렇겠지. 그래서 어떻게 할 거야? 다쿠미가 협력하지 않으면 우리끼리 조사할 수밖에 없는데."

히비키는 깜짝 놀라고 말았다.

"진심이야? 지금 사토네는 조사할 상황이 아닐 텐데."

"그거야 삿짱은 그렇겠지. 하지만 우리는 움직일 수 있어. 삿짱이나 빠진 다쿠미 몫까지 우리가 커버해야 하지 않을까?"

"사토네가 시작한 조사야. 우리 마음대로 판단해서 움직일 순 없어."

"그 말 진심이야?"

평소에는 아무것도 보지 않는 듯했던 이오리의 눈빛이 날카로워졌다.

"삿짱만을 위한 조사가 아니잖아. 이건 히비키를 위한 조사이기도 해."

15년 동안 자신 탓이라고 생각했던 화재가 실은 **방화**였다고 증명하기 위한. 사토네의 화상 원인을 만들고 말았다는 무거운 짐을 조금이라도 덜어내기 위한.

"책임을 떠넘겨선 안 돼. 삿짱이 결정할 일이 아니야. 히비키 자신이 어떻게 하고 싶은지 정해야지."

"내가……?"

"너나 삿짱이 겪은 고통도 모른 채 태평하게 살아가고 있는 방화범이 있을지도 몰라. 이미 정체를 알아낸 것과 다름없어. 그런데 여기까지 와서 조사를 그만둬도 좋다는 거야? 나는 유일한 목격자로서 그만두고 싶지 않아."

이오리의 말이 어지럽게 메아리쳤다. 귀를 막고 싶어져서 히비키는 우는 소리를 내뱉었다.

"잠깐만. 지금 내가 그런 중요한 일을 정할 수는 없어."

이오리는 당황한 듯했다.

"미안. 말이 지나쳤어."

"이오리 말이 맞아. 나는 내 의사조차 없는 나약한 인간이야. 하지만 가령 나를 위해서라고 해도, 사토네가 없으면 진실 따위 아무 의미도 없어."

생각보다 먼저 내뱉은 후에 히비키는 가느다란 목소리로 덧붙였다.

"……사토네와도, 다쿠미와도 어색해졌는데, 이오리와도 사이가 나빠지고 싶지 않아."

인적이 드문 산책로를 잠시 둘이서 가만히 걸었다. 모르는 사이에 속도가 빨라진 것인지, 무더위에 히비키의 하얀 티셔츠가 젖었다.

겨우 입을 연 이오리는 무표정에 가까웠지만 어째서인지 지금 당장이라도 울음을 터뜨릴 것처럼 보였다.

"내 이야기를 조금 해도 될까?"

"응. 듣고 있어."

히비키는 최대한 부드럽게 다음 말을 재촉했다.

"요리전문학교에 다닐 때의 일이야. 처음으로 애인이 생겼어. 같은 학교 여자아이였지."

절로 미소가 머금어지는, 그러면서도 어쩐지 듣고 싶지 않기도 한 느낌이었지만 히비키는 입을 다물었다.

"지금 생각해보면 소꿉놀이 같은 연애였어. 그래도 나는 여자친구를 좋아했어. 장난꾸러기 같고 긍정적인 데다가 매사에 최선을 다하는, 내게는 없는 걸 가진 친구였지. 당시에는 아직 내가 안면인식장애라는 사실을 몰랐지만, 그녀의 외모에 끌린 게 아니라는 사실은 잘 알고 있었어."

이오리는 실제보다 훨씬 먼 옛날이야기를 하는 것처럼 말했다.

"그녀는 처음에 앞머리 가르마라거나 손톱 색 같은 자신의 작은 변화를 금방 알아차리는 나를 자주 칭찬해줬어. 물론 그럴 만도 하지. 나는 무의식중에도 얼굴이 아닌 다른 부분으로 그녀를 구분하던 거니까. 그런데 그런 내 사소하지만 명백하게 위화감이 느껴지는 말과 행동은 그녀 안에서 조금씩 의구심처럼 쌓여가는 듯했어."

아직 이야기 도중인데도 어째선지 히비키는 가슴이 답답했다.

"어느 날 여자친구가 나한테 이른바 몰래카메라 같은 장난을 쳤어. 같은 학교에 다니는 헤어스타일과 몸매가 비슷한 친구를 데려다가 온몸을 여자친구의 물건으로 치장시킨 후에 나랑 약속한 데이트 장소로 보낸 거야. 그녀 자신은 그 모습을 멀리서 촬영하면서 말이야. 마침 동영상을 올리는

SNS가 유행하기 시작한 무렵이었지. 연인을 대상으로 한 몰래카메라 동영상이 유행하는 걸 보고, 자신도 한번 해보고 싶었다고 여자친구가 나중에 설명했어."

히비키는 그 설명은 치사하다고 생각했다. 숨은 의도가 없다면 그런 핀포인트 같은 몰래카메라를 찍을까?

"약속 장소는 덴진의 대형 스크린 앞이었어. 많은 사람 속에서 우두커니 서 있는 여자친구의 친구에게 나는 아무 의심 없이 다가가서 '오래 기다렸지' 하고 말을 걸었어. 친구는 몰래카메라라는 사실을 알았기에 나를 보고 웃기만 할 뿐 아무런 말도 하진 않았어. 아무 말도 하지 말라는 게 여자친구의 지시였대. 보통 같았으면 내가 깜짝 놀라며 거기에서 끝이 날 몰래카메라였지. 그런데 많은 사람 속에서 여자친구를 찾았다고 생각하고 안심한 나는 제대로 확인도 하지 않고 주변을 바라보며 말한 거야."

"점심 뭐 먹을래?"

"친구는 너무 놀라서 그때 처음으로 '나, 네 여자친구 아니야'라고 말했어. 내가 깜짝 놀라고 있는데, 여자친구가 뒤에서 달려와서 나를 힘껏 때렸어."

"어떻게 자기 여자친구도 몰라봐? 미친 거 아니야?"

"그녀도 슬펐을 거야. 눈에 눈물이 보였으니까. 하지만 그 이상으로 화를 냈어. 그녀는 그날이 가기 전에 촬영한 동영상을 올렸고, 나는 같은 학교 학생들에게 사람 취급도 못 받게 됐지. 물론 여자친구에게 차였고."

아무도 안면인식장애에 관해 알지 못했던 것이다. 아직 스물 남짓한 학생들이었기에 무리도 아니다. 이오리 본인조차도 자각하지 못했다.

"어째서 한순간이라지만 다른 사람을 여자친구라고 착각했을까, 하고 나는 나 자신을 믿을 수 없었어. 사과해서 끝날 일도 아니었고, 정말로 미친 게 아닐까 생각했어. 그 이후, 나는 제대로 연애를 한 적이 없어. 내게는 그럴 자격이 없다고 생각하며 살아왔지. 안면인식장애라는 사실을 알았을 때, 뒤늦게야 이해가 되더라."

이오리가 미소 짓는 것이 오히려 가슴 아팠다.

"쓰노시마에서 삿짱이 범인 얼굴을 기억 못 하느냐고 물었을 때."

갑자기 이야기가 현대로 넘어왔다.

"또인가 싶었어. 또다시 안면인식장애가 내 앞을 가로막는구나, 하고."

처음 사귄 여자친구와의 이별. 처음 다니던 직장에서의 해고. 그리고 15년 전의 화재.

"내가 가지고 태어난 것 앞에 더는 굴복하고 싶지 않아. 어쩔 수 없다고 백만 번도 더 스스로 말해왔어. 하지만 역시 어떻게 해도 납득이 가지 않아."

이오리의 목소리가 떨렸다. 감정을 제어하지 못하는 그를 히비키는 처음으로 목격했다.

"이건 어디까지나 내 사정이야. 히비키나 삿짱과는 아무 관계도 없어. 하지만 희망을 말하자면 나는 조사를 계속하고 싶어. 설령 삿짱이 거기에 없다고 해도 내게는 내 나름의 의미가 있으니까."

물고기가 먹이를 찾아 올라온 것인지 수면에 파문이 옅게 퍼져나간다.

히비키는 이오리가 그런 마음을 품고 조사에 임했다는 사실을 짐작도 하지 못했다. 목격 증언을 하지 못한다는 속죄의 마음으로 함께하는 것에 불과하다고 믿었다.

다들 각자의 싸움 한가운데에 서 있다. 사토네도, 다쿠미도, 그리고 히비키도. 도망치는 것이 전략에 따른 것이라면 그래도 좋다. 하지만 싸우지 않고, 사토네에게 용서를 받으려고도 하지 않고 그저 도망친다면 분명 자신은 후회하게 되리라.

"알겠어. 둘이서라도 조사를 계속하자."

히비키가 결의를 표명하자 옆에서 이오리가 힘을 빼는 것이 느껴졌다.

"고마워. 반드시 우리 손으로 15년 전 화재의 진상을 밝혀내자."

"그러려면 어쨌든 다쿠미의 형, 구가하라 유키히데의 소식을 알아낼 필요가 있겠네."

"탐정 사무소에 의뢰하는 게 가장 빠르지 않을까? 돈은 들겠지만."

"잠깐만. 그건 가능하면 최후의 수단으로 하고 싶어."

이오리가 의아한 표정으로 물었다. "왜?"

"다쿠미는 형에 대해 파헤치는 걸 좋아하지 않는 것 같아. 그런데 우리가 탐정을 고용했다는 사실을 알게 되면 어떻게 생각하겠어?"

흐음, 하고 이오리는 신음했다.

"엄청나게 싫어하겠지."

"더군다나 난 친구이기 이전에 동료야. 관계를 악화시키고 싶지 않아. 다쿠미도 우리가 여기에서 조사를 끝낼 거라고는 생각하지 않을 거야. 그가 허용할 수 있는 최대치는 자력 조사 정도가 아닐까?"

"하지만 아마추어인 우리에겐 한계가 있어."

"그래도 지금은 이런 우리라도 할 수 있는 일이 있어. 프로의 힘을 빌리는 건 더는 손쓸 방법이 없어진 후여도 될 것 같아."

히비키의 설득이 이오리의 생각을 바꾼 듯했다.

"그렇겠네. 유키히데의 출신 학교나 중퇴한 대학 동창을 찾아보는 건 그렇게 어렵지 않을 거야. 아니면 이웃 주민의 이야기를 들어볼 수도 있고. 우선 그런 부분부터 시작해볼까?"

둘의 일정 등을 고려해 조사는 다음 주 주말로 정했다. 그때까지 서로 인터넷 등을 이용해서 최대한 많은 정보를 수집하기로 했다. 지난번 조사와 마찬가지로 이오리는 런치 영업 시간에 반차를 쓰겠다고 약속했다.

"그럼 다음 주 주말에 봐."

연못 주위를 한 바퀴 돈 타이밍에 이오리는 손을 흔들며 떠나갔다. 순간 근처 술집에서 딱 한 잔만 마시고 가지 않겠느냐는 권유가 입 밖으로 튀어나올 뻔했지만, 어째서 그런 생각을 했는지 히비키 스스로도 잘 알지 못했다.

2

오호리 역전 멘탈 클리닉의 오다 의사는 오늘도 눈가에 온화한 미소를 머금고 있었다.

"오늘은 어쩐 일이신가요?"

그 표정이 무너지지 않을까 불안해서 히비키의 목소리가 작아졌다.

"그게…… 증상이 재발한 것 같아서요."

지난번 진료 후 아직 2주밖에 지나지 않았다. 예약은 조금 더 뒤였던 것을 앞당겼다.

"그런가요. 뭔가 계기가 될 만한 일이 있었나요?"

오다에게 낙담한 기색은 보이지 않는다.

"친구와 조금 트러블이 생겨서요."

히비키는 무단으로 방송에 출연하게 된 것, 의도치 않게 사토네의 민얼굴을 온 세상에 노출시킨 것, 인터넷 댓글을 본 것 등을 숨김없이 의사에게 털어놓았다.

"그것참 큰일이었겠네요. 가스미 씨께 뭔가 불이익은 없었나요?"

"인터넷의 악질 댓글을 제외하면 실제 피해라고 할 만한 건 없었어요. 실은 예전 소속사에서도 연락이 왔는데⋯⋯."

몰랐다고는 해도 방송 중에 아이돌 시절의 폭로성 발언을 한 것 때문에 히비키는 예전 소속사에 불려갔다. 하지만 히비키에게는 잘못이 없었던 점, 이미 탈퇴한 일반인이라는 점, 또한 문제가 될 만한 발언은 거의 하지 않았다는 점을 이유로 다행히 사무소의 매니저에게 앞으로 조심하라는 구두 주의를 받는 정도로 끝났다.

"그건 참 다행이네요. 하지만 심리적인 충격을 받아 재발해버린 거군요."

히비키는 앞머리를 만지고 말았다.

"인터넷의 의견 따위 신경 쓸 필요가 없다는 사실을 머리로는 아는데요. 못생겼다는 말을 들을 때마다, 맞아, 나 못생겼지, 라고 생각하며 침울해지게 돼요."

사토네루의 영상은 즉시 녹화본이 삭제되었지만 이미 동영상은 널리 퍼져나갔다. 좋지 않다고 생각하면서도 히비키는 그것을 보고 말았다. 거기에 비친 자신은 방심한 상태였고, 보정된 상태이기는 해도 보기 흉했으며, 특히 앞머리가 흐트러진 모습은 비참한 수준이었다. 그런 모습을 많은 사람이 봤다고 생각하는 것만으로 그녀는 어찌할 수 없을 정도로 괴로운 마음이 들었다.

"약을 줄이거나 하지는 않으셨죠?"

오다는 사무적으로 확인했다.

"그러지 않았어요. 모처럼 좋아지는 중인데 이제 와서 약을 끊는 건 두려워서요."

"가스미 씨가 약을 먹기 시작한 지 오늘로 8주째군요."

"맞아요. 6월 초부터였으니까요."

"친구와의 트러블이 일어나기 전까지 증상은 잠잠한 상태였나요?"

"네. 당일에도 큰 어려움 없이 친구네 집에 갔고요."

의사가 회전의자를 흔들었다. 삐걱거리는 소리가 진료실에 울려 퍼졌다.

"우선 정신질환이라는 건 감기처럼 절정기가 지났다고 호전되는 병은 아닙니다. 나아지던 증상이 재발하는 것도 흔한 일이에요."

그것은 그럴 것이다. 약의 힘을 빌려 심신의 균형을 정상에 가깝게 만들 수는 있어도 균형 그 자체는 끊임없이 흔들린다.

"가스미 씨의 경우에는 명확한 계기가 있었지만, 특별한 계기가 없어도 재발하는 케이스도 있습니다. 오히려 지금까지 약물 치료가 잘 되고 있던 건 가스미 씨가 열심히 노력하신 결과이기도 하기에 이쯤에서 잠시 쉬어 갈 필요가 있었던 거겠죠."

뭔가 아이를 속이는 듯한 논리다. 하지만 납득이 가는 부분도 있었다.

"저는 오랜 기간 저를 못생겼다고 생각하면서 살아왔어요. 약의 효과는 극적이었지만, 그렇게 단시간에 없앨 수 있는 감정이라고는 생각하지 않아요. 이번 일이 없었더라도 언젠가는 재발했을 것 같아요."

"그럴지도 모르겠네요. 하지만 그걸 방치하지 않고 진료를 받으러 오신 건 정말 큰 의미가 있다고 생각합니다. 가스미 씨는 진지하게 치료에 임하고 계시는군요."

히비키는 고개를 끄덕였다. 결코 사라지지 않을 것이라 믿던 부정적인 감정에서 해방되는 자유를 자신은 이미 알게 되었다. 예전으로 돌아가고 싶지는 않다.

"더 강한 약으로 바꾸는 게 좋을까요?"

"SSRI의 효과가 좋지 않으면 양을 늘리거나 약을 바꾸는 게 일반적이지만, 가스미 씨의 경우에는 지금까지 약효가 꽤 있었던 것 같고, 재발한 지 얼마 지나지 않았으니 조금 더 상태를 지켜보죠. 불안감이 심할 때는 항불안제를 병용

할 수도 있는데, 처방해드릴까요?"

그것은 도움이 되리라. "네, 부탁드려요" 하고 히비키는 말했다.

오다가 컴퓨터를 조작해 처방약을 추가했다. 그것이 끝나자 그는 의자의 등받이에 몸을 맡겼다. 지금까지 빈틈없어 보이던 그에게는 보기 드문, 피곤함이 묻어나는 동작이었다.

"지금부터는 의사로서가 아니라 한 명의 어른으로서 이야기할 테니 듣고 넘기셔도 상관없습니다."

"네. 말씀하세요."

"애초에 인간이란 그렇게 아름다운 생물은 아니라고 생각해요."

맥락이 파악되지 않아서 히비키는 고개를 갸웃거렸다. "네?"

"저는 지금까지 가스미 씨와 같은 신체이형장애 환자나, 직접 진찰한 건 아니지만 그럴 것으로 여겨지는 사람을 여럿 봐왔습니다. 다들 자신이 아름답지 않다는 한 가지 이유로 큰 고통을 겪고 있었죠."

신체이형장애는 온갖 정신장애 중에서도 가장 환자를 힘들게 하는 병 중 하나……. 오다는 그런 의견도 있다고 예를 든 적이 있었다.

"그렇다면 왜 그들은 자신이 아름답지 않은 걸 용서하지 못할까요? 인간이란 기본적으로 아름다운 생물이 아닌데요.”

“어떻게 그렇게 단언하실 수 있죠?”

“아이돌이나 배우가 활약할 수 있는 이유는 아름답다는 게 특별하기 때문이죠. 물론 노래나 춤, 연기도 특별한 기술에 속하지만, 부족한 외모 탓에 무대에는 오르지 못하는 사람 쪽이 압도적으로 많아요. 그렇기에 아름다운 사람이 대접을 받는 것인데, 자신도 아름다워야만 한다고 생각하는 건 잘못된 생각이에요.”

잘못된 생각이어서 어떻다는 것인가. 아름다워지고 싶다는 바람을 품는 것은 죄가 아니다.

“선생님. 사람이 아름다워지고 싶다고 생각하는 건 이 사회가 루키즘에 가득 차 있고, 아름다운 게 유리하다는 사실을 계속해서 주입받았기 때문 아닐까요. 나쁜 건 사회이지 신체이형장애 환자가 아니에요.”

히비키가 반박하자, 오다는 손끝으로 어긋난 안경을 고쳐 썼다.

“당신이—이건 가스미 씨라는 의미가 아니에요—당신인 채 지금보다 아름다워지고 싶다고 바라는 걸 저는 막지 않습니다. 하지만 확실한 게 하나 있어요.”

“그게 뭔가요?”

“사람의 아름다움이란 언젠가 사라지는 법입니다.”

히비키는 그게 무슨 상관이냐고 생각했다. 그 말은 어차피 배설물이 될 텐데 맛있는 음식을 먹어도 의미가 없다고 말하는 것과 같은 극단적인 주장 아닌가.

"나이를 먹어도 아름다운 사람은 있어요."

"그건 그 나이에 걸맞는 아름다움이라는 의미겠죠. 젊었을 때의 아름다움과는 다릅니다."

"내면에서 배어 나오는 아름다움 같은 것도 있잖아요. 그런 건 나이가 들어도 사라지지 않는 것 아닌가요?"

"그렇죠. 그래도 외모로 고민하는 사람에게 내면에서 배어 나오는 아름다움도 있다고 말해도 전해지지 않을 테죠."

또 논파하려고 한다. 어렵게 쌓아 올린 오다 의사에 대한 신뢰가 다시 흔들린다. 히비키는 자기도 모르게 큰 목소리를 냈다.

"나이를 먹고 난 뒤의 일은 상관없어요. 중요한 건 지금이에요. 나이가 들면 어렸을 때보다 외모로 평가받을 기회는 줄어들겠죠. 그런 것과 상관없이 젊은이들은 지금 아름다워지고 싶은 거예요."

그러자 오다는 천천히 고개를 끄덕였다. 단순한 맞장구가 아니라 히비키가 옳다는 사실을 제대로 인정하는 듯한 태도였다.

"그렇죠. 신데렐라가 딱 하룻밤만이라도 드레스나 호박 마차를 바란 것처럼요. 잃어버릴 걸 알지만, 그럼에도 잠시만이라도 갖고 싶다고 바라는 마음은 비단 아름다움에 국한된

게 아니라 인간의 본능이자 살아가는 것 그 자체예요."

"선생님은 무슨 말씀이 하고 싶으신 거죠?"

"가스미 씨, 저는 말이죠. 사람은 살아 있는 것만으로, 그 사람이 거기 있다는 것만으로 훌륭한 일이라고 생각해요. 입에 발린 말을 하는 것처럼 들리겠지만 진심입니다. 왜냐하면 자신에게 뭔가가 부족하다는 이유로 고민하고 괴로워하고 심지어 목숨마저도 끊는 사람을 수없이 봐왔으니까요."

답할 말이 아무것도 없었다. 그만큼 의사의 말에는 무게감이 있었다.

"뭔가를 가지고 있기에 가치가 있는 게 아닙니다. 아무것도 가지고 있지 않으니까 가치가 없는 것도 아니고요. 당신이 당신이라는 점에 절대적이고 바꿀 수 없는 가치가 있다고 저는 지금까지도 환자분들께 반복해서 진지하게 설명해왔습니다. 물론 때로는 자신이 손에 넣은 것, 쌓아온 것에 자부심을 품는 것도 좋겠죠. 하지만 이것만큼은 꼭 기억하셨으면 좋겠어요."

오다는 등받이에서 상반신을 일으켰다.

"언젠가는 잃게 되는 것, 언젠가는 잃게 되리라는 사실을 아는 것에 결코 자신의 가장 큰 가치를 두어서는 안 됩니다."

그날 들은 사토네의 발언이 히비키의 뇌리에 되살아났다.

"내가 예뻐서 사람들이 좋아하는 거야. 내 가장 큰 가치는 이 외모에 있어. 그건 전혀 이상한 일이 아니고, 나는 오히려 자랑스러워."

히비키는 사토네의 그 말을 부정하고 싶었다. 오다의 호소와 자신의 소망은 이어져 있다.

"……천천히 생각해보고 싶어요. 선생님이 지금 말씀하신 것에 대해."

"뭔가 시사하는 바가 있으면 좋겠습니다. 부디, 증상이 나아지시길 빕니다."

히비키는 클리닉을 나와서 약국에서 약을 받아들었다. 처음으로 처방받은 항불안제 포장재가 낯익었지만, 어디에서 본 것인지 기억나지 않았다.

3

그 주 토요일, 니시테쓰 후쿠오카 역에서 올라탄 빨간 특급열차 안에서 히비키와 이오리는 옆자리에 나란히 앉아 이야기를 나누었다.

"2년 전까지 유키히데가 오무타 시에 살았던 건 틀림없어. 발자취를 추적한다면 거기에서 시작하는 수밖에 없겠지."

"고지마당의 장부 사진, 찍어두길 잘한 것 같아. 다시 보니 당시 유키히데의 자택, 즉 다쿠미의 본가 주소가 제대로 적혀 있더라고."

"잘했어, 히비키. 그걸 찾는 수고를 덜 수 있어서 정말 다행이야."

두 사람은 함께 오무타 시로 향했다. 니시테쓰 덴진오무타 선은 니시테쓰 후쿠오카 역과 오무타 역을 남북으로 연결하는 철도로, 끝에서 끝까지는 특급으로 약 한 시간이 걸린다. 히비키는 운전면허가 없고, 이오리는 장롱면허라고 하기에 이번에는 대중교통을 이용하기로 했다.

"다만 갑자기 본가에 들이닥친다 해도 얻을 수 있는 건 별로 없을지도 몰라. 지금 세입자는 구가하라 형제에 대해 잘 모를 테고, 이웃 주민도 낯선 우리를 경계하면 이야기를 듣기 어려울 거야."

"나도 그렇게 생각해서 일단 유키히데의 정보를 인터넷으로 검색해봤어. 그런데 뭐 하나 나오는 게 없더라. SNS 계정도 없고. 특히 페이스북은 본명으로 등록하는 게 일반적이고 유키히데 세대에는 널리 보급된 걸로 알기에 기대했는데 말이야."

"페이스북이 일본에서 처음 유행한 건 2010년쯤 아니야? 유키히데는 15년 전 화재가 난 다음 해에는 대학을 중퇴하고 이미 은둔 생활을 시작했다고 하니까……."

"하긴 페이스북에 계정을 만들 생각 자체를 안 했겠네."

그 무렵에 이미 다른 사람과의 교류를 피했다면 다른 계정에 유키히데에 관한 화제가 올라왔으리라고도 생각하기 어렵다.

"모처럼 히비키가 유키히데의 출신 대학을 다쿠미에게 알아냈는데 그 친구나 동창에게 연락이 닿지 않으니 답답하네. 적어도 학부라도 알면 어떻게든 될 것 같은데."

"형도 고등학교를 졸업한 후에는 나와 같은 사가대학에 다녔는데, 인간관계가 잘 안 풀렸던 것 같아."

이오리는 최근 며칠간의 정보 수집에서 아무런 수확도 얻지 못한 듯하다. 히비키는 웃으며 말했다.

"괜찮아. 그렇게 될 것 같아서 이미 손을 써놓았어."

"어? 혹시 방법을 찾은 거야?"

"응. 나는 유키히데가 아니라 다쿠미 주변을 공략하기로 했거든."

이오리와 오호키 공원에서 이야기를 나눈 다음 날, 히비키는 곧장 사무소에서 다쿠미에게 출신 고등학교를 알아내는 데 성공했다.

"그러고 보니 다쿠미는 고등학교 어디였지?"

잡담의 흐름 속에서 실로 자연스러운 질문이었다. 그런데도 다쿠미가 아주 짧은 순간 대답에 곤란해하는 기색이 느껴졌다. 하지만 아무리 그래도 대답을 거부하지는 않았다.

"오무타 중앙고등학교. 히비키는 시티걸이니까 모르겠지."

다쿠미의 말대로 학군이 달라서 몰랐지만, 오무타 중앙고등학교는 오무타 시내에 있는 현립 고등학교 중에 대학 진학률이 가장 높은 학교였다. 히비키는 공부를 그다지 잘하는 편이 아니었기에 역시 다쿠미는 똑똑하구나, 하고 새삼스레 생각했다.

"페이스북에서 찾아보니까 다쿠미의 계정은 없었지만, 그 동급생으로 보이는 계정이 여럿 있었어. 페이스북에는 출신 학교와 졸업 연도를 프로필에 등록할 수 있으니까. ……실은 벌써 약속도 잡아놨어."

이오리가 눈을 동그랗게 떴다.

"대단해. 빈틈이 없네."

"이래 봬도 일단은 웹 미디어 편집자니까. 취재는 내 특기 분야야."

에헴, 하고 가슴을 펴는 히비키를 보고 이오리는 웃음을 터뜨렸다.

"약속은 오늘이야?"

"응. 나, 페이스북 계정을 만들어서 다쿠미의 동급생으로 보이는 계정에 닥치는 대로 연락해봤거든. 그랬더니 한 명 낚였어."

"어떤 명목으로?"

"다쿠미와 같은 웹 미디어에서 일하고 있고, 현재 소식이 끊긴 형과 재회하는 깜짝 기획 기사를 쓰고 있는데 이야기를 들려줄 수는 없나요? 라고 했어. 가벼운 분위기라면 협조를 얻기 쉬울 것 같아서."

다쿠미의 친구인 만큼 목표는 남성이다. 히비키가 몇 명에게 떠보는 메시지를 보내자, 한 명이 명백하게 긍정적인 반응을 보였다. 그 모습을 보고 감동적인 재회 장면을 꾸미자는 생각이 떠오른 것이었다. 깜짝 기획이라고 말하면 다쿠미 본인에게 전해지는 것을 방지하기에도 좋다.

상대 남성은 히비키의 전직 아이돌이라는 경력에 흥미를 느낀 것을 숨기려 하지 않았다. 아이돌 시절에는 예명을 사용했지만, 화제가 된 블로그는 실명으로 썼기에 찾아보면 바로 알 수 있다. 히비키는 의도치 않게 자신의 경력과 여성성을 조사에 이용하는 모양새가 되어버린 것에 혐오감을 느꼈지만, 당면한 큰일을 위해서는 이쯤은 포기할 수 있다.

"거짓말 잘하네. 믿음직스러워."

그런 히비키의 갈등을 알 턱이 없는 이오리는 솔직하게 감탄했다.

"그래서 그 사람과는 어디에서 만나기로 했어?"

"그쪽에서 지정한 건데, 11시에 패밀리 레스토랑에서 만나기로 했어. 역에서 조금 떨어져 있지만 걸어서 갈 수 있는 거리 같아."

"좋았어. 유키히데와 직접 관련은 없더라도 어쨌든 최대한 정보를 끌어내보자."

"친절한 사람이면 좋겠는데 말이야. 혹시 위험한 일이 벌어질 것 같으면 나 좀 지켜줘."

"당연하지. 그러려고 오늘 내가 여기 있는 거나 마찬가지니까."

이오리가 미소 짓자 히비키는 뺨이 뜨거워지는 것을 느꼈다. 안내 방송이 곧 오무타 역 도착을 알렸다.

터미널치고는 소박한 오무타 역을 나와 향한 곳은 조이풀 오무타 시로가네점이었다.

조이풀은 규슈 지방을 중심으로 운영 중인 패밀리 레스토랑 체인이다. 가격이 저렴해서 히비키도 어렸을 때부터 일상적으로 이용하고 있다.

창가 박스석을 확보한 후 먼저 셀프 드링크바를 주문하고 상대를 기다렸다. 11시 정각에 홀로 들어 온 남자 손님을 보고 히비키는 몸을 일으켰다. 상대방의 계정 사진에서 확인한 것과 같은 얼굴이다.

남자 손님은 이쪽을 알아보고 다가왔다. 앞머리를 젤로 깔끔하게 가르마 타고 얼굴 생김새는 약간 동안인 편. 네이비색 반소매 셔츠에 흰색 바지를 차려입었다. 오른손으로 만지작거리는 자동차 열쇠는 도요타인가.

"오키노 씨죠? 처음 뵙겠습니다. 연락드린 가스미입니다."

"가스미의 친구인 기치세입니다."

"안녕하세요. 오키노예요."

"오늘은 바쁘신 가운데 시간을 내주셔서 감사합니다."

"아니요. 주말은 한가해서요."

건너편 자리에 앉으면서 오키노는 히비키와 이오리를 번 갈아 바라봤다. 무슨 관계인지 따져보는 듯하지만, 굳이 설 명할 의무도 없다.

히비키는 조사에 도움이 될 것이라 예상해서 명함을 준비 했다. 오키노에게 건네자, 그는 명함의 직책에 눈을 돌렸다.

"정말로 아더 사이드 분이시군요."

"네. 결코 수상한 사람이 아닙니다."

오키노는 테이블 위의 버튼을 눌러 점원을 불러 셀프 드 링크바를 주문했다. 직접 아이스 아메리카노를 가져오고는 자기가 먼저 본론을 꺼냈다.

"그래서 다쿠미의 형이 행방불명이라는 게 사실인가요?"

"다쿠미 씨 본인이 그렇게 말하니 틀림없지 않을까요. 그 리 흔한 이야기는 아니어서 편집부 윗사람이 관심을 가지게 됐고, 다쿠미 씨에게는 비밀로 한 채 어떻게든 찾아내라고 했어요."

"전에 그런 예능 방송이 있었죠. '그 사람은 지금 어디에' 같은 거요."

오키노는 들뜬 모습을 보였다.

"그래서 저는 무슨 이야기를 하면 되죠? 다쿠미네 형의 행 방 같은 건 전혀 모르는데요. 다쿠미 본인과도 고등학교 졸업 이후에는 만나지 않았고요."

"다쿠미 씨는 아무래도 형님인 유키히데 씨와 한바탕 다툼이 있었던 모양으로, 거의 아무 말도 하고 싶지 않아 해요. 그래서 솔직히 저희에게는 유키히데 씨에 관한 정보가 전혀 없는 것과 다름없거든요. 다쿠미 씨의 동급생이라면 유키히데 씨에 관한 정보를 조금이라고 가지고 있지는 않을까 싶어서요."

흐음, 하고 중얼거린 후 오키노는 커피를 한 모금 마시고 의표를 찌르는 한마디를 내뱉었다.

"왠지 심각해 보이네요. 감동적인 재회 분위기는 아닌 것 같은데."

경박한 분위기에 속아 넘어갈 뻔했지만, 이 남자는 날카롭다는 직감이 들었다. 그러고 보니 주고받은 메시지에도 지방 은행에서 영업 일을 한다고 적혀 있었다. 분위기를 파악하는 능력이 뛰어날 것이다.

"직업병이라서요. 이 친구는 진지한 취재도 많이 하니까요."

이오리가 도움의 손길을 내밀었다. 오키노는 빙긋 웃었다.

"그래서 친구분도 같이 오신 거군요. 학술적인 취재라면 모르겠지만, 동급생에 관한 이야기를 묻는 데 이런 느낌이면 상대방은 무서워서 마음을 열지 못해요."

"부끄러울 따름이네요." 히비키는 고개를 숙였다.

"뭐, 모르는 바도 아니지만요. 저는 평범한 샐러리맨이지만 집에서도 후배에게 설교하듯 아내를 혼내니까 아내에게 그만 좀 하라는 말을 자주 듣습니다."

"결혼하셨군요."

"의외인가요? 얼른 하지 않으면 출세에 지장이 있다고 들어서 어쩔 수 없었어요. 남자들은 모두 강제로 들어가야 하는 독신자 기숙사에서도 얼른 나오고 싶었고요."

오키노는 오래된 체질의 회사예요, 하며 웃었다. 그런 것치고는 어딘지 자랑스러워 보인다.

히비키가 오키노의 결혼 여부를 확인한 것은 나이도 그렇고, 무엇보다 결혼반지를 끼고 있지 않았기 때문이다. 하지만 자세히 보니 왼손 약지에는 희미하게 햇볕에 그을린 흔적이 있었다. 오늘 만남을 위해 일부러 반지를 빼고 온 모양이다.

"오키노 씨는 고등학교 때, 다쿠미 씨와 어느 정도로 친하셨나요?"

주제가 빗나간 이야기를 원래대로 되돌리자, 오키노는 다소 마음에 들지 않는다는 듯한 표정을 지었다.

"사이는 나쁘지 않았어요. 저는 테니스부였고 그 녀석은 아무 동아리도 안 해서 자주 어울려서 놀았다고 하기는 어렵지만요."

"그런데도 졸업 후에 만난 적이 없으신가요?"

"학창 시절이란 게 다 그런 거 아닌가요? 장소가 달라지면 교우 관계도 달라지죠."

이견은 없다. 실제로 히비키도 고등학교 때의 친구 중 지금까지 관계가 지속되고 있는 친구는 손에 꼽을 정도에 불과하니까.

"다쿠미 씨의, 아마도 유키히데 씨도 마찬가지일 텐데 출신 중학교나 초등학교를 기억하시나요?"

"중학교는 미야타케 중학교예요. 가본 적은 없지만 그 녀석네 집, 오무타 시내에서도 꽤 외진 곳에 있었어요. 초등학교까지는 모르겠네요."

오키노의 증언은 고지마당의 장부에 기재된 주소로 추정할 수 있는 시립 중학교 학군과 일치한다. 정확성은 기대할 수 있을 것 같다.

"다쿠미 씨는 대학생 때까지 본가에 있었다고 들었는데, 그 시기에도 오키노 씨는 만나지 않으셨다는 거죠?"

이 질문에 오키노는 얼굴을 찌푸리며 말했다.

"그 녀석, 사가대학이었으니까요. 사가 역 남쪽에 있는 혼조 캠퍼스까지 편도 한 시간 반을 들여 통학했을 거예요. 후쿠오카 시내의 대학 근처에서 자취하던 저와는 생활권이 너무 달랐죠."

편도 한 시간 반은 힘들었을 테지만, 어떻게든 감당할 수 있는 거리이긴 하다. 구가하라 집안의 경제 상황을 생각하면, 본가에서 다니는 것 이외의 선택지는 없었으리라.

"다쿠미 씨에게서 유키히데 씨에 관한 이야기를 들은 적 없으신가요?"

"글쎄요, 딱히는요. 그 녀석, 당시부터 가족 이야기를 꺼렸어요."

"다쿠미 씨가 고등학생이던 당시, 유키히데 씨가 은둔형 외톨이였다는 것도요?"

"그런가요? 아니, 처음 듣는 이야기인데요."

감수성이 예민한 남자 고등학생에게 형이 은둔형 외톨이라는 사실은 부끄러운 일로 받아들여질 수 있다. 어물쩍 넘길 수 없을 정도로 집이 가깝다면 또 모를까, 다른 지역에 사는 친구에게는 숨겼다고 해도 이상하지 않다.

유키히데에 관해 오키노에게 끌어낼 만한 정보는 더는 없어 보였다. 평소라면 빈손으로 조사가 끝났겠지만, 히비키는 그를 이용할 다른 방법을 이미 떠올린 상태였다.

"저희, 지금부터 다쿠미 씨의 본가 주변에 가볼까 합니다."

"그 녀석네 집을요? 지금은 다른 사람이 살고 있다고 들었는데요."

"네. 그래서 근처 분들께 이야기를 듣고 싶어서요. 다만 저희 둘이 가봤자 경계해서 제대로 대응해주지 않을 것 같아서 불안해서요."

"흐음. 그럴지도 모르겠네요."

"그래서 오키노 씨에게 부탁이 하나 있습니다. 다쿠미 씨의 초등학교나 중학교 동창이 고등학교에도 있었겠죠?"

"그건 그렇죠. 어렴풋하나마 몇 명인가 떠오르네요."

"부디 연락을 취해주실 수 없을까요? 현지 분과 함께라면 이야기를 들을 확률도 크게 높아질 거예요."

넘어져도 그냥은 일어나지 않겠다는 히비키의 자세에 옆에서 이오리가 감탄을 숨기지 못했다.

"연락이 닿을 것 같은 분, 혹시 계실까요?"

오키노는 스마트폰을 조작했다. LINE이나 SNS 앱을 실행한 듯했다.

"흐음. ……없는 것도 아니네요. 이 친구는 지금도 본가에 살고 주말에는 쉰다고 들었으니, 혹시 오늘도 그 주변에 있을지 모르겠네요."

무심한 동작으로 오키노는 스마트폰을 귀에 가져다 댔다. 잠시 후 통화가 시작되었다.

"아, 여보세요? 어, 오랜만이야. 지금 어디 있어? 아니 뭐, 다쿠미에 관해 이야기를 듣고 싶어 하는 사람이 와서 말이야. 다쿠미의 동료라고 하는데. 너 분명 같은 중학교 출신이었지? 시간 되면 잠깐 이 사람들 도와주지 않을래?"

의외로 협조적인 태도에 히비키는 오키노에게 좋지 않은 인상을 품었던 것이 미안해졌다.

"아니, 수상한 사람들 아니야. 명함도 받았고. 아니, 다쿠미가 아더 사이드에서 일한다고 전에 들었잖아. 다쿠미에게 깜짝 기획 같은 걸 하는 듯해. 응, 맞아, 맞아. 아, 시간 된다고? 그럼 연락처 알려줄게. 그래, 다음에 술 한잔하자. 끊는다."

통화를 끝낸 오키노가 이쪽을 보며 말했다.

"그렇다고 하네요."

"감사합니다."

히비키와 이오리는 나란히 고개를 숙였다.

"원래는 같이 가야 할지도 모르지만, 저는 이쯤에서 빠질게요. 오늘은 잠시 후에 아내를 쇼핑몰에 데려다주기로 약속해서요."

오키노는 마지막으로 남편다운 얼굴을 보이고 자리에서 일어나 가게를 나섰다. 히비키는 중얼거렸다.

"뭐, 어쨌든 친절한 사람이었네."

"그런가. 어딘가 모르게 속내가 보였던 것 같은데." 이오리는 쓴웃음을 지었다.

"그래도 친구까지 소개해줬고……."

그때 히비키의 스마트폰이 진동했다. 페이스북 계정으로 오키노에게서 메시지가 도착해 있었다.

히비키 양, 역시 엄청 예쁘시네요! 오늘을 계기로 친해지면 좋겠어요! 다음에 술 한잔합시다!

히비키는 머리를 감싸 쥐었다.

4

"……저게 다쿠미가 살던 집입니다."

모리라는 이름의 남자가 그렇게 말하며 앞을 가리켰다. 붉은 기와지붕의 낡은 느낌이 드는 단독주택 앞에서 히비키 일행은 발걸음을 멈췄다.

히비키는 오키노가 연결해준 다쿠미의 동급생, 모리와 약속을 잡아 다쿠미의 집 근처에서 합류하게 되었다. 걸어가기에는 멀었기에 패밀리 레스토랑 앞에서 택시를 잡아타고 미터기가 일곱 바퀴 돌 때까지 동쪽으로 달렸을 때, 지정된 장소에 멍하니 서 있는 모리의 모습을 발견했다.

오키노와는 달리 모리는 안경을 쓰고 검은 머리를 짧게 잘랐으며, 순박한 인상을 풍겼다. 뺨이 약간 거칠었고, 히비키와 같은 나이임에도 이미 앞머리의 숱이 적었다. 신경 쓰이지 않는 것일까, 하고 생각하는 자신에게 히비키는 싫증이 났다. 쓸데없는 참견이다.

그 모리와 함께 방문한 곳은 구가하라 형제가 자란 집이었다.

칙칙한 흰색 담장에 둘러싸여 있고, 대문에는 '이나나가'라는 명패가 걸려 있다. 대지는 약 130제곱미터 정도일까. 히비키는 음식점 취재를 자주 하기에 그런 정도는 대강 가늠할 수 있다. 2층 단독주택 옆에는 자동차를 한 대 주차할 수 있는 크기의 마당이 있고, 방범을 위해서인지 바닥 한 면에는 자갈이 깔려 있었다.

"어머니 명의라고 들었는데, 어머니가 부모에게 상속 받은 걸까요."

히비키의 말에 모리가 반응했다.

"다쿠미의 외할아버지, 외할머니가 일찍 돌아가셔서 외동딸인 다쿠미의 어머니가 유산으로 이 집을 물려받았어요. 그래서 오무타 시내의 연립주택에서 살던 다쿠미네 가족이 전부 이사를 왔죠. 다쿠미가 갓 태어났을 무렵이라고 했어요. 아버지는 그로부터 3년도 채 되지 않아 집을 나간 것 같지만요."

다쿠미가 갓 태어난 때였다면 형인 유키히데는 열두 살이다. 중학교에 올라갈 때를 기다렸을지도 모른다. 감수성이 예민한 시기에 근처에 살던 조부모의 죽음과 이사, 부모의 이혼을 연이어 경험한 유키히데의 심적 고통은 추측하기 어렵지 않다.

모리의 설명은 조리가 있었지만, 이오리는 다른 관점에서 놀란 듯했다.

"자세히 아시네요. 다쿠미와는 친하셨나요?"

"뭐, 초중고가 같으니까요. 이 집에도 몇 번인가 놀러 왔고요. 저는 고등학교를 졸업하자마자 구마모토에 취직했기에 대학에 간 그 녀석과는 만날 기회가 거의 없어졌지만요."

오무타에서 구마모토까지는 전철로는 최단 50분, 규슈 신 칸센이라면 17분, 자동차로도 한 시간 정도면 갈 수 있다. 본가에 산다면 충분히 통근할 수 있는 거리다.

"옆집에 사는 분은 예전과 같은 분인가요? 혹은 이 주변에 서 구가하라 일가와 친하게 지낸 집을 아시나요?"

히비키는 모리에게 물었다.

"저 맞은편 오른쪽 집에는 동급생은 아니지만 나이가 비 슷한 자매가 살았으니 그럭저럭 교류가 있던 듯하더군요. 저도 가끔 같이 놀았으니 기억하지 않을까 싶은데요."

모리의 말을 뒷받침하듯, 그 일본식 건물에는 세월의 흔적 이 엿보였다. 반면 왼쪽 옆은 콘크리트 주택으로, 딱 보기에 도 지은 지 얼마 되지 않아 보였다.

갑자기 들이닥친들 이야기를 들을 수 있을지는 알 수 없 다. 하지만 써볼 수 있는 수단은 최대한 시도해봐야 한다. 히 비키는 '호리우치'라고 적힌 명패가 걸린 오른쪽 집의 인터 폰을 울렸다.

"네, 누구세요?"

중년여성의 목소리다. 이야기에 나온 자매의 어머니일까.

"갑자기 죄송합니다. 옆집에 살던 구가하라 다쿠미 씨의 동료인 가스미라고 합니다. 구가하라 씨에 관해 이야기를 여쭐 수 있을까 해서요."

"구가하라 씨? 지금은 살지 않는데요……."

목소리에서 당황스러움이 전해졌다. 당연한 반응이다.

그때 모리가 앞으로 나섰다.

"아주머니, 저 모리예요. 오랜만에 인사드리네요."

인터폰에는 카메라가 달려 있다. 여성의 목소리 톤이 높아졌다.

"어머, 모리? 잠깐만 기다려."

익숙한 얼굴의 효과는 대단했다. 모리와 함께 오길 잘했다는 생각이 들었다.

잠시 후 현관 미닫이문이 열렸다. 나타난 사람은 오십 대정도의 작고 통통한 여성이었다.

"모리, 오랜만이야."

"안녕하세요. 저도 이제 막 알게 된 사람들인데, 이 사람들이 다쿠미네 형을 찾는다고 해서요."

"어라…… 유키히데를?" 호리우치의 얼굴이 흐려졌다.

히비키는 호리우치에게 명함을 건넸다. 아더 사이드는 나름대로 유명한 미디어이기에 의심받을 일은 없었다.

"다쿠미 씨에게서 6년 정도 전에 어머니가 돌아가시고 다쿠미 씨가 2년 전에 저 집을 나설 때 유키히데 씨가 행방불명됐다고 들었습니다. 저 집은 지금 세를 주고 있죠?"

"나도 자세한 건 몰라요. 어머니 장례식에는 참석했지만, 그 후 어느샌가 다쿠미가 집을 나갔고, 형인 유키히데도 사라졌기에 놀랐어요. 다쿠미는 정말로 힘들었을 거예요. 그도 그럴 게 유키히데는 어머니 장례식에도 참석하지 않았으니까요."

호리우치가 이마를 닦았다. 더운 날씨에 선 채로 이야기를 나누는 것이 미안하지만, 아무리 그래도 집에 들여보내 달라고 할 수는 없다.

"여쭙고 싶은 건 유키히데 씨에 관해서예요. 어머니가 돌아가시기 한참 전에 대학을 중퇴하고 집에 틀어박혔다고 하던데요."

"원래는 활발한 아이였는데 말이죠. 대학에서 뭔가 일이 잘 안 풀린 모양으로, 점점 학교에 가지 않게 되더니 평일 낮에도 집에 있는 모습을 보는 일이 늘었어요. 결국 그대로 학교를 그만두고 자기 방에서도 나오지 않게 된 것 같아요."

다소 의외라는 생각이 들어 히비키는 되물었다.

"유키히데 씨는 활발한 아이였군요."

"맞아요. 오히려 동생인 다쿠미 쪽이 더 얌전해 보였는데, 정말 사람 일은 알 수 없네요. 어머니도 사람이 확 바뀐 유키히데를 어떻게 대하면 좋을지 고민이 많아 보였어요. 이야기를 하던 도중, 안색이 나빴던 게 생생히 기억나거든요. 지금 생각하면 그녀는 그 무렵부터 이미 병을 앓고 있었을지도 모르지만요."

"유키히데 씨에게 은둔형 외톨이가 될 수밖에 없을 정도의 트러블이 있었던 걸까요……."

이오리가 중얼거리자 호리우치는 그쪽을 바라봤다.

"어머니에게도 다쿠미에게도, 어째서 학교에 가지 않게 됐는지를 털어놓지 못한 것 같더라고요. 도저히 누군가에게 말할 수 없는 사정이 있었나 보죠."

절도죄나 방화죄를 다른 사람에게 털어놓을 수 없는 것은 당연할 터. 하지만 애초에 범죄에 손을 물들일 정도로 궁지에 몰렸다면, 트러블은 그 이전부터 발생했다고도 생각할수 있다.

"호리우치 씨, 저희는 유키히데 씨가 금전적인 문제를 겪고 있지는 않았나 의심하고 있습니다. 그런 이야기는 들은적 있으신가요?"

히비키의 질문에 호리우치는 턱에 손을 대고 잠시 생각에 잠겼다.

"글쎄요……. 그야 여자 혼자 손으로 아들 둘을 키웠으니 유복해 보이진 않았어요. 그래도 유키히데가 집에 틀어박히기 시작했을 무렵에는 아직 어머니도 건강하게 일하고 있었고. ……아버지의 불륜이 원인으로 이혼한 듯했으니, 위자료와 양육비는 제대로 받고 있다고 말했거든요."

새로운 정보다. 이것은 구가하라 형제의 어머니와 친분이 두터운 사람만이 말할 수 있는 내용이다.

"이혼의 원인이 아버지의 불륜 때문이었군요."

"네. 다쿠미도 아직 어렸는데 너무 끔찍한 이야기죠. 옆집에 살기 시작했을 때부터 부인과는 달리 어쩐지 믿을 수 없는 사람이라고 생각했어요."

그런 인상을 가지게 된 데에는 나중에 알게 된 정보가 포함되어 있을 수 있으니 반쯤 에누리해서 듣기로 했다.

"구가하라는 유키히데 씨의 어머니 쪽 성씨인가요?"

"맞아요. 이쪽에 이사 왔을 당시에는 도리시마라는 성을 썼어요."

"유키히데 씨의 아버지, 도리시마 씨가 그 후 어떻게 됐는지는 모르시나요?"

호리우치의 대답은 점과 점을 연결하는 선처럼 느껴졌다.

"불륜 상대와 재혼해서 멋진 집을 지었다고 들었어요. 장소는 분명 후쿠오카 시의 사와라 구 쪽이라고……."

5

구가하라 형제의 아버지는 후쿠오카 시 사와라 구에 집을 지었다.

지레짐작은 좋지 않다. 같은 구라고 해도 사와라 구는 넓다. 하지만. 하지만. 하지만…….

옆집 사람조차 알고 있던 '도리시마 씨가 사와라 구에 멋진 집을 지었다'라는 정보를 아들인 유키히데는 당연히 알았을 것이다. 부부의 이혼이 성립되더라도 부모와 자식 간의 연은 그렇게 쉽게 끊어지지 않는다.

15년 전, 구가하라 유키히데는 우연히 지나가다가 사토네의 집에 들어가 도둑질을 했다고 생각했다. 지금까지는 그지역에 연고가 없어 보이는 유키히데가 왜 그 주택가를 방문했는지 알 수 없었다. 하지만……. 혹시 도리시마 아무개가 그 근처에 집을 지었다면?

분명한 이유가 하나 떠오른다.

유키히데는 친아버지에게 돈을 빌리러 갔던 것이 아닐까.

어떤 사정으로 인해 돈을 마련하고자 동분서주하던 그는 멋진 집을 지었다는 소식을 듣고 친아버지를 찾아가 도움을 요청했다. 하지만 아마도 거절당했으리라. 실의에 빠진 채 돌아가는 길, 그는 사토네의 집 주변을 지나다가 열려 있는 창문과 아무도 없는 거실, 그곳에 방치된 루이비통 핸드백, 그리고 불이 붙은 채인 캔들을 발견했다. 돈을 구할 수단이 바닥 난 그의 눈에는 뜻밖의 행운으로 보였을지도 모른다. 그는 사토네의 집에 침입해서 핸드백을 훔치고 증거 인멸을 위해 커튼에 불을 붙였다…….

그렇다고 방화까지 저지를까 하는 생각도 들지만, 전체적으로는 꽤 설득력 있는 스토리다. 이오리와도 이야기한 결과, 히비키는 그렇게 결론을 내렸다.

호리우치의 증언은 큰 수확일지도 모른다. 히비키는 한시라도 빨리 현지로 이동해서 도리시마라는 성을 쓰는 집을 찾아보고 싶었다. 하지만 그날은 이오리가 저녁부터 출근할 예정이었고, 또한 도리시마 아무개의 주소를 찾아낸다고 해도 쉽게 만날 수 있을 것으로는 보이지 않았기에 조사는 일단 종료하게 되었다.

"오늘 반차를 썼으니 다음 주말에는 쉬지 못해. 미안하지만 조사는 2주 후에 하는 게 어때?"

이오리의 제안에 히비키는 동의할 수밖에 없었다.

"알았어. 그때까지 어떻게든 도리시마 씨의 주소를 알아볼게."

"그리고 유키히데의 금전적인 문제에 관해서는 아직 상상의 영역에 불과해. 당시의 그를 둘러싼 상황을 조금 더 자세히 알아볼 필요가 있겠어."

"계속해서 페이스북을 활용해서 이번에는 유키히데의 대학 동기를 찾아볼게. 학번은 아니까 닥치는 대로 연락해보면 누군가에게는 도움을 받을 수 있을지도 몰라."

"알겠어. 잘 부탁해."

히비키는 돌아오는 특급열차 안에서 그런 대화를 나눈 후 이오리와 헤어졌다.

조사에는 진전이 있었지만, 히비키는 여전히 사토네에게 연락을 취하지 못하고 있었다. 사토네에게서도 아무런 연락이 없었다.

이오리는 사토네에게 몇 차례 연락한 듯했다. 하지만

LINE으로 보낸 메시지는 읽었다고만 표시될 뿐, 그 이후로 답은 한 번도 오지 않았다고 한다.

읽음 표시가 뜨는 것으로 보아 살아 있다는 것만은 분명하다. 걱정은 되었지만, 히비키는 사토네를 가만히 내버려두고 싶었고, 이오리도 그렇게 하는 것이 좋겠다고 말했다.

하지만……

히비키는 실감하게 된다. 역시 불길한 예감은 들어맞는 법이라고.

그날, 히비키는 근무 시간 내내 사무소에서 데스크 작업을 했다.

다쿠미는 평소처럼 출근했지만, 히비키와는 업무상 필요한 대화를 몇 마디 주고받았을 뿐이었다. 사토네와의 트러블에 관해서는 이미 말한 상태였기에 조사도 중단되었으리라 믿고 있을지도 모른다. 말하지 말라는 약속을 지켜준 것인지, 오키노나 모리가 다쿠미에게 연락한 기색은 없었다.

오피스장인 엔도에게는 도쿄행에 관한 답변을 재촉받았다. 조사나 사토네의 일로 정신이 없어서 도저히 결단을 내릴 수 있는 상태가 아니었던 히비키는 답을 조금 더 뒤로 미루는 수밖에 없었다. 히비키를 바라보는 엔도의 미간 주름은 점차 깊어지기만 했다.

오후 7시가 넘어서 퇴근한 히비키는 근처 파스타 체인점에서 저녁을 먹었다. 가게를 나와 지하철 덴진 역을 향해 걸으면서 히비키는 스마트폰으로 아이푸쉬를 실행했다.

그 후 몇 번인가 아이푸쉬를 체크했지만, 7월 말일 이후, 사토네루는 단 한 번도 방송하지 않은 듯했다. 이때도 히비키는 그것을 확인할 셈으로 기계적으로 앱을 실행했을 뿐이었다.

익숙한 섬네일이 화면에 나타나자 자신도 모르게 히비키의 발걸음이 멈췄다.

사토네루가 방송 중이었다.

과거 방송한 이력이 아니다. 현재 방송 중이다. 스트리머가 자유롭게 편집할 수 있는 방송 제목란에는 '마지막 방송입니다'라고 적혀 있었다.

서둘러 사토네루의 방송을 열었다. 크게 비친 사토네의 얼굴에 미소가 보인다는 점에서 우선 안도했다.

"……그래서 말이야, 나는 이제 정말, 다 싫증이 나버렸어."

평소보다 더 달콤한 말투라고 생각했는데, 아무래도 사토네는 술을 마시면서 방송하는 듯했다. 그녀의 자택 테이블에는 알코올 도수 9도의 추하이 큰 캔이 놓여 있는 것이 보였다.

"물론 백 퍼센트 내가 잘못했어. 그건 지난 일주일 동안 진심으로 반성했어. 랭킹 배틀 예선을 통과하기 위해서라고는 해도 내가 사랑하는 친구를 속이고 주최 측이 정한 규칙도 어기며 왜 그런 멍청한 짓을 했을까. 계속 그 생각만 하고 있어."

안주라도 먹는 것인지 사토네는 뭔가를 손바닥에 올린 후 입에 털어 넣고는 추하이로 그것을 삼켰다.

"그래도 말이지. 아무리 반성해도 잃어버린 건 돌아오지 않아. 랭킹 배틀에서 실격했고, 친구에게는 미움받고, 얼굴이 들통나서 팬에게도 버림받았지. 나에게는 이제 정말 아무것도 남아 있지 않아."

히비키의 발걸음이 자연스레 사토네가 사는 야쿠인 쪽을 향했다.

'사랑하는 친구'라는 단어가 히비키의 귓속에서 메아리쳤다. 사토네에게 연락하지 못한 것은 고의는 아니라고는 해도 사토네의 얼굴에 있는 화상 흉터를 방송으로 노출시킨 것에 대한 미안함 때문이다. 하지만 지금 사토네는 방송을 통해 히비키를 사랑하는 친구라고 표현해줬다.

본심이 아닐 수도 있다. 누군가가 시청하고 있기에 조금이라도 자신을 좋게 보이기 위해 거짓말을 하는 것일 수도 있으리라.

하지만 사토네는 '히비키'가 지금 자신의 방송을 보고 있다는 사실을 알 것이다. 이전에도 계정명이 표시된 것이 계기가 되어 두 사람은 인연을 되살리게 되었으니까.

물론 술에 취한 그녀의 눈에는 들어오지 않았을 수도 있다. 하지만 만약 히비키에게도 들리도록 사랑한다고 말한 것이라면.

사토네는 아마 히비키와 화해하고 싶은 것이리라.

어떤 형태로든 그녀는 의사를 표현했다. 그렇다면 이번에는 히비키 차례다. 사토네의 집에 직접 찾아가서 같은 마음임을 그녀에게 전하자.

히비키는 통행에 방해가 되지 않도록 주위를 살피며 방송을 틀어둔 채 발걸음을 재촉했다.

"이래저래 생각해봤지만, 어차피 나는 스트리머로서 이 이상 해나갈 수 없을 것 같아. 그래서 이 방송으로 모든 걸 끝낼까 싶어."

댓글란에는 '사토네루, 방송 그만두지 마'라는 만류, '지금까지 즐거웠어', '고생 많았어'라는 위로, '마지막까지 남 탓이야?'라는 비판이 뒤섞여 있었다. 사토네는 그런 말들에 전혀 반응하지 않고 또다시 뭔가를 입에 털어놓은 후에 중얼거렸다.

"……뭐야 이거, 전혀 효과가 없네."

그 순간, 히비키의 머릿속에 어떤 장면이 되살아났다.

사토네의 집에 처음 발을 들였을 때 테이블 위에 여러 물건이 널브러져 있었다. 방송용 조명, 과자 봉지, 카페오레 페트병. ……그리고 약 포장재.

그때는 무슨 약일까 생각했다. 하지만 지금 자신은 그 답을 알고 있다.

'항불안제'다.

지난번 멘탈 클리닉에 갔을 때, 히비키는 의사에게 새로 항불안제를 처방받았다. 약국에서 그것을 받아들었을 때, 어딘지 낯익은 느낌이 들었다.

이제야 기억이 난다. 자신은 사토네의 집에서 그것을 본 것이다.

화면 속에서 사토네가 손바닥을 입에 가져다 댔다. 그러고는 추하이를 한 모금.

"너무 힘들어 죽을 것 같은데, 얼마나 먹어야 효과가 있을까……."

히비키는 달리기 시작했다.

사토네는 항불안제를 과다 복용 중이다. 그것도 함께 먹으면 안 된다고 하는 술과 함께. 사토네의 목숨이 위험하다.

그녀의 집까지 몇 분이나 걸릴지 알 수 없다. 하지만 역으로 가서 전철을 타거나 큰길로 돌아가 언제 올지 모르는 택시를 기다리는 것보다는 달리는 쪽이 빠를 것 같았다.

필사적으로 숨을 헐떡이며 히비키는 119에 전화했다.

"119입니다. 화재인가요, 응급상황인가요?"

"응급상황입니다. 친구가 집에서 약을 과다 복용하고 있어요! 주소는……."

전화를 끊을 무렵에는 사토네가 사는 아파트가 보이기 시작했다. 오토록이 없는 현관을 지나 엘리베이터를 기다리는 시간도 아까워서 3층까지 단번에 계단을 뛰어올랐다.

사토네의 현관 손잡이를 돌렸지만 문은 잠겨 있었다.

"사토네, 문 열어! 사토네!"

히비키는 문을 몇 번이고 두드렸다. 이대로라면 구급대원이 오더라도 시간을 허비하게 된다. 그사이에 돌이킬 수 없는 일이 벌어질지도 모른다.

히비키는 기도하는 마음으로 사토네를 계속해서 불렀다. 이윽고 문에서 딸깍, 하는 소리가 들렸다.

히비키는 다시 문고리를 잡고 힘껏 잡아당겼다.

"사토네!"

현관에 엎드린 사토네의 모습이 보였다.

"사토네, 정신 차려!"

붙잡고 귓가에 소리쳐도 반응이 없다. 사토네는 문을 여는 것을 끝으로 힘이 빠져 혼수상태에 빠진 듯했다.

히비키는 사토네의 옆구리에 팔을 찔러넣고 그녀의 상반신을 일으켰다. 그리고 화장실로 끌고 갔다.

자신보다 몸집이 작다고는 해도 온몸에 힘이 빠진 사토네를 옮기는 것은 힘없는 히비키에게 상당한 중노동이었다. 그럼에도 한 가지 순수한 마음이 히비키를 움직이게 했다.

'사토네, 죽지 마.'

변기 위로 사토네의 머리를 내밀고는 목구멍에 손가락을
찔러넣었다. 이윽고 사토네는 변기 안에 위의 내용물을 토
했다.

"히비키……."

희미하게 의식이 돌아온 듯한 사토네가 가느다란 목소리
로 중얼거렸다. 얼굴은 히비키를 향하고 있지만, 눈의 초점
이 맞지 않는다.

히비키는 사토네를 침대로 끌고 가서 기대게 한 후, 옆에
있던 컵에 수돗물을 따라 사토네에게 먹였다. 최대한 많이
마시라고 말하자, 사토네는 석 잔의 물을 비웠다.

"사토네, 괜찮아? 구급차 불렀으니까, 이제 괜찮을 거야."

"히비키……. 미안해."

바닥에 드러누운 사토네가 말했다. 히비키는 그녀의 손을
꽉 잡았다.

"나, 히비키에게 폐를 끼치기만 했네……."

"아니야. 나야말로 미안해."

사토네는 잠꼬대처럼 계속해서 말했다.

"히비키를 속이고, 이 화상이 노출되고…… 끔찍한 말 많
이 들었어. '관람 주의'라거나 돈 쓴 거 돌려달라거나, 얼굴
이 흉하니까 성격까지 흉하다거나……."

사토네의 눈가에서 눈물이 넘쳐흘렀다.

"나, 예뻐지고 싶었어. 이런 화상 흉터가 있어도 나 자신을

예쁘다고 믿고 싶었어. ……사실은 보정된 가짜의 나라는 걸 알면서도."

그렇지 않다. 사토네는 예쁘다. 그렇게 생각하지만 목소리가 나오지 않는다. 지금 내뱉을 말은 그게 아니라며 히비키의 마음이 멈춰 세웠다.

"나, 기뻤어. 방송으로 많은 사람에게 사랑받아서……. 화상이 있어도 당당히 살아갈 수 있다고 믿게 됐어. 하지만 그것도 끝이야. 진짜 얼굴을 다들 봐버렸으니까……. 나는 평생 얼굴에 기분 나쁜 화상이 있는 여자로 살아갈 수밖에 없게 됐어. 나를 예쁘다고 생각하는 순간만이 버팀목이었는데, 나 모든 걸 잃어버렸어. 그러니 약으로 괴로운 감정을 없애고 싶었어……. 많이 먹으면 위험하단 걸 알았지만, 딱히 이제 죽어도 상관없다고 생각해서……."

사토네의 몸을 히비키가 위에서 끌어안았다.

"괴로웠지? 힘들었지? 사토네를 힘들게 해서 미안해."

"왜 히비키가 사과해. 전부 내 잘못인데. 히비키 잘못이 아니야……."

"사토네가 잘못한 거라면 나도 잘못했어. 욕하는 사람도, 사토네의 얼굴밖에 보려고 하지 않는 사람도, 다들 잘못했어. 그러니 더는 자신을 탓하지 마. 사토네의 잘못을 내게도 나눠줘."

사토네의 가슴팍에서 흐느끼면서 히비키는 생각했다.

······이 세상은 거울 나라다.

모두가 거울을 앞에 두고 살아간다. 외모로 제멋대로 우열이 매겨지고, 칭찬받거나 비난받거나 하며 끊임없이 자신의 외모에 대해 신경 쓰면서 어쩔 수 없이 하루하루를 보낸다.

모든 사람은 선택의 여지 없이 이런 세상에 내던져진 피해자다. 사토네도 마찬가지다. 자신도 그렇다. 외모 때문에 마음의 병을 앓고 이윽고 목숨을 끊는 사람들도, 외모가 좋지 않은 탓에 박해를 받거나 반대로 외모가 뛰어난 탓에 다양한 불행에 빠지는 사람들도 모두가 피해자다.

그리고 동시에 모든 사람은 이런 세상에 가담한 가해자이기도 하다. 한때 아이돌이었던 자신도. 외모를 팔아 방송에서 인기를 얻은 사토네도. 다른 사람의 얼굴을 인식하지 못하는 이오리도 머리 스타일이나 화상 흉터를 알아볼 수 있는 이상 예외는 아니다. 누구나 이 불공평하고 불건전하고 원시적인 사회에서 크든 작든 가해자가 될 수밖에 없는 숙명이다. 가령 이런 세상은 이상하다고 확신하더라도.

그럼에도 불구하고 살아가기 위해 어떻게 자신을 지켜야할까? 누가 그것을 가르쳐줄 수 있을까?

오다 의사는 말했다. 언젠가는 잃어버릴 것, 언젠가는 잃어버린다는 사실을 아는 것에 결코 자신의 가장 큰 가치를 두어서는 안 된다고. 히비키는 그 말이 자신의 소망과 이어진다고 느꼈다.

하지만 히비키는 지금 도저히 그 말을 사토네에게 전할 수 없었다.

이렇게까지, 이렇게 되어버릴 정도까지 간절하게 그녀가 바라던 것이다. 그것을 어떻게 남이 부정할 수 있겠는가. 집에 불이 나고 소중한 얼굴에 화상을 입은 그날부터, 사토네는 줄곧 자신의 얼굴에 관해 생각하며 살아왔을 텐데.

올바름은 아무런 구원도 되지 않는다. 다만 히비키에게 말할 수 있는 확실한 것이 한 가지 있었다.

"나, 사토네를 좋아해."

"히비키……." 사토네의 목소리가 귓가에 들렸다.

"얼굴이 예뻐서가 아니야. 화상을 입혔다는 죄책감 때문도 아니야. 나는 사토네가 사토네라는 것 그 자체에 대체할 수 없는 가치가 있다는 사실을 알고 있어. 이유 따위 나중 문제일 뿐이야. 처음부터, 어렸을 때부터, 언제부터인가 그냥 나도 모르게 너를 좋아했어. 세상에 오직 한 명밖에 없는 사토네가 나는 너무 좋아."

"정말?"

히비키는 고개를 들고 살짝 웃었다.

"그렇지 않다면 지금 여기에 없었을 거야."

사토네가 입술을 떨었다.

"나…… 죽고 싶지 않아."

"괜찮아. 사토네는 괜찮을 거야. 내가 왔으니까."

"히비키, 고마워. 히비키……."

펑펑 우는 사토네를 히비키는 다시 한번 힘껏 껴안았다.

점점 가까워지던 구급차 사이렌이 딱 멈췄다.

2063년 8월
가나가와 현 가마쿠라 시

"신카이 사토네라는 인물은 이 세상에 존재하지 않았습니다."

데시가와라가 알려준 사실이 머릿속을 떠나지 않는다.

마당에서는 다이시의 들뜬 목소리와 공을 차는 소리가 간헐적으로 들려온다. 아들은 그렇다 치더라도 40대인 데시가와라가 더위를 먹지는 않을까 걱정되었다.

《거울 나라》교정지는 4장 마지막까지 도달했다. 조사 파트는 그야말로 미스터리 작가였던 이모다운 면모가 드러났고, 정말로 논픽션인지 의심하고 싶어질 정도다. 하지만 그 뒤에 나오는 사토네가 약을 과다 복용하는 에피소드는 내게는 매우 생생하게 느껴졌다.

그런데 데시가와라에 따르면 신카이 사토네는 실존하지 않는다고 한다.

그렇다면 그 에피소드를 포함해 사토네에 관한 것 전부

가 이모의 창작이라는 말인가. 하지만 이모는 일러두기에서 '내용은 거의 논픽션'이라고 설명했다.

물론 그것이 일종의 연출일 가능성은 부정할 수 없다. 객관적으로 볼 때 이모는 소설가로서는 일류였다고 생각한다. 작품의 가치를 높이기 위해서라면 수단과 방법을 가리지 않았을 것이다.

하지만. 무로미 교코는 미스터리 작가였다. 누구보다 공정성을 중시했을 것이다. 가령 일러두기라는 작품의 외부라고도 할 수 있는 부분이라 할지라도 노골적으로 오해를 불러일으킬 수 있는 문구를 적었으리라고는 믿기 어렵다.

나는 《거울 나라》를 다 읽은 상태이기에 사토네가 실존 인물인지 아닌지에 대해 앞으로 아무런 설명도 없다는 사실을 알고 있다. 아니면 그 부분이야말로 데시가와라가 주장하는 삭제된 에피소드에 해당하는 것일까.

히비키와 사토네의 화해를 거쳐 《거울 나라》는 드디어 클라이맥스를 향해 가속하게 된다. 여기부터는 중단하지 말고 단숨에 읽고 싶다. 나는 교정지 모서리에 손가락을 가져다 댔다.

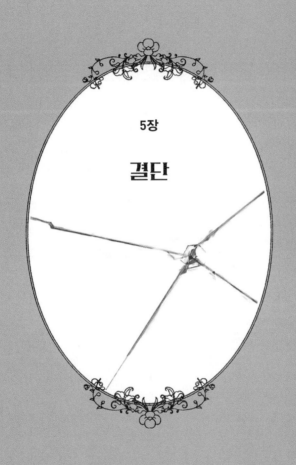

5장

결단

1

"……삿짱!"

병실 문이 열리더니 마스크 차림의 이오리가 혈색이 달라
진 채 뛰어 들어왔다.

침대에 누운 사토네가 힘없이 웃었다.

"이오리. 이런 시간에 왔구나. 고마워."

"괜찮은 거야? 구급차로 실려왔다고 들었는데."

옆의 원형 의자에 앉아 있던 히비키가 사토네를 대신해
설명했다.

"생명에는 지장이 없대. 큰일을 겪었으니 오늘 밤은 병원
에 입원해야 하지만 내일은 퇴원할 수 있을 거라더라."

"히비키의 응급처치 덕이야. 의사도 칭찬했어."

굳어 있던 이오리의 어깨가 한순간에 풀렸다.

"다행이야……. 정말 다행이야."

밤의 병원은 묘한 고요함으로 가득 차 있다. 세 사람을 감

싼 이 개인 병실이 히비키에게는 잘못으로 가득한 세상에서 보호해주는 쉘터처럼 느껴졌다.

몇 시간 전, 사토네의 집에 구급차가 도착했고, 히비키는 근처 종합병원까지 동행했다. 사토네의 상태는 안정적이었고 수액을 맞고 한 시간쯤 지났을 무렵에는 의식도 확실히 돌아온 듯했다. 하룻밤의 입원은 혹시라도 상태가 급변할 상황을 대비한 것……뿐만이 아니라, 같은 일을 반복하지 못하게 하기 위해서라는 의미도 포함되어 있다.

히비키는 사토네의 동의를 얻어 이오리에게 LINE으로 연락했다. 지금의 사토네에게는 가능한 많은 사람에게 사랑받고 있다는 사실을 느끼게 해줄 필요가 있다고 생각했기 때문이다. 근무 중이던 이오리는 곧장 병원으로 오겠다고 답했고, 그로부터 30여 분 만에 모습을 드러냈다.

히비키가 권한 원형 의자에 앉은 이오리는 말했다.

"병문안을 왔는데 빈손으로 왔네. 마음이 너무 급해서."

"그런 건 괜찮아. 와준 것만으로도 기뻐."

이오리는 이불 밖으로 튀어나온 사토네의 손을 망설임 없이 잡았다.

"삿짱이 사라지면 난 슬플 거야."

"……응."

"불과 몇 달 전까지만 해도 어렸을 때 잠시 함께 논 적이 있을 뿐인 사이였어. 하지만 지금은 달라. 같이 술도 마시고 여행도 다니면서 소중한 친구가 됐어. 애초에 나는 안면인식장애 때문에 뭔가 오해를 받을 일이 많아서 친구가 많지 않아. 그런 나와 사이좋게 지내줘서 정말로 고마워하고 있어. 그러니까 절대로 사라지지 말아줘."

사토네가 가늘고 길게 숨을 내쉬었다.

"바보 같은 짓을 했어. 나는 이미 히비키나 이오리에게 미움받고 더는 이 세상에 내가 있을 곳이 없다고 생각했어."

"무슨 말을 하는 거야. 내가 LINE으로 몇 번이고 메시지를 보냈잖아."

"읽고 무시해서 미안해. 그래도 그때는 아무도 믿을 수가 없었어. 내가 뿌린 씨앗이니 만날 면목도 없다고 느꼈고."

히비키도 사토네의 마음을 약간은 알 것 같았다. 신체이형장애의 증상이 심했을 때는 친절하게 대해주는 사람이나 진심으로 외모를 칭찬해주는 사람조차 믿을 수 없었다. 나중에 돌이켜보면 고마운 일이었지만 사람의 친절이 아무런 효용도 불러오지 못하고, 오히려 자신을 막무가내로 만들었던 경험은 히비키에게도 있다.

이오리는 사토네의 손을 다시 한번 양손으로 감싸 쥐었다.

"다시는 이런 짓을 하지 않겠다고 약속할 거지?"

"응. 히비키도 이오리도 정말 고마워. 나를 버리지 않아줘서."

히비키는 가만히 고개를 좌우로 저었다.

지금 이 건으로 히비키가 연락한 것은 이오리 한 명뿐이었다. 야마구치에 있는 사토네의 부모님에게도 연락하는 편이 좋지 않겠느냐고 물었지만 사토네는 거절했다. 지금 시간에 다른 현에서 오는 것도 힘들고, 괜한 걱정을 끼칠 수도 있으니 일이 일단락된 후에 본인 입으로 말하고 싶다고 했다. 히비키는 그런 사토네의 의사를 존중했다.

　"그런데 두 사람은 요즘 어찌 지냈어?"

　묻는 사토네의 눈에 두려움 같은 것이 비친 것을 히비키는 놓치지 않았다.

　이오리가 담담하게 대답했다.

　"히비키와 둘이서 조사하고 있었어. 삿짱이 언제 돌아와도 좋게끔."

　사토네는 놀란 듯했다. "그랬구나."

　"삿짱뿐 아니라 히비키와 나도 당사자니까. 진상을 알고 싶다는 마음은 변함없어."

　"……그렇지. 진전은 좀 있었어?"

　히비키와 이오리는 지금까지의 경과를 전했다. 다쿠미의 동급생과 약속을 잡은 것. 다쿠미의 본가를 찾아간 것. 옆집 사람에게 유키히데에 관한 이야기를 들은 것. 사와라 구 쪽에 구가하라 형제의 아버지가 집을 지은 것. 유키히데는 돈을 빌리기 위해 아버지를 만나러 갔다가 돌아오는 길에 사토네의 집에 들어가 도둑질을 한 것으로 의심된다는 것…….

보고를 듣는 사이에 사토네의 눈에 빛이 되살아났다.

"엄청나. 대단하네, 둘 다."

"아직 상상의 범위에 해당하는 것들뿐이지만 말이야. 너무 잘 풀려서 조금 무서울 정도야. 처음에는 뜬구름 잡는 것 같은 이야기였지만, 지금은 모든 진상을 밝힐 수 있을 것 같다는 생각이 들기 시작했어."

히비키가 격려하듯 말하자, 사토네는 이불을 턱밑까지 끌어올렸다.

"계속 발목만 잡아서 미안해. 원래는 내가 원해서 시작한 조사였는데."

"신경 쓰지 마." 이오리가 말했다.

"나도 다시 조사에 합류할게. 분명 해낼 수 있을 거야. 신이 우리 편을 들어주는 것 같아. 반드시 우리 손으로 진범을 찾아내자."

사토네가 희망을 찾아낸 것을 기뻐하는 한편, 히비키는 다쿠미의 불행한 처지를 생각하면 복잡한 기분이 들었다. 아버지에게 버림받고, 어머니가 돌아가시고, 형은 아마도 범죄를 저지르고 은둔형 외톨이가 된 후 지금은 행방불명……

하지만 그렇다고 해서 유키히데가 저지른 죄가 없어지는 것은 아니며 그것을 못 본 척할 수도 없다. 그리고 다쿠미는 다쿠미다. 자신이나 이오리, 가능하다면 사토네가 그를 보듬어줄 수 있으면 좋겠다고 생각했다.

"저기…… 히비키."

사토네가 이름을 부르는 소리에 히비키는 제정신을 찾았다. "응?"

"오늘은 같이 있어줘서 히비키에게는 고마운 마음뿐이야. 피곤하지? 이제 돌아가도 돼. 난 이제 괜찮으니까."

시계를 보자 시각은 자정이 지나 있었다. 괜찮다고 말하려다가 히비키는 사토네의 본심을 깨달았다.

그녀는 이오리와 단둘이 있기를 원하고 있다.

응원하겠다고 마음먹었음에도 가슴 속이 타들어가는 듯한 느낌을 억누르며 히비키는 미소 지었다.

"알았어. 그럼 먼저 갈게. 이오리, 나머지는 부탁할게."

"나한테 맡겨. 히비키, 고생 많았어."

그 한마디에 이오리 또한 뭔가를 눈치챈 것 같다고 히비키는 깨달았다.

"사토네, 또 연락할게."

"응. 히비키, 정말 고마워."

병실을 나와 조심스레 문을 닫았다.

병원 앞을 지나가던 택시에 올라타자 녹초가 될 만큼 지쳤다는 사실을 뒤늦게 깨닫고 더는 아무 생각도 할 수 없었다. 집에 도착하자마자 스스로도 그 이유를 설명할 수 없는 눈물을 펑펑 흘린 후, 아침까지 쥐 죽은 듯이 잠을 잤다.

2

차가운 녹차가 든 유리컵이 달궈진 손바닥에 닿는 느낌이
좋았다.

"정말로 사토네구나. 보고 싶었단다. 많이 컸네."

히비키 어머니의 말에 옆에서 사토네가 고개를 숙였다.

"오랜만이에요. 아주머니."

회사의 오봉(양력 8월 15일에 지내는 일본의 명절—옮긴이) 휴가를
이용해 히비키는 본가에 돌아와 있었다. 식탁에는 히비키와
어머니, 그리고 사토네가 앉아 있다. 아버지는 외출 중이고,
떨어져 사는 언니는 귀성하지 않았다.

부모님께 얼굴을 보여드리고 싶다는 마음과는 별개로, 조
사에 관한 탐문 목적도 있었다. 며칠 전 사토네에게 그런 뜻
을 전하자, 그녀는 '나도 아주머니에게 인사하고 싶어'라고
말을 꺼냈다.

어? 괜찮겠어?

그건 건강상의 걱정을 의미하는 것이었지만, 사토네는 일
정에 관한 이야기로 착각한 듯했다.

언제든 맞출 수 있어. 나, 무직이고 시간이 남아도니까. 최근에
는 온종일 컴퓨터 앞에 앉아 있으니 조금은 몸도 움직이고 싶고.

아이푸쉬는 스트리머 사토네루의 거듭된 위반 행위를 심
각하게 보고 계정 정지 조치를 취했다. 라이브 방송 하나로

생계를 꾸리던 사토네는 수입원을 잃어버린 셈이다. 다행히 저축해둔 금액에 여유가 있어 당분간은 사는 데 큰 문제는 없다고 했다.

약물을 과다 복용한 지 일주일밖에 지나지 않은 사토네를 데리고 다니는 것은 솔직히 불안했다. 하지만 집에 틀어박혀 있는 것보다는 정신적인 면에서 나을 것이라는 생각에 동행을 허락했다. 현재 사토네는 건강해 보였다.

혹시나 하는 마음에 이오리에게도 연락했지만, 오봉 기간에는 휴가를 낼 수 없다고 했다. 두 사람이 병실에서 무슨 이야기를 했는지, 혹은 하지 않았는지 히비키는 알지 못한다. 몰라도 상관없다고 생각한다.

어렸을 때는 자주 서로의 집을 드나들었기에 어머니는 사토네를 확실하게 기억했다. 사토네와 재회했을 때도 사토네에게서 걸려온 전화를 받은 것은 어머니였다.

지금도 옅게 화장한 사토네의 뺨에 선명하게 남아 있는 화상 흉터를 보고 어머니가 아무것도 느끼지 못했을 리 없다. 그럼에도 그것에 관해 한마디도 말하지 않는 것은 나이를 먹은 어른의 대응이라고도 할 수 있었다.

"일부러 집까지 와주고 고마워."

"아니요. 저도 아주머니 뵙고 싶었어요."

"지금은 무슨 일을 하니?"

"마침 전에 하던 일을 그만둔 참이에요."

"그렇구나. 전에는 자주 우리 집에서 히비키와 놀았지. 춤을 추거나 하면서."

어머니는 태평하게 말하지만, 히비키와 사토네 사이에는 묘한 분위기가 흘렀다.

"엄마, 이야기하고 싶다는 건."

히비키가 얼른 본론을 꺼냈다.

"이 주변이라고는 해도 어느 정도 가까운지는 모르겠지만……, 혹시 도리시마라는 성씨를 쓰는 집 알아?"

"도리시마 씨?"

되묻는 어머니에게 히비키는 고개를 끄덕였다.

본가에 돌아온 김에 알아보고 싶었던 것은 바로 이것이었다. 구가하라 유키히데가 아버지인 도리시마 아무개에게 돈을 빌리러 왔다가 거절당하고 돌아가는 길에 사토네의 집에 들어가 도둑질을 하고 훔친 물건을 고지마당에서 처분한 후 전철로 도망쳤다면, 도리시마 저택은 인근 지하철역과 사토네의 집이 있던 곳을 연결하는 선의 연장선상, 혹은 그 주변에 지어졌을 가능성이 있다. 히비키의 본가도 사토네의 집에서 200미터 정도밖에 떨어져 있지 않기에 정말로 도리시마 저택이 있다면 오랫동안 이곳에 살아온 어머니가 알지도 모른다고 생각했다.

하지만 어머니의 답은 신통치 않았다.

"도리시마 씨라……. 모르겠네. 그 집에 볼일이 있어?"

"아니, 잠깐 취재 때문에."

어머니는 히비키의 업무 내용을 절반 정도밖에 이해하지 못하기에 에둘러 말하면 깊게는 파고들지 않을 것이다.

"어떤 집인지 조금 더 자세히는 모르니?"

"지은 건 아마 15년에서 20년 정도 전일 거야. 멋진 집이라고 들었어."

이미 이사했을 가능성도 있지만, 자가라면 어느 정도 기대할 수 있다. 이 세부적인 정보가 어머니의 기억을 끌어낸 듯했다.

"아, 기억났어. 우리 집에서 걸어서 10분 정도 걸리지만, 초등학교 옆 강변에 있는 새집이 분명 도리시마 씨네 집이라고 했던 것 같아. 기억 안 나니? 강을 거슬러 올라간 곳의 이쪽 강변에 있는."

준공된 지 15년 이상 지났지만 지역 주민에게는 새집이라고 부를 만한가 보다.

빙고다. 그쪽 강변은 화재 현장에서 볼 때 지하철역이 있는 곳과 반대쪽이다. 걸어서 역까지 향한다면 도중에 사토네의 집 앞을 지나더라도 이상하지 않다.

"고마워요, 아주머니!"

사토네가 당장이라도 뛰쳐나가고 싶은 듯이 일어나자, 어머니는 고개를 갸웃거렸다.

"히비키의 취재인데, 왜 사토네가 고마워해?"

"아…… 그게. 요즘 한가해서 조금 일을 도와주고 있거든요."

사토네의 순간적인 변명에 어머니는 의심하는 모습을 보이지 않았다.

"어쩔래, 사토네. 지금부터 가볼래?"

사토네는 고민하지 않고 답했다.

"이야기를 들을 수 있을지 어떨지는 몰라도 아주머니의 정보가 맞는지 확인해둬야지."

"어머, 조금 더 천천히 있다 가지."

어머니는 아쉬운 표정을 지었다.

"나중에 다시 돌아올 거니까."

그렇게 말하며 일어나려는 히비키에게 어머니는 뜻밖의 말을 꺼냈다.

"우리 딸, 어딘가 좀 달라졌네."

"……그래?"

"사토네와 재회해서인지 완전히 기운이 난 것 같아 보여. 지난번에 돌아왔을 때는 지친 얼굴이었는데."

웃고 있는 어머니를 보고 히비키는 가슴이 아팠다.

그것은…… 약의 효과다.

"엄마, 그게 있잖아."

마음을 굳히고 입을 연 히비키를 사토네가 말렸다.

"히비키."

히비키는 사토네의 두 눈을 가만히 바라본 후, 망설임이 없다는 사실을 스스로 확인하고 말했다.

"괜찮아. 언젠가는 말해야 하는 거니까."

사토네가 의자에 앉았다. 어머니를 향해 히비키가 말했다.

"나 말이야. 6월부터 정신건강의학과에 다니고 있어. 진단명은 신체이형장애. 추형공포증이라고도 해. 그래서 약을 먹고 나서야 비로소 외모에 관해 신경 쓰지 않고 지낼 수 있게 됐어. 그러니 만약 지금 내가 달라진 것처럼 보인다면, 물론 사토네 덕도 있지만, 가장 큰 원인은 약의 영향이야."

그러자.

어머니의 얼굴은 딱 보기에도 일그러졌다.

"너, 정신과 약을 먹는 거야?"

아, 그렇구나…… 히비키는 이제야 떠올렸다.

10대 시절부터 아이돌 활동을 그만둘 수밖에 없을 정도로 신체이형장애 증상에 시달렸는데 어째서 자신은 단 한 번도 정신건강의학과에 가지 않았는지 의문이었다. 가령 신체이형장애라는 진단을 받지 않더라도 항우울제인 SSRI나 항불안제 처방은 받을 수 있었을 텐데.

이제야 알았다. 가장 가까이에 있던 어머니가 이런 사람이기 때문이다.

최근에 히비키가 읽은 어느 정신과 의사가 쓴 책에 따르면 일본에서는 미국에 비해 정신과나 심리치료와 같은 정신 질환 관련 의료기관을 찾는 사람이 매우 적다고 한다.

예로부터 인내를 미덕으로 삼아온 일본인에게 우울증 등의 정신질환은 '마음이 약한 사람이 걸리는 것'이라는 잘못된 인식이 여전히 뿌리 깊다. 또한 정신질환에 대한 직장 등 주변의 편견이나 향정신성 약물에 대한 거부감 때문에 힘들어도 의료기관을 찾지 못하는 사람이 많다. 감기 같은 질환과 다르게 참아도 회복될 가능성이 거의 없음에도 불구하고 말이다.

최근 들어 그런 상황이 어느 정도 개선되고 있는 것처럼 보이지만, 여전히 정신과가 일본인에게 특별하게 여겨지는 상황은 부정할 수 없으며, 전문가도 부족한 것이 현실이다. 일본인의 청년(15~34세) 사망 원인 1위는 자살이다. 이것은 G7 국가 중에서는 일본뿐이다. 청년 사망률은 미국, 프랑스, 캐나다의 약 두 배, 독일이나 영국의 약 세 배, 그리고 이탈리아의 약 네 배에 이른다.

전염병에 걸리면 내과를, 상처를 입으면 외과를, 충치가 생기면 치과를 찾는 것이 당연한 것처럼 정신과도 가까이 여겨야 한다. 자신이 진료를 받기 시작하면서 히비키는 진심으로 그렇게 생각하게 되었다. 그것은 약의 극적인 효능을 몸소 체험했기 때문이다. 하지만 과거에는 히비키도 저항감이 있었고, 한번은 신체이형장애라는 진단을 거부하기도 했다.

히비키를 대하는 어머니의 방식은 적어도 최적의 해답은
아니었다. 하지만 그것을 비난할 수는 없다. 히비키는 깊게
숨을 들이마시고 말하기 시작했다.

"아이돌을 그만둔 10대 때 내가 엄청 불안정해졌을 때의
일, 엄마도 기억하지? 항상 남의 시선을 신경 쓰고 종일 거
울만 보고 헤어스타일이 이상하지 않냐고 몇 번이고 엄마한
테 물었잖아. 그때 나, 정말로 괴로웠어."

"물론 기억해. 네가 스스로 못생겼다고 하니까……. 그렇
지 않다고 참을성 있게 말하는 수밖에 없었어."

어머니의 목소리는 언제나 따뜻하다.

"엄마가 나를 진심으로 걱정해주고 언제든 내게 상냥하게
대해준 거 정말 고마워. 엄마가 나를 지지해주지 않았다면
카페에서 아르바이트하거나 지금 직장에 취직하지도 못했
을 거야."

"그건 엄마로서 당연히 해야 할 일이야."

"근데 말이야, 엄마. 그 상냥함이 나를 치유해준 건 아니었
어."

어머니의 얼굴이 굳어졌다.

"나 자신도 엄청나게 후회하고 있어. 왜 더 빨리 병원에 가
서 약을 먹지 않았을까 하고. 그랬다면 그렇게 비참한 마음
을 계속해서 품고 사는 일도, 매일 거울 앞에서 몇 시간씩

시간을 허비하는 일도 없었을 텐데."

"그래도…… 사춘기의 콤플렉스는 누구에게나 있는 거잖니."

히비키는 거울이 깨지는 소리를 들은 것만 같았다.

지금도 여전히 어머니는 딸이 정신질환이라는 사실을 받아들이지 못한다. 약으로 증상을 억제하고 있다는, 이보다 더 확실할 수 없는 근거를 본인의 입을 통해 들었음에도 말이다. 처음으로 정신건강의학과를 방문했을 때 히비키가 했던 말과 완전히 같은 말을 그녀는 입에 담고 있다.

"나이를 먹으면 누구든 어렸을 때보다 외모를 신경 쓰지 않게 되는 법이야. 약을 먹어서가 아니야. 너는 원래 예뻤으니, 그걸 드디어 솔직하게 인정할 수 있게 된 것뿐이야."

"그런 게 아니라……."

"그보다 임신에는 영향이 없다니? 엄마는 네 몸이 걱정이야. 보험도 가입 못 하게 되는 거 아니야? 약 같은 거 먹지 않아도 돼. 네가 예쁘다는 사실은 변함없으니까……."

"아주머니."

갑자기 사토네가 끼어들었다.

그 목소리가 딱딱하고 날카로워서 히비키는 그녀가 깨진 거울의 파편을 주워든 것 같다고 생각했다.

"저도 히비키를 예쁘다고 생각해요. 히비키가 자신을 못생겼다고 말하기에 자학을 가장한 자랑이냐고 화를 내기도 했죠. 그런데 말이에요."

사토네는 주위 모은 파편을 어머니에게 건네며 말했다.

"히비키가 정말로 듣고 싶었던 건 '예쁘다'라는 말이 아닐 거예요."

아아, 하고 히비키는 생각했다.

사토네에게는 닿은 것이다.

생사의 갈림길에서 헤매던 그녀에게 히비키가 열심히 던졌던 그 말이.

히비키는 무엇보다 그것이 기뻤다.

놀란 어머니의 손끝이 테이블의 유리컵에 닿았다. 쓰러진 녹차가 테이블 위로 퍼져나갔다.

"⋯⋯미안해."

어머니가 화장실 쪽으로 사라졌다. 그 목소리는 살짝 촉촉해져 있었다.

"나, 쓸데없는 말을 해버렸네."

사토네가 입술을 삐죽 내밀었다. 어딘지 부루퉁해 보이기도 한다.

히비키는 고개를 저었다.

3

두 사람은 히비키의 본가를 나와 도리시마 저택이 있다는 쪽으로 향했다.

집을 나와 남쪽으로 걸으면 5분 정도 만에 가나쿠즈 강에 닿는다. 주택가의 중심을 흐르다가 하카타 만으로 흘러들어가기 직전에 무로미 강에 합류하는 2급 하천이다. 히비키와 사토네가 다니던 초등학교는 이 가나쿠즈 강에 의해 만들어진 모래톱에 있고, 도리시마 저택은 거기에서 더욱 강변을 따라 상류로 올라간 서쪽 기슭에 있다는 이야기였다.

"외관에 관해 묻는 거 까먹었네."

히비키가 별생각 없이 말하자 사토네가 고개를 떨궜다.

"미안. 내 탓이야."

"아니야. 그런 말을 하고 싶은 게 아니라."

어머니는 화장실로 모습을 감춘 후에 다시 나오지 않았다. 히비키에게 자신이 먼저 말을 걸러 갈 용기는 없었다. 어쨌든 나중에 본가로 다시 돌아갈 것이다. 대화를 나누는 것은 그 이후여도 좋다.

"샅샅이 뒤지면 찾을 수 있을 거야."

"그러게. 그래도 대강 어떤 집일지 상상이 돼."

히비키는 허를 찔렸다. "어떻게?"

"모리라는 사람의 말에 따르면 다쿠미가 세 살쯤에 부모님이 이혼했다고 했잖아. 그 이후에 재혼해서 멋진 집을 지었다는 이웃 주민의 증언이 사실이라면, 도리시마 저택이 세워진 건 히비키가 말한 것처럼 15년에서 20년 정도 전이 겠지."

"우리 어머니는 새집이라고 말했지만 말이야."

"바로 그 점이 신경 쓰였어." 사토네는 히비키를 바라봤다. "오래전부터 사는 주민이 많은 지역이라면 15년 전이어도 새집이라고 표현할 수 있겠지. 하지만 이 주변은 딱히 그런 지역도 아니야."

"그건 그렇지."

"그 말은 곧 새집이라는 말에는 지어진 시기뿐만 아니라, 건물의 인상도 포함되는 게 아닐까 싶어."

그렇구나. 히비키는 그런 식으로 생각하지 못했다.

"즉, 일본식 건축물은 아니겠네."

"아마도. 그 밖에도 밝은색을 썼다거나 루프탑 테라스가 있다거나, 어쨌든 15년쯤 전의 개인 주택에서는 그다지 일 반적이지 않았던 디자인을 도입했을 거야. 그러면서도 멋진 집이라고 하면, 이건 꽤 한정적일지도 몰라."

원래부터 예상 범위가 넓지 않기에 단서 하나로 단숨에 찾아낼 수 있을 것 같다. 사토네의 예리함에 히비키는 새삼 혀를 내둘렀다.

한여름의 뜨거운 햇살이 내리쬐는 가운데 두 사람은 강변 길을 걸었다. 작년까지는 여름에 야외에서도 마스크를 쓰는 것이 당연했다. 그 광경도 올해는 크게 달라졌고, 두 사람은 마스크를 손에 들고 있기는 하지만 착용하지는 않았다. 코로나 사태로 인해 파괴되어 두 번 다시 돌아오지 않을 것 같던 과거의 일상도 조금씩 되찾아가고 있다. 바다에서 불어오는 바람을 폐 가득히 들이마실 수 있어서 기분이 좋았다.

찾던 집은 어렵지 않게 발견할 수 있었다.

옅은 에메랄드색 외벽은 현대에 와서는 낡고 오래되어 보였다. 직육면체를 여러 개 이어 붙인 듯한 형태로, 강에 면한 쪽에는 사토네가 예상한 것처럼 루프탑 테라스가 있었다. 대지 면적은 넓었고, 300제곱미터 정도 될까.

강변 길에서 옆으로 들어선 곳에 하얀 목조 대문이 있었다. 명패에는 '도리시마'라고 새겨져 있었다.

"있다. 여기야."

사토네의 목소리가 탄력을 받았다. 있을 거라는 사실을 알고는 있었지만, 막상 발견하자 기쁜 듯했다.

본래라면 인터폰을 누를지, 아니면 오늘은 위치를 알아본 것으로 만족할지를 고민할 타이밍이었다. 하지만 좋은 의미에서든 나쁜 의미에서든 그럴 필요가 사라졌다.

마당에서 고무호스를 들고 아우디를 세차하는 남성이 이쪽을 알아챘기 때문이다.

이렇게 화창하고 더운 날에 세차를 하는 것은 그다지 좋지 않다는 것 정도의 지식은 면허가 없는 히비키조차도 잘 안다. 하지만 세상은 오봉 연휴 기간이다. 평소에는 바쁜 가

장이 휴일을 이용해서 세차하는 것은 흔한 광경이라고도 할
수 있다.

남자는 얼핏 보기에 60대 중반으로 보였다. 하지만 티셔
츠에서 뻗어 나온 팔이 건장했고, 기운 넘치는 사람이라는
인상을 받았다. 머리에는 햇빛을 가리기 위해서인지 흰 수
건을 두르고 있었다.

"어머니를 닮은 거야?"

"응. 다행히도."

히비키는 다쿠미와 나눈 대화를 떠올렸다. 남자는 멀끔한
얼굴이었고, 다쿠미와는 닮지 않았다. 그렇지만 지금까지 얻
은 정보가 확실하다면 이 사람이야말로 구가하라 형제의 아
버지임이 틀림없다.

"우리 집에 무슨 볼일이 있으신가?"

남자가 자리에서 움직이지 않은 채 말을 걸었다. 멀리 떨
어져 있어도 잘 들리는 굵직한 목소리였다.

히비키가 무슨 말을 해야 할지 고민하는데, 남자는 연이어
말했다.

"가스미 씨네 집 따님이지? 전에 TV에서 봐서 알고 있다
네."

"아, 안녕하세요……. 가스미 히비키입니다. 저기, 도리시
마 씨, 맞으시죠?"

남자는 무슨 질문을 받은 것인지 알 수 없다는 표정을 지

었다.

"응. 내가 도리시마 맞는데."

"잠깐 말씀 좀 나눌 수 있을까요?"

도리시마는 수도꼭지를 돌려 물을 잠그고는 이쪽으로 다가왔다. 대문을 사이에 두고 대화하는 모습을 보고, 아차 싶어서 히비키와 사토네는 마스크를 썼다.

"나한테 무슨 할 말이라도?"

"네." 히비키는 목소리를 낮춘 채 "구가하라 다쿠미 씨라는 분 아시나요?"

순간적으로 도리시마의 시선이 흔들리더니 집 쪽을 한번 돌아봤다.

"다쿠미는 세상을 뜬 전처와의 사이에서 낳은 아들인데."

세상을 뜬 전처라는 표현은 틀린 말은 아니지만, 어쩐지 사별한 것 같은 표현이다. 실제로는 도리시마의 불륜으로 인해 이혼에 이른 것인데.

"저는 다쿠미 씨의 동료로, 평소 신세를 지고 있어요. 이쪽은 제 친구로, 다쿠미 씨와도 친분이 있습니다."

"처음 뵙겠습니다. 신카이 사토네라고 합니다. 어렸을 때까지 저도 이 주변에서 살았어요."

"신카이 사토네……. 흐음, 어디선가 들어본 이름이군. 그저 동명이인일지도 모르지만."

도리시마가 기억을 더듬는 수고를 사토네가 덜어줬다.

"15년 전, 집에 불이 났거든요. 그때 이미 이 주변에 사셨다면 알고 계실 것 같기도 한데."

아, 맞다, 맞아, 하고 도리시마는 눈앞에 피해자가 있는데도 흥분한 목소리를 냈다.

"그럼 그 집의 따님이군. 아니, 나도 당시에는 아직 여기 살기 시작한 지 얼마 안 됐을 때인데. 그쪽 집이랑 교류는 없었지만, 자매가 있다고 듣고 안쓰럽게 생각했어."

"언제부터 여기에?"

도리시마의 말을 무시하고 사토네가 물었다.

"16년 전쯤인가. 흐음, 맞아. 둘째가 아직 한 살이었으니."

즉, 도리시마에게는 지금 17세인 자식이 있고, 그 아이가 태어난 것을 계기로 마이홈을 구입했다는 말이 되리라. 둘째라고 말한 것을 볼 때 또 다른 아이가 있다는 말인데, 그 계산에 구가하라 형제는 포함되어 있지 않았다.

15년 전 화재가 일어난 날, 여기에는 이미 도리시마가 살고 있었다. 유키히데가 금전적인 이유로 이곳을 찾은 것 아닐까 하는 가설에 현재로서는 모순점이 없다.

"그래서 다쿠미의 친구가 왜 우리 집에?"

가족이 듣기를 원하지 않아서인지 목소리를 낮추고 있는데도 위압감이 느껴졌다. 히비키는 침착함을 가장했다.

"여쭙고 싶은 건 하나입니다. 15년 전, 다쿠미 씨의 형인 유키히데 씨가 이곳에 돈을 빌리러 온 적이 있지 않나요?"

도리시마에게 당혹스러운 표정이 떠올랐다.

"그런 옛날 일을 물어서 어쩔 셈이지?"

"유키히데 씨는 지금 행방불명 상태입니다. 저희는 그가 15년 정도 전에 어떤 금전적인 문제가 발단으로 행방불명이 된 게 아닐까 추측하고 있어요. 혹시 그가 아버지인 도리시마 씨를 찾아왔다면, 사정을 알고 계시지는 않을까 해서요."

하지만 도리시마의 반응은 둔했다.

"나는 아무것도 몰라. 할 말은 그것뿐인가? 그럼 실례하겠네."

발꿈치를 돌려 떠나려는 도리시마의 등에 사토네가 내뱉었다.

"당신 탓이야."

도리시마가 멈춰서서 돌아봤다. "무슨 의미지?"

사토네는 마스크를 벗었다.

"당신이 아들을 쫓아낸 탓에 내 얼굴이 이렇게 됐어. 돈이 필요했던 당신 아들이 우리 집 물건을 훔치고 증거 인멸을 위해 불을 지른 거야."

"무슨 소리를 하는 거야! 그런 말도 안 되는 트집을 잡으려고 온 건가?"

도리시마는 입술을 일그러뜨렸다.

"화재 원인은 방화가 아니었네. 오래전 일이지만 그 정도는 나도 기억하고 있어."

"그게 잘못됐다고 말하는 거야. 이쪽에는 당신 아들이 우리 물건을 훔쳤다는 확실한 증거도 있어. 가족에게 들키고 싶지 않으면……."

"협박인가? 그렇다면 경찰을 부르겠어."

히비키는 사토네의 어깨를 잡아당겼다.

"무례하게 굴어서 죄송합니다. 저희에게 도리시마 씨의 사생활을 위협할 의도는 털끝만큼도 없습니다. 다만 화재 피해를 입은 당사자로서 진상을 알고 싶을 뿐이에요."

도리시마는 탐색하는 듯한 눈초리로 바라봤다.

"나랑은 관계없어."

"질문에 답해주신다면 지금 당장 돌아가겠습니다. 그렇지 않다면 답을 들을 때까지 여기에 계속 있겠습니다."

"가족의 눈에 띄어도 좋겠냐는 의미인가? 역시 협박이지 않은가."

"가족에게 들키면 곤란한 사정이라도 있으신가요?"

도리시마는 후우, 하고 긴 숨을 내뱉었다.

"저기 말이야. 이 집에 사는 아이들은 아직 피가 섞인 형제가 있다는 사실을 몰라. 언젠가 말할 때가 오겠지만, 그 시기는 신중히 판단하고 싶어."

이 집에서 보호받고 있는 아이들에게는 아무런 죄가 없다. 하지만 한편으로는 보호받지 못한 형제도 있다.

"그럼 대답해주시겠어요?"

히비키의 끈질긴 설득이 통했다. 도리시마는 포기한 듯 말했다.

"왔어. 분명히 한 번, 그런 일이 있었네."

"언제죠?"

"확실히는 기억나지 않아. 자네들이 15년 전의 화재 당일이라고 주장한다면 그럴 수도 있고 아닐 수도 있겠지. 그날, 유키히데는 땀을 뻘뻘 흘렸으니 여름이었던 건 확실한 것 같지만."

"평일 낮이었죠? 도리시마 씨가 직접 응대하신 건가요?"

"나는 부동산 관련 일을 해서 수요일이 쉬는 날이야. 유키히데도 그 사실을 알고 직접 집으로 찾아온 거겠지."

히비키는 그 말에 수긍이 갔다.

이런 집을 지을 정도로 재력이 좋았던 것도 부동산업으로 돈을 벌었기 때문인가.

"유키히데 씨와는 어떤 이야기를?"

"집에 있는데 갑자기 인터폰이 울렸지. 모자와 선글라스로 얼굴을 가린 어떻게 봐도 수상쩍은 남자가 카메라에 비쳤기에 경계하는 의미로 내가 현관으로 나갔어. 가까이서 봤더니 유키히데이기에 놀랐지. 그 녀석은 내게 '어떻게든 큰돈이 필요하다. 300만 엔을 빌려줬으면 한다'라고 말하고는 고개를 숙였어."

역시 유키히데는 금전적인 트러블에 휘말렸던 모양이다. 변장은 위험한 패거리에게 들키지 않기 위해서일까.

"돈의 용도에 대해서는요?"

"물론 물었지. 그런데 그건 말할 수 없다고 우기더군. 벌써 몇 년은 만나지 않았다고는 해도 친아들이니 약간의 금액이라면 빌려줄 수 있었지만, 사정도 모르는데 갑자기 300만 엔이라는 큰돈을 빌려줄 수는 없지. 나는 딱 잘라 거절했어. 그 이후 그 녀석과는 한 번도 대화한 적 없다네."

말끝마다 유키히데에 대한 경멸이 묻어나는 점이 히비키로서는 불쾌해서 참을 수 없었다. 자기 아들 아닌가.

"그 후, 유키히데 씨가 은둔 생활을 하게 된 건요?"

"듣긴 들었지. 자기 어머니의 장례식에조차 얼굴을 내밀지 않았다고 말이야. 내가 돈을 빌려주지 않아서일까 싶어서 마음 아파한 적도 있었어. 하지만 솔직히 말해서 관여하고 싶지 않았어. 내게는 지금의 가정이 있으니까."

무책임한 변명이다.

어쨌든 듣고 싶은 것은 다 들었다. 지금은 물러날 때다. 히비키가 그렇게 생각하는데 사토네가 입을 열었다.

"아까, 유키히데 씨의 이야기를 꺼냈더니 도망치려고 했죠. 왜죠?"

싸움을 거는 말투에 도리시마는 화가 난 듯 말했다.

"그 녀석이 돈을 빌리러 온 사실은 지금도 가족에게 알리고 싶지 않아. 그래서 이야기를 끊으려고 한 것뿐이야."

"정말요? 화재 때문에 뭔가 떠오르는 게 있었던 거 아니고요?"

"바보 같은 소리 마."

다시 위압적인 태도다. 직장에서나 가정에서나 항상 그런 식으로 행동해왔으리라.

"자네 집이 불타서 누군가의 탓으로 돌리고 싶은 마음은 모르는 바 아니야. 하지만 그건 방화가 아니었다고 소방서에서 발표했어. 나는 단 한 번도 아들을 의심한 적 없어."

"그러니까 증거가 있다니까요? 만약 유키히데 씨가 발견되고, 아버지에게 돈을 빌리지 못해서 방화를 저질렀다고 자백하면 어떻게 책임지실 생각이죠?"

침묵은 10초 가까이 이어졌다. ……그 후에 그가 드러낸 감정을 뭐라고 불러야 할까.

"변호사한테라도 상담해보지 그래. 내게 법적인 책임이 있다고는 생각하지 않지만, 조건만 맞는다면 합의에 응하지."

히비키는 패배를 직감했다.

도리시마는 사토네와 싸우기는커녕 링에 오르지도 않았다. 그가 드러낸 것은 동정심이다. 그렇게 함으로써 사토네의 우위에 선 것이다.

도리시마의 등 뒤에서 현관문이 열리며 고등학생 정도의 여자아이가 나타났다.

"아빠, 아직이야? 세차하고 나면 쇼핑 데려가준다고 했잖아."

"아, 미안, 미안. 이제 끝났어."

순식간에 달라진 도리시마의 표정은 부성애로 가득 차 있었다.

"그 사람들, 누구야?"

"근처에 사는 사람들이야. 그럼, 나는 이만."

멍하니 서 있는 사토네 옆에서 히비키는 깊게 허리를 숙였다.

"협력해주서서 감사합니다."

도리시마가 딸의 어깨를 밀며 집 안으로 들어가고는 현관문이 닫혔다. 직후, 사토네가 뮬의 발끝으로 대문을 걷어차며, "언젠가 반드시 다 까발려주고 말 거야"라고 욕설을 내뱉었다.

4

벤티 콰트로에는 카운터석도 있어서 늦은 시간이 될수록 바에 가까워진다. 밤 10시 반을 넘긴 현재, 가게 안에는 몇 쌍의 손님만 있고 그들이 포크와 나이프를 사용하는 것도 거의 멈춰 있는 상태였기에 점원으로 카운터에 서 있는 이오리에게도 히비키와 이야기를 나눌 여유가 있었다.

"미안해. 일부러 오게 해서."

"아니야. 나야말로 일하는 데 들이닥쳐서 미안."

"신경 쓰지 마. 내가 부른 건데."

귀성 일주일 후, 히비키는 이오리에게 불려서 이 시간에 벤티 콰트로를 방문했다. 예약이 적은 날로, 늦은 시간이라면 일하면서도 대화할 수 있을 것 같다는 이유였다. 그만큼 조사 진행 상황을 빨리 확인하고 싶었던 것이리라.

히비키는 처음에 사토네도 데려가려고 했다. 하지만 이오리는 히비키가 혼자 왔으면 좋겠다고 말했다. 때문에 사토네가 있으면 할 수 없는 이야기가 있다는 사실을 짐작했다.

"요즘 몸과 마음 상태는 어때?"

히비키가 주문한 무알코올 칵테일을 내밀며 이오리가 물었다. 딸기를 사용한 상쾌한 붉은색 음료였다. 위에는 여름답게 민트 잎이 띄워져 있었다.

"사토네와의 트러블이 있고 난 후 한동안 신체이형장애 증상이 재발했지만, 요즘에는 다시 안정을 찾았어."

이런 이야기를 할 때 이오리의 시선이 신경 쓰이지 않는다는 점이 그 증거다. 오다 의사의 판단대로 SSRI의 양을 늘리지 않고도 일시적인 악화로 끝난 듯했다. 항불안제에 의존한 날도 있었지만, 사토네의 생명을 위협한 약이라고 생각하니 용량을 지키면 괜찮다는 것을 알면서도 복용할 엄두가 나지 않았다.

"그렇구나. 그렇담 다행이야."

직원이기 때문에 마스크를 쓴 채 이오리는 눈을 가늘게 떴다.

"삿짱은 어땠어? 같이 고향 집에 갔었잖아."

"건강해 보였어. 사토네, 우리 엄마에게 화를 내줬어."

히비키는 그 일화를 이오리에게 말해줬다. 사토네의 변화를 기뻐하기를 기대하며 한 말이었지만, 이오리는 신중했다.

"삿짱은 옳다고 생각해. 하지만 어머니한테는 너무 심했던 건 아닐까?"

"신체이형장애 환자에 대한 올바른 대처법이야 모르는 게 당연하니까."

"그것도 그렇지만." 홀 직원이 가지고 온 주문서를 보고 이오리는 뒤쪽 와인셀러에서 키안티 클라시코 병을 꺼내 들었다. "조금 기세가 넘친다고 해야 하나?"

"무슨 의미야?"

이오리는 익숙한 손놀림으로 이미 개봉된 병의 와인을 잔에 따랐다.

"삿짱이 지금까지 사로잡혀 있던 '예쁘다'라는 저주에서 목숨을 걸고 겨우 해방됐고, 그 반동으로 루키즘을 증오하게 된 건 잘 알겠어. 그녀에게는 그런 시기가 있어도 괜찮아. 하지만 그런 가치관이 각인된 사람들을 일방적으로 부정하는 건 잘못된 게 아닐까 싶어서."

나는 사람의 얼굴을 인식하지 못하지만, 하고 이오리는 자조 섞인 목소리로 말했다.

"삿짱이나 히비키는 원래 아이돌을 좋아했고, 그래서 자신들도 아이돌이 되고 싶다고 생각했잖아. 그 탓에 나중에 힘들어졌는지도 모르지만, 적어도 아이돌이 희망을 준 건 맞잖아."

히비키가 진심으로 아이돌이 되고 싶었는지는 미묘한 부분이지만, 희망을 줬다는 점에 이견은 없었다.

"그런 딸을 봤으니까 어머니도 응원했겠지. 그럼 예쁘다는 말을 할 만도 하지. 나였어도 가까이 있었으면 그렇게 말했을 거야. 우리 딸, 전혀 이상하지 않아, 히비키는 예뻐, 라고. 안면인식장애가 있어도 예쁜지 아닌지는 알 수 있으니."

예를 들어서 하는 이야기인 줄 알면서도 대놓고 앞에서 예쁘다는 말을 들으니 히비키는 뺨이 뜨거워졌다. 예전 같았다면 오히려 비굴해졌을 텐데.

"루키즘이라는 용어가 탄생한 건 비교적 최근 일이지만, 외모에 관한 차별 자체는 오래전부터 존재했고, SNS가 이제 막 보급되기 시작한 2010년대까지는 그렇게 문제시되지 않았어. 그런 가치관에 오랫동안 지배당한 채 지내던 사람들에게 갑자기 루키즘은 나쁘다고 단죄한다고 해서 하룻밤 사이에 바뀌는 건 아니야."

"하지만 그렇게 알려나가는 게 중요하잖아. 그렇지 않으면 바뀔 것도 바뀌지 않아."

"그러니 천천히 노력하는 방법밖에 없는 게 아닐까. 어머니가 히비키를 예쁘다고 말했을 때는 그것이 딸을 긍정하는 말이라는 점을 조금도 의심하지 않았을 거야. 그저 건강해지길 바라는 마음뿐이었는데, 지금 와서 그게 잘못된 것이라고 들으면 눈물이 날 수밖에."

히비키는 칵테일에 떠 있는 민트 잎을 바라봤다.

이것은 실제로 많은 신체이형장애 환자의 가족이나 친구가 직면하는 문제다. 그들과 환자 본인 사이에는 애초에 보이는 것이 다르다. 그렇기에 주변에서는 어디까지나 사실로서 '당신은 전혀 이상하지 않다, 아름답다'라고 환자에게 전한다. 하지만 그 말은 환자에게는 가닿지 않는다.

거기에 루키즘이 끼어들 여지는 없다. 어머니가 외모지상주의자이든 그렇지 않든, 딸에게 같은 말을 건넸을 것이다. 그녀는 그저 정신질환에 관한 지식이 없었을 뿐이기에 이오리의 지적은 논점에서 벗어나 있다. 하지만…….

어머니의 속내를 생각하면 히비키는 가슴이 아팠다.

객관적으로 보면 어머니에게도 잘못이 없다고는 할 수 없다. 딸의 상태에 관해 더욱 자세히 알고자 했다면, 쉬면 괜찮아질 거라며 낙관하는 일은 없었을지도 모른다. 하지만 그것은 자신의 상태를 제대로 설명하지 못한 히비키 자신의 잘못이기도 하다. 처음부터 아이돌 활동에 반대하며 진지하게 마주하려고 하지 않았던 아버지나 사이가 그다지 좋지 않았던 언니보다도 어머니가 더 큰 책임을 느끼는 것은 이치에 어긋난다는 생각도 든다.

신체이형장애와 루키즘 사이에 강력한 인과관계가 있다고 하더라도—동물 또한 증상이 나타난다고 하니까 동물계에도 루키즘이 있다는 말이리라—태곳적부터 본능적으로 타고난 가치관을 그렇게 쉽게 없애버릴 수는 없을 것이다.

하지만 적어도 정신의학에 관한 이해도를 높이려고 시도할 수 있다. 지식을 넓히고 이해하는 사람을 늘리고자 노력하는 것도 가능하다. 그래야만 히비키와 어머니가 경험한 비극을 조금이나마 줄일 수 있지 않을까.

역시 기사를 써야 한다. '도쿄행'이라는 세 글자가 민트 잎과 함께 흔들린다.

가만히 입을 닫은 히비키를 보고 기분을 상하게 했다고 오해한 듯했다. 이오리가 사과했다.

"미안. 잘난 척 떠들어서. 그 자리에 있었던 것도 아닌데."

히비키가 그 말을 듣고 지은 미소는 결코 가짜 미소가 아니었다.

"아니야, 이오리. 그렇게까지 제대로 생각하다니 정말 대단하네. 나, 그날은 혼자 본가로 돌아가서도 결국 어머니랑 제대로 이야기하지 못했거든. 이오리가 있었다면 좋았을 텐데, 라는 생각을 하고 있었어."

이오리의 느슨해진 눈빛에는 안도감과 부끄러움이 뒤섞여 있었다.

"사람의 얼굴을 알아보지 못하니까 이래저래 생각을 많이 하거든. 무심한 채로는 지나치고 싶지 않다고 할까, 무의식적으로 누군가를 상처입히는 게 무섭다고 할까."

그 진지한 인품이 멋지다고 생각한다. 그리고 히비키는 문득 자각했다.

자신은 그의 안면인식장애도, 하물며 외모도 아니라, 그라는 사람 자체에 끌리기 시작했다는 것을.

"조사에 관해 보고할게."

생각을 떨쳐내듯 히비키는 억지로 화제를 바꿨다.

말할 것은 그리 많지 않다. 도리시마와 대화한 장면에 이르러 이오리는 눈살을 찌푸렸다.

"불쾌하네. 그래도 그게 일반적인 반응일지도 몰라."

"나도 동감이야. 갑자기 아들이 절도와 방화를 저질렀다, 그것도 자신이 돈을 빌려주기를 거부한 탓에 그랬다는 말을 듣고 '아, 네, 그런가요'라는 말은 안 나오겠지. 감정적으로 반응하는 건 이해하지만, 그날의 사토네는 조금 너무 앞질러 간 것 같아."

구가하라 유키히데가 도리시마 저택을 방문한 날을 정확히 특정하기는 어렵다. 인과관계는 증명할 수 없을 것이다. 하지만 우리의 추론은 훨씬 더 설득력이 늘어났다.

이오리는 팔짱을 끼고 말했다.

"역시 유키히데가 휘말렸다고 여겨지는 금전 트러블이 어떤 건지 궁금하네. 대학 시절의 친구, 찾을 수 있을 것 같아?"

"페이스북을 통해 몇 명에게 연락해봤는데, 아직 유용한 정보를 얻지는 못했어. 그런 사람은 모른다고 하거나, 무시당하거나 둘 중 하나야."

어차피 학부도 아직 판명되지 않았다. 중퇴하기 훨씬 전부터 학교에 가지 않았다면 다른 학생들의 기억에 어떤 인상도 남아 있지 않을 가능성도 있다. 더군다나 유키히데와 히비키는 아무런 관계가 없기에 다쿠미의 지인에게 연락을 취하는 것에 비해서 의심받을 위험도 크다.

"계속 찾아볼게. 이오리도 뭐든 알게 되면 말해줘."

"물론이야."

바 카운터 정면에는 가로로 긴 창문이 있다. 얼핏 보면 야경이 보여서 좋을 것 같지만, 지금 히비키의 눈에 보이는 것은 대형 대부업체, 임팩트 있는 TV 광고로 알려진 성형외과, 수상쩍어 보이는 술집 등의 간판이 반짝거리는 잡다한 느낌이 드는 상가건물이다. 벤티 콰트로의 세련된 분위기와 어울리지 않아 아쉽다.

말을 꺼내는 것은 이오리 쪽이면 좋겠다고 바랐다. 히비키는 얼마 남지 않은 무알코올 칵테일을 연신 입에 가져다 대며 침묵의 시간을 견뎠다.

"히비키에게 일단 보고할 게 있어."

이오리가 말을 꺼냈을 때, 히비키에게 긴장감이 엄습했다.

"사토네에 관한 거야?"

"응. 뭔가 들었어?"

"아니, 아무것도. 그냥 사토네를 데리고 오지 말라고 하길래 무슨 일이 있었나 해서."

한숨을 살짝 쉬며 이오리는 말했다.

"삿짱이 고백했어. 히비키가 돌아간 후, 병실에서."

그럴 것 같다는 예감은 하고 있었다.

하지만 히비키는 막상 이오리의 입으로 그 말을 듣자, 마음의 동요를 멈출 수가 없었다.

"삿짱이 말했어. 자기에게는 내가 필요하다고. 화상 흉터를 긍정적으로 받아들일 수 있는 나라는 존재가."

"그래서…… 이오리는 뭐라고 했어?"

"거절했어. 지금은 중요한 결정을 내리지 않는 편이 좋겠다고 말하면서."

히비키의 어깨에서 힘이 빠져나갔다.

"그래도 삿짱은 아마 차였다고는 생각하지 않을 거야. 이번 일이 일단락되면 정식으로 답을 받을 수 있으리라 생각하는 것 같아. 나도 그걸 부정하지 않았어. 약물을 과다 복용한 직후의 사람에게 대놓고 거절하며 너와는 사귈 수 없다고는 말할 수 없었거든."

히비키도 그것은 그렇다고 생각했다. 이오리의 대응은 옳았다.

"즉, 사토네의 고백을 받아들일 생각은 없다는 거네."

"응. 적어도 지금은 말이야."

일말의 안도를 느낀 것이 히비키는 꺼림칙했다.

사토네에게 응원하겠다고 약속해놓고, 지금 자신은 이오리의 본심을 듣고 다행이라고 생각한다.

고뇌를 눈가에 내보이며 이오리는 말을 이었다.

"그냥 가능하면 조사가 끝날 때까지 이 건은 보류하고 싶어. 히비키도 가능하면 그녀를 자극하지 않았으면 해."

"어째서? 계속 도망치는 건 사토네에게 불성실한 태도 아닐까?"

"잊었어? 조사는 나 자신을 위해서이기도 해."

"내가 가지고 태어난 것 앞에 더는 굴복하고 싶지 않아."

"모처럼 전선에 복귀한 삿짱이 나한테 차였다는 이유로 빠져나가는 건 큰 손실이야. 괜찮으리라 생각하지만 만에 하나 그게 원인이 되어 그녀가 이전처럼 불안정한 상태로 돌아가면, 이번에야말로 우리도 조사를 신경 쓸 겨를이 없어질지도 몰라."

이오리는 최악의 경우를 상정하고 있다. 히비키는 거기에 찬성하지 않지만, 그렇다고 해서 그의 신중함이 불필요하다고도 생각하지 않는다.

"알았어. 사토네가 생각 없이 달려 나가지 않게끔 나도 주의할게. 이오리에게 들은 것도 말하지 않을 거고."

"그래 주면 고맙겠어."

"그래도 약속해줘. 마주해야 할 때가 오면 제대로 사토네를 마주하기로."

잠시 후 이오리는 힘차게 고개를 끄덕였다. "약속할게."

히비키는 계산을 부탁하고 전표를 기다렸다. 정면에 있는 빌딩의 반짝이는 빛이 사토네에게도 이오리에게도 잘 보이고 싶어 하는 자신의 비겁함을 비추는 것만 같았다.

5

"가~스~미~!"

땅속을 기는 듯한 목소리가 들려서 히비키는 깜짝 놀라 어깨를 움찔거렸다.

엔도는 자신의 책상에서 원망 섞인 눈빛으로 히비키를 바라보고 있었다. 하지만 그것은 진심으로 화를 내는 것이 아니라 오히려 기분이 좋을 때 하는 동작이다.

불렀으면 가는 수밖에 없다. 히비키는 자리에서 일어나 엔도의 책상 앞에서 차렷 자세를 했다.

"무슨 일인가요? 부장님."

"너 말이야. 도쿄에 갈지 말지 언제쯤 답할 건데?"

아, 하는 한 마디를 흘리고는 히비키는 뺨을 긁적거렸다.

"죄송해요. ……아직 고민 중이어서요."

"아무리 그래도 이제 슬슬 정해주지 않으면 곤란해. 10월부터 이동하더라도 이제 겨우 한 달 남짓 남았다고."

히비키에게는 격동의 시기였던 올해 여름도 슬슬 끝을 맞이하려 하는 중이다. 만약 도쿄에 간다면 인수인계 등 전근에 따른 업무를 생각하면 시간은 아무리 많아도 부족하다.

"도대체 뭘 망설이는 거야? 월급도 올라가는 데다가 하고 싶은 기획을 할 가능성도 생기니 불평할 게 없잖아. 솔직히 말해서 2년 차인 가스미에게는 파격적인 대우인데."

"그건 그렇지만요……. 뭔가 마음에 걸리는 게 있어서요."

15년 전의 화재 조사는 지금까지 매우 순조롭게 진행되고 있다. 이렇게 된 이상 유키히데가 있는 곳을 찾아내서 죄를 인정하게 하고 싶다. 그렇게 생각하지만, 실종된 사람을 찾기란 그렇게 쉽지 않을 테고 반드시 후쿠오카에 있어야만 할 수 있는 일이라고도 생각하지 않는다.

다만 사토네가 걱정이다. 회복한 것처럼 보이지만, 이오리도 우려한 것처럼 뭔가 계기가 있으면 다시 불안정해지지 않을 것이라고 단정할 수는 없다. 친한 친구로서 되도록 가까이 있어주고 싶다는 마음에 거짓은 없다.

하지만…….

사토네의 고백을 받아들이지 않았다는 사실을 확인했을 때, 이오리는 이렇게 답했다.

"적어도 지금은 말이야."

즉, 앞으로 사귀게 될 가능성도 제로는 아닌 것이다.

이오리가 자신에게 호감을 품고 있다고 생각할 정도로 히비키는 자만하지 않는다. 하지만 그가 다쿠미까지 포함해 네 사람의 관계를 깨고 싶지 않다고 느끼는 것은 이해할 수 있다.

히비키가 도쿄에 가면, 그 관계는 싫어도 변화하게 된다. 원래 사토네와 이오리에게는 어린 시절의 추억에 더해 화상과 안면인식장애라는 끈이 있다. 자신만 사라지면 이오리는 자연스레 사토네가 바라는 쪽으로 마음이 변하지 아닐까.

무엇보다…… 민트 잎이 히비키의 머릿속에서 흔들린다.

자신에게는 도쿄에 가서 하고 싶은 일이 있다.

침묵하는 히비키를 달래듯 엔도가 말했다.

"뭐, 나고 자란 고향을 떠나 도쿄에서 일하는 걸 두려워하는 마음은 이해 못 하는 바 아니야. 그래서 나도 기다렸어. 그래도 더는 기다릴 수 없어. 말을 꺼낸 내가 말하는 것도 그렇지만, 도저히 내키지 않는다면 거절해도 돼. 그렇게 된다고 해서 입지가 나빠지거나 하는 일은 절대 없을 테니까."

"정말로요?"

"믿지 못하는군." 엔도는 쓴웃음을 지었다. "부하를 지키기 위해 오피스장이라는 거창한 직함을 달고 있는데."

입사하고 대략 1년 5개월, 히비키는 지금까지 중에 엔도
가 가장 든든하게 느껴졌다.

"그렇게 말씀해주셔서 정말 기뻐요. 반드시 조만간 결론을
내겠습니다."

"부탁할게."

고개를 숙이고 히비키는 자신의 책상으로 돌아가려고 했
다. 그때 엔도가 꺼낸 한마디가 마치 그곳만이 에코가 걸린
것처럼 선명하게 들렸다.

"선배 얼굴에 너무 먹칠하지는 마."

퇴근 시간이 되자 히비키는 아더 사이드의 사무소가 있는
빌딩 입구에서 다쿠미를 붙잡았다.

"다쿠미!"

뒤에서 어깨에 손을 얹었다. 돌아본 다쿠미의 표정은 마스
크 너머로도 알 수 있을 정도로 놀라움으로 가득 차 있었다.

"깜짝 놀랐네. 히비키, 무슨 일이야?"

"부장님에게 들었어. 도쿄 본사로 가는 거, 나를 추천한 게
다쿠미라며?"

그것은 엔도에게 직접 들은 이야기였다.

"선배 얼굴에 너무 먹칠하지는 마."

"저기, 부장님. 지금 하신 말씀 무슨 의미죠?"

히비키가 되묻자 엔도는 고개를 갸웃거렸다.

"너, 정말로 편집자 맞아? 얼굴에 먹칠한다는 건······."

"아니, 단어의 뜻이 아니라요."

시치미 떼는 대답에 딴죽을 거는 시간조차 답답하게 느껴졌다.

"왜 제가 도쿄로 가는 결단을 미루면 선배의 얼굴에 먹칠하게 되는 거죠?"

"어라? 못 들었어? 본인한테 들었다고만 생각했네."

"아무 말도 못 들었는데요."

엔도는 사무소 한구석의 아무도 없는 책상을 바라본 후 말했다.

"기분 나쁠까 봐 말하지 않았지만. 사실 본사가 인력을 보내라고 했을 때, 내가 처음에 추천하려고 한 건 구가하라였어."

"구가하라 씨를요?"

아무리 그래도 부장 앞에서 '다쿠미'라고 부를 수는 없다.

"가스미와는 1년밖에 차이 안 나지만, 그 녀석에겐 능력이 있어. 그도 그럴 게 코로나 사태로 인해 원격으로 진행된 입사 면접시험 때부터 다른 면접자들에 비해 몇 배는 뛰어났으니까. 본사에서도 즉시 전력으로 활용할 수 있으리라 판단했지."

지금 다쿠미는 자리에 없다. 벽의 화이트보드에는 '구가하라, 12시~ 취재'라고 적혀 있었다.

"그렇다면 구가하라 씨는……."

엔도는 천천히 고개를 끄덕였다.

"거절했어."

"왜죠? 제가 말하는 것도 그렇지만, 무척 고마운 이야기인데요."

정말 가스미가 그렇게 말하는 것도 웃긴다고 말하며 엔도는 웃었다.

"가장 큰 이유는 형에 관한 문제 때문인 듯해. 그 녀석의 형이 행방불명이라는 거 알아?"

물론 알고 있다. 자신들도 지금 그 형을 찾고 있다.

"오무타에 있는 본가는 다른 사람에게 세를 줬지만, 그래도 형이 돌아온다면 그 집밖에 없으니 무슨 일이 생기면 언제든 달려갈 수 있었으면 한다더군."

"그 설명을 듣고 부장님은 물러나신 거군요."

"솔직히 말해서 나한테도 고민이 있었어. 우리 오피스는 소수정예로, 구가하라를 내보내는 건 큰 손실이니까. 그래서 어떻게 해야 하나 고민하는데, 구가하라 쪽에서 '가스미 씨는 어떤가요?'라고 추천했어."

다쿠미는 '자신은 가스미의 문장력을 높게 산다, 그래서 제멋대로지만 아더 사이드에 와달라고 말을 걸었다, 최근에는 지각 버릇도 고쳤고 본사에서도 활약할 수 있을 것이다'

라고 말했다고 한다.

"구가하라의 설득을 듣다 보니 나도 그렇게 하는 게 좋겠다는 생각이 들더라고. 가스미도 우리의 중요한 전력임은 분명하지만, 마침 그때 그 기획서를 보던 중이라 그게 본사로 가는 동기 부여가 되리라 생각했지."

"그거, 언제쯤 이야기인가요?"

엔도는 턱 주변을 긁으며 말했다.

"가스미에게 말하기 2, 3일 전이었으니까…… 7월 하순?"

실제로 부장에게 영전 이야기를 들은 것은 네 사람이 화재 현장 주변을 조사하다 구가하라 유키히데의 연루가 밝혀진 날의 바로 다음 날이었으니, 그 이후는 아니라는 말이 된다. 하지만 적어도 조사를 결심한 쓰노시마 여행 이후이기는 하다.

히비키 안에서 의혹이 부풀어 올랐다. 그것을 지금 다쿠미에게 부딪치려는 중이다.

"부장님한테 들은 거야? 비밀로 해달라고 했는데."

웃어넘기려는 다쿠미를 붙잡듯 히비키가 재차 물었다.

"왜 나를 추천했어?"

"왜냐니……. 적임자라고 생각해서지. 다른 이유가 있겠어?"

"우리, 사이가 좋아져서 네 사람이 여행도 가고, 앞으로 즐거운 일이 잔뜩 있을 것 같다며 설레하던 직후잖아. 그런데 왜 나야? 추천한다면 다른 사람도 있잖아."

히비키는 은연중에 다쿠미를 추궁하고 있었다.

'친형의 죄가 들통나는 게 두려워서 조사를 방해하려고 한 거 아니야?'

어쩌면 다쿠미는 구가하라 유키히데가 15년 전의 화재와 연루되어 있다는 사실을 본인에게 들은 것이 아닐까. 그렇게 가정하면 히비키가 진작부터 느끼던 이질감 중 하나가 설명이 된다.

다쿠미는 히비키의 블로그를 읽고 형에게 들은 화재에 관한 내용이 적혀 있다는 사실을 깨달았다. 그래서 히비키에게 접근했다. 히비키가 절도나 방화를 눈치채지 못했는지 확인하기 위해……

두 사람의 만남은 계획된 것이었다.

하지만 다쿠미는 생각지도 못한 형태로 반격에 나섰다.

"히비키, 이오리 좋아하지?"

그의 눈빛에 나타난 여유에 히비키 쪽이 당황했다.

"그런 건 지금 관계없잖아……"

"아니, 엄청 있는데? 히비키를 추천한 건 그게 원인이니까."

히비키는 귀를 의심했다.

"무슨 말이야?"

"나, 히비키를 좋아해. 히비키도 짐작하고 있었을 거야."

갑작스러운 고백에 히비키는 굳어질 수밖에 없었다.

"하지만 거기에 갑자기 이오리가 나타났지. 솔직히 이길 수 없다고 생각했어. 극적인 재회에 15년 전의 인연. 게다가 나와는 달리 그 녀석은 남자답고 성격도 좋아. 그리고 이오리도 사토네보다 히비키 쪽을 마음에 둔 것 같고."

"그렇지는 않은 것 같은데……."

"아니, 한눈에 알 수 있어. 남자답지 않다는 걸 알면서 말하는 거지만, 그게 나한테는 기분 나빴어. 굴러온 돌이 박힌 돌을 빼내는 것처럼 느껴졌거든."

'남자답지 않다'라는 표현은 시대에 맞지 않는다. ……직업병 같은 지적이 히비키의 생각을 방해했다.

"그래서 나를 도쿄로 보내려고 했다고?"

"그래, 맞아. 경멸했어?"

지금까지 쿨한 남자를 연기했던 다쿠미의 가면이 벗겨지기 시작했다.

거기에 있는 것은 외로움이다. 가족을 잃고 사랑에도 실패하고 그럼에도 냉정함을 가장하는 남자가 도저히 숨길 수 없었던 슬픔이다.

"손이 닿지 않는 곳에 가는 건 어쩔 수 없어. 하지만 내가 보는 앞에서 누군가의 것이 되는 건 견딜 수 없어. 이런 마음 알까?"

"모르지는 않지만……."

"물론 네가 우수하다고 생각해서 추천한 것도 사실이야. 그리고 어차피 네게는 거절할 권리가 있어. 거기까지는 내 힘이 미치지 않아."

다시 한번 히비키는 생각에 집중했다.

지금까지 많은 도움을 받아온 그와의 관계는 이미 파탄에 가까워지고 있다고 말해도 좋다. 엔도 또한 입으로는 그렇게 말했지만, 이렇게까지 기다리게 해놓고 전근을 거절하면 낙담할 것이 분명하다. 이대로 후쿠오카 오피스에 남더라도 마음은 불편할 수밖에 없을 것이다.

이오리와 사토네와는 어떻게 될까. 다쿠미의 생각이 맞을지는 모르지만, 이오리가 만약 정말로 자신에게 호감을 품고 있다면 늦든 빠르든 사토네와의 관계는 틀어질 것이다. 여러 문제를 극복하며 사토네와의 유대가 강해졌다고 믿고 있기에 관계가 험악해지지 않고 끝날 수도 있다. 하지만 그것은 희망 사항일 뿐, 어쨌든 자신은 또다시 사토네에게 죄책감을 느끼게 되리라.

……나는.

그런 것들을 견디면서까지 이대로 후쿠오카에 머물고 싶은 것일까?

새롭게 발견한 목표도 당분간은 이룰 수 없게 될 텐데.

"결정했어."

히비키는 입을 열었다. 다쿠미에게라기보단 자신에게 다

짐하듯.

"나, 도쿄에 갈 거야."

두 사람의 머리 위로 비행기가 굉음을 내며 날아갔다.

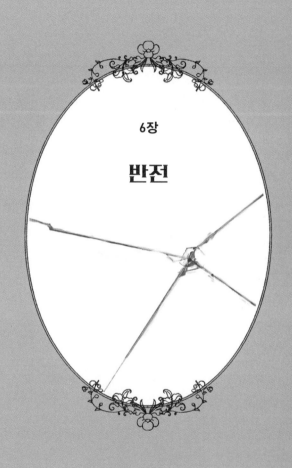

6장

반전

1

"오늘은 바쁘신 와중에 감사합니다."

히비키가 고개를 숙이자, 옆의 사토네와 그 맞은편의 이오리도 그를 따라 고개를 숙였다. 히비키 앞에서는 작고 뚱뚱한 체구의 남성이 이쪽에 겨우 들릴 만한 음성으로 "아, 안녕하세요"라고 중얼거리며 송구스러워했다.

9월 첫째 주 일요일, 시각은 오후 3시. 히비키 일행은 후쿠오카 시 고후쿠마치 역 근처에 있는 카페 2층에 있었다. 나무를 기조로 한 밝은 인테리어로, 향긋한 커피 냄새가 가게 안을 가득 채우고 있었다. 주말이라 그런지 가게 안은 만석이었다.

사태가 진전된 것은 3일 전 밤이었다. 히비키의 페이스북 계정으로 갑자기 한 통의 메시지가 날아왔다.

구가하라 유키히데와는 대학 동기였습니다. 후쿠오카 시내에 살고 있으니, 저라도 괜찮으시면 취재에 응하겠습니다.

뿌린 씨앗이 좀처럼 싹을 틔우지 못해 페이스북을 통한 수색은 포기할까 고민하던 찰나에 드디어 찾아온 빛이었다. 히비키는 상대방의 스케줄을 최우선으로 생각해 미용실 예약을 취소하고—자신의 상태를 확인하고자 석 달 만에 예약한 것이었다—오늘을 맞이했다. 사토네와 이오리에게도 연락했더니, 역시나 중요한 하루가 되리라 생각했는지 두 사람 다 동석하겠다는 취지의 연락이 돌아왔다.

아직 둘에게는 도쿄로 가기로 한 사실을 말하지 못한 상태다. 오피스장인 엔도는 히비키의 결정을 크게 기뻐했고, 부모님도 응원해줬다. 후쿠오카에서 보낼 시간이 한 달도 채 남지 않은 상황에서 집을 구하기 위해 도쿄에 다녀올 일정을 짜거나 업무 인수인계 준비를 하는 등 갑자기 바빠지기 시작했다.

약속 장소인 카페에 나타난 남자의 이름은 호소가이라고 했다. 그런 이름인데 이런 체형이라니 하는 생각이 들었고, 곧장 그런 생각을 한 자신이 부끄러워졌다('호소가이'는 말랐다는 뜻의 일본어 '호소이'와 발음이 유사하다—옮긴이). 그런 무례한 농담도 시대의 변화와 함께 사라져야만 하리라.

빡빡 밀었던 것이 조금 과하게 자란 듯한 머리로, 얼굴에서 사람 좋은 인품이 묻어났다. 후쿠오카 시내에서 중학교 교사로 일한다고 한다. 반소매 셔츠에 슬랙스라는 차림을 보니 평소에도 공과 사를 구별하지 않는 사람처럼 보였다.

"오늘은 쉬는 날이신가요?"

네 사람 모두 주문한 아이스 아메리카노가 도착하기를 기다리는 동안, 도입부로 꺼낸 히비키의 질문에 호소가이는 그렇다고 답했다.

"보시다시피 저는 운동부가 아니라 문화부 고문이라서요. 주말에는 동아리 활동도 쉬거든요."

그렇기는 해도 2학기가 이제 막 시작했기에 바쁜 시기일 것이 분명하다. 히비키는 가능하면 짧게 끝내야겠다고 생각했다.

"구가하라 유키히데 씨와는 사가대학 동기이신 거죠?"

"학부, 학과까지 같았어요. 유키히데는 재수여서 나이는 저보다 한 살 많지만요."

"그럼 교육학부인가요?"

"지금은 없어진 문화교육학부입니다. 2016년에 모집이 중단됐어요. 저와 구가하라는 초, 중학교의 교사 자격증을 따는 코스였습니다."

유키히데는 교사를 목표로 하고 있었다.

"호소가이 씨는 유키히데 씨와 얼마나 친하셨나요?"

"유키히데는 3학년 중반부터 학교에 모습을 보이지 않았기에 그 이후에는 연락이 끊겼지만……. 그래도 그전까지는 친한 편이었죠. 연구실도 같았고요."

"연구실요?"

"3학년부터 소속하거든요. 저와 그 친구는 고고학 연구실에 소속돼 있었습니다. 정기적으로 발굴 등의 현지 조사에 나가기도 하고, 꽤 즐거웠어요."

그때의 경험을 살려 호소가이는 현재 사회과목을 담당하고 있다고 한다.

"유키히데 씨는 어떤 학생이었죠?"

"입학 당시에는 비교적 눈에 띄는 쪽이었어요. 성격도 밝고 장난기가 많았죠. 모두의 놀림감이었다고 할까."

마음에 걸리는 단어가 튀어나와 히비키는 반사적으로 되물었다.

"놀림감이요?"

"반에 한 명쯤 있잖아요. 남자애들이나 여자애들에게 놀림을 받으면서도 반응이 재밌어서 어쩐지 인기 있는 그런 친구요. 그런 포지션이었습니다."

교사가 되고 싶은 사람들이, 그리고 실제로 중학교 교사인 호소가이가 유키히데에 대해 그런 인상을 품었다는 말인가. 그 후 유키히데가 어떻게 되었는지를 알고 있기에, 히비키는 어두운 기분이 들었다.

감정이 겉으로 표출되어버린 것이리라. 호소가이는 변명하듯 덧붙였다.

"왕따라거나 그런 건 전혀 아니었어요. 이건 맹세할 수 있습니다. 가해자 측이 괴롭힘을 자각하지 못하는 예도 꽤 있다는 사실을 저는 교사 생활을 하며 싫을 정도로 알게 됐지만, 유키히데는 주도적으로 놀림받는 역할을 자처하는 면이 있었어요. 그렇다고 딱히 주변에서 그걸 보고 점점 더 괴롭힘이 심해지거나 하는 일도 없었습니다."

"즉, 유키히데 씨가 불쾌감을 느낄 만한 일은 없었다는 말씀인가요?"

"전혀 없었다고는 말 못하겠죠. 인간이니까요. 그래도 기본적으로는 없었습니다. 유일하게 별명으로 불리는 건 싫어했지만……."

"별명요?"

"그 녀석, 남자답게 생겼지만 조금 나이 들어 보였거든요. 눈가 주름도 깊고요. 그래서 입학 당시부터 모두에게 '아재'라고 불렸어요."

"형 쪽은 꽤 노안이었지만."

분명 다쿠미도 그런 말을 했었다.

"있었지, 그런 아이."

점원이 가지고 온 아이스 아메리카노에 시럽을 넣고 빨대로 저으면서 사토네는 혼잣말처럼 말했다.

히비키는 다쿠미가 보여준 유키히데의 사진을 떠올렸다. 다쿠미와 똑 닮았지만, 다만 듣고 보면 실제보다 나이가 들어 보이는 것처럼 느껴진다. 커다란 눈 주변에 있는 웃을 때 생기는 주름이나 턱이 튀어나온 윤곽 때문에 그렇게 보였을지도 모른다.

"콤플렉스인 모양이더라고요. 그래서 처음에는 싫어했지만, 본인의 희망과는 다르게 별명으로 굳어져버려서 도중부터는 포기한 듯했어요."

"그 탓에 학교에 오지 않게 됐을 가능성은요?"

"그럴 리 없습니다. 아재라는 별명이 정착된 이후, 학교에 오지 않게 되기까지 2년 이상이나 지났으니까요."

그렇게는 말하지만, 마음속까지는 헤아릴 수 없다. 쌓이고 쌓여서 그렇게 되었을 가능성도 있다.

"뭐, 저는 그 별명을 유쾌하게 생각하지 않았기에 평범하게 유키히데라고 불렀지만요. 그런 것도 있어서 유키히데는 저에게 마음을 열어준 걸지도 모르겠네요."

어느 쪽이든 괴롭힘이 점점 심해져서 공갈 같은 피해를 당한 결과 유키히데가 돈이 곤란해졌다는 식의 알기 쉬운 경위가 있었던 것은 아닌 듯했다. 물론 호소가이의 증언이 사실이라는 가정하에 하는 이야기지만.

보다 직접적으로 물어보는 편이 좋을 것 같다. 히비키는 이야기를 새롭게 시작했다.

"그런데 유키히데 씨가 뭔가 금전적인 트러블에 휘말렸다는 이야기를 들은 적은 없으신가요?"

호소가이는 고개를 갸웃거리며 말했다.

"금전적인 트러블? 모르겠는데요. ……아니, 잠깐."

히비키보다 먼저 이오리가 반응했다. "뭔가 생각나는 게 있으신가요?"

"그러고 보니 한 번이지만, 그 녀석이 대부업체에서 나오는 모습을 본 적이 있어요."

중요한 증언이다. 히비키는 마시려고 손에 들었던 차가운 유리컵을 내려놓았다.

"자세히 들려주실 수 있나요?"

"그건……. 맞아, 3학년 때였어요. 당시 저는 사귀기 시작한 지 얼마 안 되는 여자친구가 있었어요. 그게 지금의 아내인데요."

수줍어하는 호소가이에게 히비키는 미소를 지어 보일 수밖에 없었다.

"다이묘 쪽에서 데이트하던 중이었어요. 그런데 대부업체가 있는 빌딩에서 나온 유키히데를 마주쳤죠."

놀란 호소가이는 자기도 모르게 말을 걸었다고 한다.

"유키히데, 이런 곳에서 뭐 하는 거야? 돈을 빌리러 온 거야?"

"유키히데는 '돈이 좀 필요해서' 어쩌고 말하면서 도망치듯 자리를 떴어요. 그 모습이 급해 보였다고 할까, 평소와 다르게 모자나 선글라스까지 쓴 채였고, 어쨌든 이상했기에 기억에 선명합니다. 뭐, 그래도 그 녀석이 모자가정이라 생활이 어렵다는 점은 저도 알았거든요. 아르바이트를 몇 개씩 병행하고 있었고, 바쁘다는 이유로 동아리에도 들어가지 않았고요. 그래서 깊게 생각하지는 않았어요."

"그때까지는 아직 학교에 다니던 거였죠?"

"네. 그러니 1학기가 끝날 무렵이 아니었을까요. 2학기가 시작되고 유키히데를 캠퍼스에서 보지 못하게 돼 걱정하던 와중에 대부업체 건이 생각나서 '돈이 없으면 학식 정도는 사줄 테니까 학교에 와'라고 문자를 보낸 게 기억나요. '조만간 갈게'라는 식의 답이 왔지만, 몇 번을 불러도 같은 반응이라 점차 연락하지 않게 됐습니다."

다정다감한 친구가 옆에 있었다. 그럼에도 불구하고 유키히데는 자신의 고민을 호소가이에게 털어놓지 않았다.

히비키는 대부업체에 관해 자세히는 모른다. 그저 도리시마의 이야기를 통해 유키히데에게 적어도 300만 엔이 필요했다는 사실은 알고 있다. 대학생이고 아르바이트 수입이 있을 뿐이었던 당시의 유키히데에게는 가령 심사를 통과했다고 해도 큰 금액을 빌릴 수는 없었으리라. 그래서 아버지에게 의지한 것이다.

"잠깐만요."

거기에서 이오리가 발언했다.

"지금 다이묘의 대부업체라고 하셨죠. 구체적으로 어떤 가게인지 기억하시나요?"

다이묘는 이오리의 근무지이기도 하다. 호소가이는 관자놀이 주변을 문지르며 답했다.

"뭐였더라……. 유명한 곳이었는데. 돈을 빌린 적 없는 제가 한눈에 알아봤으니까요. 그러니까……, 아, 그래. '스마일'이다."

스마일이라면 히비키도 알고 있다. '괴로울 때야말로 스마일'이라는 캐치프레이즈로 자주 TV 광고를 하는 대형 대부업체다.

"감사합니다."

감사를 표한 이오리에게 사토네가 물었다.

"이오리, 어딘지 알아?"

"응. 우리 가게 바로 뒤야."

그러자 히비키도 기억이 났다. 벤티 쾨트로의 바 카운터 자리에 앉았을 때, 정면 창문 너머로 대부업체 간판이 반짝이는 것이 보였다. 분명 그것은 스마일이었다. 호소가이와 마찬가지로 히비키도 한눈에 대부업체라고 인식했다.

"그래도 15년 전과 동일한 곳이라고는 단정할 수 없잖아."

사토네가 신중을 기하기에 이오리는 스마트폰 지도를 열어 호소가이에게 보였다.

"이 장소가 맞나요?"

호소가이는 화면을 뚫어지라 바라보더니 답했다.

"틀림없습니다. 다이묘 주변은 지금도 가끔 가는데, 그 빌딩은 예나 지금이나 달라지지 않았어요."

"저기, 이오리."

스마트폰을 청바지 주머니에 넣는 이오리에게 히비키가 말을 걸었다.

"웅?"

"어느 대부업체인지 알아내서 어쩔 건데? 혹시 물어보러 갈 생각은 아니지?"

이오리는 입에 머금은 커피를 뿜을 뻔했다.

"설마. 불법 사채 같은 곳이라면 빚을 지고 신변의 위험을 느껴서 은둔하게 된 걸지도 모른다고 생각한 것뿐이야. 같은 집에 살던 다쿠미가 눈치채지 못했으니 그런 건 아닐 거라고 생각했지만, 혹시나 해서."

안심했다. 히비키는 편집자이면서 실질적으로는 기자 일도 겸하는 이상 어떤 장소이든 필요하다면 취재하러 가지만, 그럼에도 대부업체에 뛰어드는 것에는 저항감이 있다.

"유키히데 씨의 대학 시절 친구 중에 소개해주실 만한 다른 분은 없나요?"

히비키는 뻔뻔한 부탁이라고 생각하면서 말했지만, 호소가이는 싫은 내색을 보이지 않았다.

"괜찮습니다. 저도 유키히데의 행방이 신경 쓰이고요. 다만…… 저 말고 그와 친하게 지내던 친구가 있었을지는 의문입니다."

"만약 그가 곤란한 상황이었다면 가장 먼저 상담할 사람은 호소가이 씨였을 거라는 말씀이신가요?"

"그렇게 생각하고 싶네요. 유키히데가 아르바이트하던 곳이나 다른 인간관계까지는 모르지만, 적어도 학교 내에서는요. 그런 저에게도 말하지 못할 정도로 심각한 트러블이었을지도 모르겠네요."

"그런데 유키히데 씨는 어떤 아르바이트를 했나요?"

"대학 근처의 술집 주방과…… 모텔 청소도 했어요. 지금은 둘 다 망해버렸지만요."

술집은 그렇다 치고 모텔에 관해서는 역시 돈이 필요했다는 인상을 받는다. 하지만 이미 사라지고 없다면 그곳을 통해 인간관계를 추적하기란 어려울 것 같다.

"유키히데 씨에게 여자친구는 없었나요?"

"제가 아는 한 없었습니다. 제가 말하는 것도 그렇지만, 그다지 인기 있는 타입은 아니었어요. 얼굴 생김새는 남자답게 생겼지만, 뭐랄까, 조금 비굴한 면이 있어서요."

주변에서 자꾸 놀려서 그렇게 된 거 아닌가? 히비키는 그렇게 생각했지만, 입 밖으로 꺼내지는 않았다.

본인의 허가가 필요하다는 이유로 호소가이는 나중에 다시 학교 친구들의 연락처를 가르쳐주겠다고 약속했다. 넉 잔의 아이스 아메리카노는 이미 텅 비어 있었다.

"귀중한 이야기를 들려주셔서 감사합니다."

세 사람이 고개를 숙이자, 호소가이가 불안한 듯한 말투로 물었다.

"유키히데, 찾을 수 있을 것 같나요?"

히비키는 당연한 사실을 뒤늦게 깨달았다.

그는 과거의 친구를 걱정하는 것이다.

"최선을 다하겠습니다."

"거짓말이죠? 깜짝 기획이라는 거."

생각지도 않은 기습이었기에 히비키는 제대로 대처할 수 없었다.

"왜 그렇게 생각하시죠?"

"딱 보면 알죠. 어떻게 봐도 그런 분위기가 아니라는 것쯤 은요. 뭔가 별로 좋지 않은 짓을 할 때의 눈이에요."

학생이 숨기려고 해도 단번에 알아채요, 라고 말하며 호소가이는 웃었다.

"당신들이 저에게 사정을 말할 수 없다고 판단한 것이라면 저도 캐묻진 않겠습니다. 그리고 저에게는 당신들의 목적은 아무래도 좋아요. 유키히데가 어딘가에서 건강하게 잘 살고 있다는 사실을 알게 되면 그것으로 족합니다."

마지막으로 덧붙이며 호소가이는 눈을 내리깔았다.

"왜 그때 더 강하게 손을 내밀지 못했을까, 하고 생각합니다. 전 아직도 그걸 후회하고 있어요."

"호소가이 씨는 호소가이 씨대로……."

입을 연 것은 이오리였다.

"자기 자신의 일로 필사적이었겠죠. 젊은 시절이라는 건

428

그런 거니까요."

　자각하지도 못한 채 안면인식장애를 앓고, 연인과 직장을 잃은 이오리.

　화상으로 인해 지금도 고통스러워하는 사토네.

　그리고 신체이형장애로 고민해온 히비키.

　겉으로 드러나지 않더라도 모두가 문제를 품고 있다. 호소가이도 아마 마찬가지였을 것이다. 내민 손을 상대가 잡아당기면 함께 굴러떨어질 수밖에 없을 정도로. 대학생이란, 그 정도의 나이란 대개 미성숙하고 연약한 존재니까.

　"그렇네요……. 그럴지도 모르겠네요."

　호소가이가 양손으로 얼굴을 덮었다. 히비키는 그가 왜 이런 조사에 응한 것인지 그 이유를 비로소 알게 되었다.

　이오리가 "건방진 말을 해서 죄송합니다"라며 사과했다.

2

　다음 월요일, 사무소에 출근한 히비키에게 다쿠미가 말을 걸었다.

　"히비키, 잠깐 시간 돼?"

　그 말투에서 좋지 않은 이야기를 꺼내려 한다는 사실을 알 수 있었다. 다쿠미의 얼굴이 평소와 달리 딱딱했다.

　둘이서 흡연실로 이동했다. 코로나 사태 이후, 감염 예방

차원에서 입실은 두 명까지로 제한되어 있다. 밀담을 나누기에는 제격이다.

투명한 유리문을 뒷손으로 닫자마자 다쿠미가 말했다.

"히비키, 우리 형에 대해 냄새를 맡고 다니고 있지?"

히비키는 몸을 굳혔다. 곧장 입을 뚫고 나온 것은 불륜을 들킨 사람이 할 법한 괴로운 대사였다.

"왜 그렇게 생각해?"

다쿠미는 한숨을 내쉬었다.

"고등학교 동창에게 '형, 행방불명이야?'라고 LINE이 왔어. 아무런 맥락도 없어서 왜 그런 걸 묻냐고 되물었더니 그런 소문이 돈다더라고."

히비키의 머리에 한 인물의 얼굴이 떠올랐다.

"오늘을 계기로 친해지면 좋겠어요! 다음에 술 한잔합시다!"

어떻게 봐도 입이 무거워 보이는 유형은 아니었다. 오키노가 정보를 흘렸음이 분명했다.

"참 곤란해. 가족 일로 소란을 피우고 싶지 않다는 것 정도는 말하지 않아도 알겠지? 나 역시 너희가 조사를 포기하진 않았을 거라고 짐작했지만, 묻고 싶은 게 있으면 나한테 직접 물어보면 되는 거 아니야?"

다쿠미는 분개한 것처럼 비난했다.

사과할 수밖에 없을 것 같다. 히비키는 배에 손을 모으고 말했다.

"미안해. 다쿠미에게 미안하다고는 생각했지만, 다른 방법이 떠오르지 않았어. 형에 관해서는 다쿠미에게 묻기가 꺼려져서."

다쿠미는 마스크를 벗더니 양복 안쪽 주머니에서 하이라이트 담배와 라이터를 꺼내 익숙한 손놀림으로 불을 붙였다.

"다쿠미, 담배 피웠었나?"

"오랫동안 끊었었는데. 최근 이런저런 일 때문에 다시 피우게 됐어."

암묵적으로 비난하는 듯 들렸다. 비흡연자인 히비키는 알지 못하지만, 스트레스를 느끼면 담배를 피우고 싶어지는 것 같다. 히비키는 사토네의 집 베란다에도 피우다 만 장초가 쌓여 있던 것을 떠올렸다.

"그냥 넘어가주지 않을래?"

연기를 위로 내뱉으며 다쿠미가 불쑥 말했다.

"가령 형이 사토네의 집에 들어가서 도둑질을 했고 거기다가 불까지 질렀다면, 정말로 미안하다고 생각해. 아무리 사과해도 용서받을 수 있는 일이 아니야."

"다쿠미에게 죄는 없어."

"그래, 맞아. 나는 형과는 다른 사람이야. 아무리 미안한 마음이 들어도 나로서는 죄를 보상할 수 없어. 차라리 보상이라도 할 수 있었다면, 그렇게 하면 끝낼 수 있을지도 모른다는 생각까지 들어. 하지만 내게 그럴 자격은 없어."

하이라이트의 농후한 냄새가 히비키의 코를 자극한다.

"아버지에게 버림받고 어머니가 돌아가시고 형도 사라졌어. 지금의 나는 천생 외톨이야. 거기에 범죄자의 동생이라는 꼬리표까지 붙으면 어떻게 살아가야 할지 막막해."

"나는 형이 한 일로 다쿠미를 비난하거나 하지 않아."

"히비키는 그렇겠지. 하지만 세상은 달라. 사토네의 반응, 봤잖아?"

"네 형 때문에 나는……."

사토네의 비통한 외침이 히비키의 귓가에 맴돈다.

다쿠미의 호소는 너무도 절실했다. 여러 가지를 계속해서 빼앗기고, 그럼에도 정정당당하게 온화하게 살아왔다. 자신들은 그것마저도 빼앗으려 한다.

히비키가 아무 대답도 하지 못하자 다쿠미는 짧아진 담배를 재떨이에 짓누르며 불을 껐다.

그리고 다음 순간, 두려운 일이 벌어졌다.

다쿠미가 무릎을 꿇고 이마를 바닥에 가져다 댄 것이다.

"이렇게 부탁할게."

"잠깐, 그만해, 다쿠미. 이러지 마."

히비키는 다쿠미의 어깨를 잡고 일으켜 세우려고 했다. 하지만 다쿠미는 꿈쩍도 하지 않았다.

"제발 부탁이니 형의 과거를 파헤치지 말아줘. 속죄를 원한다면 내가 할 수 있는 건 뭐든 할게. 알겠다고 할 때까지

나는 몇 시간이고 고개를 들지 않을 거야."

"알았어, 알았으니까."

기세를 못 이기고 히비키가 그렇게 말하자, 다쿠미는 히비키의 얼굴을 올려다봤다. "정말이야?"

다쿠미의 두 눈은 새빨갛게 물들어 있었다.

돌이킬 수 없는 말을 입에 담고 있다는 자각은 있었다. 그럼에도 히비키는 자신의 발언을 멈출 수 없었다.

"나는 그저 진실을 알고 싶었을 뿐이야. 그 화재는 내 잘못이 아니라고, 그렇게 생각하고 싶었던 것뿐. 그리고 지금, 나 개인적으로는 화재 원인은 형의 방화라고 확신하고 있어. 그럼 이미 내 목적은 달성된 거나 마찬가지니까 굳이 형을 찾아 나설 필요는 없어."

다쿠미가 히비키의 손을 양손으로 감싼 채 이마에 가져다 댔다.

"고마워……. 정말 고마워. 이 은혜는 평생 잊지 않을게."

어째서 이렇게 되어버린 것일까. 히비키는 천장을 올려다 봤다.

히비키는 이 일화에 관해 곧장 이오리와 사토네에게 LINE으로 공유했다.

두 사람은 히비키의 대응을 그 자리를 수습하기 위한 임시방편이라고 해석한 듯했다. 무릎을 꿇었다는 이야기를 듣고 사토네 역시 마음이 무거운 듯 말했다.

다쿠미에게는 미안하지만…… 나는 역시 여기서 이대로 포기할
수는 없어.

앞으로의 조사는 더욱 신중하게 진행하는 것으로 세 사람
의 의견은 일치했다.

오키노에게는 페이스북을 통해 항의했다.

다쿠미의 형에 관해 떠벌리고 다녔죠?

떠벌리고 어쩌고, 2년 반이나 소식을 알 수 없는 상태라니까 늦
든 빠르든 다들 알게 되겠죠. 깜짝 기획 어쩌고 하는 이야기는 아
무에게도 말 안 했어요.

무책임하다는 생각에 히비키는 화가 났지만, 바로 이어진
메시지로 인해 마음을 바꿔먹을 수밖에 없었다.

우리 쪽에서도 히비키 양에게 연락하려고 생각하고 있었어요.
실은 알아두면 좋을 것 같은 정보를 모리가 입수했습니다.

놀랍게도 모리는 그 이후에도 유키히데의 행방을 염려해
지역 주민들을 만날 때마다 정보 수집을 계속하고 있었다고
한다.

그런 말, 모리 씨에게는 한마디도 못 들었는데요?

그 녀석, 부끄럼쟁이거든요. 그래서 직접 만나서 전하고 싶은 듯
한데, 시간 되면 오무타로 술 한잔하러 안 오실래요? 가능하면
지난번에 같이 온 남자분은 빼고요.

요컨대 정보를 미끼로 히비키를 낚으려는 것이다.

사토네와 이오리에게 상담하니, 당연하게도 이오리는 기분 나빠했다.

나는 빼고 오라는 걸 보면 목적이 따로 있다는 게 너무 빤히 보이는데? 위험해. 알아두면 좋은 정보라는 것도 어디까지 믿어야 할지 의심스럽고.

그런 한편, 사토네는 이런 식으로 제안했다.

단 1퍼센트라도 유익한 정보일 가능성이 있는 한 그냥 잘라내면 안 돼. 히비키 혼자 가는 게 걱정이면 나도 같이 갈게.

사토네는 여성이라면 동행해도 허용하리라 판단한 모양이었다.

히비키가 그런 뜻을 전하자, 오키노는 흔쾌히 승낙했다.

그럼 더 고맙죠. 그럼 짝이 맞으니까요(웃음).

히비키는 겁에 질렸지만, 이 정도는 감수할 수밖에 없다.

다음 토요일, 오키노가 지정한 곳은 오무타 시내에 있는 역사 깊은 오코노미야키 전문점이었다.

가게의 인테리어는 몇십 년은 족히 넘어 보일 정도로 낡았고, 가게에는 실례지만 히비키는 혼자 오지 않아 다행이라고 생각했다. 조금 더 조용한 가게였으면 좋았을 텐데, 그런 배려는 해줄 생각이 없는 듯했다. 신발을 벗고 다다미 좌석에 올라가는 것도 조금 부담스러웠다.

두 남자는 먼저 와서 기다리고 있었고, 오키노는 사토네를 보자마자 반갑게 맞아줬다.

"어서 오세요! 이쪽이 히비키 양의 친구분? 와, 예쁘시네요. 역시 사람은 끼리끼리 논다고 하던데."

지금의 사토네는 외모에 관해 평가를 듣는 것이 기분 나쁠 테지만, 귀중한 증언을 위해서라면 그런 감정을 숨길 수 있을 정도의 그릇은 가지고 있었다.

"처음 뵙겠습니다. 신카이 사토네라고 합니다. 오늘은 잘 부탁드릴게요!"

모리는 인사를 한 것인지 안 한 것인지 알 수 없을 정도로만 고개를 숙인 후, 마음이 진정되지 않는지 시선이 허공을 맴돌았다. 조사 때보다 더 안절부절못하는 모습이다. 자신들을 위해 정보 수집을 해줬다는 것이 사실일까, 하고 히비키는 불안해졌다.

하지만 서민적인 가게 안 여기저기에 설치된 철판을 가득 채울 정도로 거대한 오코노미야키는 상상 이상으로 맛있었다. 오키노가 이 가게를 고른 것은 그 나름의 환대의 표시였던 듯하다.

"그래서 알아두면 좋을 정보라는 게 뭐죠?"

오키노가 잘라준 오코노미야키를 먹으면서 히비키가 물었다. 술은 마시지 않을 셈으로 병으로 된 오렌지주스를 주문한 상태였다. 사토네는 사양하지 않고 생맥주를 마시고 있다. 철판 주변에는 오코노미야키를 뒤집을 때 튄 양배추

조각이 떨어져 있었다.

"그런 딱딱한 얼굴 안 해도 되잖아요. 우리는 같은 나이이기도 하고, 경계하지 않아도 괜찮아요."

오키노는 이야기를 옆길로 돌렸다. 오늘도 젤을 발라 손질한 앞머리에 머리 위의 형광등 빛이 반사되고 있었다.

"먼저 듣고 나서 마시는 게 더 즐겁게 마실 수 있지 않을까요?"

사토네의 맞받아치는 솜씨가 훌륭했다. 오른쪽에 앉은 히비키가 볼 때, 화상 흉터는 짙은 화장으로 거의 알아보기 힘들었다.

"오, 즐겁게 마실 생각이 있군요. 좋은 마음가짐이에요. 그럼 모리, 얼른 말해드려."

오키노가 등을 두드리자 모리는 더욱 어깨를 움츠렸다. 갑자기 전화를 걸어서 대화를 나눴을 정도니까 원래부터 교류가 있었을 테지만, 그렇다고 해도 이 두 사람이 친하게 지내는 모습은 머릿속에 그리기 어려웠다.

"……연락처는 알고 있으니 제가 직접 가스미 씨에게 연락하면 좋았을 텐데요. 알려드릴 만한 정보인지 어떤지 자신이 없어서. 오히려 폐를 끼칠까 봐 먼저 오키노에게 말했더니, 이런 흐름이 되고 말았네요. 죄송합니다. 굳이 오무타까지 오시게 해서."

"아니, 그게 무슨 말씀이세요. 그 이후에도 신경 써주셔서 저희가 더 감사하죠."

히비키가 감사를 표하자, 모리는 이쪽을 힐끔 보고는 다시 고개를 숙였다.

"가스미 씨와 만나고 나서 다쿠미의 형이 너무 신경 쓰여서요. 집이 근처니까 나이는 다르지만 같이 놀았던 적도 있었고요. 그래서 다쿠미네 형과 친분이 있던 사람들을 만날 때마다 뭔가 아는 것 없냐고 물어봤어요. 그랬더니 2년 전 3월쯤에 다쿠미의 형으로 보이는 사람을 본 적이 있다는 사람이 나타났어요."

히비키는 자신도 모르게 등을 쭉 폈다. 2년 전 3월이라면 그야말로 유키히데가 행방불명이 된 시기 아닌가.

"그 사람은 다쿠미의 집 맞은편에 사는 아주머니예요. 지금은 뭐 벌써 할머니가 다 됐지만요. 전부터 거기에 살았기에 다쿠미의 형에 관해 잘 알고 있더라고요. 다만……."

"다만?"

"연세도 연세이니만큼, 어디까지 믿어야 할지 알 수 없어서요. 눈도 나쁘고, 약간 치매 증상도 시작된 것 같았고요."

이야기가 뭔가 석연치 않다.

"정말로 유키히데 씨였을까요?"

"저도 그렇게 생각했어요. 다쿠미의 형은 10년도 더 집에 틀어박혀 있었으니까요. 그래서 한번 본 것만으로 과연 알 수 있는 건가 싶었죠."

은둔한 채 10년이나 지나면, 어떻게든 외모가 달라질 것이다.

"그래도 그 목격한 장면이 뭐랄까, 꽤 이상했다더라고요. 그래서 뭐가 어찌 됐든 가스미 씨에게 전하는 편이 좋지 않을까 해서. 달리 다쿠미의 형을 봤다는 사람도 없고요."

"이상하다고요? 자세히 들려주실 수 있나요?"

히비키가 말하자, 사토네도 맥주잔을 테이블에 놓고 몸을 내밀었다.

모리는 맞은편 주민의 목격 증언을 담담히 이야기했다.

"다쿠미의 집 앞에 이삿짐 트럭이 세워져 있는 걸 본 며칠 후의 일이었다고 해요. 새벽 2시쯤, 갑자기 밖에서 경적 소리가 들려서 아주머니는 깜짝 놀라 잠에서 깼답니다. 말하기를, 본인은 깊게 잠을 자는 편이고 약간의 소란으로는 잠에서 깨지 않는데, 그럼에도 눈이 떠질 정도로 시끄러웠다고 하더라고요."

즉 길게, 혹은 몇 번이고 경적을 울렸다는 말이리라.

"경적 소리는 집 앞 거리에서 들려왔기에 아주머니는 상태를 살피러 나갔어요. 가스미 씨도 함께 가봐서 알겠지만, 다쿠미의 집 앞길은 차가 서로 교차해서 지날 수 없을 정도로 좁지는 않아요. 이삿짐 트럭이 주차된 것 정도로는 통행에 방해가 되지 않는다는 사실을 아주머니도 며칠 전에 막 본 상태였죠. 그래서 무슨 일인가 벌어진 건 아닐까 생각했다네요."

차가 교차해서 지날 수 있을 정도라고는 해도 2차선 도로
는 아니고, 서로 지나치려면 어느 한쪽이 살짝 피해준다거
나 신중하게 나아가지 않으면 안 될 정도의 폭을 가진 길이
었다.

"길에는 경적을 울린 것으로 보이는 검은색 차량이 한 대
서 있었고, 길을 막고 있던 다쿠미의 집 자동차가 후진으로
마당에 들어가려던 중이었다더군요. 운전자가 마스크를 쓰
고 있긴 했는데, 가로등 불빛으로 보이는 체격이나 윤곽이
다쿠미가 아니라 형으로 보였기에 아주머니는 깜짝 놀랐다
고 합니다. 그도 그럴 게 몇 년 만에 보는 얼굴이었으니까요.
다쿠미의 집 차가 마당으로 들어가고, 검은색 차량이 달려
갈 때쯤 아주머니는 침실로 돌아갔다고 했어요."

아주머니가 다쿠미의 형을 본 건 그때 이후로는 없다네요,
라며 모리는 이야기를 마무리했다.

"사토네, 지금 이야기 어떻게 생각해?"

히비키는 우선 사토네에게 의견을 물었다.

"흐음……. 검은색 차는 그냥 지나가던 차였겠지. 그런데
자던 사람이 잠에서 깰 정도로 심하게 경적을 울렸다면, 구
가하라 집의 자동차가 상당히 방해된 거겠네."

"혹은 갑자기 튀어나와서 위험했다거나."

오키노도 논의에 가담했다.

"튀어나와서? 그 말은 돌아오는 길이 아니라, 나가는 길이었다?"

그것은 히비키의 상상과는 달랐지만, 오키노는 끄덕였다.

"있을 법하지 않나요? 다쿠미의 형이 과거에 면허를 취득한 적 있다고 해도 운전은 꽤 오랜만이었을 테니 집을 나가는데 허둥지둥했을 가능성도 없지 않죠. 그렇게 어설프게 운전하는 걸 보고 검은색 차의 운전자가 화가 난 거예요. 나라고 해도 앞에서 우물쭈물하면 경적을 울릴 것 같은데."

오키노가 지난번에 자동차 열쇠를 만지작거리던 것을 히비키는 떠올렸다.

"그래도 그 아주머니가 보는 사이에 차가 어딘가로 나가진 않았다는 거죠?"

히비키의 확인에 모리는 시원스레 대답했다.

"보고 있는 동안에는 물론이고, 그 후 한 시간 정도 잠을 못 이루는 사이에도 차는 나가지 않았다고 단언했어요."

"어떻게 그렇게 단언할 수 있지?" 오키노가 물었다.

"소리가 나지 않았다더라고. 다쿠미의 집 마당에는 흙 위에 자갈이 깔려 있거든. 그거, 꽤 시끄러워서 자동차가 움직이면 곧장 알 수 있어."

히비키는 지금은 이나나가 일가가 살고 있는 다쿠미의 본가 마당을 머릿속에 떠올렸다. 그렇다면 그 자갈은 지금 거주자가 깔아놓은 것이 아니라 원래부터 있었다는 말인가.

"그럼 역시 나가던 게 아니라 돌아온 거였겠네."

사토네가 말하자, 오키노는 눈살을 찌푸렸다.

"새벽 2시에요? 오래도록 은둔형 외톨이였던 사람이 어디에 갔다 왔다는 거죠?"

"혹시 운전 연습 같은 걸 한 게 아닐까요? 밤에는 차도 적을 테니."

"그래도 결국 그 차는 지금도 다쿠미가 타고 있잖아. 유키히데 씨가 탈 수 있는 차가 또 있었으리라고는 생각하기 어려운데, 뭘 위한 연습이었을까?"

히비키가 반론하자, 사토네는 고집을 부리며 말했다.

"렌터카를 이용해 행방을 감춘 걸 수도 있잖아. 렌터카라면 다른 지점에 반납하는 것도 가능한 데다가 이삿짐센터에 의뢰하는 것보다 훨씬 싸게 먹힐 테고."

"10년 이상 틀어박혀 있었다면 면허 갱신도 못 하지 않았을까요? 집에 있는 차라면 몰라도 렌터카는 면허가 없으면 못 빌릴 텐데요."

오키노의 지적은 타당했지만, 사토네는 그럼에도 자신의 주장을 꺾지 않았다.

"언젠가 필요할 것 같아서 다쿠미가 차를 가지고 집을 나가기 전에 연습한 걸지도 모르죠. 어쨌든 나는 돌아오는 길이었다고 생각해요."

그렇다면 신경 쓰이는 것은 어디에 다녀왔는가 하는 점이지만, 여기에서 논의하더라도 정답을 도출할 수는 없으리라.

그때 오키노가 모든 것을 뒤집어엎는 듯한 말을 꺼냈다.

"아니, 애초에 그게 다쿠미의 형이 정말 맞을까? 혹시 동생 쪽이었을 수도."

"후진으로 마당에 들어갔다면, 운전석은 맞은편 집 쪽을 향해 있었을 테니 잘못 보진 않았겠지."

모리는 아주머니의 편을 들었지만, 오키노는 의심의 눈초리를 거두지 않았다.

"그래도 새벽 2시인데? 가로등 불빛이 있다고는 해도 어두워서 잘 안 보이지 않았을까? 그 형제, 나이 차이는 있어도 얼굴은 비슷하게 생겼다며? 더군다나 마스크를 썼다면 구분하기 어렵겠지. 아니, 잘 생각해봐. 차가 있었다는 말은 다쿠미가 이삿짐만 먼저 반출하고 아직 집에 있었다는 말이잖아. 은둔형 외톨이인 데다가 무면허인 형이 갑자기 차를 운전하려고 한다면 보통은 말리지 않을까?"

히비키는 잊고 있던 사실을 떠올렸다. 이 남자는 의외로 예리한 사람이다.

"단순히 자고 있었을지도……."

모리의 목소리가 약해졌다. 오키노는 다소 머쓱한 태도로 말했다.

"분명 그랬을 수도 있겠지. 시간도 시간이었으니. 그래도 맞은편 집에서도 자갈 소리가 들렸다면 집에 있었으면 더 확실히 들렸을 거야. 방범에 도움이 되라고 자갈을 깐 걸 테니까. 나는 역시 운전한 사람이 다쿠미라고 생각해. 그 녀석이 한밤중에 돌아온 이유는 데이트든 뭐든 얼마든지 생각할 수 있어."

이 이상 맞은편 집 아주머니의 증언의 신빙성을 따지더라도 결론은 나지 않는다. 확실한 것은 2년 전 3월 어느 날 새벽에 유키히데일지도 모르는 사람이 차를 움직였다는 것 하나뿐이다.

"협조해주셔서 감사합니다."

히비키가 미소를 보이자 모리는 눈을 피했다. 오키노가 대신 입을 열었다.

"감사한 건 오히려 우리 쪽이죠. 미모의 전직 아이돌과 술을 마시다니, 당분간 이야깃거리가 많을 것 같네요."

큰 소리로 웃는 오키노를 앞에 두고 히비키는 자신보다도 사토네의 반응이 걱정되어 옆을 바라봤다. 하지만 히비키의 시선을 알아차린 사토네는 과장되게 아랫입술을 삐죽 내밀 뿐이었다.

히비키와 사토네가 나눈 무언의 대화 따위는 아랑곳하지 않고, 오키노는 말을 이었다.

"좋겠네, 다쿠미는. 이런 예쁜 사람이랑 같은 직장이라니."

"다쿠미 씨는 저를 아더 사이드에 소개해준 은인이니까요. 행운인 건 제 쪽이죠."

"그래서 그렇게 열심히 일하는 걸까요? 그 녀석, 술을 마시자고 불러도 전혀 오지 않으니까."

"그런가요?"

오키노는 예의 없이 젓가락을 흔들었다.

"취직한 후에도 고향에 남아 있는 사람들끼리 친하게 지내자는 의미로 사회인이 된 후에도 몇 번인가 불렀어요. 그런데 그 녀석, 항상 '일이 바쁘다'는 말만 하며 코로나 사태 때 원격 술자리에조차 참가하지 않았어요. 다른 친구들하고도 만나지 않는 듯하고요."

"흐음……. 뭔가 속상한 일이라도 있었던 거 아니고요?"

"그럴 리 없어요. 대학 시절까지는 고등학교 친구와도 때때로 만난 듯하니까요. 어머니가 돌아가신 뒤로는 독립할 자금을 모으려고 아르바이트를 열심히 하며 지낸 것 같긴 하지만. 뭐, 미디어 편집자 일을 하다 보면 일반인인 우리 같은 사람과 노는 건 재미없다고 느끼더라도 어쩔 수 없는 일일지 모르지만요."

무신경으로 가득 찬 남자라고 생각했지만, 의외로 비굴한 면모도 겸비한 듯했다.

철판에 가득 차 있던 오코노미야키를 다 먹은 후, 단골 술집에 같이 가자고 끈질기게 붙잡는 오키노를 뿌리치고 두 사람은 귀로에 올랐다. 니시테쓰의 특급열차 좌석에 앉은 히비키는 모리에게만 감사 인사 메시지를 보냈다.

사토네는 오늘의 감상에 대해 간결하게 말했다.

"쓰레기 같은 놈이네."

"응, 개쓰레기."

"히비키가 그렇게 말하니 기분 좋다."

두 사람은 같이 웃었다.

"잘 참았네. 나, 사토네가 언제 벌컥 화를 낼지 몰라 조마조마했어."

"쓰레기인 건 마찬가지지만, 저 정도는 약과야. 더 끔찍한 밤도 얼마든지 경험했어. 시대가 바뀌어도 이곳은 아직 그런 나라니까."

끔찍한 밤에 관해 히비키는 자세히 묻지 않기로 했다. 차창 밖에는 가슴이 먹먹해질 정도로 진한 어둠이 펼쳐져 있었다.

3

구가하라 유키히데의 행방은 여전히 오리무중이었다.

조사는 순조롭게 진행되는 것 같았지만, 히비키는 더는 여유를 부릴 수 없는 상태였다. 도쿄로 떠나는 날이 열흘 정도 앞으로 다가와 있었다.

성에 차지 않는다고 생각하는 한편으로 이제 충분하다는 마음도 들었다. 여러 정황상 보아 히비키는 유키히데가 사토네의 집에 도둑질을 위해 들어갔고, 이를 들키지 않기 위해 캔들의 불이 커튼으로 옮겨붙은 사고로 위장해 불을 질렀다고 생각한다. 그렇다고 그녀의 죄책감이 완전히 사라지는 것은 아니지만, 15년에 걸친 괴로움이 어느 정도 가벼워진 것만으로도 바라지 않던 구원이었다.

물론 가능하면 유키히데를 찾아내서 죄를 보상받고 싶다. 하지만 여기까지 오면 나머지는 단순히 사람 찾기다. 히비키는 그야말로 후쿠오카에서 해야 할 일은 전부 다 마쳤다는 생각까지 하고 있었다.

아니, 딱 한 가지…….

이오리에 대한 자신의 마음에 결론을 내리기 전에 도쿄행이라는 결단을 내린 것은 계속해서 히비키의 마음에 남아 있는 채였다.

자신이 후쿠오카를 떠나는 것이 사토네와 이오리에게 좋을 것이라는 점은 사실이다. 하지만 그것은 때때로 히비키의 마음을 간질이던 감정의 싹에 대해 자기 자신을 속이기 위한 핑계이기도 하다.

결국 자신은 도망치는 것이다.

무엇을 얻고 무엇을 잃을지를 정하는 일에서. 그로 인해 생겨날 모든 결과를 받아들일 각오에서.

사토네에 대한 속죄라는 대의로 삼으면 후회가 되더라도 자신을 달랠 수 있다. 그렇게 자신의 마음을 숨기는 것에 대해 히비키는 이미 익숙해져버렸다. 이제 되돌릴 수는 없다.

언젠가 이오리에게 울먹이며 토해냈던 말이 되살아난다.

"나는 내 의사조차 없는 나약한 인간이야."

'병의 증상은 나아지더라도 결국 그런 근본적인 부분은 달라지지 않았네.'

이렇게 자조적으로 생각하다 보니 격동이었던 지난 몇 달간이 자신의 도쿄행이라는 형태로 결말을 맞이하는 것이 왠지 모르게 어울린다는 생각이 들었다.

화요일 밤.

히비키는 가와바타도리 상점가 근처에 있는 일본요리점 객실에 있었다.

정면에는 사토네, 그 옆에는 이오리가 있다. 그리고…….

"저기, 사토네. 표정이 왜 그래?"

히비키가 타이르자, 사토네는 히비키의 옆을 가리키며 말했다.

"아니, 왜 다쿠미가 여기 있는 건데?"

"왜냐니……, 히비키가 불러서 온 건데."

정면에서 비난을 받은 다쿠미는 기분 나빠 보였다.

중요한 이야기가 있다며 히비키가 세 사람을 불러 모았다. 과거, 네 사람이 처음으로 한자리에 모인 이 가게로. 벤티 콰트로의 정기휴일인 이날을 놓칠 수 없다고 히비키는 전부터 마음먹고 있었다.

사토네에게는 다쿠미가 온다는 사실을 알리지 않았다. 미리 말하면 오지 않을지도 모른다고 생각했기 때문이다. 이오리는 다쿠미의 동석을 흔쾌히 승낙했고, 다쿠미는 참가를 꺼렸지만 거듭 설득한 끝에 억지로 데려왔다.

사토네는 지금도 적대감을 드러낸 채다.

"히비키도 참 못됐네. 다쿠미가 온다는 말도 안 하고."

하지만 이런 태도가 본심이라기보다는 뒤로 물러설 수 없게 된 탓에 부리는 오기라는 사실을 히비키는 알고 있었다. 나쁜 것은 유키히데이지 다쿠미가 아니라는 점을 모를 정도로 그녀는 어리석지 않다.

"말 안 한 거 사과할게. 그래도 나는 오늘 밤 어떻게 해서라도 내가 좋아하는 두 사람이 꼭 화해했으면 좋겠어. 내가 사라지기 전에."

그 한마디로 공기가 딱딱해졌다.

"히비키, 사라진다니 그게 무슨 말이야?"

이오리가 물었다. 다쿠미가 '아직 말 안 한 거야?' 하는 놀란 표정으로 이쪽을 봤다.

기모노를 입은 여주인이 주문한 음료를 가지고 왔지만, 아무도 입에 대려고 하지 않았다. 히비키는 정식으로 말을 꺼냈다.

"아더 사이드의 도쿄 본사에서 영전 이야기가 나와서 받아들이기로 했어. 10월 1일 자로 본사에서 근무하게 됐어."

"그럼…… 히비키, 후쿠오카를 떠난다는 말이야?"

사토네의 이 말은 후쿠오카에서 원격으로 근무하는 것은 아닌지 확인하는 것이리라. 히비키는 끄덕였다.

"9월 말일이 토요일이라 그날 11시 비행기로 도쿄에 갈 거야. 그러니 네 사람과 이렇게 마시는 것도 오늘 밤이 마지막이야. 귀성할 때 다시 모여주면 기쁘겠지만."

"아니……, 바로 코앞이잖아."

사토네는 말문이 막힌 듯했고 이오리도 시선이 흔들렸다. 자리를 수습하려는 듯 다쿠미가 말했다.

"그러니 오늘은 송별회로 삼아서 추억이 담긴 이 가게에서 성대하게 히비키를 보내주자고. 그럼 다들 잔 들어. 도쿄에서 히비키가 활약하기를 기원하며, 건배!"

사토네와 이오리는 방심 상태에서 반쯤 기계적으로 건배에 응했다. 도쿄행 계기를 만든 장본인이라고는 해도, 어떻게든 자리의 분위기를 띄우려고 애쓰는 다쿠미의 자세에 히비키는 고마움을 느꼈다.

음식 주문을 마친 후에 이오리가 입을 열었다.

"축하한다고 말해야겠지?"

"물론이야. 본사로 이동하게 되면 월급도 늘어나. 그리고 내가 쓰고 싶은 기사를 쓸 기회도 얻을 수 있을 것 같아."

"그럼 다행이지만. 너무 갑작스러워서 실감이 안 나. 소화

불량이라고 해야 할까⋯⋯."

"맞아." 사토네가 테이블 위에 팔을 올렸다. "히비키는 그걸로 괜찮아? 스스로 정한 거야?"

"절반은 회사의 뜻이지만, 나도 수긍하고 받아들였어."

"나, 히비키가 계속 곁에 있어주리라 생각했는데. 부족한 나를 지지해줄 줄 알았는데."

그녀의 눈빛은 날카로웠다. 하지만 히비키는 그것이 애정에서 비롯한 것이라는 사실을 이해했다.

"사토네는 자신의 힘으로 일어섰어. 그리고 이오리나 다쿠미도 있어. 내가 없어도 괜찮을 거야."

"싫어. 나, 히비키가 도쿄에 가지 않았으면 좋겠어."

사토네가 어린아이처럼 떼를 쓰는 바람에 히비키는 곤란해졌다. 이오리가 사토네의 어깨를 어루만졌다.

"이미 정한 거라니까⋯⋯."

"싫어, 싫다니까! 알지만 알고 싶지 않아. 저기, 히비키, 왜 상담도 안 하고 정한 거야? 겨우 다시 만났는데. 지난 4개월간 이런저런 일은 있었지만, 진짜 친한 친구로 돌아갔다고 생각했는데."

"도쿄에 간다고 해도 친한 친구인 건 달라지지 않아."

"거짓말! 그렇게 히비키는 나를 버릴 셈이잖아."

"버리다니⋯⋯."

말을 꺼내려다 히비키는 깜짝 놀랐다.

사토네의 뺨에 눈물이 흘러내렸기 때문이다.

"내가 지금 이렇게 살아 있는 건 히비키 덕이야. 히비키가 사라지면 죽어버릴 거야. 저기, 히비키, 나 너무 외로워."

사토네의 목소리가 점차 흐느낌에 가까워진다.

……사토네를 생각해서 후쿠오카를 떠나기로 결심했는데. 이래선 무엇 때문에 도쿄로 가는 것인지 알 수가 없다.

정말로 이것으로 좋았던 걸까.

"미안, 사토네……. 정말 미안해."

사토네에게 이끌려 히비키도 눈물을 터뜨렸다.

"사과할 필요 없어. 히비키에게 도쿄에 가는 건 좋은 일이니까. 하지만 오늘만은 말하게 해줘. 왜 나를 두고 떠나는 거야. 바보, 히비키, 바보!"

"나도 그리울 거야. 사토네를 만나지 못하게 되는 거 나도 외로워. 도쿄 같은 데는 가고 싶지 않아. 계속 모두와 함께 있고 싶어."

사토네가 히비키 옆으로 와서 둘은 서로를 끌어안고 울었다. 잔뜩 울었더니 사토네의 화장이 엉망진창이 되었고, 히비키는 그것을 보고 "끔찍하네"라고 말하며 웃었다. 사토네는 곧장 "너도 마찬가지야"라고 되받아쳤고, 다시 한번, 이번에는 네 사람 모두가 웃었다.

숙연한 분위기로 시작된 모임이었지만, 두 여성이 마음껏

울고 난 뒤에는 차분해졌고, 그 후에는 화기애애한 밤이 되었다.

사토네는 때때로 "나도 도쿄에 갈까 봐. 취직만 할 수 있으면 그쪽이 더 일하기 쉬울 테고"라고 중얼거렸다. 아무래도 도쿄에 대한 동경이 있는 모양이다. 하지만 적어도 지금은 그것이 진심이 아니라는 점은 옆에서 봐도 명백했다. "놀러 와. 우리 집에 재워줄게. 같이 디즈니랜드 가자"라고 말하자, 사토네는 일찌감치 스케줄부터 확인했다.

조사 이야기는 단 한 번도 나오지 않았다. 다쿠미를 배려한 것이기도 했다. 히비키가 도쿄에 가게 되었다는 충격 때문에 사토네는 다쿠미에게 으르렁거리는 것도 완전히 잊은 듯했다. 원래의 사이좋은 4인조로 돌아간 느낌이 들어서 기뻤다.

유일하게 이오리만이 표정이 밝지 않았다. 히비키의 도쿄행을 아직 받아들이지 못한 듯했다. 사토네와는 달리 솔직한 마음을 입에 담지도 않았고, 신경이 쓰이는지 다쿠미가 몇 번이고 이오리에게 말을 거는 것을 온화하게 대응하면서도 그의 가슴속이 평온한 상태가 아니라는 사실을 알 수 있었다. 히비키는 이오리가 히비키 쪽을 마음에 두고 있다는 다쿠미의 발언을 머릿속에서 지워버리기 위해 시종일관 신경을 곤두세워야 했다.

사토네는 완전히 취해버렸고, 다쿠미도 평소와 달리 혀가

꼬였다. 이오리도 얼굴이 빨갰지만, 히비키는 오늘도 무알코
올이었다. 홀로 제정신인 히비키가 대표로 계산을 하러 갔
을 때—송별회니까 돈을 낼 필요 없다는 세 사람의 주장을
히비키는 단호히 거절했다—여주인이 말을 걸었다.

"다시 찾아주셔서 고마워요."

히비키는 한 번밖에 온 적 없는 자신을 기억한다는 사실
에 놀랐지만, 곧 이해가 되었다.

"다쿠미, 자주 오나요?"

원래는 단골이라는 다쿠미에게 소개받은 가게다.

하지만 여주인의 답은 상상했던 것과 달랐다.

"여름쯤에 두세 번 오신 후에는 오랜만이에요."

히비키는 쓴웃음을 지었다. 뭐야, 후배 앞에서 멋진 척을
한 거였어? 다쿠미에게 그런 귀여운 면모가 있다는 사실을
히비키는 뒤늦게 알게 되었다.

네 사람이 함께 가게를 나섰다. 아까의 불화는 어디로 갔
는지, 다쿠미와 사토네는 비틀거리며 기분 좋게 웃고 있다.
앞장서듯 아케이드 거리를 걸어가는 히비키 옆으로 이오리
가 다가왔다.

"히비키."

"이오리. 오늘 즐거웠어."

응, 하고 이오리는 작은 목소리로 웅하더니 말을 이었다.

"정말로 도쿄에 가는 거구나. 요즘 자주 만나기도 하고 연

락도 주고받았는데, 왜 말 안 했어?"

"……숨기려고 한 건 아니야. 갑자기 결정된 거라서. 나도 마지막까지 고민했고."

"내일 밤에 시간 있어?"

갑작스러운 제안에 히비키는 당황했다.

"퇴근한 후에는 비어 있지만…… 왜?"

"히비키가 도쿄로 떠나기 전에 꼭 하고 싶은 말이 있거든. 시간 뺏어서 미안하지만, 우리 가게로 와주지 않을래?"

그 옆얼굴에 묻어나는 진지함에 히비키는 아무리 믿기 힘들어도 인정하지 않을 수 없었다.

'이오리는 나에게 진심을 털어놓으려 하고 있어.'

그 말을 들어서는 안 된다. 그래서는 도쿄에 가는 의미가 없어진다. 하지만 한편으로는 자신도 사토네의 고백에 대해 그렇게 하라고 그에게 요청한 것처럼, 제대로 마주하는 것이 지난 몇 달 동안 친분을 쌓아온 그에 대한 성의라는 마음도 들었다. 그가 다음 단계로 나아가기 위해 이것은 필요한 의식이다.

"사토네도 불러도 돼?"

깔끔하게 포기하지 못하는 히비키에게 이오리는 확실하게 고개를 저었다.

"혼자 왔으면 좋겠어."

그 한마디에 각오가 정해졌다.

"알았어. 이른 시간에는 가게 바쁠 테니까, 밤 10시쯤에 갈게."

"고마워. 기다릴게."

그 말 이후로 이오리는 아무 말도 하지 않았다. 잠시 후면 지하철역에 도착한다. 이대로 헤어지기 싫어서 히비키는 입을 열었다.

"조사를 도중에 내팽개쳐서 미안해."

괜찮아, 라며 이오리는 미소 지었다.

"솔직히 말하자면, 유키히데와 직접 대결하고 싶었어. 하지만 그건 어려울 것 같다는 생각도 했어. 나는 범인의 얼굴을 기억하지 못한다는 자책감에 시달렸지만, 지금은 범인을 찾아낸 것과 마찬가지야. 그날, 고지마당에서 장부를 본 단계에서 내 싸움은 끝난 것일지도 몰라."

그것이 히비키의 편을 들어주기 위한 미사여구에 불과하다는 사실은 알았다. 히비키는 오호리 공원에서 말했던 그의 열정이 거짓이 아니었음을 확신하기 때문이다.

"나도 비슷해. 지금까지 15년 전의 화재는 100퍼센트 내 잘못이라고 생각했어. 하지만 지금은 조금 달라. 그것만으로도 다행이라고 생각해."

"우리는 그렇다 쳐도, 삿짱으로선 아직 결말이 났다고 할 수 없어. 그녀가 바라는 한, 나는 조사를 함께할 거야. 하지만 아마 유키히데는 그렇게 쉽게 찾을 수 없겠지. 할 수 있는 만큼은 다 했다고 생각해."

"우리 정말 잘했지. 경찰과 소방서에서도 놓친 사건의 진상을 규명한 거나 마찬가지니까. 깜짝 놀랐어. 쓰노시마 여행 당일, 이오리가 사토네의 집에서 남자를 봤다고 말을 꺼냈을 때는."

"거기에다 고지마당에 갔더니 놀랍게도 다쿠미의 형 이름이 장부에 적혀 있었고 말이야. 이걸로 진상에 다가갔다고 생각했더니, 이번에는 다쿠미가 '어디 있는지도 몰라'라고 해서……."

거기에서 갑자기 이오리의 말이 끊겼기에 히비키는 옆을 쳐다봤다.

이오리는 마음이 여기에 없는 듯한 느낌으로 허공의 아무것도 없는 한 점을 바라봤다.

"이오리, 왜 그래?"

히비키가 말을 걸자, 그는 정신을 차린 듯했다.

"아, 아니. 문득 뭔가가 걸리는 것 같아서……."

"이오리, 한 집 더 들렀다 가자."

갑자기 다쿠미가 히비키와 이오리 사이로 끼어들어 이오리의 어깨를 감쌌다. 정말로 오늘 밤의 그는 그답지 않다.

"그만두는 편이 좋지 않을까? 너무 많이 마셨어."

이오리가 타일렀지만 다쿠미는 말을 듣지 않았다.

"히비키, 사라져버리는데? 오늘 밤만큼은 남자들끼리 허심탄회하게 이야기해야지."

"다쿠미, 내일은 오전부터 회의야."

히비키의 충고 또한 귀에 들어오지 않는 듯했다.

"안 되면 원격으로 참석하지 뭐. 오늘 밤은 이오리랑 둘이서 더 마실 거야."

"알았어, 알겠다고. 그럼 가자."

이오리가 꺾이자, 다쿠미는 이오리를 껴안았다.

"역시 넌 좋은 녀석이야. 근처에 괜찮은 술집이 있으니까 따라와."

"저기, 거기 두 사람, 나도 같이 가면 안 돼?"

사토네가 애교 섞인 동작으로 말했지만, 다쿠미는 단호한 눈빛으로 잘라냈다.

"안 돼. 오늘 밤은 여자 금지!"

"힝."

"그만두는 게 좋아, 사토네. 어차피 술 취한 사람 뒷바라지나 하게 될 테니까."

히비키가 귓속말하자, 사토네는 어깨를 으쓱했다.

"그것도 그렇겠네."

"그럼 이오리, 다쿠미를 잘 부탁해."

"오케이. 두 사람도 조심해서 돌아가."

남자들은 어깨동무를 한 채 밤의 나카스 골목으로 사라졌다. 이런 밤이 더는 찾아오지 않는다고 생각하자 뒤늦게나

마 아쉬운 마음이 들어 히비키는 잠시 감상에 젖었다.

4

히비키는 지하철 공항선, 사토네는 덴진에서 니시테쓰 전철로 갈아타고 귀가했다.

자정이 넘은 시각, 이오리에게서 네 사람의 LINE 그룹 채팅방에 '술주정뱅이를 집에 데려다주고 돌아가는 길'이라고 연락이 왔다. 히비키는 이오리가 다쿠미를 따라가서 다행이라고 진심으로 생각했다.

다음 날 아침은 10시부터 아더 사이드 후쿠오카 오피스 전원이 참석하는 기획 회의가 있었다. 전날 예고한 대로 원격으로 참석한 다쿠미는 안색이 무척 좋지 않았다.

"구가하라, 어떻게 된 거야?"

오피스장인 엔도의 추궁에 다쿠미는 화면 너머로 힘없는 미소를 보였다.

"죄송합니다. 어젯밤에 술을 너무 마셔서요."

"네가 어쩐 일이래? 원격 근무여도 상관없지만, 오늘은 근무일이니 정신 차려."

"면목 없습니다. 그래도 기획은 제대로 준비했습니다."

그 말대로 다쿠미는 기획 프레젠테이션을 시작했다. 그러자 엔도가 다쿠미의 설명을 중간에 가로막았다.

"아까부터 이상하게 잠음이 들어오는데."

"아, 죄송합니다. 실은 지금 집 앞에서 도로 공사 중이어서요. 그 소리가 들어가는 모양이네요."

그러고 보니 전에도 다쿠미가 도로 공사 소음으로 잠을 제대로 이루지 못한다는 이야기를 한 적 있었다. 이렇게나 시끄러우면 업무에 집중하기 어려우리라. 직장에서도 여전히 마스크를 착용할 정도로 감염 예방에 신경 쓰는 다쿠미가 거의 매일 출근하던 이유를 히비키는 이해할 수 있었다.

소음은 견디기 힘들었지만, 다쿠미의 프레젠테이션은 더없이 훌륭했다. 히비키도 떠나기 직전이니만큼 오히려 최선을 다한 기획안을 선보였지만 결국 오늘은 다쿠미의 기획안이 채택되었다.

"감사합니다."

조금씩 숙취가 풀리는지, 다쿠미의 안색도 좋아졌다.

그날, 히비키는 퇴근 후의 일로 머릿속이 가득 차서 일이 손에 잡히지 않았다. 퇴근하고 저녁을 먹은 후, 밤 9시 반쯤에 벤티 콰트로에 도착했다. 이오리와의 약속 시간에는 아직 이르지만, 기다리는 것이 고통스러웠기 때문이었다.

하지만 이오리가 무슨 말을 하고 그에 자신은 어떻게 대답할 것인지, 히비키는 이 단계에 이르러서도 아직 전혀 시뮬레이션하지 못하고 있었다. 어젯밤 각오한 것은 역시 단순한 착각으로, 작별 선물이라도 건네줄지 모른다. 히비키의 머릿속에는 그런 현실도피 같은 생각마저 떠올라 있었다.

계단을 오르다 보니 처음으로 이곳에 취재하러 왔을 때의 절박했던 감정이 되살아났다. 기억에 사로잡히기 전에 나무 문을 열었다.

"가스미 씨, 어서 와."

가게 입구에서 맞이해준 것은 점장 구마가이였다. 그 후 몇 번이고 얼굴을 마주한 덕에 그와도 꽤 친해진 상태였다. 이오리가 불러서 왔다는 사실을 숨기지 않은 채 히비키는 밝게 물었다.

"이오리, 있나요?"

그러자 구마가이가 얼굴을 찌푸렸다.

"그게, 안 왔어."

의외의 대답에 히비키의 입에서 "네?" 하는 어눌한 한 음절이 흘러나왔다.

"어제, 본인 입으로 오늘 출근한다고 했는데요."

"어제 같이 있었어?"

"네. 친구들이랑 넷이서 마셨어요. ……저는 도중에 돌아왔지만, 자정 넘어서 지금 귀가한다고 이오리에게 연락이 왔어요. 평소보다 꽤 술을 많이 마신 것 같던데, 숙취로 움직이지 못하게 된 걸지도 모르겠네요."

"아니, 그 녀석은 그럴 성격이 아니야. ……실은 런치 영업 전에 본인에게서 '당분간 쉬고 싶습니다'라고 LINE이 왔어."

"네?" 너무 놀란 나머지 히비키의 목소리가 커졌다.

"그런 중요한 이야기를 사정도 말하지 않은 채 LINE으로 끝낼 리 없고, 그걸 모를 정도로 비상식적인 녀석도 아닌데 말이야. 몇 번인가 전화를 걸어봤지만 받질 않아. 가스미 씨, 어제 그 녀석이 무슨 말 안 했어?"

히비키가 고개를 젓자, 구마가이는 팔짱을 꼈다.

"그래……? 또 뭔가 괴로운 일이라도 있어서 집에 틀어박혀 있는 걸까. 예전 직장을 그만두고 엉망으로 살던 그 녀석을 데려온 건 나였으니."

구마가이의 말을 듣고 히비키는 그럴 리가 없다고 마음속으로 반박했다. 이오리가 엉망으로 살던 이유는 자신의 안면인식장애를 알고 자포자기했기 때문이다. 그런 수준의 절망이 어젯밤부터 오늘 낮까지 사이에 그를 덮쳤으리라고는 생각되지 않는다.

혹은 히비키의 도쿄행이 그에게는 일을 쉬고 싶을 정도로 충격이었을까? 그것도 아니라고 히비키는 바보 같은 생각을 떨쳐냈다. 그도 그럴 것이 그녀를 이곳에 부른 것은 이오리 본인이다. 히비키의 도쿄행은 막지 못하더라도, 그가 히비키와 이야기를 나누기 전부터 낙담하는 것은 아무리 그래도 너무 이르다.

그렇다면 신종 코로나바이러스에라도 감염되었나? 작년까지라면 이것이 가장 유력한 답이었으리라. 신종 코로나바이러스는 감염에서 증상이 나타나기까지 시차가 있고, 그 사이에 감염이 확산되는 것으로 알려져 있다. 음식점 직원이 감염 사실을 모르고 출근하면 집단 감염 등 큰 소동이 벌어질 우려가 있다. 그렇기에 솔직히 말하지 못했다는 것은 이오리의 성격과는 들어맞지 않지만, 일반론으로 보면 일리가 있다. 완치될 때까지의 기간을 가리켜 '당분간'이라고 표현했다고 봐도 들어맞는다.

하지만 올해 5월에 신종 코로나바이러스의 감염병법상 분류가 5급으로 변경됨에 따라 신종 코로나바이러스 감염증에 대한 사람들의 반응은 크게 달라졌다. 그런 상황에서 감염을 숨긴 채 일을 쉬는 것은 부자연스럽다.

아무리 생각해도 이오리가 일을 쉬는 이유를 알 수 없었다. 히비키는 말했다.

"저기, 여기에서 기다려도 될까요? 약속한 건 밤 10시니까, 혹시 그 시간에 올지도 모르니까요."

"상관없지만…… 기대하는 것 자체가 헛수고일 것 같은데."

"그건 그것대로 상관없어요. 저도 연락해볼게요."

히비키는 카운터석에 앉아 오렌지주스를 주문했다. 구마가이가 서빙하며 "오늘 음료수는 서비스로 줄게"라고 말했다. 감사히 받아들였다.

이오리의 스마트폰에 전화를 걸어봤다. 하지만 받지 않는다. 메시지도 보냈지만, 읽음 표시가 뜨지 않았다.

무슨 일인가 싶어 걱정하는 사이에 밤 10시까지 5분도 채 남지 않았다. 그때 가게 입구 문이 열리는 소리가 들려 히비키는 '뭐야, 역시 온 거야?'라고 생각하며 그쪽을 돌아봤다.

거기에 있던 것은 뜻밖의 인물이었다.

"……사토네?"

티셔츠에 긴 치마를 입은 수수한 차림새의 사토네가 핸드백을 든 오른손을 이쪽을 향해 흔들었다.

"히비키, 와 있었구나."

직원의 안내를 거절하고 그녀는 히비키 옆에 앉았다. 곤란하게 됐네, 라고 히비키는 생각했다.

"어쩐 일로 여기 왔어?"

"온종일 컴퓨터만 보다 보니 지쳐서 기분 전환이라도 하려고. 히비키야말로 혼자 온 거야? 술도 안 마시면서. 그거, 오렌지주스지?"

사토네가 직원을 불러세워 스크류드라이버를 주문했다. 그 천연덕스러움에 히비키는 자신도 모르게 웃고 말았다.

"뭐야, 갑자기."

"사토네. 아무리 그래도 너무 억지스러워. 우리, 이런 일로 밀당할 사이도 아니잖아."

"밀당이라니 무슨 말이야?"

"어제 들은 거지? 이오리가 나를 여기로 부른 거."

어젯밤 일본요리점을 나와 가와바타도리 상점가를 걸을 때, 사토네와 다쿠미는 꽤 취한 듯한 모습이었다. 그래서 히비키도 방심하고 이오리가 아슬아슬한 이야기를 하려는 것을 막지 않았다.

하지만 다시 생각해보면 뒤에서 걸어오는 사토네와 다쿠미와의 거리는 그다지 멀지 않았다. 히비키와 이오리의 대화가 뒤에 있는 두 사람에게 들렸다고 해도 이상하지 않다.

"들켰나?"라고 말하며 사토네는 웃었다.

"네 말대로야. 두 사람의 목소리 그대로 다 들렸거든. 이오리가 히비키에게 무슨 말을 하려는지 신경 쓰여서 가만히 있을 수가 없었어. 그리고 뭐, 솔직히 말하면 방해할 생각으로 약속한 10시에 온 거야."

"미안. 이오리가 데리고 오지 말라고는 했지만, 사토네에게는 먼저 말해야 했어."

"그런 거 그만해. 안 그래도 성격 나쁜데, 동정까지 받으면 더 비참하니까."

"동정이라니…….."

"말해두지만, 나 이오리를 포기하지 않았어. 히비키가 도쿄에 가는 건 슬프지만, 그렇게 되면 라이벌도 사라져. 그래서 그때까지 시간을 벌려고 생각한 것뿐이야."

어째서일까.

히비키는 자신도 모르게 안도감을 느꼈다.

사토네는 여전히 사토네의 모습 그대로다. 제멋대로이고, 당차고, 아이처럼 속내를 드러낸다.

그걸로 됐다. 그러는 편이 좋다. 계속 이 모습 그대로였으면 좋겠다.

"왜 웃는데, 히비키."

"아니, 그냥. 아, 음료 왔다. 건배하자."

같은 색의 음료가 담긴 유리컵 두 개가 부딪치며 상쾌한 소리가 났다.

"그렇긴 해도…… 이오리의 모습이 보이지 않네?"

의아해하는 사토네에게 히비키는 구마가이와의 대화를 전했다. 사토네는 눈살을 찌푸렸다.

"뭐야, 그게. 말이 안 되잖아."

"그렇지? 나도 걱정하던 중이야."

"설마, 갑자기 겁을 먹은 건 아니겠지? 만약 그렇다면 환멸인데."

그런 것은 아닐 거라고 생각했지만, 그렇게 말하면 이오리의 마음을 있는 그대로 인정하는 것이 될지도 모른다는 생각에 입을 다물었다.

사토네는 정면 창문을 바라본 채 생각에 잠겼다. 그러더니 갑자기 뭔가를 깨달은 것처럼 말했다.

"저게 호소가이 씨가 말한……."

"맞아. 대부업체."

창밖으로 이 시간에도 반짝반짝 빛나는 스마일의 간판이 보인다.

15년 전, 구가하라 유키히데는 이곳에 돈을 빌리러 왔다. 우연히 마주친 친구에게도 말하지 못한 사정이 있었고, 아버지에게도 매정하게 거절당해서 그는 상당한 궁지에 몰려 있었던 것으로 보인다. 과연 그는 어떤 트러블에 휘말려 사토네의 집에서 도둑질을 하고 그 후 10년에 걸쳐 은둔하게 된 것일까.

"히비키."

갑자기 이름이 불려 히비키는 옆에 있는 사토네를 봤다.

그리고 깜짝 놀랐다.

사토네의 얼굴에서 표정이 완전히 사라진 상태였기 때문이었다.

"내 기억이 잘못된 것일 수도 있으니까 만약 그렇다면 지적해줘. 호소가이 씨, 분명히 이렇게 말했지?"

그런 서두를 깔고 사토네는 호소가이의 대사를 되뇌었다.

"다이묘 쪽에서 데이트하던 중이었어요. 그런데 대부업체가 있는 빌딩에서 나온 유키히데를 마주쳤죠."

"토씨 하나 틀리지 않았어."

"호소가이 씨는 대부업체에서 나오는 유키히데를 본 게 아니야. 저 빌딩에서 나오는 유키히데를 본 거지."

사토네의 말을 곱씹는 데 약간의 시간이 필요했다.

"그럼 유키히데는 대부업체를 방문했던 게 아니었다는 말이야……?"

"그가 돈이 필요했던 건 의심할 여지가 없는 사실이기에 우리는 먼저 호소가이 씨에게 금전 트러블의 가능성을 시사했어. 더욱이 여기서 마주쳤을 당시, 그들은 남자 대학생들이었지. 호소가이 씨가 유키히데는 대부업체에 용건이 있었다, 대부업체 정도밖에 용건이 없었다고 단정하는 것도 무리는 아니야."

"유키히데, 이런 곳에서 뭐 하는 거야? 돈을 빌리러 온 거야?"

"뭐, 그렇겠지."

"그런데 나는 달라. 여자이고, 더군다나 얼굴에 화상 흉터가 있어. 만약 저 빌딩에서 친구가 나오는 걸 발견한다면 돈을 빌리는 게 아니라 가장 먼저 다른 가능성을 의심했을 거야."

그 말에 히비키는 다시 한번 빌딩의 간판을 바라봤다.

1층에 스마일. 위층에는 야경을 무기로 삼은 것으로 보이는 바가 영업 중이다. 그리고…….

이 시간에는 이미 불이 꺼진 간판이 있다.

성형외과.

"유키히데는 남자답게 생겼지만 얼굴이 나이 들어 보여 주변에서는 '아재'라는 별명으로 놀림받았어. 본인은 그게 콤플렉스였지."

"그래서 성형외과를?"

"저 성형외과, TV 광고로 유명하잖아. 분명 15년 전 시점에도 인지도가 있었어. 남자 대학생인 유키히데도 아마 들어가기 쉬웠을 거야."

"그럼 금전 트러블이라는 것도……."

"존재하지 않았어." 사토네는 단언했다. "그는 그저 성형외과에서 수술을 받기 위한 돈이 필요했던 거야. 그 근거라면 지금까지 얻은 정보에서 얼마든 찾을 수 있어. 나보다 히비키 쪽이 더 잘 알 것 같은데?"

지금까지 걸어온 인생의 의미를 묻는 것처럼 느껴서 히비키는 열심히 기억을 더듬었다.

술집 주방과 모텔 청소 아르바이트를 겸하고 있었다는 호소가이의 증언.

대부업체나 아버지를 방문했을 때, 모자와 선글라스를 착용하고 있었던 점.

그 후, 10여 년에 걸쳐 은둔 생활을 하게 된 점.

그 이유를 가족이나 친구에게도 털어놓지 못한 점.

마침내 히비키는 구가하라 유키히데가 품고 있던 깊은 고뇌의 정체를 알게 되었다.

"하지만 그렇다면 어째서 유키히데는 2년 전에 갑자기 집에서 나올 수 있었던 거지?"

그렇지 않아도 새하얀 사토네의 피부가 지금은 푸르스름

하게 보일 정도다.

"나도 반신반의라고 할까, 거의 의심 수준에 불과하지만 그 질문의 답도 이미 찾은 것 같아. 어젯밤, 이오리가 히비키에게 뭐라고 말했는지 떠올려봐."

그리고 사토네는 그 말을 입에 담았다.

"이걸로 진상에 다가갔다고 생각했더니, 이번에는 다쿠미가 '어디 있는지도 몰라'라고 해서……."

거울이 빛을 반사하는 듯한 반짝임이 다시금 히비키의 머릿속을 비췄다.

설마, 말도 안 돼. 아니, 하지만, 어쩌면…….

히비키는 스마트폰을 집어 들고 서둘러 전화를 걸었다. 상대는 오피스장 엔도였다.

"무슨 일이야 가스미, 이런 시간에."

불쾌해 보이는 엔도를 아랑곳하지 않고 히비키는 물었다.

"구가하라 씨의 입사 시험 면접을 담당하신 거 부장님이시죠?"

"그건 뭐, 내가 했지. 본사 사람도 있었지만."

"면접은 원격으로 진행된 거죠?"

"맞아. 그 무렵에는 코로나의 영향으로 바깥에 나갈 수 없었으니."

"그도 그럴 게 코로나 사태로 인해 원격으로 진행된 입사 면접 시험 때부터 다른 면접자들에 비해 몇 배는 뛰어났으니까."

"그때의 영상, 혹시 남아 있나요?"

"없을 거 같은데…… 구가하라에게 뭔 일 있는 거야?"

이야기는 나중이다. 히비키는 물어뜯듯이 물었다.

"구가하라 씨의 주소, 아시나요? 아신다면 지금 당장 알려주세요."

"가스미, 무슨 일인데 그래? 동료라고는 해도 그런 개인정보를 쉽게 알려줄 수 있을 리 없잖아."

"무리한 부탁이라는 건 저도 잘 알지만, 한시가 급해요. 사람의 목숨이 달려 있을지도 몰라요."

그 한마디에 엔도의 태도가 확 바뀌었다.

"……찾아보고 메시지 보낼 테니 잠시만 기다려. 나중에 제대로 설명하라고."

"감사합니다!"

전화가 끊긴 지 채 1분도 지나지 않아 엔도에게 메시지가 왔다. 지난 3월에 하카타 역까지 연장된 후쿠오카 시 지하철 나나쿠마선의 사쿠라자카 역 근처 아파트 주소가 적혀 있었다.

"가자, 사토네."

히비키는 짐을 챙겨 들고 일어섰다. 이쪽의 움직임을 알아채고 주방에서 나온 구마가이를 향해 사토네는 손을 모았다.

"구마가이 씨, 미안해요. 지금 급하니 돈은 이오리의 월급에서 제해주세요!"

이런 부분에는 빈틈이 없다.

벤티 쾨트로를 나오자마자 지나가던 택시를 붙잡았다. 엔도가 보내준 주소로 향하는 도중, 사토네가 물었다.

"히비키가 지금 무슨 생각을 하고 있는지 대충 짐작은 가지만, 근거가 있으면 말해줄래?"

히비키가 설명하자 사토네는 납득했다.

"그렇구나. 나도 히비키 말이 옳다고 생각해. 그래서, 승산은 있어?"

"어떠려나. 아직 상상의 범위일 뿐이니까, 신고해도 경찰은 움직이지 않을 거야."

"아, 적어도 구마가이 씨를 데리고 올 걸 그랬네. 그 체격이면 든든할 텐데."

사토네의 말에 히비키도 후회가 되긴 했지만, 이미 늦은 일이다.

"나, 확실하지는 않지만 써먹을 수 있는 물건이 생각났어. 사토네, 지금 가지고 있지?"

히비키가 어느 물건의 소지 여부를 확인하자, 사토네는 당황한 듯 답했다.

"그건 가지고 있지만……, 정말 이게 도움이 될까?"

"내 예상이 맞다면 도움이 될 거야. 혹시 모르니 언제든 꺼낼 수 있게끔 지니고 있어."

"그러고 싶은데 내가 지금 입고 있는 옷에 주머니가 없어."

"그럼 내가 대신 가지고 있어도 될까?"

사토네가 건네준 물건을 히비키는 테이퍼드 팬츠의 주머니에 넣었다.

다이묘에서 사쿠라자카까지는 약 1.5킬로미터, 자동차라면 10분도 걸리지 않는 거리다. 한정된 시간 속에서 두 사람은 작전을 세웠다. 아이디어를 주고받으며 금방 의견을 모았다.

"잘 풀릴지는 모르겠지만, 나쁘지 않아 보여. 아니 지금으로서는 이게 최선인가."

사토네의 의견에 히비키도 끄덕였다.

"적어도 아무 계획 없이 들이닥치는 것보다는 나아. 다치지 않게끔 조심하자."

목적지인 아파트는 금세 찾을 수 있었다. 택시에서 내려 우선 입구를 확인했다. 다행히 오토록이 있는 유형의 건물은 아니었다.

히비키는 아파트 주변을 둘러보고 확신을 굳혔다.

예상대로다. 공사 중인 도로 같은 것은 어디에도 보이지 않는다.

"실은 지금 우리 아파트 앞에서 도로 공사를 해서 소음이 심하거든. 8월 내내 공사할 거라고 하던데, 잠이 너무 부족해."

그 자신이 그렇게 말했었다. 다소 연장될 수는 있다고 해도 9월도 하순에 접어든 이 시기까지 공사 기간이 연장되었다고는 생각하기 어렵다. 아침 회의에서 마이크에 도로 공사 소리가 들어오는 일은 불가능했다.

입구 옆에는 아파트 쓰레기장이 있었다. 두 사람은 그곳에 침입해 양팔로 들 수 있는 크기의 골판지 상자를 주워서 조립했다. 이것이 없으면 작전은 더욱 어려워지리라.

텅 빈 상자는 히비키가 든 채 두 사람은 입구를 통과했다. 한 대뿐인 엘리베이터는 최상층인 6층에 멈춰 서 있었다. 구가하라의 집은 2층이다. 계단 쪽이 더 빠르다.

주소에 적힌 집 앞에 도착했다. 명패 등은 없다. 너무 조용했기에 히비키는 자기 생각이 틀린 것은 아닐지 불안해졌다. 하지만 망설이고 있을 때는 아니다. 설령 틀렸다고 해도 그때는 웃어넘기면 그만이다.

사토네에게 상자를 넘긴 채 히비키는 구가하라에게 전화를 걸었다.

"히비키, 무슨 일이야?"

익숙한 목소리가 스마트폰에서 들려왔다.

"다쿠미, 지금 집이야?"

"응. 집인데, 왜?"

"오늘 회사에 오지 않은 게 조금 걱정이 돼서. 지금, 집 앞에 와 있어. 문병 선물 가지고 왔으니까 문 좀 열어줄래?"

"어? 지금?"

"응. 미안. 부장님한테 주소 물어봤어."

일방적으로 전화를 끊고, 히비키는 인터폰을 울렸다. 이것으로 집에 있는 데도 없는 척은 할 수 없다.

잠시 후, 문이 열렸다.

"다쿠미, 안녕."

지어낸 미소는 과연 자연스럽게 보였을까.

"……도대체 뭐야. 나, 그냥 숙취였을 뿐인데. 이런 시간에 찾아오는 건 민폐야."

여전히 안색이 나쁜 구가하라를 앞에 두고 히비키는 자연스럽게 확인했다. 예상한 것처럼 문에는 안전고리가 걸려 있었다.

"내 송별회에서 술을 그렇게 많이 마시게 한 게 뭔가 미안해서. 선물만 주고 바로 돌아갈게."

"선물이라니, 그 상자?"

"응. 이 틈새로는 못 넘겨주겠네."

그는 귀찮다는 듯이 턱으로 가리켰다.

"복도에 놔줘. 나중에 가져갈게."

"모처럼 왔는데 그건 아니지. 난 인터넷 쇼핑 배달원이 아니야."

구가하라가 혀를 차는 소리가 들리더니 문이 닫혔다. 곧이어 안전고리가 해제된 문이 열렸다.

"자, 여기."

"일부러 선물까지 챙겨주고 미안하네. ……이거, 뭐가 든 거야? 엄청 가벼운데."

그가 양손으로 상자를 받아든 순간, 히비키는 외쳤다.

"사토네!"

"좋았어!"

문 뒤에 숨어 있던 사토네가 힘차게 손잡이를 잡아당겼다.

"우앗, 뭐야!"

놀라서 균형을 잃은 그를 밀쳐내고 히비키는 구가하라의 집에 신발을 신은 채 뛰어들었다.

"이오리! 어디 있어! 이오리!"

히비키는 안쪽 거실까지 들어가 소리 질렀다. 하지만 이런 소동 속에서도 대답은 돌아오지 않았다. 거실 테이블 위에 놓인 노트북 모니터 일부에 작게 자른 검은색 종이 같은 것이 붙어 있는 것이 보였다.

"뭐 하는 거야! 그만해!"

뒤에서 구가하라에게 붙잡혀 히비키는 버둥거렸다. 직후, 온몸에 충격이 전해지고 몸이 자유로워졌다. 사토네가 구가하라의 등을 걷어찬 듯했다.

히비키는 침실로 보이는 방의 미닫이문을 열었다. 하지만 거기에 사람의 모습은 없었다.

"히비키, 위험해!"

사토네의 비명이 들려 히비키는 재빨리 옆으로 뛰었다. 구가하라가 휘두른 와인병이 침대 프레임에 부딪혀 산산조각이 나면서 시트를 붉게 물들였다. 자신의 가벼운 몸놀림에 히비키는 어렸을 때 춤을 추길 잘했다고 생각했다.

"떨어지라고!"

구가하라가 허리에 달라붙은 사토네를 떼어내려고 하는 틈에 히비키는 침실에 있는 옷장 문을 열었다. 없다. 목소리도 들리지 않는다. 이 방은 아니다.

히비키는 몸싸움하는 사토네와 구가하라를 내버려둔 채 현관 쪽으로 물러났다. 목적지는 화장실이었다. 반투명의 접이식 문을 열었다.

이오리는 그곳에 있었다.

굴러다니고 있다는 표현이 더 적합하리라. 욕조 안에 양손과 양발을 테이프로 칭칭 묶인 채 입도 테이프로 봉해져 있다. 하지만 살아 있었다.

히비키는 욕조 옆에 몸을 굽히고 앉아 서둘러 테이프를 떼어내려 했다. 입 주변은 쉽게 떼어냈지만, 팔다리는 꽉 묶여 있어서 애를 먹었다.

그것이 좋지 않았다.

"움직이지 마."

등 뒤에서 목소리가 들려 히비키는 전율했다.

뒤를 돌아봤다.

"움직이면 이 녀석을 죽여버리겠어."

구가하라가 사토네의 목에 왼팔을 감은 채, 그녀의 오른쪽 뺨에 깨진 와인병을 들이대고 있었다.

안 돼.

또다시 내 탓에 사토네의 얼굴에 상처가 생기게 돼.

15년 전, 화재의 원인을 만들고, 거실로 돌아가는 사토네를 말리지 못했다. 그리고 지금도 구가하라의 흉포함을 간과한 채 사토네를 위험에 빠뜨리고 말았다.

그런 미래만큼은 견딜 수 없다.

이번에야말로 무슨 수를 써서라도 사토네를 구해야 한다.

히비키는 일어났다. 그리고 자세를 가다듬은 구가하라에게 말했다.

"전부터 줄곧 생각했는데 말이야."

"움직이지 말라니까!"

"너 말이야, 정말로 노안이야. 본인 얼굴, 한번 제대로 보는 게 어때?"

히비키는 주머니에 넣어두었던 사토네의 콤팩트 거울을 구가하라 앞에 들이밀었다.

구가하라의 얼굴색이 변했다.

"하지 마……. 하지 말라고오오오오오오!"

그는 절규와 함께 거울을 오른손으로 쳐서 떨어뜨렸다. 그기세에 와인병도 날아갔다.

지금이다.

히비키는 허리를 낮춘 채 구가하라의 배를 향해 온 힘을 다해 태클했다.

구가하라의 뒤통수가 바닥에 세게 부딪히는 소리가 들렸다. 의식이 몽롱해진 듯했다. 느슨해진 팔에서 풀려난 사토네는 곧장 구가하라 위에 올라탔다.

한쪽 팔로 얼굴을 가리는 구가하라에게 전의는 더는 엿보이지 않았다.

"보지 마……. 너네, 이쪽 보지 말라고! 어차피 토할 것처럼 기분 나쁜 얼굴이라고 생각하잖아."

히비키는 깨진 와인병을 집어 들고 이오리의 팔다리에 감겨 있던 테이프를 잘랐다. 그리고 누워 있는 구가하라 옆으로 다가가서 대답했다.

"그렇게 생각하지 않아. 기분 나쁘다는 생각, 전혀 안 해."

"거짓말하지 마. 아까, 노안이라고 했잖아!"

"그건 진심이 아니었어. 당신의 상태를 확인하기 위한, 말하자면 문진에 불과했어."

"문진? 뭐야 그게."

히비키는 구가하라 옆에 앉아 부드럽게 그의 뺨에 손을 가져다 댔다.

그리고 연민과 함께 말했다.

"당신도 나처럼 신체이형장애를 앓고 있었어. 다쿠미……, 아니 구가하라 유키히데."

5

히비키가 화장실에 굴러다니던 테이프를 이용해 사토네가 올라탄 채인 유키히데의 손발을 묶고 있자니, 이오리가 초췌한 표정으로 중얼거렸다.

"정말…… 그가 구가하라 유키히데야?"

유키히데에게서는 아무 말도 듣지 못한 모양이다.

히비키가 구속을 끝내자 사토네가 말했다.

"이오리는 어젯밤, 가장 빨리 그 사실을 깨달았어. 정확히 말하면 그 사실과 연결되는 중요한 사실을 떠올렸어. 그래서 그걸 알아차린 이 남자가 너를 납치한 거야."

유키히데는 사토네 밑에서 생기 없는 눈으로 천장에 바라보고 있다.

"삿짱 말대로야." 이오리는 욕조에서 일어나며 말했다. "난 기억하고 있었거든. 15년 전, 삿짱의 집 앞에서 만난 남자의 목소리를."

안면인식장애인 이오리는 15년 전에 목격한 남자의 얼굴을 기억하지 못했다. 하지만 헤어스타일이나 옷차림, 몸매 외에 또 하나, 그에게는 기억할 수 있는 것이 있다. 바로 목소리다.

"'삿짱 집에 있나요?' 하고 물었더니 '지금 집에 없어. 어디 있는지도 몰라'라고 말했어."

어린 시절 이오리는 여름을 함께 보낸 친구와 헤어지는 날 들었던 그 말을 목소리까지 정확히 기억하고 있었다.

그리고 올해 여름, 고지마당의 장부에 구가하라 유키히데의 이름이 적힌 것을 본 히비키는 다쿠미라고 믿고 있던 눈앞의 남자에게 유키히데의 행방을 물었다. 그때의 대답은 이랬다.

"글쎄. 어디 있는지도 몰라."

질문에 대해 순식간에 거짓말을 할 때, 사람들은 자신도 모르게 비슷한 말투로 답하게 되는 생물이리라.

그때 그는 자신의 거듭된 죄가 드러나는 것이 너무 두려워서 냉정함을 잃었다. 그래서 15년 전과 완전히 똑같은 "어디 있는지도 몰라"라는 여덟 음절을 이오리 앞에서 내뱉고 말았다.

사태가 사태이니만큼 그 순간의 이오리는 15년 전과 같은 목소리, 같은 여덟 음절을 들었다는 사실을 깨닫지 못했다. 하지만 어젯밤, 우연히 유키히데의 대사를 떠올린 결과, 이오리는 자신의 기억이 그 목소리에 반응하는 것을 느꼈고, 뭔가 걸리는 것이 있다고 말했다.

유키히데는 히비키와 이오리 뒤에서 그 말을 듣고 있었다. 사토네도 증언한 대로 두 사람의 대화는 뒤에 있는 사람들에게도 그대로 들렸다. 그래서 그는 둘 사이에 끼어들어 이오리를 억지로 데리고 떠났다. 그는 이렇게 생각했으리라.

'자신이 다쿠미가 아니라 유키히데라는 사실을 들키기 전에 이 녀석을 없애서 입을 막아야 한다.'

"술에 취한 다쿠미를 이 집까지 데려다주고 돌아가려다 뒤에서 머리를 얻어맞고 의식을 잃었어. 다음에 눈을 떴을 때는 이미 움직일 수 없는 상태였지. 정말 무서웠어. 왜 이런 일을 당한 것일까, 하고 생각하다가 겨우 다쿠미의 목소리가 15년 전 그 남자의 목소리와 완전히 같다는 사실을 깨달았어. ……조금 더 빨리 그 사실을 깨달았다면 둘이서만 술을 마시러 가지는 않았을 텐데."

이오리는 얻어맞은 부위가 아픈 듯 얼굴을 찌푸렸다.

유키히데는 오전 회의 때 인터넷의 동영상인지 무엇인지를 이용해 도로 공사의 소음을 내보내면서 참석한 듯했다. 이오리의 신음이 마이크로 들어가는 것을 막기 위한 목적이었을 것이다.

"그래도 아직 믿기지 않아. 그가 구가하라 유키히데라니. 그게 유키히데는 우리보다 열두 살이나 많잖아? 안면인식장애인 나는 그렇다 치고, 두 사람, 아니 아더 사이드의 동료들은 그의 나이 조작을 쉽게 알아챌 수 있었을 것 같은데."

이오리는 유키히데의 얼굴을 가만히 들여다봤다.

그렇다. 그래서 아무도 의심하지 못했다.

히비키를 포함해 주변 사람들은 모두 그를 스물다섯 살이라고 믿고 지냈다. 보통 서른일곱 살의 남성이 스물다섯 살이라고 거짓말하면 모두가 속아 넘어가지는 않는다.

그렇다면 무엇이 그 나이 조작을 성립하게 한 것일까.

"그는 성형수술을 받았어."

사토네가 이 속임수를 설명했다.

"히비키 말대로 그는 자신의 노안에 심하게 집착하는 신체이형장애를 앓고 있었을 거야. 그 근거라면 얼마든지 있어."

유키히데가 아르바이트했던 곳은 술집 주방과 모텔 청소였다. 어느 쪽이든 한정된 사람들만 마주쳐도 된다.

대부업체 빌딩이나 아버지를 찾았을 때, 모자와 선글라스를 착용했던 것은 위험을 느꼈기 때문이 아니다. 다른 사람에게 얼굴을 보이는 것이 무서웠기 때문이다.

학교에 가지 못하고 은둔 생활을 시작한 것도, 그만큼 심한 고뇌의 이유를 가족이나 친구에게 털어놓지 못한 것도 전형적인 신체이형장애 환자의 전형적인 행동 패턴이다.

"대학생 때, 친구들에게 노안이라고 놀림을 받은 걸 계기로 그에게 신체이형장애 증상이 나타났어. 증상은 나날이 심해졌고, 그는 성형수술을 원하며 아버지에게 부탁하거나 명품 가방을 훔쳤지만, 그럼에도 비용 마련에 실패하자 남의 눈을 피해 집에 틀어박히게 된 거지."

신체이형장애 환자는 자신의 병을 자각하지 못하는 경우가 많다. 히비키가 7년간 그랬던 것처럼 말이다. 그 역시 약으로 치료할 수 있다고는 생각도 하지 못했고, 콤플렉스를 극복하기 위해서는 성형수술을 받는 수밖에 없다는 생각에 사로잡혔다.

"그럼 그가 지금 서른일곱 살로는 보이지 않을 정도로 어려 보이는 것도, 외출할 수 있을 만한 정신력을 갖게 된 것도 전부……."

"그토록 소원이던 성형수술을 받고 젊어지는 데 성공했으니까. ……아마 친동생인 다쿠미와 비슷하게 성형을 받은 거겠지."

히비키가 진짜 다쿠미의 얼굴을 본 것은 딱 한 번, 유키히데가 형제의 사진을 보여줬을 때였다.

눈앞에 있는 것이 다른 사람이라는 것을 눈치채지 못하도록 특별히 닮은 사진을 골랐을 것임은 어렵지 않게 상상할 수 있다. 다만 그렇다고 해도 유키히데와 다쿠미는 똑 닮았다. 형 쪽이 조금 턱이 발달한 정도다. 그만큼 본판이 닮았다면 비용은 들더라도 완성도는 높았으리라.

히비키는 경악을 금할 수 없었다. 눈앞에 쓰러져 있는 남자는 스물다섯 살 청년이나, 해봐야 그보다 몇 살 위 정도로만 보였기 때문이다. 그 정도로 기술이 뛰어난 성형수술이 이 세상에 존재했다.

그렇구나, 하고 이오리가 중얼거렸다.

"이제야 알 것 같아. 지금까지 내가 왜 다쿠미의 목소리를

15년 전에 들은 남자의 목소리와 연결하지 못했는지."

사토네는 끄덕였다.

"15년 전, 우리는 열 살 아이였어. 이 녀석이 우리와 같은 나이라면 제아무리 얼굴을 기억하지 못하더라도 이오리가 본 성인 남성일 수는 없으니까."

한편, 유키히데는 15년 전 시점에 이미 성인이었고, 아직 아이였던 이오리의 눈에는 젊긴 해도 어른으로 보였다. 그 탓에 동일 인물이라고 깨달을 수 없던 것이다.

"즉, 행방불명이 된 건 유키히데가 아니라 동생인 다쿠미 쪽인가……. 그럼 진짜 다쿠미는 어디에 있지?"

이오리의 물음에 무거운 공기가 흘렀다. 사토네가 말하기 어렵다는 듯 답했다.

"아마도 이미 이 세상에 없겠지."

어느 정도는 그 대답을 예상했으리라. 이오리는 신중함을 무너뜨리지 않았다.

"그가 동생을 사칭하며 일하고 있음에도 진짜가 나타나지 않은 것 자체가 하나의 근거는 될 거야. 하지만 그것만으론 약해. 다쿠미가 죽었다고 볼 수 있는 다른 근거가 있어?"

사토네의 답은 거침이 없었다.

"구가하라 다쿠미는 대학을 4년 만에 졸업할 때까지 고등학교 동창 모임이나 아르바이트하던 곳에도 계속 얼굴을 내밀었어. 그 무렵 유키히데가 동생의 신원을 도용해서 살고 있었다면 제아무리 얼굴이 비슷해도 주변에서는 다른 사람이라는 사실을 알아챘을 거야. 그렇게 되면 유키히데가 다쿠미로 바꿔 살 수 있게 된 타이밍은 다쿠미가 대학을 졸업하고 나서 아더 사이드에서 일하기 시작하기까지의 사이. 즉, 2년 전의 3월밖에 없어. 그걸 뒷받침하는 다쿠미의 동창 증언도 있어."

다쿠미에 관해 오키노는 다음과 같이 말했다.

"그래서 그렇게 열심히 일하는 걸까요? 그 녀석, 술을 마시자고 불러도 전혀 오지 않으니까."

"취직한 후에도 고향에 남아 있는 사람들끼리 친하게 지내자는 의미로 사회인이 된 후에도 몇 번인가 불렀어요. 그런데 그 녀석, 항상 '일이 바쁘다'는 말만 하며 코로나 사태 때 원격 술자리에조차 참가하지 않았어요. 다른 친구들하고도 만나지 않는 듯하고요."

"대학 시절까지는 고등학교 친구와도 때때로 만난 듯하니까요. 어머니가 돌아가신 뒤로는 독립할 자금을 모으려고 아르바이트를 열심히 하며 지낸 것 같긴 하지만."

"대학생 때까지의 구가하라 다쿠미와 취직한 이후의 구가하라 다쿠미, 둘 다를 아는 사람이 없다는 말인가……. 아니, 잠깐만."

이오리가 이의를 제기했다.

"그는 아더 사이드에서 일하잖아. 입사 때 면접시험도 보지 않았을까? 그런데도 아더 사이드 사람 중 누구 하나도 다른 사람이라고 깨닫지 못한 거야?"

"히비키가 입수한 정보에 따르면 면접은 오피스장을 포함한 몇 명이 했다고 하니까 평소였다면 분명 누군가는 위화감을 느꼈을 거야. 하지만 이 나라는 면접시험이 열린 당시, 그렇게 되는 걸 방해하는 비상사태였어."

사토네의 말에 이오리가 숨을 들이마시며 말했다.

"신종 코로나바이러스구나."

"긴급사태 선언의 영향으로 아더 사이드의 입사 면접시험은 원격으로 진행됐어. 그리고 입사 후의 구가하라 유키히데는 항상 마스크를 쓴 채로 출근했다고 하잖아. 그러니 아무도 그가 다른 사람인 걸 깨닫지 못한 거야."

그 특수한 상황을 유키히데가 어느 시점에 인식했는지는 알 수 없다. 그는 극히 공을 들여 치밀하고 미세하게 세세한 부분까지, 그야말로 뇌가 타들어 갈 정도로 필사적으로 고민했을 것이다. 그리고 결론에 이르렀다. 지금이라면 동생이 될 수 있다는 악마적인 결론에.

사토네는 경멸의 눈초리를 유키히데에게 향했다.

"신체이형장애의 악화로 10년 이상 은둔 생활하던 인간이 갑자기 거액을 들여 성형수술을 받고 동생으로 변신해서 살아간다니, 어떻게 그런 게 가능하지? 나는 동생을 죽이고 모든 걸 빼앗았다고밖에 생각할 수 없어. 독립 자금이라며 모은 아르바이트 비용을 포함한 동생의 저축을 수술 비용으로 사용하고, 스마트폰으로 지인에게 의심받지 않을 정도로 답하면서 직접 만나는 걸 피하고, 본가를 나와 동생이 계약한 집에서 생활하면서 이웃의 눈도 피했어."

구가하라 형제는 아버지에게 버림받고 어머니를 여의고 그 밖에 만날 기회가 있는 친척도 없었다. 실제로 유키히데 본인의 다음 발언은 그가 거짓말을 하지 않았다는 것을 증명한다.

"어머니는 외동이었고 부모님도 이미 돌아가셔서 의지할 친척도 없었던 것 같아."

"어쨌든 형을 걱정할 만한 가족은 이제 나밖에 없어."

10년 이상 방에 틀어박혀 지냈던 주제에 누구에게도 의심받지 않고 사회생활을 해온 그의 담력에는 놀랄 수밖에 없다. 동생으로 변신해서 인생을 다시 쓰기 위해서는 상당한 각오가 필요했을 것이다.

"삿짱이 주장하는 바는 잘 알겠어. 꽤 설득력이 있는 것 같아. 하지만 모든 건 정황증거에 불과한 거 아니야? 결정적인 증거는 없는 거야?"

이오리의 확인에 사토네는 살짝 물러섰다.

"지금은 아직 없어. 하지만 곧 찾을 수 있을 거야."

"찾다니, 어디에서?"

이오리의 물음에는 직접 답하지 않고 사토네는 말했다.

"2년 전 3월, 구가하라 저택 맞은편 주민이 구가하라 유키히데를 목격했어. 말하기를 새벽 2시에 다른 차의 경적을 들으며 집 마당으로 자가용을 후진으로 넣고 있었다고 했지."

"그게 무슨 관계가 있는데?"

"오랜 세월 틀어박혀 지내던 유키히데는 가령 면허를 취득한 경력이 있다고 해도 제대로 운전할 수 있었을 것 같지는 않아. 그럼에도 그는 심야에 차를 움직일 수밖에 없었어. 어째서일까? ……상상할 수 있는 이유가 하나 있어."

히비키는 깜짝 놀랐다. 거기까지는 생각이 미치지 못했기 때문이다.

"설마……. 마당에?"

사토네는 히비키 쪽을 보고 고개를 끄덕였다.

"마당의 자갈을 치우고 땅에 구멍을 파서 거기에 다쿠미의 시체를 묻었어. 그러기 위해 차를 움직인 거야."

구가하라 저택의 마당은 자동차를 한 대 겨우 세울 수 있는 공간밖에 없었다. 차를 움직이지 않으면 시체를 묻을 구멍을 파낼 수 없다. 당시 극도의 긴장 상태였던 유키히데에게는 자동차를 통행에 방해가 되지 않으면서도 마당을 가릴 수 있는 위치로 이동할 만한 여유가 없었고, 하물며 시체를 차에 싣고 운반하는 것도 불가능했다. 그는 인적이 드물고 차량 통행도 거의 없는 심야를 골라 자동차를 불과 몇 미터만 앞으로 이동한 후 마당에 구멍을 팠다. ……하지만 운이 나쁘게도 하필이면 늦은 밤 그때 지나가던 차가 경적을 울리고 말았다.

"그가 하룻밤 만에 그 일을 끝냈는지, 아니면 이틀 이상 걸렸는지는 알 수 없어. 하지만 그는 고고학 연구실에 있었고, 발굴 조사에 참여한 적도 있었으니 구멍을 파는 것에 대해서는 경험이 있었을 거야. 한번 파낸 땅은 자갈로 덮어서 그 흔적을 숨겼겠지."

무거운 자동차가 위를 움직이면 큰 소리가 나는 자갈도 사람 한 명이 들어갈 정도의 공간을 만들고 나중에 원래대로 다시 까는 정도라면 큰 소리는 나지 않았으리라.

"그렇게 생각하면 그가 본가를 내놓지 않고 남에게 빌려 줄 수밖에 없었던 사정도 이해가 돼."

사토네의 설명을 기다릴 필요도 없이 이오리는 이해한 듯했다.

"땅을 통째로 팔면, 건물을 새로 세울 때 시체가 파헤쳐질 수도 있기 때문이구나."

"아직 증거는 없어. 하지만 나는 그 마당을 파내면 분명 시체가 나올 거라고 믿어. 그렇게 되면 그는 더는 변명할 수 없어. 15년 전의 절도, 방화, 신원 도용, 그리고 2년 전의 살인……. 자신이 저지른 모든 죄에 대해."

세 사람의 시선이 아까부터 꿈쩍도 하지 않는 유키히데에게 모였다.

그는 굉장히 길게 깊은숨을 내쉬고는 말했다.

"……일단 거기서 좀 내려와주지 않을래? 이대로는 너무 괴로운데."

사토네가 앉아 있던 유키히데의 몸에서 내려오자 이오리가 유키히데의 상체를 일으켜서 벽에 기대 앉혔다.

유키히데는 잠시 초점이 맞지 않는 눈이었지만, 시선이 복도 끝에 다다랐을 때 불쑥 웃음을 터뜨렸다.

"거울이라니, 정말 생각지도 못했네."

거기에는 금이 간 사토네의 콤팩트 거울이 굴러다니고 있었다.

히비키의 입에서 자연스레 사과가 튀어나왔다.

"심한 짓을 해서 미안해. 하지만 그럴 수밖에 없었어. 당신의 신체이형장애는 명백하게 재발한 상태로 보였으니까."

신체이형장애 환자는 거울을 두려워한다. 흉한 자신의 모습을 비추기 때문이다.

그는 사무소에서 동료에게 선물 받은 디지털시계를 사용하지 않았다. 검은색 패널에 자신의 얼굴이 반사되기 때문이다. 히비키와 마찬가지로 그 또한 책상 주변에 얼굴을 반사하는 물건을 두지 않으려 했다.

네 사람이 처음으로 한자리에 모인 밤, 그는 일본요리점 화장실에서 돌아오는 데 시간이 걸렸다. 그것도 세면대의 거울을 봤기 때문 아닐까. 쓰노시마 여행 때 별장에서 목욕 시간이 길었던 것도 역시 거울을 봤기 때문일 것이다.

같은 쓰노시마 여행에서 차를 운전할 때, 히비키는 룸미러 너머로 몇 번이고 그와 눈이 마주쳤다. 그것은 그가 히비키를 의식했기 때문이 아니었다. 운전석에서는 각도상 거의 보이지 않기는 하지만, 룸미러에 자신의 얼굴이 어떻게 비치는지 신경이 쓰여 견딜 수 없었던 것이다.

그리고 이 집의 노트북 모니터에 붙어 있는 검은색 종이. 원격으로 회의에 참석하는 경우, 화면에는 끊임없이 자신의 얼굴이 비치게 된다. 그것을 보지 않고자 그는 자신의 얼굴을 종이로 가리고 있었던 것이리라.

히비키이기에 거울을 무기로 삼는 방법을 떠올릴 수 있었다. 그 아이디어와 준비가 아슬아슬하게 사토네를 구했다. ……15년 전에는 구하지 못했던 사토네의 얼굴을.

"생각해보면 가스미 씨는 처음부터 굉장히 방해됐어. 얼른 죽여버렸으면 좋았을 텐데."

호칭을 원래대로 바꾼 유키히데에게서 풍겨오는 증오심에 히비키는 등골이 서늘해졌다.

"그 블로그 글을 봤을 때는 핏기가 가시더라. 왜 이제 와서 15년 전의 화재 이야기를 다시 끄집어내나 하고."

"왜 나한테 접근한 거야?"

"쓸데없는 사실을 알아차리지는 않았는지 가까이 두고 감시하고 싶었어. 절도 건이 들통나면 내가 저지른 죄가 줄줄이 들통날 우려가 있었으니."

그야말로 지금 그 두려움이 현실이 된 것처럼 말이다.

"호감이 있는 척하면서 자연스레 속내를 파악하려 했지. 루이비통 가방을 훔친 게 발각되지는 않았다는 사실을 알았을 때는 정말 안심이 되더라. 그랬는데 말이야. 이상하잖아. 너희 세 사람이 이제 와서 재회한다니. 그런 우연이 있어서는 안 되는 거 아니야?"

"우연이 아니야."

사토네의 반론은 힘 있었다.

"우리 세 사람이 재회한 건 운명이야. 당신이 죄를 지은 그날부터 모든 건 언젠가 들통날 운명이었던 거야."

사토네는 지금까지도 운명이라는 표현을 즐겨 사용했다. 하지만 히비키는 지금 사토네가 말한 '운명'이라는 단어에 무척이나 풍부한 울림이 깃들어 있는 것을 느꼈다.

신체이형장애를 가진 히비키, 얼굴에 화상 흉터가 있는 사토네, 안면인식장애인 이오리. 세 사람은 서로를 의지하며 각자의 어려움을 극복해왔다. 히비키도 그것을 누군가의 작위라고 보기보다 전체를 뭉뚱그려서 운명이었다고 믿고 싶었다.

"운명이라니. 정말 불공평하네."

유키히데는 지긋지긋하다는 듯이 내뱉었다.

아버지와의 이별, 어머니의 죽음, 신체이형장애의 발병.

그것들은 유키히데로서는 어찌할 수 없는 비극이었다. 분명 운명은 불공평했을지도 모른다.

하지만 죄를 범한 것은 그 자신의 선택이다. 그 점에 동정의 여지는 없다. 같은 질환을 앓고 있는 히비키조차 범죄에 손을 물들이면서까지 성형수술 비용을 조달할 생각은 단 한 번도 하지 않았기 때문이다.

"가스미 씨가 블로그에 언급한 소꿉친구와 재회한 건 아닐까 두려웠던 나는 내가 두 사람의 대화를 엿듣기 쉽고 운이 좋으면 대화에 끼어들 수 있는 가게로 유도했어. 거기서 두 사람을 감시하는 한편, 만약 두려움이 현실이 됐을 경우에는 15년 전의 화재로 화제가 옮겨가는 걸 방해하려고 했지. 실제로 그 계획은 성공했다고 생각해. 하지만 설마 그날 내가 모습을 들키고 만 소년이 같은 자리에 있을 거라고는 상상도 하지 못했어. 쓰노시마 여행에 관해서도, 가능하면 계획 그 자체를 무산시키고 싶었지만, 세 사람이 의외로 의욕이 넘쳤기에 어쩔 수 없이 따라갈 수밖에 없었지."

"그 일본요리점, 단골손님이라고 할 정도는 아니었나 봐."

히비키가 여주인의 말을 떠올리며 말하자, 유키히데는 "그런 부분까지 알아낸 거야?" 하며 웃었다.

"그렇게 넓지 않은 가게에 카운터석과 테이블석이 있는 구조가 내게는 딱 좋았을 뿐이야."

"쓰노시마 여행에서는 당신이 가장 먼저 히비키의 블로그를 언급했잖아. 자기 무덤을 팠네."

사토네의 지적에도 유키히데는 자조 섞인 웃음을 멈추지 않았다.

"그 말대로야. 사토네의 얼굴 화장 아래로 희미하게 보이는 화상 흉터를 보고, 십중팔구 블로그에 적힌 친구임이 틀림없다고 생각했어. 하지만 만에 하나라는 것도 있고, 다른 사람이라면 오히려 그편이 좋았거든. 그래서 불을 피우는 걸 도와달라고 부탁해서 확인하려고 했는데, 확실하게 판단할 수 없었지. 때문에 인내심의 한계가 와서 게임 중이라면 부자연스럽지 않고, 누가 봐도 명백한 사실을 확인하는 것뿐이라는 생각에 그 벌칙 게임을 제안해서 직접 물었어. 설마, 그 후 그런 일이 벌어지리라고는 상상도 하지 못했지."

실제로 이오리의 목격담이 나오게 된 발단은 유키히데의 질문이 아니었다. 이오리의 질문이 돌고 돌아 그 자신의 기억을 끌어낸 것이다. 하지만 사토네에게 일단 화재 이야기를 하게 만든 것이 그 후의 전개를 끌어낸 측면은 부정할 수 없다. 무엇보다 심각한 질문을 해도 좋다는 분위기를 만든 것은 유키히데다.

"여행 직후에 도쿄행 이야기가 나왔을 때는 고민했어. 현지에 있지 않은 편이 내가 다쿠미가 아니라는 사실을 들킬 위험은 확실히 낮아지니까. 하지만 고향을 떠나는 건 언제든 가능해. 지금은 조사 방해가 우선이라는 생각에 가스미 씨를 추천했어."

이오리에게 히비키를 빼앗기고 싶지 않다고 했던 것은 완전한 헛소리였다는 말이다.

"내 죄가 들통날지도 모르는 조사에 가담한 것도 말할 필요도 없이 방해하기 위해서였어. 실제로 나는 예상보다 감이 좋은 너희에게 몇 번이고 반대 의사를 드러냈지. 하지만 설마 이오리가 그 전당포 주인의 손자였다니. 장부에 적힌 이름을 본 순간, 동네에서 팔아치우다니 바보 같은 짓을 했다는 후회로 밤에도 잠을 이루지 못했어. ……맞아, 8월까지 도로 공사가 있었던 건 사실이야. 회의 중에 틀어놓은 소리는 항의하기 위해 내가 직접 녹음한 거였어."

언젠가 눈이 충혈되어 있던 그를 히비키는 기억한다. 안약을 빌려주겠다고 말한 히비키에게 자신의 눈이 빨갛냐고 되물었다. 거울을 볼 수 없으니 그런 것도 몰랐던 것이리라.

"나는 조사에서 빠질 수밖에 없었어. 당연한 일이지. 계속 협력하면 늦든 빠르든 내가 아는 사람을 만나게 될 테니까. 그렇게 되면 더는 성형수술 따위로 속일 수 없게 돼. 너희가 차근차근 진상에 다가가는 게 두려워서 가스미 씨에게 무릎까지 꿇으며 조사를 그만둬달라고 했지만, 이미 늦었던 거겠지. 어젯밤, 이오리의 결정적인 한마디를 들은 후의 행동은 충동적이어서 기억도 가물가물해."

그럼에도 그는 원격으로 회의에 참석해 프레젠테이션을

성공적으로 마쳤다. 그 담력을 과거의 다른 시점에 활용할 수는 없었을까 하는 아쉬움이 남는 것은 어쩔 수 없다.

"왜 나를 바로 죽이지 않았어?"

이오리가 물었다. 냉정하게 관찰하자 그는 어젯밤과 같은 옷차림인데도 이상한 냄새는 나지 않았다. 쇠약해지긴 했지만, 배설물 정도는 처리해준 듯했다.

유키히데는 귀찮은 듯 말했다.

"우정이 싹텄으니까……라고 말할 줄 알았어? 너를 우리 집에 데리고 온 건 이 두 사람이 알고 있고, 택시 운전사도 봤지. 곧장 죽이면 분명 발목이 잡힐 거야. 그래서 그렇게 되지 않게끔 계획을 짜고 있었을 뿐이야."

그는 이오리의 스마트폰을 이용해 구마가이에게 LINE을 보냈다. 일단 시간을 벌 필요가 있었다는 말이다. 2년 전과 달리 자동차 운전은 익숙했기에 살해하더라도 시체 처리 방법은 있다고 생각했을 것이다.

사토네가 스마트폰을 꺼냈다. 경찰에 신고하기 전에 마지막으로 물었다.

"더 할 말 있어?"

유키히데는 그야말로 아무래도 좋은 듯했지만, 그럼에도 말했다.

"몇 가지 정정할 게 있어."

사토네가 무언으로 허락을 대신했다.

"내가 동생을 죽인 건 사실이야. 하지만 처음부터 신원을 도용할 목적으로 손을 댄 건 아니야. 그건 사고 같은 거였어."

"……사고?" 사토네가 의심스러운 듯 되물었다.

"그날……. 그야말로 되돌릴 수 없는 2년 전 3월. 동생 다쿠미가 내 방에 찾아와서 말했지."

"형, 나는 이 집을 나갈 거야. 지금부터 본인 일은 본인이 어떻게 좀 알아서 해."

"그리고 녀석은 내 눈앞에 작은 봉투를 하나 놓았어. 그 안을 들여다보고 깜짝 놀랐지."

"뭐가 들어 있었는데?"

"현금 300만 엔."

그것이야말로 형의 독립을 위해 모은 자금이었으리라. 다쿠미는 다음 말은 다음과 같았다.

"이 돈은 마음대로 써도 돼."

"알겠어? 그때의 내 심정을."

유키히데가 웃음을 눌러 삼켰다. 히비키는 그가 망가져버렸다고 생각했다.

"그 돈이 15년 전에 있었더라면 나는 인생을 망치지 않았을 거야. 그토록 갈망했던 300만이 왜 이제야 여기에 있지? 내게는 그것이 웃기지도 않는 농담처럼 느껴졌어."

"동생이 성형수술 비용으로 300만을 준비해준 거야?"

히비키의 질문을 유키히데는 단칼에 잘랐다.

"아니야. 그 녀석에겐 은둔형 외톨이가 된 이유를 마지막까지 말하지 않았어. 어찌 그럴 수 있겠어? 노안 때문에 집에 틀어박히다니, 너무 바보 같잖아."

신체이형장애 환자는 부끄러움 탓에 자신의 괴로움을 가족에게도 털어놓지 못하는 경우가 적지 않다. 다쿠미나 어머니는 유키히데의 변모를 크게 걱정했을 테지만, 그럼에도 그는 말하지 못했다.

"눈앞의 동생에게서 흘러나오는 갖가지 감정을 나는 받아들였어. 연민, 멸시, 성가심…… 그리고 그야말로 추한 것을 보는 눈빛. 내 머릿속이 새하얘졌고, 정신을 차렸을 때는 이미 그 녀석을 바닥에 쓰러뜨려 목을 졸라 죽인 후였지."

"그런 건…… 사고라고 부르지 않아."

사토네가 갈라진 목소리로 말했다.

"결코 계획적인 게 아니었어. 다만 동생은 전부터 마음에 들지 않았어. 누가 봐도 닮았는데, 왜 나는 노안이고 못생겼는데, 그 녀석은 남자답고 아무 콤플렉스 없이 당당하게 살아갈 수 있는 거지? 그런 거 불공평하잖아."

이 세상에 콤플렉스가 없는 사람은 없다. 그에게는 그것이 보이지 않았던 것뿐이다. 그렇게 생각하지만, 히비키는 끼어들지 않았다.

"동생 시체를 앞에 두고 멍하니 있다가 나는 녀석이 완전히 원격으로 이뤄진 입사 시험에 합격했다고 말했던 걸 떠올렸어. 동생의 인생을 빼앗을 수 있을지도 모른다고 생각하기 시작한 건 이때야."

그는 시체를 마당에 묻은 후, 길고 길었던 은둔 생활에 마침표를 찍고 행동을 개시했다.

"우선 15년 전과 같은 성형외과에 가서 동생 사진을 보여주며 최대한 빨리 이와 비슷한 얼굴로 만들어달라고 부탁했어. 턱을 깎는 데만 150만 엔 가까이 들었지만, 거기에 주름 제거를 추가해도 전에 견적을 받았을 때보다 훨씬 싸게 수술받을 수 있었던 건 아이러니였지."

최근 15년 사이에 성형수술이 보편화된 결과, 비용이 내려간 것이리라.

"수술 후, 일상생활로 돌아가기까지는 고작 2주면 족하더라. 그래도 달을 넘겼지만, 세상은 아직 재택 근무하는 사람이 드물지 않은 시기였고, 직장에서는 항상 마스크를 쓰고 있었으니 의심받는 일은 없었어. 무엇보다 나는 수술 결과에 무척 만족했지. 이 얼굴이 자랑스럽기까지 했어. 그래서 오랜만에 사회에 나왔지만 당당히 행동할 수 있었어."

신입사원으로 입사하는 4월을 기다리는 동안, 그리고 출근한 뒤에도 유키히데는 다쿠미가 계약한 이 집에서 동생에 관한 온갖 정보를 머릿속에 채워 넣었다. 모든 것은 살인이라는 죄를 숨기고 구가하라 다쿠미로서 인생을 다시 시작하기 위해서였다.

"최근 2년 반, 정말로 위험하고 스릴 넘쳤지만, 열정은 끝없이 샘솟았어. 그때까지 밑바닥 인생이던 나에게는 그야말로 희망밖에 없었지."

황홀경에 빠진 유키히데에게 히비키는 역겨움을 느꼈다.

"이대로 가만히 놔뒀다면 무사태평하게 살았을 텐데. 역시 가스미 씨는 죽여버렸어야 했어……."

이제 와서 그런 대사에 겁을 먹지는 않는다. 히비키는 말했다.

"내가 없어도 언젠가는 들통났을 거야. 다쿠미를 아는 사람을 만나면 한눈에 다른 사람이라는 사실을 알아챘을 테니까. 코로나 사태였던 2년 반이었기에 우연히 들키지 않은 것뿐."

그럴지도 모르지, 라고 유키히데는 마치 남의 일처럼 내뱉었다.

"사실은 나도 언젠가 들킬 것임을 알고 있었어. 그런 꿈을 몇 번이고 꿨거든. 갑자기 모르는 사람이 뒤에서 어깨를 붙잡고 말하는 거야. 너, 다쿠미 아니잖아, 하고."

죄의식에서 도망칠 수 없었던 것이다.

"하지만 10년 이상 틀어박혀 지내던 사람에게는 언젠가 끝이 온다는 사실을 알면서도 세상이 너무도 아름답게 보였어. 최근 2년 반 동안 특별한 것 없는 하루하루가 지나갈 때마다 얼마나 신에게 감사했는지 몰라. 네 사람이 함께한 쓰노시마 여행이, 가령 다른 목적은 있었다고 해도 얼마나 즐거웠는지."

히비키는 쓰노시마 여행의 기억을 되살렸다. 그날 그가 즐거워하던 모습은 도저히 연기로는 보이지 않았다. 네 사람의 인생을 송두리째 바꾼 그 벌칙 게임을 시작하기 전까지, 이오리나 사토네도, 그리고 히비키도, 정말로 행복한 시간을 보냈다.

"외모로 고민하지 않고 하루하루를 보낼 수 있는 게 얼마나 행복한 일인지 많은 사람은 이해하지 못할 거야. ……하지만 너희는 달라. 그렇잖아, 사토네? 화상 흉터만 없었다면 제대로 된 인생을 살았을 거라고 생각하겠지. 이오리는 어때? 다른 사람의 얼굴을 알아보지 못한다는 이유로 상처받은 경험, 어젯밤 둘이서 술을 마실 때 알려줬잖아."

마음속의 아픈 부분을 건드린 것인지, 두 사람은 동시에 시선을 떨궜다.

"그리고 무엇보다 가스미 씨야. 내 고통을 잘 알잖아. 그럼에도 불구하고 그 가스미 씨가, 내가 수많은 죄를 범하면서 겨우 손에 넣은 평온을 깨부수러 오다니, 도대체 이게 무슨 아이러니야."

그에 비해 히비키는 시선을 피하지 않고, 한탄하는 유키히데를 같은 눈높이에서 계속해서 바라봤다.

"가스미 씨와 만나기까지 나는 내가 신체이형장애라는 사실을 알지 못했어. 수술하고 얼마 되지 않아 다시 노안이 신경 쓰이기 시작했을 때도 나이가 들며 늙었기 때문이라거나, 주름 제거 효과가 약해졌다거나, 그런 식으로 생각했지. 처음으로 병을 의심한 건 가스미 씨가 약을 먹고 있다고 고백한 바로 그때야."

신체이형장애는 성형수술로 일시적으로 증상이 완화되더라도 곧장 재발하는 경우가 많다. 정말로 문제가 있는 것은 환자의 외모가 아니고 뇌이기 때문이다.

유키히데 또한 자신의 얼굴을 비추는 것에 대한 반응 등으로 미루어 볼 때 늦어도 올해 4월에는 재발했다는 사실을 알 수 있다. 큰 수술을 받고 아직 2년밖에 지나지 않았는데 말이다.

신종 코로나바이러스에 대한 세간의 반응이 달라졌지만, 그는 현재까지도 굳건히 마스크를 벗지 않았다. 그야말로 다쿠미가 아니라는 점을 숨기기 위해서만은 아니었으리라.

"너희는 내 무지를 비웃을지도 몰라. 하지만 15년 전에는 상황이 달랐어. SNS는 이제 막 보급되기 시작했고, 일상적으로 사람들이 접하는 정보량은 지금보다 극단적으로 적었어. 더군다나 정신의학에 관한 허들은 지금보다 높았고, 신체이형장애에 관해 올바르게 이해하는 사람도 거의 없었지. 만약 당시 내 병을 깨달았다면 이렇게 속수무책으로 살지 않아도 됐을 텐데……. 지금 와서 알게 됐다고 해도 이미 늦었다고…….

유키히데의 말은 점차 흐릿해졌고, 나머지는 거의 흐느낌처럼 바뀌었다.

히비키는 생각했다.

나와 그는 무엇이 달랐을까.

히비키도 7년간, 자각하지 못한 채 신체이형장애를 앓으며 살아왔다. 하지만 제아무리 괴로워도 범죄를 저지르면서까지 콤플렉스를 해소하려고는 단 한 번도 생각하지 않았다. 놓인 상황은 비슷해 보여도 그것은 결정적으로 다르다.

하지만.

그럼에도 히비키는 생각하게 된다.

결국은 태어난 시대가 달랐던 것뿐 아닐까.

그와는 열두 살 차이가 난다. 겨우 12년이라고 말한다면 거기까지다. 하지만 이 나라는 지난 12년 사이에도 동일본 대지진이나 신종 코로나바이러스의 유행으로 일상이 쉽게 무너지는 모습을 목격했고, 국민 대다수가 스마트폰을 가지게 되어 루키즘이나 페미니즘, 혹은 LGBTQ에 관한 가치관은 급속도로 업데이트되었으며, 인터넷상의 비방에 대해 법적 조치를 취하는 것도 예전보다 쉬워졌다.

히비키 자신이 그랬던 것처럼 보호자 등 가까운 사람의 정신의학에 대한 이해도가 부족하면 신체이형장애를 자각

504

하기 어렵다. 유키히데는 그 누구에게도 고민을 털어놓지 못했다고 하지만, 그를 걱정했을 가족이나 친구는 정말로 아무런 힌트를 얻지 못했을까? 신체이형장애 환자는 자신이 못생겼는지 어떤지를 집요하게 주변에 확인하고 싶어 하는 경향이 있다는 점을 히비키는 경험을 통해 잘 알고 있다.

나쁜 것은 무지가 아니다. 기회가 없으면 알 수 없다.

유키히데는 그 기회가 제한적이던 시대의 피해자가 아니었을까……. 히비키는 그렇게 생각하지 않을 수 없었다.

그런 시대는 이제 떠나보내야만 한다. 유키히데가, 그리고 그 주변 사람들이 경험한 비극을 결코 되풀이하지 않기 위해서라도.

히비키는 자리에서 일어서서 눈물을 흘리는 유키히데를 향해 말했다.

"나, 쓸 거야."

유키히데의 어깨 떨림이 멈추었다.

"당신에게 들은 이야기를 바탕으로 신체이형장애에 관한 기사를 쓸 거야. 기획이 통과되지 않으면 논픽션이 아니라 픽션의 형태여도 좋아. 어떤 형태로든 반드시 글로 써서 세상에 물을 거야. 나나 당신처럼 정신질환으로 고통받는 사람을 한 명이라도 더 많이 구하기 위해."

하지만…….

"……마음대로 해."

들릴 듯 말 듯하는 작은 목소리로 유키히데는 중얼거렸다.

"어느 쪽이든 나랑은 상관없어."

사토네가 경찰에 신고하자, 몇 분 되지 않아 경찰이 현장에 도착했고, 이오리를 감금한 혐의로 유키히데를 현행범 체포했다.

연행되어 가는 그를 히비키 일행은 눈으로 좇았다. 현관에 다다랐을 때 그는 발을 멈추었다.

"정정하고 싶은 게 아직 있는데."

사토네가 눈살을 찌푸렸다. "뭔데?"

"너희, 내가 사토네의 집에 들어가 도둑질하고, 그 증거 인멸을 위해 불을 질렀다고 생각하지?"

"왜냐면 그렇게밖에 생각할 수 없으니까."

"분명 나는 가방을 훔쳤어. 하지만 불은 지르지 않았어."

히비키는 시간이 멈춘 듯한 감각을 맛봤다.

사토네가 격렬하게 반박했다.

"여기까지 와서 거짓말하지 마!"

"거짓말 아니야. 15년 전 그날, 아버지에게 돈을 빌리지 못한 나는 역까지 돌아가는 길에 아무도 없는 거실 창문이 훤히 열린 채 방치된 집을 발견했어. 부주의하네, 하고 생각하는데, 내가 보는 앞에서 바람에 휘날리는 커튼에 캔들의 불이 옮겨붙었어."

히비키의 몸이 떨리기 시작했다.

"처음에는 큰일이라고 생각해서 거기로 달려갔어. 하지만 안을 들여다보자, 거기에 루이비통 가방이 있는 거야. 그 순간, 악마가 내 귓가에 속삭였어."

"지금이라면 가방을 훔쳐도 불이 모든 증거를 태워버릴 것이다."

"나는 신발을 신은 채 불타는 커튼을 넘어서 가방을 집어 들었지. 돌아보자 창틀까지 불이 옮겨붙어서 더는 그곳으로 빠져나갈 수 없을 것 같았어. 어쩔 수 없이 나는 현관으로 향해 밖으로 나왔어. 그리고 소년 이오리와 맞부닥쳤지."

옆에서 이오리가 소리를 내며 침을 삼켰다.

"이제 다 끝났다고 생각했어. 하지만 놀랍게도 소년은 나를 그 집 아이의 가족이라고 착각한 거야. 소년을 멀리 보내고자 나는 입에서 나오는 대로 내뱉었어. 그리고 도망쳤어."

그 후, 유키히데는 고지마당에서 가방과 안에 들어 있던 거울을 담보로 돈을 받은 후 히비키가 사는 마을을 뒤로했다. 그의 계획대로 가방이 화재로 소실된 것이 아니라는 사실을 알아차린 사람은 없었고, 15년 동안 그의 범행은 발각되지 않았다.

"……그 말을 어떻게 믿으라고."

사토네는 일축하려고 했지만, 그 말에 아까의 기세는 없었다. 그의 말에서 진실미가 느껴진 것이리라.

"믿든 안 믿든 너희 자유야. 나는 그저 사실을 말했을 뿐.

너희가 너희 편의상 만들어낸 망상과 실제 사건 사이에 있는 차이를 말이야."

그리고 유키히데는 웃음을 터뜨렸다.

"가스미 씨, 유감이네. 내가 아니었어. 사토네의 뺨에 화상 흉터가 생긴 건 가스미 씨 탓이야……."

유키히데는 경찰관에게 팔을 강하게 이끌려 현관문을 나섰다. 얼어붙은 듯한 아파트 안에 유키히데의 광기 어린 웃음소리만이 멀리서부터 울려 퍼졌다.

"사토네."

히비키가 쥐어짜듯 그 이름을 불렀다.

최소한 사과라도 해야 한다고 생각했다.

사토네는 한번 이쪽을 바라보고는.

그 눈을 가만히 피했다.

아아, 하고 히비키는 생각했다.

우리 우정은 지금 방금 끝났구나.

유키히데의 웃음소리는 히비키의 귓가에 달라붙어 언제까지고 사라지지 않았다.

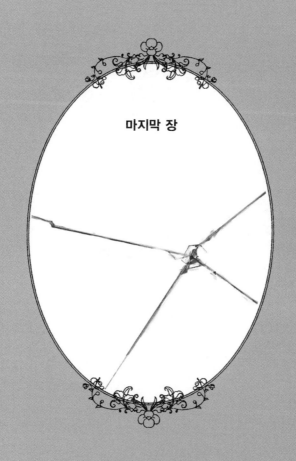

마지막 장

구가하라 유키히데는 친동생 구가하라 다쿠미의 살해 및 사체유기, 기치세 이오리의 감금 등 여러 죄목으로 기소될 전망이다.

　구가하라 다쿠미의 시체는 사토네의 예상대로 오무타 시의 본가 마당에서 발굴되었다. 히비키는 현 거주자인 이나나가 일가가 안쓰럽다는 생각이 들었다.

　한편, 15년 전의 절도 및 화재에 대해서는 재수사가 이루어지지 않았다. 절도에 관해서는 7년의 공소시효가 성립된 점, 유키히데가 방화를 부인하고 있는 점, 또한 가령 방화라고 해도 긴 세월이 지나 입건이 어렵다는 점 등이 그 이유였다. 재수사를 통해 유키히데가 마음을 바꿔 방화를 인정할 가능성에 작은 희망을 품고 있던 히비키는 낙담하지 않을 수 없었다.

　형이 살해한 동생의 신원을 도용해 2년 반에 걸쳐 일상생활을 해왔다는 이번 사건은 뉴스로 크게 보도되었다. 동시에 범인을 고용한 아더 사이드에 불만의 목소리가 쇄도했다. 왜 사람이 바뀐 것을 눈치채지 못했느냐는 비판과 비방에 대한 대응에 히비키는 연일 곤욕을 치렀다.

아더 사이드 본사는 사태를 무겁게 보고 후쿠오카 오피스의 철수를 결정했다. 원래 본사로의 이동이 예정되어 있던 히비키에 더해, 추가로 직원 한 명을 잃게 되어 사무소의 존속 자체도 어려워졌다. 오피스장이었던 엔도를 비롯해 남은 후쿠오카 오피스 직원은 모두 도쿄 본사로 발령이 났다.

수사에 대한 협력, 아더 사이드의 업무 정리, 그리고 도쿄행 준비로 바쁜 나날을 보내는 와중에도 히비키의 머릿속에는 유키히데가 던진 한마디가 떠나지 않았다.

"사토네의 뺨에 화상 흉터가 생긴 건 가스미 씨 탓이야……."

15년간 그렇게 자신을 탓하면서 살아왔다. 원점으로 돌아간 것뿐이다. 알고는 있지만, 다시 한번 마주한 사실은 무거웠다. 거의 손에 잡힐 곳까지 희망을 흩뿌려놓고는 그것을 마지막에 앗아가다니, 이 얼마나 잔인한 일인가 하고 운명을 증오하기도 했다.

후쿠오카에서 보내는 마지막 나날은 순식간에 지나갔고, 히비키는 사토네와 이오리를 만날 시간을 만들기는커녕, 연락조차 제대로 하지 못했다.

사토네에게는 몇 번이고 사과의 메시지를 보내려고 했다.

하지만 그럴 때마다 재회하고 얼마 되지 않아 그녀가 한 말이 머릿속에 되살아났다.

"하지 마, 그런 거."

히비키는 진심으로 사토네에게 미안함을 느끼고 있다. 하지만 사과를 밀어붙여서는 그녀에게 용서를 강요하는 것과 다름없다. 그렇게 해서 자신의 마음을 조금이라도 가볍게 하고자 하는 비겁함을 히비키는 사토네 덕에 깨닫게 되었다. 그렇기에 메시지를 보내지 못했다.

방화는 저지르지 않았다고 유키히데에게 들었을 때, 사과하려는 히비키를 사토네가 외면한 것, 그리고 그 후 그녀에게서 아무런 연락도 없는 것은 그 생각이 맞다는 증명처럼 느껴졌다.

이오리에게서는 목숨을 구해준 것에 대한 감사나 배려가 담긴 메시지가 몇 번이고 왔지만, 히비키는 나쁘다고 생각하면서도 그것을 무시했다.

그에게는 그 어떤 희망의 싹도 남겨서는 안 된다. 자신은 도쿄에 간다. 남은 일들은 남겨진 두 사람이 자유롭게 정하면 된다.

그것은 이오리의 고백을 방해하러 왔을 정도로 그를 좋아하는 사토네에게 자신이 해줄 수 있는 유일한 속죄라고 생각했다.

출발 당일, 히비키는 이미 오호리 공원 아파트를 정리하고 사와라 구의 본가에 있었다.

"몸조심하고, 힘내렴."

현관에서 스니커즈를 신는 히비키에게 어머니가 뒤에서 말을 걸었다.

"응, 고마워. 연말에는 돌아올 거니까. 그럼, 다녀올게."

히비키는 일어나서 수트케이스에 손을 얹었다.

"히비키."

어머니의 부름에 히비키는 뒤를 돌아봤다.

어머니가 자신을 보는 눈빛에 담긴 감정을 히비키는 순식간에 읽어냈다. ……두려움, 슬픔, 자애, 미안함.

그럼에도 어머니는 웃으며 말했다.

"엄마는 지금까지도, 앞으로도, 무슨 일이 있어도 변함없이 너를 사랑해."

어머니 또한 완벽하지 않은 한 인간이다. 부모로서 몇 번이고 잘못을 저질렀음은 분명하다. 하지만 그것은 결코 애정이 없었기 때문이 아니다. 그녀 역시 시대의 피해자 중 한 명에 불과하다.

"나도야, 엄마."

히비키는 미소 지으며 어머니를 껴안았다. 어머니의 팔에 담긴 힘은 생각보다 훨씬 강했고, 히비키는 어머니의 어깨에 작은 눈물 자국을 만들었다.

현관을 나서자 하늘은 무척이나 맑았고, 히비키는 새로 산 버킷햇을 깊게 눌러썼다.

눈앞에는 공원이 보인다. 과거에 사토네와 이오리와 함께 놀았던 공원이다.

"안녕, 히비키."

소년 이오리의 맑은 목소리가 머릿속에서 그리운 듯 울려 퍼진다.

히비키는 수트케이스를 끌며 공원에 들어섰다. 11시 비행기까지는 아직 여유가 있다. 조금쯤은 감상에 젖어도 좋으리라.

아침이라고 해도 좋을 시간대지만, 토요일이라 그런지 공원에는 뛰어노는 아이들이 있었다. 그들 중 상당수는 더는 마스크를 쓰고 있지 않았다. 그런 세상이 돌아온 것을 히비키는 진심으로 축복했다.

서서 이야기를 나누던 보호자로 보이는 여성들이 히비키 쪽을 힐끔힐끔 바라봤다. 분명 이웃 주민들은 일련의 사건에 히비키가 관여되어 있다는 사실을 알고 있으리라. 그녀들과 일정한 거리를 유지하면서 히비키는 구석 벤치에 다가갔다.

세 사람이 나란히 앉았던 추억이 담긴 벤치. 하지만 더는 그런 순진무구한 시절은 돌아오지 않는다.

사토네는 이오리와 재회하고 처음으로 얼굴의 화상 흉터

에서 의미를 찾았다. 그녀에게는 이오리가 필요하다.

그렇기에 결과적으로는 잘된 일이다. 화재가 자신 탓으로 확정됨으로써 히비키는 두 사람과의 인연을 끊을 결심을 할 수 있었으니까.

'부디 두 사람이 행복해지기를.'

마스크를 쓰지 않은 입으로 히비키는 가슴 가득히 숨을 들이마셨다. 고향의 공기를, 소중한 추억을 잊지 않으려는 것처럼. 그리고 수트케이스의 손잡이를 잡은 손에 힘을 줘 지하철역을 향해 걷기 시작했다.

그때였다.

"히비키."

이름이 불렸을 때, 히비키의 심장은 크게 뛰었다.

"히비키!"

과거, 귀에 들었던 소년의 목소리가 현재와 겹쳐진다.

히비키는 목소리가 들린 쪽을 돌아봤다.

이오리가 서 있었다.

그는 숨을 헐떡이며 이쪽을 가만히 바라보다가 결심한 것처럼 말을 꺼냈다.

"기억하고 있었어. 오늘 11시 비행기로 도쿄에 간다고 송별회 날에 말했던 거. 본가에서 출발하는 게 아닐까 생각했어. 다행이야. 늦지 않아서……."

"저기."

히비키는 의식적으로 평소보다 높은 목소리를 냈다. 입을 다문 이오리를 향해 말을 이었다.

"누구시죠?"

히비키는 버킷햇을 벗고 고개를 흔들어 머리카락을 찰랑거렸다. 전체를 짧게 자르고, 앞머리를 옆으로 땋고, 밝은 갈색으로 염색한 머리카락을.

이틀 전에 오호리 역전 멘탈 클리닉을 방문했을 때 오다 의사는 말했다.

"가스미 씨의 신체이형장애는 SSRI가 효과를 발휘해 이제 거의 나았다고 말해도 좋은 상태에 이르렀습니다. 한동안은 약을 계속 먹는 게 좋겠지만, 도쿄행은 문제없을 겁니다."

그렇게 도쿄의 정신의학건강과에 제출할 소개장을 받은 히비키는 그 발로 미용실로 향했다. 의사에게 보증받은 신체이형장애의 경감이 사실인지 확인하기 위해서였다.

평소에는 이 정도면 어떻게든 견딜 수 있는 헤어스타일, 즉 검은 머리카락을 어깨까지 내려뜨리고 머리끝에는 컬을 넣고 앞머리를 왼쪽으로 넘기는 정해진 헤어스타일만 고집했다. 하지만 그날, 히비키는 오랜 기간 함께해온 미용사에게 자신의 요구를 어렵지 않게 전할 수 있었다.

"도쿄에 가니까 기분 전환을 위해 헤어스타일을 확 바꿔보고 싶어요."

미용사와 상의한 결과, 히비키는 머리를 짧게 자르고 색을 바꾸기로 했다. 특히 앞머리는 지금까지와는 다른 스타일을 고집했다.

커트와 염색을 마치고 세팅된 머리카락을 거울로 봤을 때, 히비키는 진심으로 생각했다.

'이 헤어스타일, 엄청 예쁘다.'

앞머리를 기분 나쁘다고 느끼는 자신은 더는 어디에도 없었다.

비행기가 출발하는 시간을 송별회 날에 말한 것은 히비키도 기억하고 있었다. 히비키는 혹시라도 이오리가 만나러 오지는 않을까 두려웠다. 만나게 되면 결심이 흔들릴지 모른다.

그래서 만나지 못하도록 했다.

안면인식장애인 이오리는 항상 주로 헤어스타일로 히비키를 알아봤다. 헤어스타일을 크게 바꾸면, 그것이 히비키라는 것을 알아보지 못하리라. 만에 하나, 말을 섞게 된다면 그때는 목소리를 변조하자. 아이돌 시절에 자주 했던 일이다.

이렇게 될 것을 예상하길 잘했다고 생각했다. 이오리는 허둥대며 딱 보기에도 자신감을 잃은 상태였다.

"히비키…… 맞지?"

"잘못 보셨네요. 저, 그런 이름 아니에요."

단호하게 대답하자, 이오리는 끄덕였다.

"죄송합니다……. 아는 사람이랑 닮아서요."

히비키의 가슴이 지금껏 느껴본 적 없을 정도로 날카롭게 아팠다.

'나는 왜 이렇게 최악의 인간일까. 그가 안면인식장애로 얼마나 큰 고통을 받았는지 아는데, 그걸 이런 형태로 이용하다니. 역시 나 같은 죄 많은 인간이 그의 곁에 있는 건 용서받을 수 없는 일이야.'

"그럼, 실례하겠습니다."

히비키가 떠나려고 했을 때, 이오리가 불쑥 말했다.

"좋아했어요."

히비키는 무심코 발을 멈췄다.

"그 사람을 정말, 정말 좋아했어요. 외모가 아니라, 그 사람의 아름답고 고귀한 마음이 좋았어요. 하지만 어떻게 해도 말할 용기가 나지 않았어요. 저에게는 사람을 사랑할 자격이 없다고 생각했거든요."

"그 이후, 나는 제대로 연애를 한 적이 없어. 내게는 그럴 자격이 없다고 생각하며 살아왔지."

언젠가 들었던 이오리의 말이 히비키의 머릿속에 재현된다.

"계속 함께할 수 있으리라 믿었어요. 조금씩 나도 변해가면 된다고요. 설마 이렇게 갑자기 멀리 떠나게 될 줄은 몰랐어요. 정말로 형편없는 인간이죠. 이런 식이기에 저를 돌아봐주지 않는 거예요……."

"분명 그 사람도."

히비키는 이오리 쪽을 바라보며 말했다.

그리고 웃었다.

"당신을 좋아했을 거예요."

그는 사람의 얼굴을 인식하지 못한다. 그럼에도 히비키가 웃었다는 사실은 알 수 있으리라.

"그럼 좋겠네요."

이오리는 수줍은 듯이 중얼거렸다.

모자를 고쳐 쓰고 히비키는 이번에야말로 걷기 시작했다.

모든 미련을 이 공원에 남겨두고 떠나듯이.

뒤따라오는 소리는 들리지 않는다. 다시 한번, 히비키는 스스로에게 말했다.

이걸로 된 거야.

공원 출구에 이르렀을 때, 바로 옆에서 놀던 열 살 정도의 여자아이가 히비키의 얼굴을 보고 말을 걸었다.

"언니, 왜 울고 있어?"

히비키는 손가락으로 눈가를 닦으며 미소 지었다.

"아무것도 아니야."

여자아이가 "힘내"라는 말을 남기고 친구에게 달려갔다.

아무 일 없었다는 듯이 놀이를 재개하는 그녀에게 한 소녀와 한 소년이 찰싹 달라붙어서 다 같이 큰 소리로 웃음을 터뜨렸다.

그것은 언젠가 본 광경과 꽤 닮아 있었다.

2063년 8월
가나가와 현 가마쿠라 시

"……휴우."

무로미 교코 작《거울 나라》교정지를 마지막 페이지까지 다 읽은 나는 깊은 한숨을 내쉬었다.

이미 몇 번이고 읽은 적이 있어서 대충 훑어 넘긴 부분도 있지만, 데시가와라가 말하는 위화감에 신경 쓰며 글을 읽는 데에는 역시 집중력이 필요했다. 어깨가 뻐근하고 눈도 침침했다.

하지만 결국 삭제된 에피소드에 관한 단서는 거의 찾을 수 없었다. 신카이 사토네가 실존하지 않는다는 데시가와라의 발언에 대해서도 그 의도를 파악하지 못했다. 허탈감만이 내 몸 안을 가득 채웠다.

나는 앉아 있던 방석에서 일어나 툇마루 쪽으로 향했다. 장지문을 열자, 데시가와라와 다이시가 동시에 이쪽을 바라봤다.

"아, 다 읽으셨나요?"

데시가와라가 말했다. 폭포처럼 땀을 흘렸는지 와이셔츠가 흠뻑 젖어 있다. 다이시의 티셔츠도 완전히 색이 변해 있었다.

"아들이랑 놀아주셔서 감사합니다. 안으로 들어오세요. 닦을 것 좀 가져올게요."

"신경 써주셔서 감사합니다. 다이시, 안으로 들어갈까?"

"더 놀고 싶어!"

"나중에 놀자. 아저씨 피곤하니까 같이 물 좀 마시고 한숨 돌리자."

데시가와라는 칭얼대는 아이를 대하는 것에도 익숙했다. 순순히 방으로 들어온 다이시를 가지고 온 셔츠로 갈아입혔다. 그런 다음 부엌에서 차가운 루이보스티와 이모가 사용하던 수건을 준비해서 데시가와라에게 건넸다.

"셔츠 씻어서 말려둘까요? 이 더위라면 금방 마를 것 같은데요."

내 제안을 데시가와라는 사양했다.

"그 정도는 제가 알아서 하겠습니다. 혹시 갈아입을 옷이 있으면……."

"죄송해요. 이모가 입던 옷밖에 없어서. 뭐, 괜찮지 않나요? 상의를 벗고 수건이라도 두르고 계셔도. 저는 상관없어요."

"아니, 그럴 수는 없죠."

처음에는 사양하던 데시가와라도 결국 젖은 셔츠의 불쾌감을 참지 못하겠는지 벗은 후에 수건을 뒤집어썼다. 세탁한 셔츠는 옷걸이에 걸어 마당의 해가 잘 닿는 비파나무 가지에 걸었다.

"그래서 어떠셨나요?"

얼빠진 차림새로 테이블 반대편에 앉은 데시가와라가 새삼 물었다.

"하나 깨달은 게 있어요."

내가 말하자 데시가와라는 흐음, 하고 맞장구를 쳤다.

"무로미 교코의 장편에는 항상 마지막에 〈끝〉이라고 적혀 있었어요. 하지만 이 《거울 나라》에는 그게 없네요."

아마추어 시절에 쓴 습작이기에 그런 규칙이 생기기 전일지도 모르지만, 무로미 작품으로 통일한다면 유작으로 삼고자 다시 살펴봤을 때 그 정도는 추가해도 좋았을 것이다. 그렇게 하지 않은 것에는 뭔가 의도가 있을지도 모른다.

자신은 없었지만, 데시가와라는 좋은 착안점이네요, 하고 말했다.

"선생님은 일부러 〈끝〉이라고 적지 않았다고 생각합니다."

"즉, 이 작품은 아직 완성되지 않았다는 건가요?"

"그런 의미 아닐까요. 삭제된 에피소드의 존재를 암시한다고 봐도 좋지 않을까 싶습니다."

2063년 8월 가나가와 현 가마쿠라 시 *   523

다이시는 누운 채 다리를 버둥거리며 내가 건넨 그림책에 빠져들어 있다. 조용히 있어줘서 다행이다.

"슬슬 가르쳐주세요. 삭제된 에피소드라는 게 뭐죠?"

나는 본론으로 들어갔다. 데시가와라는 손목시계를 확인했다.

"마침 딱 좋은 시간이네요. 제 부탁대로 마지막까지 읽어주셨으니 제가 느낀 위화감을 말씀드리죠. 우선 1장 5절, 히비키와 사토네가 대면하는 장면입니다."

데시가와라는 교정지를 펼치고 사토네의 다음 대사를 지목했다.

"그거야 '히비키響'라는 이름, 그렇게 흔하지 않잖아. 거기다 내 이름 사토네郷音에도 같은 한자가 들어 있으니 말이야. 싫어도 떠오르지."

"이 대사에 뭔가 문제가 있나요?" 하고 나는 고개를 갸웃거렸다.

"이 작품의 연대는 지금부터 40년 전입니다. 그 시대에는 분명 '히비키'라는 이름이 흔하지 않았을지도 모릅니다. 하지만 말이에요, 이 가스미 히비키라는 캐릭터가 무로미 선생님 자신을 투영한 것이라면 어떨까요?"

"투영 정도가 아니라, 히비키는 이모 그 자체……. 아!"

그가 무슨 말을 하려는지 깨달은 나를 보고 데시가와라는 끄덕였다.

"무로미 선생님은 성을 제외한 교코響子라는 이름은 본명과 같으니까, 여기에는 '교코'라는 이름이 들어갈 테죠. 지금 시대에는 약간 낡은 느낌의 이름일지도 모르지만, 당시 '교코'라는 이름이 특이한 이름이라고는 말할 수 없었을 겁니다. 이건 이상하지 않나요?"

듣고 보니 그렇다. 작중의 가스미 히비키를 너무 의식한 나머지, 나는 이모를 거기에 빗대보려고 생각하지 못했다.

교정지에 놓인 데시가와라의 집게손가락이 움직였다.

"그렇게 생각하면 '내 이름 사토네에도 같은 한자가 들어 있다'라는 발언도 부정확하죠."

"'사토네響音'의 한자를 조합하면 '히비키響'가 된다는 의미로 받아들였어요. 그래도 이건 '히비키響'가 이모의 이름인 '교코響子'가 돼도 얼추 뜻은 통하지 않나요?"

"그렇게 해석할 수도 있지만, 표현 방식으로서는 다소 불공평하지 않나 싶어요. 그럼 다음으로 넘어가죠. 2장 9절입니다. 사쿠라바 씨는 히비키의 언니와의 관계에 대해 지적해주셨는데, 저도 같은 단락의 다른 부분에서 뭔가가 걸렸습니다."

언니와는 학년으로 따지면 한 학년밖에 차이 나지 않고, 관계는 좋았다가 나빴다가를 반복했다. 한번 연예계에 들어간 히비키와는 다르게 언니는 '성실'을 그림으로 그린 것 같은 삶을 살고 있으며, 평소에는 연락도 거의 주고받지 않는다. 언니를 어느 정도 좋아하는지 굳이 숫자로 표현하라고 하면 70점 이상은 주기 어렵다는 것이 솔직한 심정이었다.

"제가 걸린 부분은 첫머리의 '학년으로 따지면 한 학년밖에 차이 나지 않고'라는 부분입니다."

"어머니와 이모는 연년생이니 문제없는 거 아닌가요?"

"네, 맞아요. 하지만 '학년으로 따지면'은 명백히 필요 없는 구문입니다. 왜냐하면 무로미 선생님의 생일은 12월이니까요."

말할 필요도 없이 나도 아는 사실이다. 이모는 작년 말에 65세 생일을 맞이하고 얼마 되지 않아 세상을 떴으니까.

"'학년으로 따지면'이라는 표현은 보통 '빠른 연생'이 얽혀 있을 때 사용합니다. 여기에서는 히비키가 빠른 연생이고, 언니와 태어난 해는 2년, 학년은 하나가 다른 경우를 제외하고는 생각할 수 없습니다. 12월생인 선생님은 여기에 해당하지 않습니다."

"그래도 나이와 학년 모두 하나가 다르다는 점을 강조하는 것도 틀렸다고 말할 수는 없지 않나요?"

"네. 그래서 수정하지 않았습니다. 그런데 같은 2장 9절에는 신경 쓰이는 점이 또 하나 있습니다. 그것은 이 이오리의 대사입니다."

"삿짱이 그렇게 말한다면 믿을게. 그래도 지금의 삿짱을 내가 알아보는 건 안면인식장애를 빼놓고도 불가능하지 않았을까? 삿짱은 전에 성씨인 '신카이'로 예약한 적도 있지만, 그건 후쿠오카에 많은 성이기도 하고……."

핀포인트로 떼어 놓고 보니 그가 말하고 싶은 바를 알 수 있었다.

"저는 후쿠오카에서 거주한 경험이 없기에 추측에 불과하지만, '신카이'라는 성씨는 아마 후쿠오카에도 그리 많지 않았나 보네요."

"이건 교정팀에서도 연필로 지적을 했기에 저도 조사해봤습니다. 그랬더니 당시 신카이라는 성씨는 전국에 300명 남짓밖에 없었고, 그 대부분은 후쿠오카 현에 집중돼 있었다는 사실을 알 수 있었습니다. 즉, 전국적으로 희귀한 성씨이기는 한데, 이 성씨가 후쿠오카에 많다는 건 사실이었습니다. 그렇게 되면 이 부분은 어디까지나 이오리의 주관이기에 이상한 서술이라고 단정할 수는 없습니다."

미묘한 지점이지만, 주변에 신카이라는 성씨의 가족이 여럿 있다면 이오리가 그렇게 믿었을 가능성은 있다는 말이다. 무대가 후쿠오카가 아니라면 애초에 그런 상황은 성립하지 않는다.

"무로미 선생님이 이미 타계하신 이상, 저는 이 원고에 대해서는 유족인 사쿠라바 씨의 의향을 반영해 가능한 한 수정하지 않기로 마음먹었습니다. 본래라면 저자의 허락 없이 문장을 고치는 건 가장 삼가야 할 월권행위이기 때문입니다. 따라서 저는 사쿠라바 씨에게 교정지를 건네기 전에 그 지적을 삭제했습니다."

"알겠습니다. 그 밖에는요?"

"5장 3절, 구가하라 형제의 아버지인 도리시마의 이 대사입니다."

"신카이 사토네……. 흐음, 어디선가 들어본 이름이군. 그저 동명이인일지도 모르지만."

"도리시마가 동명이인이라고 생각하는 건 자유입니다. 다만 앞서 말씀드린 것처럼 신카이라는 것은 전국적으로도 드문 성씨입니다. 그리고 '사토네'라는 이름 또한 그렇게 흔한 이름은 아니죠. 제가 도리시마라면 동명이인인 사람이 달리 또 있다고는 생각하지 않았을 거예요."

"그렇군요……."

"제가 본문에서 찾아낸 위화감은 이상입니다."

나는 데시가와라의 이야기에 점점 빠져들고 있었다.

"지금까지 언급한 건 전부 《거울 나라》를 독립된 소설로 읽는다면 그렇게 문제가 되지 않는 것들뿐입니다. '히비키'라는 이름은 흔한 이름이 아니고, 작품 속에서 생일이 명시돼 있지 않은 이상 가스미 히비키가 빠른 연생이어도 사실 상관없죠. 이오리가 신카이라는 성씨를 후쿠오카에는 많은 성씨라고 믿어도 되고, 도리시마가 동명이인일지도 모른다고 생각해도 돼요. 하지만 이것이 무로미 선생님의 실제 경험을 바탕으로 적힌 작품이라고 한다면 이야기는 달라집니다."

"그래서 데시가와라 씨는 신카이 사토네라는 여성이 과연 실존 인물일까, 하고 의심하게 되신 거군요."

"네. 등장인물들의 이후를 조사한 건 초상권 등에 관여되기도 하고, 어디까지나 업무의 범주였지만요. 그 결과, 과거의 인기 스트리머이자 방송 중에 약물 과다 복용 소동을 일으켰다는 사토네루, 다시 말해 신카이 사토네라는 여성에 대한 정보는 무엇 하나 나오지 않았습니다."

"하지만 40년 전에 한정된 범위에서 벌어진 사건인 탓에 별다른 정보가 없었을 가능성도……."

"말씀하시는 대로입니다. 하지만 그래서는 가스미 히비키와 신카이 사토네의 이름에 관한 위화감을 해소할 수 없습니다. 그래서 저는 마지막으로 느낀 위화감에 눈을 돌렸습니다."

"마지막? 아까 본문에서 찾은 위화감은 그게 전부라고 말씀하셨잖아요."

"네. 그러니까 본문이 아닙니다. 이쪽입니다."

그렇게 말하며 데시가와라는 표지 시안의 한 지점을 가리켰다.

"제목……?"

그의 집게손가락은 거울 옆에 새겨진 '거울 나라'라는 글자를 향해 있었다.

"이게 뭐가 이상하죠? 안면인식장애였던 루이스 캐럴의 대표작과 연관시키면서, 자신의 외모가 좋고 나쁨에 대해 끝없이 따지는 세상을 단적으로 표현한 훌륭한 제목이잖아요."

"저도 동의합니다. ……다만 무로미 교코가 평범한 미스터리 작가인 경우에 한해서였을 때의 이야기죠."

꽤 과격한 의견이다. 데시가와라의 눈은 차분해 보였다.

"잘 생각해보세요. 이 작품에서 가장 핵심이 되는 주제는 뭐니 뭐니 해도 신체이형장애입니다. 화자인 가스미 히비키의 고뇌 그 자체이자, 진범인 구가하라 유키히데도 그 병을 앓고 있었던 게 동기의 중심이 됐고, 신카이 사토네 또한 얼굴의 화상 흉터에 집착하고 있었다는 점에서는 신체이형장애와 통하는 부분이 있었습니다."

"그 부분에 대해서는 오독의 여지가 없다고 생각합니다."

"한편, 안면인식장애는 중요한 소재 중 하나이긴 하지만, 어디까지나 보조적인 포지션에 머물러 있습니다. 그럼에도 불구하고 선생님은 신체이형장애에 관한 단어가 아니라, 안면인식장애를 앓고 있던 루이스 캐럴을 연상시키는 타이틀을 이 작품에 붙였습니다. 이건 그 무로미 교코가 한 일치고는 엉성하다고 말하지 않을 수 없습니다."

무로미 작품에는 항상 진의를 알게 되면 눈이 번쩍 뜨이는 듯한 감각을 맛보게 하는 절묘한 제목이 붙어 있었다. 나는 그것들과 마찬가지로 히비키가 약물 과다 복용을 한 사토네를 구하는 장면을 본 후《거울 나라》또한 매우 좋은 제목이라고 감탄했다. 하지만 듣고 보니 신체이형장애보다 안면인식장애 쪽이 앞에 나서는 것은 이 작품의 제목으로서는 적절하지 않다.

"그럼에도 선생님이 굳이《거울 나라》라는 제목을 택했다고 하면, 거기에는 '안면인식장애'와 '잔인한 세상'이라는 두 가지 의미를 넘어선, 더욱 큰 의미가 담겨 있을 게 분명합니다."

"그래서 데시가와라 씨는《거울 나라의 앨리스》에 삭제된 에피소드가 존재하는 것과 마찬가지로 본작에도 삭제된 에피소드가 있다는 걸 제목을 통해 암시하고 있다고 생각하신 거군요. 즉,《거울 나라》라는 타이틀에는 '삼중 의미'가 함축

돼 있다고…….”

“아닙니다.”

그의 생각을 파악했다고 생각했는데 부정당하자 나는 움찔했다.

“아닌가요?”

“삼중 의미가 아닙니다. ‘사중 의미’입니다.”

데시가와라는 테이블에 놓인 표지 시안을 손에 들고 내 눈앞으로 내밀었다.

“이 나라에 사는 여성의 얼굴을 비추는 거울이 네 개로 갈라져 있다. 이건 그야말로《거울 나라》라는 제목에 네 가지 의미가 있다는 점을 암시하던 겁니다.”

무로미 교코다운 발상이라고 생각했지만, 내 이해력이 따라잡지 못했다.

“네 가지 의미란 어떤 거죠?”

“첫 번째는 루이스 캐럴이 안면인식장애였던 것. 두 번째는 외모를 중시하는 세상을 단적으로 표현한 히비키의 독백. 세 번째는《거울 나라의 앨리스》에도 존재했던 삭제된 에피소드에 대한 암시입니다. 그리고 네 번째는…….”

거울의 균열을 하나하나 가리키면서 그는 거침없이 이야기했다.

“무로미 교코의 실제 경험을 바탕으로 적힌 이 작품은 그야말로 거울에 비친 것처럼 반전돼 있다는 의미입니다.”

"반전……이라고요?"

"여기서 일단 《거울 나라》의 일러두기를 확인해보죠. 선생님은 다음처럼 적으셨습니다."

이 작품은 나 무로미 교코가 소설가가 되기 전에 습작으로 쓴 작품이다. 나 자신의 실제 경험을 바탕으로 하며, 내용은 거의 논픽션임을 밝힌다(다만, 독자의 몰입을 방해하는 요인이 되지 않도록 이름 등 나를 지칭하는 고유명사는 바꾸어 썼다).

"주목할 부분은 고유명사를 바꾼 것을 '나'에 한정했다는 점입니다. 이것은 바꿔 말하면 다른 등장인물의 고유명사는 바꾸지 않았다는 선언입니다. 그걸 뒷받침하듯, 범죄자인 구가하라 유키히데나 살인 피해자인 구가하라 다쿠미조차 언론을 통해 확인한 결과, 실명이었습니다."

데시가와라의 조사에 의하면 구가하라 유키히데는 여러 혐의로 기소당해 징역 23년의 실형 판결을 받았다. 체포 당시 37세였으니 만약 형기 만료로 출소했다면 60세로, 출소 당시에는 살아 있었을 가능성이 크지만 그 후의 행방은 파악하지 못했다고 한다. 데기사와라는 가능하다면 이 작품의 출판 허가를 받고 싶었지만, 생사조차 판명되지 않았기에 만약 살아 있더라도 가명으로 생활하고 있는 것이 아닌가 생각한다고 했다.

"이 일러두기를 바탕으로 앞서 언급한 위화감을 다시 한 번 되돌아보겠습니다. 우선 '후쿠오카에는 많은 성씨', '그저 동명이인일지도 모른다'라는 두 대사로 볼 때 '신카이 사토네'라는 이름은 명백하게 이 등장인물의 실명은 아닙니다. 한편 '히비키'라는 이름이 흔하지 않다는 건 사실에 부합하며, 가스미 히비키는 무로미 선생님과 달리 빠른 연생이었다고 여겨집니다. 여기까지 말하면 이미 아시겠죠?"

살짝 흐트러진 호흡을 어떻게든 가다듬고 나는 말했다.

"이모는…… 무로미 교코는 가스미 히비키가 아니라 신카이 사토네였다."

참 잘했습니다, 하고 말하는 것처럼 데시가와라가 미소 지었다.

이모의 본명은 고가 교코다.

들은 적이 있다. 고가라는 성씨는 후쿠오카에 많은 성씨라고. 따라서 '고가 교코'라는 이름은 귀로 들은 것뿐이라면 그야말로 후쿠오카 현 내에서는 딱히 드문 이름이라고 느껴지지 않는다. 도리시마가 동명이인일지도 모른다고 말한 것도 이해가 간다.

"여담이지만, 선생님의 필명인 '무로미'는 고향을 흐르는 무로미 강에서 따온 것이죠. 실은 이 무로미 강 지류에 신카이 강이라는 강도 있답니다."

나는 놀랐다. "용케 알아내셨네요."

"후쿠오카에는 가스미가오카라는 잘 알려진 지명도 있기에, 처음에는 가스미 히비키라는 이름이 무로미 교코의 오마주임이 틀림없다고 생각했거든요. 하지만 자세히 조사해 보니 가스미가오카는 후쿠오카 시 히가시 구로, 선생님의 고향이자 이 작품의 무대인 사와라 구와는 아무 관계가 없었어요. 그에 비해 '가스미'라는 성씨는 매우 드문 것 같긴 해도, 실제로 존재합니다."

"그렇군요……. 몰랐어요."

"그리고 이건 아주 사소한 부분이지만, 선생님이 이 저택을 지으실 때 시대에 맞지 않게 일본식 건축을 고집한 것도 화재로 인해 떠나야만 했던 집에 대한 향수가 그렇게 만든 게 아닐까 하고 저는 생각합니다. 그도 그럴 게 '일본의 정취가 어느 정도 갖추어져 있었다'라고 하니까요. 뭐, 굳이 불행한 추억이 있는 집과 비슷하게 지었을 리 없다고 반박하면 그뿐이고, 야마구치에서 살았던 외갓집을 흉내 냈다거나 혹은 단순히 선생님의 취향일 가능성도 배제할 수는 없겠지만요."

"일러두기의 '이름 등 나를 지칭하는 고유명사'라는 에두른 표현, 조금 이상하다고 생각했어요. 그것도 '삿짱'이라는 호칭이나 스트리머로서의 계정명인 '사토네루'를 포함했기 때문이군요."

"네. 참고로 실제 계정명은 '교코스'였습니다. 아이푸쉬에서 일어난 소동에 관한 정보는 몇 건인가 찾아냈어요."

여기까지 오면 좋든 싫든 간에 데시가와라의 설이 옳다는 점을 인정할 수밖에 없다.

《거울 나라》의 세계는 반전되었다. 가스미 히비키와 신카이 사토네, 두 인물이 뒤바뀜으로써 말이다.

이 작품을 읽는 동안 나는 가스미 히비키의 시점에 서 있었다. 거울에 얼굴을 비추면 어린 날의 이모가 거기에 있다고 믿고 의심하지 않았다.

하지만 진상은 그렇지 않았다. 거울에 비친 것은 어디까지나 가스미 히비키이고, 옆에 있는 신카이 사토네야말로 작가가 되기 전의 고가 교코였다.

"작가의 실제 경험이라고 들으면 보통은 화자가 곧 작가라고 누구나 생각하기 마련입니다. 선생님은 그걸 거꾸로 뒤집었죠."

나는 어머니의 어렸을 적 이야기를 자세히 들은 적이 없다. 어머니가 말하길 꺼렸기 때문이다. 집에 불이 났다는 이야기도, 일시적으로 야마구치 현에 살았다는 이야기도…….
어쩌면 들은 적이 있었을지도 모르지만, 전혀 기억에 남아 있지 않았다.

"가스미 히비키 시점에서 적힌 신카이 사토네에 대한 칭찬도 전부 실은 본인이 쓴 것이라고 생각하니 소름이 끼치네요."

친척답게 어이없어하는 나를 데시가와라는 아니라며 받아넘겼다.

"그런 부분에 손을 더해서는 일류라고 할 수 없죠. 선생님은 작품에 필요한 문장이라면 주저하지 않고 쓸 수 있는 분이었어요."

"흐음……. 그래도 이모는 왜 이런 식으로 복잡하게 만든 거죠?"

"몇 가지 이유를 생각해볼 수 있습니다. 일단 신카이 사토네는 화자로 어울리지 않습니다."

그것은 아마추어인 나로서는 생각할 수 없는 시점이다.

"사토네는 히비키를 속여 방송에 출연시키거나 약물을 과다 복용하는 등 행동에서 괴이한 면이 엿보이는 여성입니다. 후반부에 이르러 회복된 모습을 보이지만, 이래서는 독자들의 공감이나 감정이입을 얻기 어렵고, 중반까지는 반감조차 불러일으킬 수 있습니다. 반면 이 작품처럼 탐정 역할이라면 충분히 어울리지만, 그건 선생님이 사건을 해결했다는 현실을 반영한 것에 불과하겠죠."

《거울 나라》는 화자인 히비키와 절친인 사토네가 협력해 진상을 찾아가는 형태를 취하지만, 최종적으로 추리를 말하는 역할을 담당한 건 사토네다. 히비키는 작품 속에서 논리적 사고가 부족하다고 스스로 인식하고 있다. 후에 미스터리 작가로서 대성하는 이모의 두뇌가 어려서부터 명석했다는 사실을 보여준다고 말할 수 있으리라.

 "반면 히비키는 신체이형장애라는 어려운 병을 앓고 있으면서도 행동은 전체적으로 상식적이고 정직하죠. 더욱이 친구에 대한 배려가 몸에 밴 사려 깊은 인물입니다. 따라서 독자도 받아들이기 쉽죠. 가령 이것이 픽션이고, 선생님이 사토네 시점으로 집필했다면 저라도 화자를 바꿔달라고 부탁드렸을지 모릅니다. 물론 제가 제안할 필요도 없이 선생님은 최고의 선택을 하셨지만요."

 혹은 이모의 필력이라면 충분히 읽힐 만한 글을 쓸 수 있었을지도 모른다. 하지만 오랜 기간 함께했던 데시가와라는 무로미 교코에게 의견을 제시할 수 있는 관계를 형성했다. 그렇기에 이모가 쓴 것을 그대로 받아들이는 것이 아니라, 다양한 선택지를 고려한 후에 최고의 선택인지 아닌지를 판단할 수 있는 것이다.

 그런 점에서 나는 자신의 무지가 부끄러워서 견디기 힘들 지경이다. 나는 무로미 교코의 사생활을 아는 몇 안 되는 친척 중 한 명이다. 그럼에도 가스미 히비키의 캐릭터가 이모와 크게 다르다는 점을 어린 나이 탓으로 받아들이고 말았다. 어떻게 생각해도 말년의 이모 성격은 가스미 히비키보다 신카이 사토네와 비슷했는데 말이다. 1장을 다 읽은 내가 성격이 다르다는 점을 언급하며 작가로서의 경력 이야기를 꺼냈을 때, 데시가와라의 답변이 명백하게 '미스리딩'을 유도했다는 점에 관해서는 조금 서운하기는 하지만.

"그렇게 생각하면 선생님이 복면 작가로서 경력을 쌓은 이유도 알 수 있습니다."

"방송에서 소동을 일으킨 과거는 확실히 오점으로 여겨질 테니까요."

"일러두기에서는 '신념에 따라 나는 그간의 작품에서 종종 루키즘이나 여성 차별을 규탄해왔지만, 나 자신이 한때 외모나 여성성을 이용해 입에 풀칠하던 시기가 있었고, 그것이 작품을 읽는 데 방해가 되는 것이 싫었다'라고 적혀 있습니다. 그것도 진실이기는 하겠지만, 신분이 밝혀졌을 경우의 번거로움을 피하기 위한 목적이 먼저였던 것 같기도 하네요."

하지만 그 일러두기의 문장은 가스미 히비키에게도 해당하는 것처럼 적혀 있었다. 무로미 교코의 트릭은 일러두기에서 이미 시작된 것이었다.

데시가와라의 이야기는 왜 이모가 화자를 자신으로 하지 않았을까, 라는 본론으로 돌아갔다.

"제목을 공고히 하고 싶었던 것도 이유 중 하나라고 생각합니다. '거울 나라'라는 프레이즈에 의해 사중 의미라는 어려운 업적을 이룰 수 있다는 영감이 떠올랐다면 이 제목을 채택할 수밖에 없었을 겁니다. 그건 작가의 본능이에요."

"그럼……, 그걸 위해 굳이 한번 쓴 에피소드를 삭제한 건가요?"

"글쎄요. 소설의 아이디어는 슈퍼마켓에서 카레 재료를 차
례로 장바구니에 넣는 것처럼 하나씩 순서대로 떠오르는 건
아니니까요. 제 개인적인 생각으로는 에피소드를 삭제한다
는 판단과 사중 의미는 표리일체로, 어느 쪽이 먼저라고 할
수 있는 건 아니었을 것 같습니다."

실제 작가가 아니면 이해할 수 없는 영역이다. 데시가와라
의 이야기는 계속되었다.

"마지막 이유인데, 본작의 마지막 장면은 사토네 시점으로
는 어떻게 해도 쓸 수 없는 것입니다. 왜냐하면 사토네가 등
장하지 않기 때문입니다."

여기에는 나도 "앗" 하는 얼빠진 소리를 내고 말았다. 그런
것도 생각하지 못했을 줄이야.

"히비키의 신체이형장애 극복과 이오리와의 이별을 동시
에 그린 이 마지막 장면은 제 눈에도 매력적으로 보였습니
다. 하지만 저는 작품 속의 몇 가지 묘사를 통해 선생님이
이 에피소드를 알기 전에 본고 집필을 시작했을 가능성도
생각해봤습니다. 하지만 그럼에도 이 에피소드를 알게 됐을
때, 선생님의 머릿속에 자연스럽게 마지막 장면이 굳혀졌을
겁니다. 그렇기에 더더욱 화자는 가스미 히비키여야만 했
죠."

《거울 나라》는 아마추어 시절의 습작이 원형이 된 작품

이잖아요. 그 무렵부터 이모는 고작 그런 이유로 '시점 인물'을 바꿨단 말인가요?"

"아마도요. 그런 남다른 감각을 지니고 있었기에 선생님은 미스터리계의 거장이 될 수 있었겠죠."

데시가와라가 온화하게 물었다.

"어떤가요, 사쿠라바 씨. 이래도 여전히 선생님이 싫으신가요?"

나는 고개를 숙이고 《거울 나라》의 교정지에 시선을 떨어뜨렸다.

내가 이모를 싫어하게 된 것은 그야말로 이 마지막 장면의 에피소드 때문이었다.

소설로서는 좋은 결말이다. 하지만 가스미 히비키가 이모라고 생각했을 때, 그녀는 유작 마지막에 친구를 위해 자신을 희생하는 에피소드를 묘사했다는 말이 된다. 나는 무로미 교코의 친척으로서 그 점, 마지막의 마지막에 자신이 친구를 배려하는 마음을 드러낸 이모의 추악함을 느끼고 싫어하게 된 것이었다.

하지만 가스미 히비키가 이모가 아니었다면?

이모는 기치세 이오리라는 남자를 히비키에게 양보받았다는 말이 된다. 그런 히비키의—선택의 옳고 그름은 둘째치고—친구를 배려하는 상냥함을 이모는 미담으로 남겨두고 싶었던 것이 아닐까.

나는 고개를 들고 데시가와라의 질문에 답했다.

"싫어하게 됐다는 말은 철회할게요. 이모가 자신을 좋게 보이기 위해 그런 마지막을 썼다는 제 생각은 잘못된 것이 니까요."

"그렇게 오독하게 만든 건 선생님 본인이지만요." 데시가 와라가 쓴웃음을 지었다.

"하지만 이번에는 다른 관점에서 이모가 싫어질 것 같아요. 신카이 사토네의 드센 성격은 말년의 이모 인격을 그대로 보여주는 것 같거든요. 그녀는 친구를 속이고, 그 친구에게 목숨을 구원받고, 그 친구가 좋아하던 남자를 빼앗고, 그럼에도 성격을 고치지 못했어요. 평생 독신으로 산 걸 보면 기치세 이오리와도 제대로 풀리지 않았던 거겠죠……."

거기까지 말하다 어떤 의문이 샘솟았다.

"잠깐만요. 역시 뭔가 이상해요."

"뭔가요?" 데시가와라가 물었다.

"사토네가 이오리에게 집착한 것, 그리고 히비키가 그를 이모에게 양보한 것도 기치세 이오리가 안면인식장애였기 때문이에요. 사토네는 화상 흉터가 이오리에게 표식이 된다고 기뻐했고, 그 화상을 입힌 책임을 느끼던 히비키는 속죄를 위해 사토네의 마음을 헤아렸죠."

"네. 그래서요?"

"하지만 없었는걸요. ……이모의 뺨에 화상 흉터 같은 건."

이모의 뺨에는 오십이 넘은 나이에도 주름이나 처진 피부 하나 없었고, 하물며 화상 흉터 같은 것도 없었다. 그런 것이 있었다면 시점 인물이 교체되었다는 사실을 즉시 알아차렸을 것이다.

이 의문에 데시가와라도 이미 도달해 있던 듯했다.

"지금 말씀하신 의문을 해소하는 에피소드가 이 작품에서 삭제된 게 아닐까. 저는 그렇게 결론을 내렸습니다."

"어째서 그렇게 생각하신 거죠?"

"작품 안에 그 근거가 될 만한 묘사가 있기 때문입니다."

그렇게 말해도 생각나는 것이 전혀 없다. 데시가와라는 갑자기 머리를 긁더니 말했다.

"……라고 말하는 것도 완전한 거짓말은 아니지만, 조금 멋을 부려봤어요. 사실 저는 사쿠라바 씨가 모르는 사실을 하나 알고 있습니다."

"제가 모르는 사실요?"

"앞서 말씀드린 것처럼 저는 《거울 나라》의 등장인물들에 관해 제가 할 수 있는 범위 내에서 최대한 조사했습니다. 가스미 히비키라는 인물이 실존 인물이라는 것도 이미 확인했고요. 예를 들어 어태커라는 그룹에 소속돼 예명으로 활동했던 것이나 아더 사이드에서 썼던 기명 기사 등을 찾았습니다."

40년이 지났지만, 찾을 수 있는 정보는 있었다는 말이다.

"하지만 말이에요. 가스미 히비키에 관한 정보는 본작에 그려진 시기를 경계로 딱 끊겨버렸어요. 신체이형장애를 비롯한 정신질환이나 정신의학에 관한 지식을 세상에 퍼뜨리겠다는 원대한 야망과 구가하라 유키히데에게 한 맹세를 마음에 품고, 좋아하는 사람을 뿌리치면서까지 아더 사이드 도쿄 본사로 이동했을 텐데 말입니다."

"네?" 나는 놀라지 않을 수 없었다. "그게 사실인가요? 우연히 찾지 못한 게 아니고요?"

"아니요. 그 이전 정보를 비교적 쉽게 찾을 수 있던 것에 비해 극히 부자연스럽게 단절됐습니다."

왜 그런 사태에 빠지게 된 것일까. 나는 입가에 손을 얹고 생각했다.

필명을 쓰게 된 것일까? 아니, 히비키가 화제가 된 블로그나 일련의 사건 당사자라는 사실은 기사를 퍼뜨리는 데 플러스로 작용했으리라. 필명을 쓰면 그 설득력은 확실히 줄어들게 된다. 그랬을 것 같지는 않다.

어떤 사정으로 인해 아더 사이드 도쿄 본사에서 일하지 못하게 되었나? 히비키가 본사로 이동하게 된 것은 본사에 인력이 필요했기 때문이지만, 후쿠오카 오피스 철수에 따라 직원 네 사람이 본사로 이동하게 되었고, 인력이 남아돌게 되었을 가능성도 있다. 네 사람 모두가 도쿄로 이주했다고도 생각하기 어렵지만, 그렇게 되면 구가하라 유키히데의 권유로 아더 사이드에 입사한 히비키에게 불똥이 튀어 회사를 그만둘 수밖에 없게 되었거나, 혹은 마음이 불편해서 퇴사하게 되었을 가능성도 부정할 수 없다.

혹은……. 내 상상은 더욱 나쁜 쪽으로 향했다.

가스미 히비키는 문장을 쓰지 못하게 될 정도로 끔찍한 비극을 마주하게 된 것이 아닐까?

구가하라 다쿠미는 죽기 직전까지 설마 300만 엔이나 되는 큰돈을 건넨 친형에게 살해당하리라고는 꿈에도 생각하지 못했을 것이다. 인생이란 전혀 예측할 수 없다. 히비키가 불합리한 운명에 휘말려 사회에서 사라졌다고 해도 나는 이상하다고는 생각하지 않는다.

결국 아무리 생각해도 답은 좁혀지지 않았다. 꽤 심각한 표정을 짓고 있었으리라. 내 얼굴을 보던 데시가와라가 웃음을 터뜨렸다.

"사람의 얼굴을 보고 웃다니, 무례하시네요."

"아, 죄송합니다. 그렇게나 고민하실 정도로 뜸을 들일 생각은 없었는데요. 아마 사쿠라바 씨의 상상은 틀렸을 겁니다."

"그 말씀은 가스미 히비키의 정보가 끊긴 이유를 데시가와라 씨는 알고 계시는 건가요?"

"네. 뭐 그렇게 대단한 건 아닙니다. 히비키와 사토네의 반전을 간파한 저는 약간의 아이디어를 토대로 히비키를 조사했습니다. 그리고 그녀의 소재를 알아냈습니다."

그 말의 의미를 이해한 순간, 나는 큰 안도감에 휩싸였다.

가스미 히비키는 살아 있다.

"그럼 가스미 히비키와 접촉하셨나요?"

"네. 제가 《거울 나라》 담당 편집자로서 인사를 드리고 싶다고 하자, 그녀는 흔쾌히 승낙했습니다. 다만, 조건이 하나있다고 했어요."

"조건이라고요?"

데시가와라는 몸가짐을 바로잡고 이쪽을 바라봤다.

"사쿠라바 씨, 《거울 나라》의 저작권을 상속 받은 당신이 동석해줬으면 한다더군요."

"제가요?"

뜻밖의 조건에 나는 당황했다.

"네. 승낙해주시겠습니까?"

"그건 상관없지만…… 약속은 언제인가요?"

"오늘입니다. 지금부터 약 한 시간 후인 오후 5시에 이쪽으로 오시기로 돼 있습니다."

아무리 그래도 이것은 한 방 먹었다.

"여기로 오신다고요? 집이 이 근처인가요?"

"아니요. 고향인 후쿠오카에 사신다지만, 그녀 쪽에서 말을 꺼냈어요. 교코가 살던 집을 보고 싶다고요."

겨우 이야기가 이어졌다. 나는 당연히 삭제된 원고 데이터나 프린트를 이 집에서 찾아야 한다고 생각했다. 그리고 그렇다고 한다면 기대는 할 수 없을 것이라고도.

하지만 그런 것이 아니었다. 데시가와라는 이 집에서 가스미 히비키와 만나기로 약속한 것이었다.

"알겠습니다. 그렇다면 서둘러 손님을 맞을 준비를 해야겠네요."

나는 몸을 일으켰다. 읽다 지쳤는지 그림책 위에 엎드린 다이시를 다시금 방석에 눕히고 준비를 시작했다.

약속 시각인 5시를 3분 정도 지났을 때, 인터폰이 울렸다.

바짝 마른 셔츠를 다시 입은 데시가와라와 둘이서 현관으로 향했다. 미닫이문을 열자, 문 앞에 선 여성이 느긋한 동작으로 인사했다.

흰색 바탕에 남색 꽃무늬 투피스로 몸을 감싸고 목에는 진주 목걸이를 했다. 깔끔하고 풍성한 회색 머리를 단발로 자르고, 발에는 뜨개질이 들어간 시원해 보이는 펌프스를 신었다. 작은 핸드백을 어깨에 메고, 손에는 A4 사이즈의 종이봉투를 들고 있었다.

그리고 그 얼굴은 자연스러운 60대다움이 묻어나오면서도 아름다웠다.

"어서 오세요. 마쓰시타 출판 문예편집부의 데시가와라 아쓰시입니다."

데시가와라가 마치 집주인인 것처럼 행동했다. 여성은 입을 열었다.

"처음 뵙겠어요.《거울 나라》에 등장하는 가스미 히비키가 바로 저랍니다."

"고가 교코의 조카, 사쿠라바 레이입니다. 이쪽으로 들어오세요."

나도 이름을 대며 히비키를 불러들였다. 그녀는 현관에서 펌프스를 벗으면서 말했다.

"약속에 늦어서 미안해요. 처음 오는 곳이라 길을 헤맸어요."

그 말과는 달리 나와 데시가와라는 약속 시각 몇 분 전에 집 근처까지 자동차가 올라오는 소리를 들었다. 남의 집에 방문할 때 일부러 몇 분 늦는 것이 매너라고 생각하는 사람이 있다는 사실을 나는 알고 있다.

방금까지 있던 다다미방에 히비키를 안내한 후, 차와 데시가와라가 준비한 과자를 대접했다. 이번에는 나와 데시가와라가 나란히 않고, 그녀와 마주하는 형태가 되었다. 다이시는 아직 방석 위에서 잠에 빠져 있다.

"다시 한번, 오늘은 후쿠오카에서 가마쿠라까지 먼 길을 와주셔서 정말 감사드립니다."

데시가와라가 고개를 숙이자 나도 따라 인사했다.

"그런 말씀 마세요. 이제 나이도 있고, 다리가 불편하다 보

548

니 이런 일이라도 없으면 좀처럼 움직일 일이 없거든요. 저도 두 분을 만나는 걸 기대하고 있었답니다."

"그렇게 말씀해주시니 저희도 한결 마음이 놓이네요."

"그녀의 장례식에도 참석하고 싶었지만요. 그 무렵에는 마침 부부가 같이 감기에 걸려 있었거든요. 추운 시기였으니까요."

"이모의 부고는 어디에서 들으셨나요?" 나는 죄송스러워하며 물었다. "본래라면 제가 연락을 드렸어야 했는데, 이모에게 히비키 씨에 관한 이야기를 들은 적이 없어서……."

"예전과 달리 지금은 자신이 사망했을 때 미리 등록해둔 상대에게 자동으로 연락이 가는 서비스가 있잖아요. 교코는 그 설정을 해둔 것 같았어요."

그렇구나. 그러고 보니 방명록에 연락한 기억이 없는 참석자들의 이름이 몇몇 있었다. 업무 관계자인가 싶었지만, 사전에 이모가 원해서 부고가 전달된 모양이다.

히비키는 집 안을 둘러보고는 말했다.

"그렇군요……. 교코는 이 집에서 말년을 보낸 거군요. 어쩐지 그리운 느낌이 들어요. 그녀가 옛날에 살던 집과 비슷해서요."

이렇게 훌륭하지는 않았지만요, 라고 말하며 히비키는 장난스럽게 웃었다.

"정말로《거울 나라》에 적힌 그대로이시네요."

내 물음에 히비키는 부드러운 말투로 답했다.

"일련의 사건에 관해서는 거의 사실이에요. 물론 제 시점으로 적혀 있으니, 그녀의 상상력으로 보완한 부분도 있지만요. 다만 너무 사실과 동떨어진 부분에 대해서는 수정해 달라고 했죠."

그녀는 생전의 이모와 계속 교류했고, 《거울 나라》의 원고 또한 이미 읽은 것이다.

"교코가 죽기 1년쯤 전의 일이었어요. 갑자기 후쿠오카에 사는 저한테 교코가 찾아왔어요. 놀란 저를 보고 그녀는 말했죠. '이제 남은 날이 많지 않다'라고요."

이모가 말년에 후쿠오카를 방문한 사실을 나는 듣지 못했다. 본인이 비밀로 하고 싶었던 것이리라.

"그때까지는 왕래가 없으셨던 건가요?"

내가 묻자 히비키는 딱 잘라 말했다.

"인연이 끊겼다고 생각한 적은 한 번도 없어요. 우리는 강한 유대감으로 묶여 있었어요. 하지만 각자의 삶이 있으니까요."

"그러시군요."

"당시에는 아직 간신히 먼 길을 나설 정도의 체력은 남아 있던 거겠죠. 우리는 많은 이야기를 나눴어요. 그러던 중, 교코가 너무 아쉽다는 듯 '유작을 쓰고 싶지만, 더는 신작을 쓸 만큼의 기력과 체력이 없어'라고 한탄했어요."

후쿠오카까지 먼 길을 갈 체력은 있는데? 하고 나는 의문을 느꼈다.

"선생님은 신작을 쓸 때마다 정신적으로 매우 힘들어하셨으니까요. 스스로 일절 타협을 용납하지 않는 분이셨어요."

하지만 데시가와라가 납득하기에 그런 거구나, 하고 생각을 고쳐먹었다.

"교코는 정말로 괴로워 보였고, 저도 그걸 보는 게 힘겨웠어요. 그때였죠. 문득 떠올라서 제가 그녀에게 권유했어요. '그 소설, 내면 되잖아?' 하고요."

"그게 《거울 나라》인가요? 그렇다면 원고를 읽은 건 그 이전이라는 말씀이네요."

내 확인에 히비키는 끄덕였다.

"그 사건에서 석 달도 지나지 않았을 무렵, 교코는 《거울 나라》를 90퍼센트 정도 완성했어요. 그 무렵 저도 읽어봤지만, 사실에 기반하고 있다고는 해도 도저히 아마추어의 작품으로는 보이지 않는 훌륭한 작품이었어요. 하지만 결국 그녀는 그걸 세상에 내놓지 않았죠."

"그건 왜죠?"

"사건이 있고 얼마 지나지 않았던 터라, 관계자의 향후 인생에 지장이 생길 수 있기 때문이었어요."

바로 납득이 갔다. 그만큼 상세하게 적으면, 고유명사를 바꾸는 정도로는 속여 넘길 수 없으리라.

"애초에 교코 자신이 방송으로 소동을 일으킨 장본인이었잖아요. 작품의 완성도가 좋고 나쁨을 떠나서 색안경을 끼고 보는 사람이 나타나거나 과거의 이슈가 재발하는 건 피할 수 없을 것 같았죠. 그녀는 입으로는 자신은 어떻게 되든 상관없다고 강하게 말했지만, 내심 매우 겁을 내고 있다는 사실이 빤히 보였어요."

정신적으로 불안정해져서 약물을 과다 복용한 이력이 있는 여성이다. 정신의 병은 쉽게 완치되거나, 완치된 후 두 번 다시 재발하지 않는다고 단정할 수 없는 법이다. 모처럼 히비키나 이오리 덕에 다시 일어섰는데, 다시 상태가 나빠지지는 않을까 이모는 두려워한 모양이다.

"그리고 또 하나, 교코가 걱정하던 게 있었죠. 그건 제 잘못이 세상에 드러나는 것이었어요."

"잘못이라 하시면…… 아로마 캔들에 관한 건인가요? 하지만 그건 거실로 돌아간 무로미 선생님께도, 불이 난 걸 보고도 끄지 않은 구가하라 유키히데에게도 책임은 있었고, 히비키 씨 혼자서 책임질 일은 아니라고 생각하는데요."

정론을 말하는 데시가와라의 눈을 히비키는 잠시 가만히 바라봤다.

"당신의 말이 무슨 뜻인지는 잘 알겠어요. 하지만 저는 그날 캔들을 교코의 집에 가지고 가지 않았다면 화재가 일어나지 않았을 것이다, 구가하라 유키히데가 사람의 길을 벗어나지 않았을지도 모른다는 생각을 멈출 수가 없었어요."

데시가와라는 침묵했다. 그것이 인간의 심리라는 점을 이해하기 때문이다.

"제가 강하게 자책하면 할수록 교코가 거기에 책임을 느끼게 된다는 점을 저는 잘 알았어요. 그래서 저는 각오를 굳히고, 저와 관련된 일은 뭐든 공표해도 된다고 그녀에게 말했죠. 하지만 교코는 그걸 받아들이지 않았어요."

말을 매조지하려는 듯, 히비키는 처음으로 차를 입에 가져다 댔다. 그러고는 말을 이었다.

"최종적으로 그녀는 《거울 나라》를 습작으로 삼고 외부에는 발표하지 않겠다고 결론을 내렸어요. 자신의 목표를 이루기 위해서는 반드시 이 작품일 필요는 없다면서요. 물론 저는 그녀가 열정을 쏟아 완성한 이렇게 훌륭한 작품이 빛을 보지 못하는 게 아쉽다고 생각했지만, 교코의 마음이 우선이기에 그녀의 판단을 지지했답니다."

그리고 《거울 나라》는 40년이나 되는 긴 세월 동안 봉인되었다.

그 시점에서는 궤변에 불과했을지 모르지만, 습작이라는 표현이 적절했다는 사실은 그 후 무로미 교코의 활약을 보면 명백하다. 그녀는 20대에 미스터리 신인상을 받았고, 곧장 베스트셀러 작가의 반열에 올랐다. 《거울 나라》를 집필한 경험은 틀림없이 다른 작품에 도움이 되었을 것이다.

"지금 생각하면 당시의 교코에게는 그게 최고의 선택이었던 것 같아요. 신인상을 받은 후에도 복면 작가로서 활동할 정도로 그녀는 신중했으니까요. ……하지만 그로부터 40년이 지나, 관계자도 다들 늙었죠. 이제 유작이 세상에 나온다고 해서 죽음을 앞둔 그녀가 세상의 시선에 시달릴 일도, 지금 어디에서 무엇을 하는지도 모르는 구가하라 유키히데의 복수를 두려워할 일도, 할머니가 된 제가 이제 와서 죄의식에 괴로워할 일도 없죠.《거울 나라》를 유작으로 삼으라는 제 제안에 교코는 알겠다며 솔직히 응했습니다. 마치 그렇게 하기로 미리 마음먹고 있었던 것처럼요."

그리하여 《거울 나라》는 40년의 봉인을 풀고 유작으로 내 손에 맡겨지게 된 것이다.

"하나 여쭙고 싶은 게 있는데요."

데시가와라가 말하자, 히비키는 "네, 말씀하세요"라고 끄덕였다.

"앞서 '자신의 목표를 이루기 위해서는 반드시 이 작품일 필요는 없다'라고 선생님이 말씀하셨다고 했죠. 여기서 말하는 선생님의 목표란 도대체 무엇이었나요? 아마 단순히 소설가가 되는 건 아니었을 것 같은데요."

그러자 히비키는 옆에 놓아두었던 종이봉투를 손에 들어 탁자 위에 내밀었다.

"그건 이걸 읽어보면 알 수 있을 거예요."

"이건 뭔가요?"

"교코가 삭제한 《거울 나라》의 마지막 장면의 진짜 원고예요."

순간 나는 벼락이라도 맞은 것처럼 몸을 부르르 떨며 중얼거렸다.

"진짜 있었구나……."

삭제된 에피소드는 실존했다. 데시가와라의 예상은 맞았다. 하지만 그도 히비키가 그 원고를 가지고 있다고는 듣지 못한 듯했다. 그는 서둘러 원고를 읽고 싶어서 안달이 난 모습으로 봉투를 손에 들고 홀린 듯 바라보면서 물었다.

"어떻게 히비키 씨가 이걸?"

"후쿠오카에서 만나고 몇 달 뒤, 교코에게 전화가 걸려왔어요. 그녀는 저에게 이렇게 말했죠."

《거울 나라》의 마지막 장면은 조금 잘라내기로 했어."

"저는 놀라서 그건 안 된다며 반대했어요. 하지만 그녀의 마음은 이미 정해진 듯 보였어요. 그 이유를 간곡하게 설명했고, 그 말을 들은 저도 결국 물러날 수밖에 없었답니다."

"선생님은 뭐라고 설명하셨나요?"

"가장 큰 이유는 소설로서 아름답지 않기 때문이라고 했어요. 그 작품을 집필했을 때는 아직 미숙해서 하나에서 열까지 다 써버렸지만, 《거울 나라》는 거기에서 끝나는 게 최선이라고요."

이모는 프로로서 작품의 완성도를 최우선으로 삼았다. 그것은 소설가가 아닌 히비키로서는 반론할 수 없는 일이다. 그리고 내 눈에도 《거울 나라》의 마지막은 그 이상은 없다는 생각이 들었다.

"또 하나의 이유는 제목에 있어요. 과거 자신이 붙인 《거울 나라》라는 제목에 교코는 강한 불만을 품고 있는 듯했어요. 말하기를 '당시에는 좋은 제목이라고 생각했지만, 지금 보니 핀트가 어긋났더라'라면서. 신체이형장애가 아니라 안면인식장애에 관한 단어라는 점과 40년 전에 발표한 경우와는 달리 작가와 화자가 뒤바뀐 걸 독자가 깨달을 수 없다는 점이 마음에 걸린다고."

나는 데시가와라의 혜안에 혀를 내둘렀다. 그는 단어 선택에 관해 이모와 같은 불만을 품었을 뿐 아니라, 작가 스스로가 독자로서는 알아차릴 수 없다고 생각했다는 점까지 간파한 것이다.

"이 불만을 해소하려면 제목을 바꾸던가, 아니면 《거울 나라》라는 제목을 보다 견고하게 만드는 수밖에 없다고 그녀는 말했어요. 그리고 전자라면 어렵지만, 후자라면 아이디어가 있다고요. 그게 바로 《거울 나라의 앨리스》에 빗대어 에피소드를 삭제하는 것이었죠."

"겨우 이해했습니다. 선생님이 왜 에피소드를 삭제하면서도 그 존재를 작품 속에 암시하는, 평소의 선생님답지 않은 어설픈 행동을 취했는지 말이죠."

데시가와라는 의기양양한 얼굴로 말했다.

"선생님은 마지막을 잘라낸 현재 상태야말로 《거울 나라》의 완성형이라고 확신했죠. 그렇게 하는 이상, 삭제한 에피소드가 있다는 사실을 독자에게 명확하게 알려서는 안 되죠. 《거울 나라》는 미완성 작품이라는 잘못된 인상을 줄 수도 있으니까요."

확실히 그런 정보는 작품을 맛보는 데 잡음이 될 수 있다. "있으면 공개해라, 신경 쓰인다"라고 반발하는 독자가 적지 않을 것이다.

"하지만 동시에 선생님은 《거울 나라》라는 제목이 네 가지 의미를 담고 있는 것, 즉 사중 의미라는 점을 어떤 형태로든 알리지 않을 수 없었습니다. 그렇지 않으면 본인이 말하는 '핀트가 어긋난' 제목에 머무르게 되니까요."

삭제된 에피소드에 관해 명시할 수는 없지만, 삭제된 에피소드의 존재를 암시하지 않으면 사중 의미는 결코 전해지지 않는다. 양자는 명백하게 모순된다.

"이 모순을 선생님이 어떻게 해결했는가. 평범하게 읽으면 《거울 나라》라는 제목의 네 가지 의미를 깨달을 수 없지만, 주의 깊게 읽으면 그 사실을 알 수 있도록 공정하게 복선을 깔아둔다. 그렇게 작가가 독자에게 선보이는 비밀 수수께끼라는 형태로 작품 속에 넣기로 한 것이군요."

네 곳으로 금이 간 표지의 거울을 바라보며 나는 생각했다.

데시가와라의 생각대로라면 무로미 교코의 의도는 성공했다고 봐도 좋다.

왜냐하면 《거울 나라》의 사중 의미를 올바르게 독해한 인간이 적어도 이 세상에 한 명, 지금 내 옆에 있기 때문이다.

"당신, 정말로 그 괴팍한 교코의 생각을 손에 쥐듯 이해하고 있군요. 교코를 꽤 좋아하셨나 봐요."

히비키가 살짝 박수를 보내자, 데시가와라는 뒤통수에 손을 가져다 댔다.

"아, 부끄럽네요. 담당이 되고 얼마 되지 않았을 때는 작가를 향하는 것 이상의 눈빛을 무로미 선생님께 향한 시기도 있었습니다. 저 또한 젊었으니까요."

그건 의외의 고백이었지만, 덕분에 그가 지금까지 무로미 교코에 집착할 수밖에 없었던 이유를 알 것 같았다.

데시가와라가 무로미 교코의 담당이 된 20여 년 전, 그는 아직 신출내기 편집자였다. 그런 그를 이미 베테랑이 되어가던 스무 살이나 많은 이모가 귀여워한 것이다. 두 사람 사이에 직접적인 뭔가가 있었을 것 같지는 않지만, 청년의 눈빛에 담긴 의미를 이모가 깨닫지 못했을 것이라고는 생각하기 어렵다. 분명 이모는 이모대로 데시가와라에게 특별한 마음을 품고 있었으리라.

분위기가 느슨해진 참에 히비키가 본론으로 돌아갔다.

"저는 교코의 발상에 감탄했기에 마지막 부분을 삭제하는 걸 받아들였지만, 대신 조건을 제시했어요."

"조건이요?"

"삭제할 예정인 원고를 저에게 맡겨달라고요. 그렇게 주장해서 교코의 동의를 얻었습니다."

그래서 지금 여기에 이 종이봉투가 있는 것이다.

"드디어 이걸 확인할 때가 온 것 같군요. 자, 먼저 읽어보세요."

데시가와라가 봉투를 내게 넘겼다.

"괜찮으신가요?"

"당연합니다. 저작권자는 사쿠라바 씨니까요. 게다가 저는 이미 그 원고의 내용을 대강 짐작하고 있습니다."

나는 봉투의 끈을 풀고 그 안에서 원고가 인쇄된 얇은 종이 뭉치를 꺼냈다. 다이시는 여전히 잠든 채였고, 가마쿠라의 저택에는 고요함이 퍼져 있다.

나는 《거울 나라》의 삭제된 마지막 장면을 읽기 시작했다.

그것은 언젠가 본 광경과 꽤 닮아 있었다.

이제 두 번 다시 돌아오지 않을 광경이다.

히비키는 공원 밖으로 발걸음을 옮기려 했다.

"기다려, 히비키."

오늘은 참 이름이 많이 불리는 날이네.

돌아본 히비키는 자신이 보고 있는 광경이 믿기지 않았다.

"사토네……, 왜 여기에."

이오리 옆에 마스크 차림의 사토네가 서 있었다.

그녀는 히비키 쪽으로 한 발씩 거리를 좁혔다.

그러고는…… 히비키의 뺨을 때렸다.

"뭐 하는 거야!"

항의하는 히비키에게 사토네는 분노를 드러냈다.

"너무하잖아, 히비키. 이오리의 마음을 마주하지도 않고 이런 방식으로 도망치다니, 너무 못됐어! 어제 이오리에게 들었어. 너, 이오리에게 나와 마주해야 할 때가 오면 제대로 마주하라고 말했다며? 그래놓고 어떻게 이런 짓을 할 수 있어?"

"나는 사토네를 생각해서……."

"하나도 기쁘지 않아!"

사토네의 눈가에서 눈물이 흘러 마스크에 스며들었다.

"나는 이오리를 좋아했어. 나한테는 이오리가 필요했으니까. 하지만 히비키와는 정정당당하게 승부하고 싶었어. 이런 결말은 바라지 않았다고."

"그렇게 말해도……. 사토네도 이오리의 고백을 방해하려고 했잖아."

"눈앞에서 고백하겠다는 뉘앙스를 풍겼는데 가만히 있을 수는 없잖아! 두 사람이 다른 날에 다시 만나서 이야기를 하는 것까지 간섭할 생각은 없었단 말이야!"

진지하게 화를 내는 사토네를 보고 있자니, 히비키는 자기도 모르게 웃음이 터져 나왔다.

"미안. 듣고 보니 그렇네."

"왜 그런 기미도 알아채지 못한 건데! 바보, 히비키!"

사토네는 화를 내면서 울었다. 그 뒤에서 이오리가 천천히 다가왔기에 히비키는 고개를 숙였다.

"이오리, 미안. 이런 짓은 하지 말았어야 했는데."

그러자 이오리가 불편한 듯 말했다.

"나도 마찬가지야. 나도 히비키를 속였으니까."

"어?"

무슨 말인지 몰라 당황해하는 히비키를 보고 이오리는 쓴웃음을 지었다.

"히비키, 아무리 내가 안면인식장애라고 해도 그렇게 가까운 거리에서 그만큼 대화하면 아무리 그래도 누구인지 알 수 있어. 헤어스타일에 더해 목소리 톤까지 바꾼 것에는 놀랐지만."

얕은 생각을 했던 자신을 생각하자, 히비키는 뺨이 달아올랐다.

"다만 히비키가 나에게 다른 사람인 것처럼 보이고 싶어하는 것 같기에, 이건 차인 것이나 다름없다고 생각해서 포기한 채 연기한 거야. 그래도 내 마음만큼은 어떻게든 전하고 싶었거든."

"그 사람을 정말, 정말 좋아했어요."

그에 대해 자신은 무슨 대답을 했던가. 떠올리자, 히비키는 더더욱 뺨이 뜨거워졌다.

"히비키, 왜 이런 짓을 한 거야?"

캐묻는 사토네에게 더는 거짓말을 하고 싶지 않았다. 히비키는 말했다.

"그 화재가 방화가 아니라는 사실을 알고 다시금 사토네의 화상이 내 탓이라는 사실을 알았을 때…… 나는 이오리가 사토네 곁에 있어주면 좋겠다고 생각했어. 그렇게 되게끔 만드는 게 사토네에 대한 최소한의 속죄가 됐으면 해서."

"내 마음은 어떻게 되는 건데?"라고 이오리가 물었다.

"미안. 내가 너무 내 멋대로 굴었지. 그것도 알고 있었어. 그래도 내가 사라지기만 하면, 이오리의 마음도 자연스레 사토네에게 향하지 않을까 했어."

사토네가 후우, 하고 숨을 내쉬었다.

"15년 전의 화재, 대체 언제까지 책임감을 느낄 셈인데? 싸웠을 때 닥치는 대로 말하다가 나도 모르게 아이돌이 되는 꿈을 빼앗겼다고 말한 건 사과할게. 그래도 히비키는 그 후 약물을 과다 복용한 나를 살려줬고, 구가하라 유키히데에게서 지켜줬잖아. 히비키의 재치가 없었다면 내 뺨에는 새로운 상처가 생겼을 거야. 목숨도 어떻게 됐을지 모르고."

그 긴박했던 순간의 히비키의 결의를 사토네는 제대로 알아차려줬다.

"그럼…… 왜 그때 내 눈을 쳐다보지 않은 건데?"

히비키의 그 물음에 사토네는 깜짝 놀란 모습을 보였다.

"구가하라 유키히데에게 사토네의 화상은 내 탓이란 말을 들었을 때, 사토네는 그걸 부정하기는커녕 사과하려는 나를 외면했잖아. 그래서 나는 미움받았다고, 우리 우정은 이제 끝났다고 느꼈어. 그 후로도 전혀 연락해주지 않았고."

고개를 숙인 사토네는 조금 전의 기세를 완전히 잃어버린 상태였다.

"미안……. 그건 히비키가 미워서가 아니야. 그와는 반대로 히비키를 마주할 면목이 없어서였어."

의외의 말에 히비키는 캐물었다. "무슨 의미야?"

"히비키는 줄곧 내게 미안함을 느끼고 있었던 것 같지만, 오히려 나도 미안함을 느끼고 있었으니까."

"화상을 입게 만든 죄를 짊어지게 한 것에 대한 미안함 말이야?"

"아니야."

사토네가 왜 미안한지, 그 이유를 히비키는 전혀 상상할 수 없었다.

"전에도 잠깐 말했지만. 내 화상 흉터는 기술적으로는 얼마든지 치료가 가능한 거였어."

"레이저 같은 거 사용하면 꽤 깔끔해진다더라. 돈도 수십만 엔밖에 안 들고."

"나는 물론 그걸 알고 있었고, 실제로 시술을 받으러 가기도 했어. 하지만 공포를 견딜 수 없어서 도망쳤지. 화상 흉터만 없애면 히비키의 죄의식도 함께 없앨 수 있을 텐데."

"그래도 그건 어쩔 수 없는 일이잖아. 얼굴에 열기를 느끼면 참을 수 없을 정도로 트라우마가 돼버렸으니까."

"어쩔 수 없지 않아."

사토네는 단호하게 말했다.

"히비키는 자신의 병과 마주하고 약을 먹고 극복했어. 지금 히비키의 헤어스타일에는 히비키의 용기가 담겨 있어."

히비키는 땋아 올린 앞머리를 더듬었다.

"그에 반해 나는 언제까지고 무서워하며 도망치기만 했을 뿐이야. 사실 진정제를 맞는다든가 하는 방법이 얼마든지 있었을 텐데 말이야. 히비키와 재회한 후 나는 그게 계속 미안했어."

몰랐다. 사토네가 그런 식으로 느끼고 있었다니.

히비키가 아무 말도 하지 못하고 있자, 사토네는 마스크를 벗었다.

"이것 좀 봐."

사토네의 뺨을 보고 히비키는 숨을 삼켰다.

"사토네, 그거……."

"어제 레이저 치료를 받았어."

사토네의 화상 흉터는 빨갛게 부어 있었다.

"아직 한 번 받았을 뿐이니까 그다지 깨끗해지진 않았지만, 반년에서 1년 정도 치료를 계속하면 거의 티가 나지 않을 거라더라."

최근 거의 쓰지 않았던 마스크를 사토네가 오늘 쓰고 있던 이유를 히비키는 겨우 알게 되었다. 부기가 가라앉지 않아 마스크로 가릴 수밖에 없었던 것이다.

"……괜찮았어?"

물을 필요도 없는 것을 묻는 히비키에게 사토네는 웃으며
답했다.

"실은 나, 히비키와 재회하고 나서 줄곧 얼굴에 열기를 느
끼는 훈련을 했거든."

"훈련?"

"쓰노시마에서 바비큐를 한 것도 그중 하나야. 그리고 담
배를 피워보기도 했고. 담배를 피우는 친구에게 처음이어도
피우기 쉬운 담배를 알려달라고 했지. 좀처럼 생각만큼 피
우지는 못했지만."

히비키는 사토네에게 속아서 방송에 출연한 날에 본 광경
을 떠올렸다. 그녀의 집 베란다에 장초가 잔뜩 꽂힌 재떨이
가 있었다.

그렇구나. 히비키는 이제야 깨달았다.

구가하라 유키히데와 직장의 흡연실에 갔을 때, 그가 다
피운 담배는 짧아져 있었다. 하지만 사토네의 집 재떨이에
꽂혀 있던 것은 딱 보기에도 장초뿐이었다.

다 피운 담배는 당연히 짧아진다. 그것은 사토네가 열기에
익숙해지기 위해 담배를 피우고자 했고, 몇 번이나 실패한
흔적이었다.

비흡연자이기에 그런 것도 알지 못했다. 역시 자신은 논리
적 사고가 부족한 듯하다고 히비키는 한심하게 생각했다.

"그렇게 머지않은 미래, 내 화상 흉터는 사라질 거야. 그러니 히비키가 책임감을 느낄 필요도 없고, 안면인식장애라는 이유로 내가 이오리를 필요로 하는 일도 없어지겠지. 이걸로 두 사람의 조건은 동등해졌어."

그러더니 사토네는 이오리의 등을 두드렸다.

"이오리, 다시 한번 제대로 히비키에게 마음을 전해. 그런 엉터리 같은 방식 말고."

"사토네, 오늘도 방해할 생각으로 여기 온 거 아니었어?"

"너 말이야." 사토네가 다시금 히비키를 때리려고 했다. "오늘, 히비키를 만나러 가라고 이오리의 등을 떠민 건 나야. 그래서 히비키가 말도 안 되는 이유로 거절했을 때를 대비해 나도 바로 저기에 숨어 있었어. 그래서 레이저 치료도 무리해서 날짜를 맞춘 거야."

사토네는 진심으로 화를 내고 있는데, 히비키는 그만 웃고 말았다.

우리 우정에 끝 같은 것은 오지 않았다.

왜냐하면 사토네는 이렇게나 나를 좋아하니까.

히비키 앞으로 이오리가 다가왔다.

그 진지한 표정을 히비키는 바라봤다.

똑바로 자신을 향한 눈을.

뾰족한 코를.

얇은 입술과 그 오른쪽 위에 있는 점을.

사춘기 소년을 연상케 하는 섬세하고 아름다운 얼굴을.

아니, 아니다.

겉모습이 아니라 기치세 이오리라는 인간의 진짜 모습을 히비키는 바라봤다.

"히비키."

과거, 이 공원에서 부른 것과 같은 느낌으로 이오리는 히비키의 이름을 불렀다.

"좋아해. 나랑 사귀지 않을래?"

망설임은 없었다. 이오리가 그 한마디를 입에 담는 순간, 히비키는 지금까지 억눌렀던 격한 감정이 밀려 올라오는 것을 자각했다.

"나도 이오리를 좋아해."

이오리가 히비키를 힘차게 껴안았다. 히비키의 뺨에 눈물이 흘렀다.

그 위로 사토네가 두 사람에게 팔을 두르고 말했다.

"다행이야. 히비키도, 이오리도 정말 다행이야."

"왜 사토네가 우리보다 더 우는 건데."

"왜냐면, 너무 기쁘잖아……."

깨닫고 보니 세 사람 다 눈물로 얼굴이 엉망진창이었다.

아이들이나 보호자들의 시선이 신경 쓰여서 히비키 일행은 몸을 떼어냈다. 그러고 나서 히비키는 말했다.

"나, 슬슬 가야 해. 비행기 시간에 늦겠어."

"그러게. 쓸쓸하지만……."

이오리의 말에 뒷머리가 당기는 느낌이 들었지만, 히비키에게는 멈춰 설 수 없는 이유가 있었다.

"어쩔 수 없어. 나, 구가하라 유키히데에게 맹세했으니까."

"당신에게 들은 이야기를 바탕으로 신체이형장애에 관한 기사를 쓸 거야. 기획이 통과되지 않으면 논픽션이 아니라 픽션의 형태여도 좋아. 어떤 형태로든 반드시 글로 써서 세상에 물을 거야. 나나 당신처럼 정신질환으로 고통받는 사람을 한 명이라도 더 많이 구하기 위해."

"그건 지금의 내 꿈이기도 해. 그러기 위한 가장 빠른 길은 아더 사이드 본사에 가서 열심히 일해서 기획안을 통과시키는 거야. 구가하라 유키히데의 권유로 들어간 회사니까 가시방석이랄 건 빤히 보이지만……. 그리고 도쿄에는 친구도 전혀 없어서 불안하고, 무엇보다 두 사람을 언제든 만날 수 없게 되는 것도 괴롭지만……."

점차 본심이 흘러넘쳐서 히비키의 말은 웅얼거림처럼 바뀌었다.

그때, 사토네가 입을 열었다.

"저기 말이야, 히비키."

"응?"

"그 꿈, 내가 뺏어도 될까?"

그 자극적인 발언에 히비키는 깜짝 놀랐다.

"삿짱, 갑자기 무슨 말이야?"

이오리도 놀란 듯했다.

"히비키는 내 아이돌이 된다는 꿈을 빼앗았다는 죄책감에서 본인이 대신 아이돌이 됐잖아. 진심으로 아이돌이 되고 싶었던 것도 아닌데."

"솔직히 말하면 그렇지. 나, 당시에는 소설가가 되고 싶었으니까."

"지금 히비키는 꿈을 위해서라고 스스로에게 다짐하며 여러 가지 것들을 참으며 도쿄에 가려고 하고 있어. 그렇게 하지 않으면 구가하라 유키히데에게 한 맹세를 이룰 수 없으니까."

비록 상대가 살인범이고 마지막의 마지막까지 히비키에게 죄책감을 다시 심어준 사람이라고 해도, 둘 다 신체이형장애로 고생하며 소중한 시간을 함께 보낸 것은 사실이다. 한번 입에 담은 맹세를 히비키는 거스를 수 없게 되었다.

"근데 말이야. 히비키의 진짜 꿈은 신체이형장애를 비롯한 정신의학 지식을 스스로 세상에 알리는 게 아니잖아. 신체이형장애를 비롯한 정신의학 지식이 세상에 널리 알려지는 거지. 히비키가 도쿄에서 애쓰는 것보다 더 효과적인 방법이 있다면, 반드시 히비키 본인이 그걸 이뤄야 할 필요는 없지 않을까? 안 그래?"

"뭐, 그건 그렇지만……."

"그렇다면 그거, 내가 하게 해줘. 히비키는 나 대신 아이돌이 됐지만, 나야말로 어린 시절의 히비키의 꿈을 빼앗은 것이나 다름없는데, 여전히 빼앗은 채인 그대로니까. 그러니내가 하게 해줘. 히비키가 더는 누군가와의 약속에 얽매인삶을 살지 않았으면 좋겠어."

사토네가 히비키의 어린 시절 꿈에 대해 그런 식으로 느끼고 있었다는 점도 히비키는 상상조차 하지 못했다. 사토네에 관해 잘 안다고 생각했지만 사실 자신밖에 생각하지않았구나, 하고 깨닫게 되었다.

"사토네는 어떤 형태로 글을 쓰려고 하는데?"

진지한 질문에 사토네는 후훗, 하고 의미심장하게 웃었다.

"실은 나, 무직이 된 후부터 남아도는 시간을 활용해서 이번 일련의 사건을 소설 형식으로 쓰고 있어."

"어? 정말?"

"응. 뭐랄까……, 이런저런 큰일을 겪어서 쓰는 것 말고는견딜 방법이 없다는 느낌이 들었거든. 생각해봐. 히비키도블로그에 글을 썼잖아."

"아마 글쓰기 말고는 과거를 극복할 수 없었던 거겠지."

사토네는 히비키의 가슴속을 그런 식으로 헤아리고 있었다. 사토네 자신도 그런 사람이었다.

"처음에는 나를 위해서였는데, 쓰다 보니 점점 보람이 느껴지더라. 원래부터 소설을 읽는 건 좋아했으니. 뭐, 방송으로 소동을 일으킨 탓에 민얼굴도 들켰고 더는 얼굴 노출은 하고 싶지 않은데, 소설가라면 그래도 일할 수 있지 않을까 생각하게 됐어. 글을 쓰기 시작했을 때만 해도 설마 사건이 그런 결말을 맞이할지는 생각지도 못했지만 말이야. 내가 진상에 다다를 수 있던 건 집필을 위해 정보를 정리하고 있었기 때문이기도 해."

그 고백에 히비키는 사토네의 몇 가지 발언을 떠올렸다.

"최근에는 온종일 컴퓨터 앞에 앉아 있으니 조금은 몸도 움직이고 싶고."

"언젠가 반드시 다 까발려주고 말 거야."

"나도 도쿄에 갈까 봐. 취직만 할 수 있으면 그쪽이 더 일하기 쉬울 테고."

"온종일 컴퓨터만 보다 보니 지쳐서 기분 전환이라도 하려고."

이 모든 것은 전부 사토네가 소설가를 목표로 소설을 쓰기 시작했다는 사실을 암시하고 있었다.

"그 원고가 이제 곧 완성될 것 같으니, 우선 히비키가 읽어줬으면 해. 그리고 내가 소설가로 해나갈 수 있을지 판정해줘. 아마 여러모로 깜짝 놀랄 거야."

그 태도를 보는 것만으로도 히비키는 확신했다.

사토네는 진심이다. 그 총명한 두뇌를 살려서 분명 나보다 훨씬 뛰어난 문장을 쓰리라.

"알았어. 나, 도쿄 가는 거 그만둘게."

히비키가 담담하게 말하자 이오리는 또 한 번 놀랐다.

"정말 괜찮은 거야?"

"응. 왜냐하면 두 사람 옆에 있고 싶거든. 만약 사토네의 문장력이 형편없다면 그때는 내가 회사의 힘을 빌리지 않고 처음부터 다시 시작할 거야. 블로그 글로 화제가 된 것처럼 말이야."

"하, 말도 참 잘해! 뭐, 두고 보라고. 울상을 짓게 만들어줄 테니까."

두 사람은 서로를 보며 깔깔대며 웃었다. 그 후에 히비키가 말했다.

"아……, 이걸로 나도 훌륭한 백수가 됐네."

"혹시 괜찮으면 우리 가게에서 일하지 않을래? 히비키, 카페 아르바이트 경력이 길었다고 했으니 즉시 전력이 될 것 같은데. 일단 일당이라도 벌면서 하고 싶은 일을 찾으면 되잖아."

이오리의 매력적인 제안에 히비키는 고민 없이 올라탔다.

"괜찮아? 그럼 신세 좀 져볼까?"

"오케이. 구마가이 씨한테 말해둘게."

"아니, 일하는 도중에 시시덕거리진 말아줘. 술맛 떨어지니까."

"안 해, 그런 거."

세 사람은 장난치며 추억이 담긴 공원을 뒤로했다.

그것은 언젠가 본 광경과 꽤 닮아 있었다.

두 번 다시 돌아오지 않을 것 같았던 그 광경 속에서 땋아 올린 히비키의 앞머리는 햇살을 받아 반짝반짝 빛나고 있었다.

〈끝〉

"……다행이다."

생각하는 것보다 먼저 입 밖으로 튀어나왔다.

데시가와라의 예상대로였다. 이모의 뺨에 화상 흉터가 없었던 것은 레이저 치료를 받았기 때문이었다. 그 복선은 작품 속에 바비큐와 피우다 만 장초라는 형태로 깔려 있었다. 그리고 그 결말까지 꿰뚫어봤기에 그는 나의《거울 나라》에 대한 감상, 즉 이모에 대한 인상이 달라질지도 모른다고 예언했다.

내가 원고 뭉치를 탁자에 놓자, 기다릴 수 없다는 듯이 데시가와라가 그것을 집어 들었다. 빙그레 미소 짓는 히비키를 향해 나는 말했다.

"대단원에서 감동했어요. 독후감이 180도 바뀌는 결말이었어요."

"그렇죠? 교코는 이 에피소드를 넣으면 친구에 대한 자신의 배려심을 과시하는 것 같아서 싫다고 말했지만요."

그것은 그야말로 가스미 히비키가 이모라고 믿고 《거울 나라》를 읽은 내가 처음에 품은 느낌 그대로였다. 하지만 이모는 오히려 과시하기 싫어하는 사람이었다.

아마 데시가와라도 감동할 거라고 생각했지만, 그는 다른 감상을 품은 듯했다. 베테랑 편집자다운 속도로 순식간에 원고를 전부 읽고 난 뒤 그는 말했다.

"실화니까 이런 말을 하는 게 우스꽝스러울지도 모르겠지만, 제가 보기에는 너무 깔끔하게 정리돼 있어서 오히려 꾸며낸 이야기처럼 보였습니다. 소설로서는 촌스럽다고 해야 할까요? 저는 이 마지막 장면을 삭제해야 한다는 선생님 생각에 동의합니다."

하지만 지금의 나는 그의 생각에 편견이 깔려 있다고 생각한다. 데시가와라는 무로미 교코에게 심취해 있었다. 작품을 만드는 도중에 의견을 제시한 적은 있더라도, 무로미 교코가 최종적으로 확신에 차서 판단을 내린 것이라면 그는 그것을 지지할 것이다.

"사쿠라바 씨."

히비키에게 이름이 불려 나는 자세를 바로잡았다.

"데시가와라 씨에게 들었어요. 당신, 《거울 나라》를 읽고 교코를 싫어하게 됐다고요."

"네. 이모의 추악함이 결말에 드러난다는 완전히 잘못된 인식에서 비롯된 거지만요……. 그게, 저는 가스미 히비키가 이모라고 생각했거든요."

히비키는 숨을 내쉬고 말을 이었다.

"《거울 나라》에도 기재된 것처럼 어렸을 때 저는 언니와 사이가 좋지 못했고, 30대 중반이 돼서야 겨우 관계를 회복할 수 있었어요. 하지만 그런 저이기에 당신에게 말하고 싶은 게 있어요."

"네. 말씀하세요."

"교코의 기가 세고 고집스러운 면은 평생을 두고도 고쳐지지 않았어요. 일할 때도 주변을 꽤 곤란하게 만들었다고 들었고요. 맞죠? 데시가와라 씨."

"당치도 않습니다." 데시가와라는 담당 편집자로서의 자세를 유지했다.

"그 점에 관해 저는 그녀를 옹호하지 않아요. 그 후에도 교류는 계속 이어졌지만, 그녀의 고집스럽고 벽창호 같은 성격 때문에 자주 다투기도 했죠. 그렇다고 해서 깨질 만한 약한 유대는 아니었지만요."

"면목이 없네요." 어째선지 나까지 미안해진다.

"그런데요, 사쿠라바 씨. 이것만큼은 잊지 마세요. 교코는 저희를 위해 두려움을 무릅쓰고 레이저 치료를 받고, 더군다나 그걸 세상에는 숨긴다는 결정을 내린 무척이나 고귀한 정신의 소유자였어요. 자신의 꿈을 이뤄 소설가가 된 이후에는 저와 약속한 것처럼 정신의학을 이해하는 데 도움을 주는 소설을 썼고, 루키즘이나 여성 차별 같은 사회문제도 작품에서 적극적으로 다뤘죠. 이 나라를 바꿀 수 있는 작품을 쓰기 위해서는 출판사가 많은 도쿄에서 지내는 편이 좋다는 이유로 먼 타향으로 진출했을 때 그녀의 기개가 그 얼마나 눈부셨는지. 그녀의 그런 자세에 저는 몇 번이고 다시 반하곤 했답니다."

그때 내 마음속에서는 갈등이 벌어지고 있었다.

간병하는 나조차도 모욕했던 한 인간으로서의 고가 교코.

많은 사람에게 희망과 기쁨을 안겨준 소설가 무로미 교코.

나는 도대체 어느 쪽을 믿어야 하는 것일까.

마지막 응어리를 나는 입에 담았다.

"어머니는 이모를 싫어했어요. 아이 때부터 어머니의 리카짱 인형의 머리카락을 멋대로 자를 정도로 못되게 굴었다면서요. 얼굴을 마주칠 때마다 끔찍한 말씀을 하셨어요. 저는 그런 이모의 모습을 목격하며 지내왔어요."

"어머나. 그녀의 솔직하지 못한 성격도 정말 골치 아프네요."

그렇게 말하며 히비키는 웃었다.

"리카짱 인형 이야기는 교코에게 들은 적 있어요. 그녀, 이런 식으로 말했죠."

"그 인형을 선물 받은 이후, 언니가 전혀 놀아주지 않더라. 너무 외로워서 머리카락을 잘라버렸어. 그러면 다시 놀아주지 않을까 싶어서."

나는 놀라고 말았다.

"그거 사실인가요? ……친구 앞이니까 자신을 정당화한 것뿐 아닌가요?"

"그럴지도 모르죠. 하지만 잘 생각해보세요. 당신의 어머니는 인형의 머리카락이 잘린 어렸을 때부터 동생을 싫어한 거죠? 그렇다면 그 후 자매 사이가 원만하지 못했던 건 어느쪽에 원인이 있다고 생각하나요?"

그 말에 나는 깜짝 놀랐다.

먼저 싫어한 쪽이 상대를 멀리하는 것이 보통 아닌가.

'선량하다'라고 믿어 의심치 않았던 어머니의 이미지가 조금씩 바뀌기 시작했다.

"교코도 나빴죠. 무슨 말인가 들으면 그대로 되받아치지 않고는 견디지 못하는 성격이니까요. 그래도 그녀는 언니에게 미움받는 걸 계속 속상해했어요."

"그런가요……?"

"기억해봐요.《거울 나라》에서 사토네가 언니를 언급하는 장면을요."

데시가와라가 재빨리 반응해《거울 나라》교정지의 해당 페이지를 펼쳤다.

쓰노시마 여행 중에 ito라는 카드 게임을 즐기는 장면이다. '좋아하는 사람'이라는 주제에 대해 사토네는 '언니'라고 답했다.

그 숫자는…… 86.

"교코는 굳이 이 장면을 썼어요. 마음만 먹으면 얼마든지 생략할 수 있는 이 장면을요. 아직 소설가가 되기 전, 이 글을 썼을 때 그녀가 어떤 마음이었는지 저는 손에 잡힐 듯이 느껴져요."

"나 언니, 좋아해."

어쩌면 그 말은 히비키가 나를 위해 입에 담은 위로의 말이었을지도 모른다.

어머니도 이모도 이미 세상에 없다. 답은 아무도 말해주지 않는다.

하지만 나는 믿고 싶었다.

눈앞에 있는 여성을, 아니 그녀 안에 지금도 살아 있는 고가 교코라는 사람을.

둑이 터진 것처럼 내 눈에서 눈물이 쏟아져 나왔다.

"저……, 줄곧 어머니께 이모의 욕을 들으며 자랐어요. 아무리 이모의 소설이 좋더라도, 저도 이모를 싫어해야만 한다, 왜냐하면 그렇게 하지 않으면 이번에는 제가 어머니에게 미움받으니까……."

"정말 괴로웠겠네요." 히비키가 위로를 표했다.

"후회해도 이미 너무 늦었어요. 저는 이모에 관해 아무것도 몰랐어요. 그녀를 미워하는 어머니에게 화해를 권유할수도 있었을 텐데."

"사람을 싫어하는 게 나쁜 일은 아니에요. 당신에게 어머니가 훌륭한 모친이었다면, 그것 또한 진실이니까요. 다만나는 몇 안 되는 혈육인 당신이 교코의 진짜 모습을 알아챘으면 할 뿐이에요."

사실을 말하자면요, 하고 히비키는 말했다.

"교코는 언니의 딸인 당신을 두려워했던 것 같아요. 당신도 자신을 미워할 게 분명하다고 믿으면서요."

"본인이 그렇게 말했나요?"

"네. 때때로 자신이 싫어하는 과자나 옷을 일부러 사다준다고 했어요. 전업주부인 것도, 그야말로 언니의 인생을 따름으로써 자신을 비꼬는 것이라면서요. 저는 피해망상이 심하다고 핀잔을 줬지만요."

"역시, 그 엄마에 그 딸이네."

그렇다면 이모는 그 말을 어떤 의미로 중얼거린 것일까.

공격당하는 느낌이 들어서 되받아치지 않고는 견딜 수 없었을까. 아니면…….

이모는 외로웠던 것일지도 모른다. 언니에게뿐만 아니라, 그 딸에게까지 미움받는 것이.

친한 친구가 도쿄에 간다는 소식을 듣고 울음을 터뜨릴

정도로 그녀는 외로움이 많은 사람이었기에.

"괴롭힌다거나 비꼰다거나, 그럴 리 없잖아요. 이모의 취향을 몰랐고, 출산휴가 도중에 이모의 간병이 시작됐기에 회사 복귀가 어려워진 것뿐이에요."

나는 해명했다. 눈물은 멎어 있었다.

"그렇겠죠. 당신을 보면 알 수 있어요."

"그래도 다행이에요."

내가 말하자, 히비키는 무슨 소리냐는 표정을 지었다.

"저, 이모를 싫어하지 않아도 되는 거겠죠?"

히비키는 미소 지었고, 데시가와라도 만족스러운 듯 고개를 끄덕였다.

어린 시절부터 내 마음을 뒤덮고 있던 구름이 마침내 걷히는 순간이었다.

깨어난 다이시가 울음을 터뜨린 것을 신호로 히비키는 돌아가겠다고 말을 꺼냈다.

"그래도 그 전에 하나. 사쿠라바 씨, 당신에게 부탁할 게 있어요."

"부탁요?"

다이시를 안고 달래는 나를 향해 히비키가 말했다.

"당신을 오늘 여기로 부른 건 이유가 있어서예요. 교코가 삭제한 이 원고를 당신에게 맡길게요. 부디 《거울 나라》의 마지막에 덧붙여줄 수 없을까요?"

그 충격적인 말에 나는 나도 모르게 데시가와라 쪽을 바라봤다. 하지만 그는 미동도 하지 않았다.

데시가와라가 내게 '저작권을 상속 받았다'라고 표현한 이상, 그것이 히비키가 제시한 조건이었다는 점은 명백하다. 그렇다면 그 문맥에서 데시가와라는 어느 정도 이런 전개를 예상했을지도 모른다.

"교코의 설득에 저도 한번은 마지막 장면을 삭제하는 걸 인정했어요. 하지만 저는 역시 어떻게든 교코의 진짜 모습을 세상에 알리고 싶어요. 그녀를 사랑하는 친구로서요."

"그래서 그 원고를 본인에게 달라고 요구하신 건가요?"

"맞아요."

히비키는 장난스럽게 웃었다. 과연 오랜 친구답게 이모를 다루는 법을 잘 알고 있다. 이 사람도 이모 못지않게 만만치 않은 사람이다.

"이 원고만 있다면 언젠가 뭔가의 형태로 발표할 수 있으니까요. 그래도 출간에 맞출 수 있는 타이밍에 담당 편집자에게 연락을 받았으니 《거울 나라》에 수록하는 것만큼 좋은 방법은 없겠죠."

히비키의 의사를 반영하면 그렇게 된다. 본편을 읽은 사람은 모두 이 마지막을 알 수 있게 되기 때문이다.

"저는 아마추어니까 소설로서 아름다운지 어떤지, 그런 건 잘 몰라요. 교코와 데시가와라 씨가 필요 없다고 한다면, 아마도 그쪽이 옳겠죠. 하지만 그래도 저는 이 진짜 마지막을 모두가 읽었으면 해요. 제가 이래라저래라할 권리는 없으니, 사쿠라바 씨에게 부탁할 수밖에 없네요."

그러고는 히비키가 내 옆으로 와서 손을 강하게 잡았다.

"마지막은 당신이 스스로 정해야 해요. 하지만 부디 잘 부탁드릴게요."

나는 고개를 끄덕일 수도 저을 수도 없었다. 그저 그녀의 진지한 눈빛을 가만히 마주 볼 뿐이었다.

"택시를 불러드릴까요?"

데시가와라의 배려를 히비키는 사양했다.

"마중을 나오기로 돼 있어서요. 아마 이미 도착해 있을 것 같아요."

그 말대로 현관문을 열자 문 앞에는 무인 택시가 정차해 있었다. 그 옆에 한 남성이 서 있었다. 입술 오른쪽 위에 점이 있다.

저 사람이……

나는 뒤늦게 데시가와라가 어떻게 히비키를 찾아냈는지 알아차렸다. 그는 히비키와 이오리가 결국 맺어졌으리라 짐작하고 '기치세 히비키'라는 이름으로 검색한 것이다. 40년 전의 이 나라 법률에는 부부 동성이 필수였으니까.

신발만 신겨주고 다이시를 다시 안은 채 히비키를 따라서 택시까지 걸어갔다. 도중에 나는 말했다.

"함께 들어오셨으면 좋았을 텐데요."

"어머, 저도 같이 가자고 했어요. 그런데 그이는 젊은 시절 자신의 이런저런 모습을 알게 된 사람을 만나는 게 너무 부끄럽다더라고요. 가보고 싶은 가게가 있다면서 도망쳤답니다."

"가보고 싶은 가게요?"

"가마쿠라에 있는 유명한 가게라던데요. 저희, 서른 살에 독립해서 같이 이탈리안 레스토랑을 열었어요. 나이는 먹었지만 아직 현역이랍니다. 가게 이름은 armonia. 이탈리아어로 '하모니'라는 의미예요."

후쿠오카에 오면 꼭 찾아달라는 말에 "꼭 갈게요"라고 답했다.

남성 옆으로 다가갔다. 히비키가 내게 손을 향하고는 소개해줬다.

"이분이 교코의 조카분."

"호오."

그는 내 얼굴을 가만히 바라봤다.

그리고 웃었다.

"교코와 똑 닮았네요."

……얼굴이 아닌 어딘가의 부분에서.

나에게도 그 사람과 같은 피가 흐르는 것이다.

"실례 많았어요. 그럼 건강히들 지내세요."

히비키는 왔을 때와 마찬가지로 느긋하게 인사하더니 남편의 부축을 받아 택시에 올라탔다. 두 사람의 손은 무척이나 자연스럽게 이어져 있었다.

택시가 달려 나간다. 작아질 때까지 바라보고 있자니, 옆에 서 있던 데시가와라가 말했다.

"아까도 말했지만, 저는 마지막 장면 추가에는 반대입니다. 그리고 히비키 씨는 저작인격권에 대해 착각하고 계신 것 같네요."

"저작인격권요?"

"사쿠라바 씨가 상속 받은 저작권은 쉽게 말하면 저작물에서 발생하는 재산에 관한 권리입니다. 반면, 저작인격권은 저작자의 인격을 보호하기 위한 권리이며, 상속되지 않아요. 그리고 이 저작인격권 안에 동일성유지권, 다시 말해 작품을 무단으로 변경당하지 않을 권리가 포함돼 있습니다."

요컨대 내게는 이모의 작품을 변경할 권리 따위 없다는 말이다.

"그럼, 어차피 안 되는 거네요."

"하지만, 뭐."

데시가와라는 이쪽을 향해 뭔가 완패한 것 같은 미소를 보였다.

"가만히 있으면 그대로 출간됐을 텐데, 잠자는 사자를 깨

586

운 건 저니까요. 사쿠라바 씨가 원하신다면 그 마지막 장면을 추가하죠."

"괜찮으신가요?"

"본래라면 부서 변경 조치를 당하더라도 불평할 수 없을 정도로 금지된 일입니다. 동일성유지권은 결코 침해해서는 안 되는 성역이니까요. 하지만 이번 같은 경우는 삭제된 에피소드가 존재한다는 수수께끼를 독자에게 제시한 선생님께도 책임이 있어요. 그리고 그 마지막 장면도 선생님 본인이 직접 쓴 것이니 추가 원고가 발견됐다는 이유라면 회사에서도 불만은 제기하지 않겠죠."

그것은 마지막까지 무로미 교코에게 휘둘린, 한때 청년이던 한 남자의 사소한 반항처럼 느껴졌다.

지루한 대화라고 느껴졌는지 다이시가 몸을 비틀었기에 나는 다이시를 땅에 내려놓았다. 그리고 데시가와라를 바라봤다.

"지금 당장 정할 수는 없어요. 언제까지 답을 드리면 되죠?"

"그러게요. 다음 주에는 회사도 인쇄소도 오봉 연휴에 들어가니, 연휴가 끝날 때까지 답을 주시면 어떻게든 될 것 같습니다."

"알겠어요. 꼭 연락드릴게요."

잘 부탁드립니다, 라고 말하며 데시가와라는 정중하게 고개를 숙였다.

"그럼 저도 슬슬 가봐야겠네요. 이러고 있는 사이에도 새로운 원고가 도착해 있으니까요."

그런 말을 남긴 채 데시가와라는 큰 가방을 들고 언덕을 내려갔다.

어느새 주변은 어두워져 있었다. 다이시의 손을 잡고 방으로 돌아갔다. 이 저택을 떠나기 전에 꼭 걸어야 할 전화가 있었다.

"여보세요. 누나, 무슨 일이야?"

동생은 벨이 몇 번 울리기도 전에 전화를 받았다. 전화하는 일이 드물기에 무슨 일이라도 생긴 것은 아닐까 걱정한 것이리라.

"물어보고 싶은 게 있거든. 너, 나 싫어하는 거 아니지?"

갑자기 무슨 소리야, 라며 동생은 웃음을 터뜨렸다.

"나는 남매치고는 사이가 좋은 편이라고 생각하는데."

"그럼 다행이고. 사실 너랑 상담하고 싶은 게 있어. 나 혼자서는 도저히 결정하기 어려워서."

"상담이라니?"

"말하자면 길어지니까 직접 만나서 이야기하고 싶어. 오봉 연휴에 그쪽으로 가서 성묘라도 할까 하는데, 그때 시간 괜찮아?"

"뭐, 상관없는데……. 신경 쓰이잖아. 뭐에 관한 상담인데?"

그 질문에 나는 숨을 크게 들이마시고 답했다.

"이모에 관해서야."

무로미 교코가 어떤 사람이었는지.

어머니를 어떻게 생각했는지.

우리는 제대로 알아야만 한다.

피가 이어진 그녀의 조카로서.

"이모 말이야? 뭐, 잘 모르겠지만, 알겠어."

동생이 늘어지는 목소리로 답했다. 동생이 놀라는 모습을 보는 것이 벌써부터 기대된다.

"고마워. 그럼 언제 시간 되는지 말해줘. 그리고 곧 출판될 이모의 유작 원고를 먼저 보낼 테니, 당일까지 꼭 한번 읽도록 해."

"뭐? 나 소설 읽는 거 느린데. 그래도 뭐, 이모에 관해서는 누나에게 머리를 숙일 수밖에 없으니까. 그러라면 그래야지. 사이 나쁜 남매가 되고 싶지는 않으니."

"아하하. 바보 아니야? 그럼 다음에 봐."

전화를 끊었다. 눈을 감자, 아름다웠던 나날의 이모 얼굴이 떠오른다.

눈을 똑바로 뜨고 있는 줄 알았지만, 결국 나는 아무것도 보지 못했다.

이번에야말로 제대로 눈을 뜨자. ……진짜 모습을 바라보기 위해.

다이시가 옷자락을 잡아당기며 빨리 집에 가자, 라고 칭얼
댔다.

거울 나라

1판 1쇄 인쇄 2025년 2월 5일
1판 1쇄 발행 2025년 2월 14일

지은이 오카자키 다쿠마
펴낸이 문준식
디자인 공중정원
제작 제이오

펴낸곳 내 친구의 서재
등록 2016년 6월 7일 제2020-000039호
주소 서울시 성북구 정릉로305, 104-1109 우편번호 02719
전화 070-8800-0215 **팩스** 0505-099-0215
이메일 mytomobook@gmail.com **인스타그램** mytomobook

ISBN 979-11-91803-39-6 03830